약손전

약손전 1권

초판 1쇄 인쇄일 | 2018년 10월 19일
초판 1쇄 발행일 | 2018년 10월 25일

지은이 | 7월아카이브
펴낸이 | 박성면
펴낸곳 | 도서출판 로담

출판등록 | 제 396-2011-000014호
주소 | 경기도 파주시 광인사길 9-6 (문발동 520-8)
전화 | (031)8071-5201
팩스 | (031)8071-5204
E-mail | bear6370@hanmail.net

정가 | 9,800원

ISBN 979-11-5641-123-9 (04810)
      979-11-5641-122-2 (set)

7
월
아
카
이
브

장편소설

RODAMROMANCESTORY

1

악손전

로담

차례

序章. 정난의 밤

핏물이 들이쳤다.

권람이 막아섰지만 이미 늦었다. 핏물을 빗물처럼 맞아 버린 명회의 어깨가 한순간 굳어졌다. 불길하군, 불길해. 권람은 속으로만 생각했다. 시위의 칼에 빗겨 맞은 피가 하필이면 명회의 서책에 튈 것은 무어람?

그것은 명회가 몇 날 며칠 잠도 거르고 밥 생각도 잊어 가며 써내려 간 것이었다. 권람이 한번만 보여 달라 사정해도 들은 척도 하지 않았다. 무엇을 지웠다가 다시 썼다가. 끊임없는 첨삭과 퇴고를 반복하기에 권람은 명회가 과거라도 다시 볼 요량인 줄 알았다.

한데 오늘에서야 서책의 정체가 밝혀졌다. 명회가 불철주야 식음을 전폐하며 써내려 간 서책의 정체.

바로 살생부殺生簿였다.

"네 이놈 한명회! 이 돼먹지 못한 칠삭둥이 놈! 한낱 궁지기가 감히 조선의 군신을 욕보이려 들어? 당장 엎드려 죄를 고하지 못할까?"

두 눈에 핏발이 시뻘겋게 오른 사내가 소리쳤다. 왕의 명패를 받고 입궐하였으나 오늘 걸어온 이 길이 저승으로 가는 길인 줄은 몰랐으리라. 사내가 말할 때마다 울컥울컥 핏물이 쏟아졌다.

어차피 가는 길, 곱게 가면 좋으련만. 한명회의 성질을 잘 아는 권람은 괜한 역풍에 맞고 싶지 않을 뿐이었다. 기록광, 독서광 명회가 서책을 얼마나 애지중지하는지는 오랜 친구인 권람이 더 잘 알았다.

명회가 침착하게 소매 단을 접어 얼굴에 튄 피부터 닦았다. 불같이 화내고 성질부릴 줄 알았건만.

"명회 자네……."

권람이 삐죽 명회의 얼굴을 살피려다가 이크 뒷걸음질 쳤다. 불길한 기운이 가득하도다.

명회가 사내의 앞으로 다가섰다.

"나리. 아니 되옵니다!"

시위들이 호위하는 것도 단칼에 잘랐다. 물러서지 못하겠느냐? 추상같은 호령에 명회보다 키가 족히 한 치는 더 큰 시위들이 기가 질려 물러났다.

"어디 보자……. 너 이름이 뭐더라?"

명회가 휘리릭 서책을 넘겼다. 마치 오랜 친구를 만났는데 그 이름 석 자를 잊어서 매우 송구한 말투였다. 세상에 이럴 수가! 명회가 친절하면 사달이 나도 항상 크게 나지. 권람이 슬금슬금 뒷걸음질 쳤다. 자고로 벼락 내리꽂히는 자리는 스스로 피해야 하는 법이었다. 한참 동안 서책을 뒤지던 명회가 마침내 사내의 이름을 찾아냈다.

"그래! 여기 있군, 여기 있어! 자네 이름이……."

"그 더러운 혀끝에 내 이름을 올리지 말라!"

"조수량."

한명회가 딱 잘라 조수량의 이름 석 자를 읊었다. 그것만이 끝이 아니었다. 기록광 명회는 서책에 적어 놓은 조수량의 죄목을 낱낱이 낭독하였다.

"너, 종2품 대사헌을 지냈지? 대사헌이란 게 무엇이냐? 무릇 문무백관에 대한 규찰을 게을리하지 않고, 이 나라 기강을 바로 잡음에 힘써야 하는 자리다. 한데 네놈은 그 자릴 꿰차고 어떤 짓거리를 하였지?"

"뭐, 뭐라? 짓거리? 네놈? 너 지금 나에게 하대를 하였느냐?"

"아흔아홉 칸 고래 등 같은 집의 창고를 뒤져 보니 가관도 아니더군. 비단 이백 필, 물소가죽 예순다섯 장, 향유 일곱 병, 황칠, 호랑이 가죽, 상아, 침향……."

이 나라의 지존도 함부로 쓰지 못할 금은보화가 줄줄 이어졌다. 순간 조수량의 안색이 파리해졌다. 하지만 명회는 멈추지 않았다.

"구리, 인삼, 나전기구. 허……. 낭미필과 송연묵?"

명회가 픽 웃음을 터뜨렸다. 감히 제까짓 게 필과 묵으로 군자를 논하였어? 명회의 눈이 표독스러워졌다. 조수량이 흠칫 놀라 어깨를 떨었으나 그래도 저는 대사헌이고, 한명회는 이름 없는 궁지기였다. 존귀의 높음은 비할 수도 없이 까마득했다.

"네 이놈! 한명회!"

소리치는 조수량에게 명회가 물었다.

"대답해 보아라. 감히 지존에게도 진상되지 않은 패물이 어찌 네 집 창고에 있는 것이냐?"

"이놈! 나는 이 나라의 문무백관이다! 어디 너 따위의 미천한

놈이……!"

"궁에서조차 희귀한 귀물들이 겨우 나라의 녹봉이나 받아먹고 사는 대사헌의 집 창고에 그득그득 쌓여 있어?"

"내가 당장 주상 전하께 네놈의 죄목을 낱낱이 고해 능지처참 할 것이다!"

"네 집에 쌓인 부귀영화의 출처라면 내가 잘 알지. 주상께 올린 상소에 점 하나를 찍어 인사권을 사고판 대가! 태조께서 이룬 종묘와 사직을 욕보이며 긁어모은 사물!"

"뭐, 뭣이라?"

"네놈의 망나니 아들 셋과 첩실 여섯, 그 사돈의 팔촌, 당숙, 하다못해 마당에 묶인 개새끼까지 네 농간에 귀해졌다!"

"닥쳐라, 이놈!"

"천박한 존귀함에 부끄럼이 없구나."

명회는 가차 없었다. 스스로의 죄는 스스로가 깨달아야 하는 법. 명회가 손에 걸고 있던 붓을 바로 들었다. 더 이상 대거리할 필요가 없었다. 바닥에 내팽개쳐진 벼루는 두 동강 나버려 이제는 못 쓰게 됐다. 서책을 작성할 먹물이 부족했다. 하지만 명회는 아무런 걱정이 없었다.

이 넓은 궁 안에 먹물은 부족해도 핏물은 넘쳐날지언니.

명회가 뒤로 한 발 물러서며 시위에게 눈짓을 하자, 시위들이 겹겹이 조수량을 둘러쌌다.

"놓아라! 놓지 못하겠느냐? 감히 네깟 것들이 종묘와 사직을 능멸해? 전하! 주상 전하! 대사헌 조수량이 간언 드리옵니다! 한명회를 능지처참하시어 왕실의 기강을 바로잡으소서! 김종서 장군 나오십시오! 이놈의 뻔뻔한 작태를 절대 용서치 마시옵……."

조수량은 미처 말을 다 끝내지도 못했다. 퍽! 둔탁한 소리와 함께 조수량의 목이 동강 났다. 고래 등 같은 집 창고의 귀품이 아까워서 어찌 죽나 싶었는데 죽음은 이토록 쉽고 허망했다. 명회는 그대로 붓 끝을 따뜻한 김이 피어오르는 핏물에 풀었다.

"흥. 김종서를 왜 여기서 찾느냐? 그치는 저승길에서나 찾아야지."

꾹, 살생부에 적힌 조수량의 이름 밑에 붉은 점 하나가 찍혔다. 그들이 황색 점 하나로 정사에 관여하고, 인사권을 장악해서 어린 왕을 손아귀에 넣고 쥐락펴락했듯이 명회 또한 핏점 하나로 신료들의 살殺과 생生을 좌지우지했다.

"황표정사(黃票政事: 벼슬아치를 천거할 때, 미리 내정되어 있던 대상자의 이름 위에 황색 점을 찍어 놓으면 임금이 벼슬을 시키던 일)의 대가는 홍표정사紅票政事니라."

명회가 툭 내뱉었다.

깊은 밤, 피맺힌 살생부가 완성되고 있었다.

*

사정전 안이 어둠에 휩싸였다. 휙 불어온 바람에 촛대는 허무하게도 꺾였다. 바람 앞의 등불은 유약하고 유약하고나…….

사정전思政殿.

태조 시절 궁궐의 조성을 맡은 정도전이 깊이 생각하고 정치를 하라는 뜻에서 이름 붙인 임금의 집무실이었다. 한없이 막연한 1대 태조까지 갈 것도 없었다. 어린 왕은 할아버지 세종이 그러했고, 아버지 문종이 그러했듯이 이곳 사정전에서 신료들과 제 뜻을 펼치며 직무를 봐야 마땅했다.

하나 선대를 따르기에 왕은 너무나도 어렸다.

"전하. 불을 밝히겠나이다."

늙은 내시가 바람에 꺼진 촛대에 불을 올리려 등을 굽혔다. 하지만 명회가 단발에 저지했다.

"그냥 두시게."

"……."

왕의 대답은 필요치 않았다. 명회의 말이 곧 뜻이 되었다. 어린 왕은 왜 한명회가 이 야심한 시각에 주상과의 독대를 굳이 '사정전'에서 청하였는지 알지 못했다. 그러나 늙은 내시는 그 뜻을 깨우치고도 남았다.

한명회의 생각이 뜻이 되는 세상이라…….

하면 한명회의 뜻은 누구를 따르는가?

늙은 내시는 감히 불도 켜지 못한 채 어둠 속에서 사태를 짐작할 뿐이었다. 그때, 편전을 둘러싼 시위들이 소리 없이 움직였다.

"수양 대군 납시오!"

아직 파루도 울리지 않은 시각이었다. 감히 지존의 잠을 깨울까 발소리를 죽이고 숨소리조차 지워도 부족하거늘! 어쩌면 앞으로의 날 하나하나는 이와 같은 모욕의 순간이 될지도 모른다는 것을, 어린 왕은 직감했는지도 몰랐다.

"……들라 하라."

왕의 앳된 목소리가 편전에 울렸지만, 한발 늦은 후였다. 수양의 호위무사들은 왕의 하명과 전혀 상관없이 이미 사정전의 문턱을 넘어서고 있었다.

과연 저희들의 주인인 수양을 호위하려는 것인지, 아니면 어린 왕을 겁박하려는 것인지. 편전을 둘러보는 시위들의 눈매가 매서웠다. 곧 한 겹, 두 겹, 세 겹……. 왕의 운검보다 훨씬 많은 무사들을 동행한 수양이 편전 안으로 들어섰다.

"주상 전하, 밤새 평안하셨나이까?"

수양은 주상 앞에 시립할 뿐 따로 예를 취하지 않았다.

"대군, 무엄하오!"

늙은 내시가 한마디 했지만 곧바로 묵살 당했다.

"예는 되었소."

왕이 덧붙였다. 늙은 내시는 문종과 세종 때부터 지존의 곁을 지켜 온 자였다. 아버지가 제게 주신 몇 안 되는 신하였다. 어린 왕은 그를 잃고 싶지 않았다. 다행인지 불행인지 수양도 그저 웃기만 할 뿐 늙은 내시를 따로 문책하지는 않았다.

"그래. 바깥은……. 평안하오?"

어린 왕의 말 한마디에는 수만 가지 뜻이 들어 있었다. 왕의 목소리가 절로 떨렸다.

지난밤, 도승지는 간신 김종서와 황보인의 무리가 안평 대군과 결탁하여 반역을 일으켰으니 대군 수양이 그를 진압했다고 고변하였다.

왕은 고명대신 김종서가 절대 그럴 리 없다고 말하고 싶었다. 하지만 차마 입 밖으로 내뱉지는 못했다. 왕실의 안전을 도모한다는 이유로 중전이 가장 먼저 내전 깊숙한 곳에 감금됐다. 중전이라 해도 고작 열셋, 어린 왕보다 한 살이 더 많을 뿐이었다. 어린 왕은 병권의 일부를 압수당하듯 빼앗겼고 불궤한 난을 평정하기 위해서 신료들을 궁으로 불러들인다는 왕실의 명패까지 내렸다. 물론 그때까지도 어린 왕은 그것이 제 수족들을 죽음으로 내모는 짓임을 미처 짐작하지 못했다.

설마 대군이, 설마 수양이, 설마 숙부께서 나를…….

하지만 설마가 결국 어린 왕을 잡았다. 왕은 밤새 사정전 들창 근처를 서성이며 제 수족이 도륙되는 소리를 들어야만 했다.

"평안이라······."

수양이 잠깐 생각에 잠겼다. 그 찰나의 순간에도 어린 왕은 피가 말랐다. 왕을 바라보던 수양의 인자한 눈매가 순간 매서워졌다.

"전하."

"고하시게."

"제가 이 새벽, 전하가 계신 편전까지 어떻게 왔는지 알고 계시옵니까?"

"······."

뜻이 있는 질문인가? 그 뜻에 뼈가 있는가? 죽창이 꽂혔는가? 하면 그 창은 누구를 향하는가? 지존의 피는 흐르나 아직 다 자라지 않은 왕에게는 버거운 계산이었다. 왕이 고개를 저었다.

"내 아직 미령하여 숙부의 뜻을 잘 알지 못한다오. 과인에게 가르침을 준다면······."

그때였다. 캉! 어린 왕이 앉아 있던 벽 뒤로 피맺힌 검 하나가 꽂혔다.

"수양!"

늙은 내시가 외마디 비명을 질렀다. 왕의 운검이 나설 수도 없었다. 그들은 이미 수양의 시위들에게 포박된 지 오래였다. 수양이 내려친 검은 온통 핏빛이었다. 검이 꽂힌 자리는 그저 벽이었지만 마치 살아 있는 생물을 찌른 듯했다.

붉은 피가 먹감나무 결을 타고 진하게 번졌다. 검이 먹은 피는 대체 누구의 피란 말이더냐? 대체 어떠한 살귀殺鬼를 저질러야 이토록 많은 피를 머금을 수 있단 말이더냐? 끔찍하고 또 끔찍하고나······. 어린 왕은 차마 제 등 뒤로는 시선도 돌리지 못했다.

수양이 그런 왕을 두고만 보지 않았다.

"보시옵소서, 전하! 똑똑히 보시옵소서!"

"수, 숙부……."

"이 검은 제 아바마마께서 신에게 직접 하사하신 검이옵니다. 전하의 할아버지 말입니다. 장난감도 만들어 주시고, 노래도 불러 주시던……. 어릴 적 전하를 무척 귀애하여 주시지 않았습니까?"

"숙부. 왜 이러십니까? 놓으십시오! 이거 놓으십시오!"

절대 등을 돌리지 않겠다는 왕과, 무슨 일이 있어도 뒤돌아보게 만들겠다는 수양 사이에 작은 실랑이가 벌어졌다. 어린 왕은 비록 힘없는 소년이었지만 이번만큼은 완강히 버티겠다는 의지가 강했다.

하나 그런다고 별수가 있을까? 열두 살 어린 왕이 무예로 탄탄히 단련된 수양의 억센 아귀힘을 이길 수는 없었다. 수양은 그대로 어린 왕의 목덜미를 잡아챘다. 수양의 손아귀에 잡힌 어린 왕의 목덜미는 약하고도 약했다. 무른 뼈를 누르면 그대로 즉사하리라. 어린 왕이 질질질 그대로 마룻바닥을 끌려갔다.

"아바마마께서는 제가 활을 잘 쏘고 말을 잘 탄다 하여 친히 이 검을 내려 주셨지요. 전하께서는 어려서 잘 모르시겠지만 아바마마께서는 어릴 적의 전하만큼이나 저를 귀애해 주셨답니다."

"숙부……."

수양은 도리질하는 어린 왕의 얼굴을 기어코 칼 앞에 들이밀었다. 핏물을 죽죽 내리쏟는 먹감나무 벽이 흉측했다.

"전하! 주상 전하!"

직접 보고도 믿지 못할 하극상의 광경에 늙은 내시는 그만 자리에서 혼절하고 말았다.

"한데 아바마마께서는 이 검과 함께 제게 봉호 또한 새로 내려 주시지 않겠습니까?"

"흐윽……."

"애 진양아. 너에게 수양首陽이라는 새 봉호를 내리노라. 이는 네가 무예를 갈고닦듯 수양산首陽山의 백이숙제와 마찬가지로 마음을 갈고닦으라 함이다."

"!"

한없이 몸부림치던 어린 왕이 언 듯 자리에 그대로 굳었다. 어느 순간 눈물도 멈췄다.

어린 왕의 할아버지이자, 수양의 아버지 세종이 내린 검은 상이 아닌 치욕. 한창 혈기로 가득 찬 나이의 대군에게 백이와 숙제를 본받으라 함은 더할 나위 없는 모욕이었다. 세종이 무엇을 경계했는지 잘 알았지만 애석하게도 수양은 마음을 갈고닦은 것이 아니라 오랜 세월 칼을 갈았을 뿐이었다.

"소신, 다시 묻사옵니다. 오늘 밤, 전하께서 계신 사정전에 제가 어떻게 온 줄 아십니까?"

"모, 모르겠소……."

"피를 마셔 목을 축이고, 뼈를 밟아 걸음을 딛고 왔나이다."

"흐윽……. 수양……."

"전하께서는 쉬이 걸음 하시는 이 편전에 들어오는 것이……. 신에게는 어찌 이토록 힘이 들까요?"

털썩. 수양이 왕을 바닥에 내팽개쳤다. 어린 왕은 이제 지존의 체면도 잊고 엉엉 울음을 터뜨리고 말았다. 피로 가득 찬 광기에 짓눌리지 않고 정신을 잃지 않은 것이 그저 다행이었다.

수양이 벽에 꽂힌 칼을 빼냈다. 그 억센 힘에 퍽! 먹감나무 벽이 양쪽으로 갈라졌다. 칼에 고였던 피가 어린 왕의 곤복哀服 위로 뛰었다. 오직 지존의 옥체에만 걸칠 수 있는 신성한 복식. 애석하게도 어린 왕의 가슴과 등, 양어깨에 수놓아진 오조룡五爪龍은 어린 왕 만큼이나 작고 어렸다.

수양이 흐트러진 제 관복을 정제했다. 피 먹은 칼을 갈무리하고 사모를 바로 썼다. 더할 나위 없이 반듯한 신료의 모습이 되었다. 어린 왕이 우는데도, 제 조카가 겁에 질렸는데도 수양은 그저 아무 일도 없었다는 양 예를 표했다.

"불궤한 난은 모두 진압하였나이다. 간악한 무리인 좌의정 김종서와 영의정 황보인, 이조 판서 조극관을 사사賜死하였으니 이제 궁 밖은……. 더할 나위 없이 평안하나이다. 부디 주상 전하께서는 옥체를 보존하는데 힘쓰시옵소서."

"……."

넋을 놓은 왕은 수양의 말에 아무런 대답도 하지 못했다. 물론 수양은 왕이 제 말을 경청하는지 안 하는지는 하등 중요하지 않았다.

"하면 소신 수양, 이만 물러가 보겠나이다."

수양이 미련 없이 돌아섰다. 수많은 시위들이 그 뒤를 따랐다. 단 한 명, 한명회는 자리에 남았다.

한명회가 품 안에 소중히 갈무리하고 있던 서책 한 권을 어린 왕 앞에 공손히 올렸다. 이게 무엇이냐, 왕은 하문할 기력도 없었다. 그 심정 다 이해한다는 듯 한명회가 고개를 끄덕였다.

"전하, 조회 때 정독해 보소서. 지난밤에 처단한 불궤한 무리들의 이름을 적어 놓은 장부이옵니다."

"……."

대체 이 칠삭둥이는 어찌 이렇게 잔혹한 것인지. 그가 어미의 배 속에서 유일하게 먹지 못한 것이 있다면 아마도 자비慈悲이리라. 명회는 수양이 휩쓸고 간 어린 왕의 상처에 소금을 뿌리다 못해 아예 도륙 내는 것을 잊지 않았다. 하나 어쩔 수 없지 않은 가? 세상의 이치가 이런 것을. 그래서 한명회는 한 치의 죄책감, 후회도 없었다.

한명회가 편전을 나섰다. 정신을 잃고 차리기를 반복하던 늙은 내시가 한명회에게 마지막 발악하듯 소리쳤다.

"왜? 왜 수양이더냐? 왜 하필 간악한 수양과 뜻을 함께한 것이야?"

지금 저치가 나에게 질문하였나? 한명회가 멀뚱한 표정으로 제 가슴팍을 가리켰다. 곁에 선 권람이 그렇다는 듯 고개를 끄덕였다.

허……. 망할 늙은이. 살날이 얼마 남지 않아 그런가? 궁금한 것도 많으이.

한명회가 늙은 내시 앞에서 걸음을 멈췄다. 이 가엾은 내시는 세종 때부터 지존을 모신 몸이라 했지? 선왕인 문종이 태어난 것을 지켜봤으며, 수양이 어렸을 때는 그를 몇 번 업어 주기도 하였을 것이다. 그러니 여태껏 질긴 목숨을 연명했겠지.

명회는 은근히 이런 곳에 마음 쓰는 수양의 마음을 꿰뚫었다. 하나 그것은 수양과 늙은 내시의 문제였다. 명회는 제 앞의 가련한 노인과 아무런 연관도, 관계도 없었다.

"비천한 것."

명회가 쯧쯧 혀를 차며 내시를 내려다보았다.

"왜 수양을 택했냐고 물었느냐?"

"……."

명회가 바닥에 엎어진 내시의 앞에 친히 무릎을 꿇고 눈을 맞쳤다. 곁에서 상황을 지켜보던 권람은 명회가 어떤 대답을 할까 내심 궁금했다.

그래, 명회는 왜 수양 대군을 선택하였을까? 그래서 권람은 보지 않는 척, 듣지 않는 척 딴청을 하면서도 괜히 한 발 가까이 다가섰다. 하지만 명회는 누가 들을세라 내시의 귓가에 그 이유를 작게 속삭일 뿐이었다.

쳇, 치사하군. 권람은 더러워서 안 듣겠다는 듯 제 관대를 탁탁 털며 뒤로 물러섰다.

"허……."

대체 명회는 무슨 대답을 한 것인가? 늙은 내시가 뒤로 나자빠졌다. 그러거나 말거나 명회는 이내 제가 덮고 있던 겉옷 자락을 죽 찢어 그 앞에 떨어뜨려 놓았다. 그 뜻은 너무나도 명확했다.

"자결하라. 선왕을 모신 공로는 인정하여 사체만은 온전하게 보존해 줄 터이니."

명회가 미련 없이 등을 돌렸다. 곧 서러운 울음소리가 들렸다. 하지만 편전과 멀어지는 만큼 그 소리도 작아졌다.

종내에는 아예 들리지 않고…….

명회는 멸망한 왕족王族의 울음 따위는 순식간에 잊었다. 한낱 늙은 노비의 울음소리에 얽매여 있기에는 새로운 세상이 너무나도 찬란하지 않은가?

"대군. 해가 뜹니다."

누군가 들뜬 목소리로 고했다. 지난밤 수양의 무리들은 너도 나도 제 평생 가장 긴 밤을 보내야 했다. 심지어 그들의 인생에 해는 두 번 다시 뜨지 않을지도 몰랐다. 죽음을 목전에 둔 밤. 그러나 거사는 성공했고 그들은 오롯이 햇빛을 마주할 수 있었다. 금은보화가 부럽지 않았다. 이것은 명백한 승리자에 대한 포상이었다.

"그러하군······."

진실로, 해가 떠오르는군.

수양이 피에 젖은 소매를 내려다봤다. 누구의 피인지도 알 수 없는 혈흔은 수양 혼자의 힘으로는 결코 지울 수조차 없었다.

멀리서 파루의 종이 울렸다. 본래대로라면 사대문 안 백성들의 통행이 시작되고 밤새 순찰 돌던 순라군이 돌아가야 할 시간. 수양은 오경삼점五更三點 꼭 서른 세 번의 종각종이 울릴 때까지 자리에 서서 밝아오는 하늘빛을 응시했다.

시위들은 한 치의 흔들림도 없는 제 주군의 표정을 확인하며 시시때때로 안심하고 또 마음을 놓았다.

"가시지요. 대군."

곧 수양의 무리들이 사정전을 떠났다. 도성 안에도 하나둘 백성들의 밥 짓는 냄새가 피어오르기 시작했다. 아기들이 울고 여자들이 부엌을 드나들며 남자들은 하품하는 풍경.

핏물은 금방 지워졌다.

그리고 수양이 떠난 사정전에도 빛이 쏟아졌다. 하지만 그것은 수양이 맞은 햇빛과는 전혀 다른 것이었다.

"에구머니!"

왕의 안위를 살피러 간 궁녀 하나가 자리에서 비명을 지르며 넘어졌다. 어린 왕은 완전히 넋이 빠졌고, 사정전 들보에 목을 건 늙은 내시의 몸은 속절없이 흩날렸다.

네가 왜 이 모양 이 꼴이 되었는지 아느냐?

무능해서다.

나는 스스로 무능해지는 자를 가장 혐오해.

왜 하필 수양을 선택하였느냐 물었지?

수양은 적장자의 굴레에 묶이는 이가 아니다.

종친의 무력함에 굴복하는 이는 더욱 아니다.

스스로 무능해지지 않기 위해 노력하는 자.

그것만으로도 세상은 뒤바뀐단다.

이 어리석은 노비야…….

이제 사정전思政殿에 남은 것은 아무것도 없었다.

어린 왕의 생각도, 정치도.

명회가 남겨 두고 간 속삭임만이 바람결을 타고 전해졌다.

第一章. 투전판에 바뀐 운명

[1]

"아이고, 세상 사람들아! 나, 눈먼 애꾸로 태어난 원 봉사인데 이내 사정이 구구절절 기구하니 이야기 한번 들어보소! 아 글쎄, 내가 무남독녀 외딸 팔아먹은 죄가 있는데……."

장터의 한복판이었다. 수많은 사람들이 오고 가는 길 한 귀퉁이에 달랑 멍석 한 장을 디딤 삼은 광대판이 벌어졌다. 그 흔한 놀이패도 없고 무희도 없는 초라한 무대였지만 소리 뽑아내는 광대의 목청 하나 만큼은 타고났다. 아무리 막귀라도 사내의 소리에 홀리듯 끌려왔다. 사람들은 호기심에 한 겹 몰리고, 대체 뉘 가락이 저리 구수한지 궁금하여서 두 겹 몰렸다. 사람들이 모이고 또 모여드니 나도 빠질 수 없다 하여 곧 세 겹이 됐다. 멍석 판은 금세 사람들로 가득 찼다.

"누가 우리 홍장이를 본 사람이 없소? 풍랑 중에 빠져 죽은 내 딸 홍장이 말이오! 큰 시주 삼백 석에 못난 아비가 너를 팔았구나. 내 딸 홍장이를 팔았어……."

봉사는 정말 잃어버린 딸을 찾기라도 하듯이 멍석 이곳저곳을 지팡이로 짚어 가며 울었다. 그 행색이 어찌나 가련하고 불쌍한지 몰랐다. 애꾸눈에서 뚝뚝 떨어지는 눈물이 구경꾼들의 심금을 울렸다. 홍장이를 찾던 봉사가 마침내 온몸에 힘이 빠져 풀썩 멍석 위에 엎어졌다.

"에구머니!"

이제 곧 황후마마가 된 홍장이가 돌아올 참인데 지금 쓰러지면 어떡하나? 아비가 먼저 기운을 차려야지! 아낙들이 봉사에게 어서 일어나 홍장이를 만나라며 참견을 했다.

그때였다.

촤악!

둘레둘레 모인 구경꾼을 헤치며 웬 사내가 혈혈단신의 몸으로 걸어왔다. 활짝 편 부채로 얼굴 반은 가렸지만 그 사이로 언뜻언뜻 보이는 눈매와 콧대의 미모가 예사롭지 않았다.

부채로도 준수함이 숨겨지지 않는 미남자美男子의 등장이라. 여태까지 넋 놓고 눈물 훔치던 아낙들이 이번엔 조금 다른 의미로 저고리 깃을 잡아 찍으며 얼굴을 단장했다. 미청년은 촥촥 솜씨 좋게 부채를 갈무리해서 휘이 장내를 둘러봤다.

"아이구머니!"

"헙!"

마침내 부채를 접어 얼굴을 전부 드러내니 고것 참 훤칠하게 잘생겼구나! 환하고 반듯한 이마, 오뚝 선 콧날, 조약돌 들여 놓은 듯 까맣게 빛나는 눈동자까지. 보통 장돌뱅이 같지 않은 외모에 여인네들의 심장이 저마다 두근거렸다. 그를 아는지 모르는지 미청년은 부채를 반주 삼아 봉사의 노래를 이어 갔다.

"쌀 삼백 석에 독녀 홍장이를 잃은 불쌍한 원 봉사야! 그의 처지가 가련하고 가련하도다! 원 봉사가 혀 깨물어 죽고, 목매달아 죽고, 접시 물에 코 박아 죽겠다 이승과 하직 인사할 적에 딱 죽은 줄만 알았던 홍장이가 나타났더라!"

미남자가 휙휙 자유자재로 펼치고 접는 현란한 부채질에 아낙들은 넋을 잃었다. 그의 미모에 완전히 정신을 빼앗겼다. 미남자가 이번에는 마치 계집이라도 된 듯이 사뿐사뿐 걸어서 멍석 판에 엎어진 원 봉사를 깨웠다. 그러고는 아주 간드러지는 목소리로 말했다.

"아버지, 일어나 보셔요. 저 홍장입니다."

"으응……. 누구?"

"아버지의 딸 홍장이요. 아버지의 눈을 뜨게 해드리려고 황제 폐하 허락받고 이제야 돌아왔사옵니다."

"뭐? 내 딸 홍장이가 왔다고?"

원 봉사가 멍석 위에서 발딱 일어났다.

"아이고, 홍장아! 우리 홍장이가 돌아왔구나!"

두리번두리번 주위를 둘러보던 원 봉사가 구경하던 사내에게 달려갔다. 그러고는 그를 왈칵 제 품 안에 끌어안았다. 아주 민망하였으나 퍽 재미가 있는 풍경이었다. 와하하하! 구경꾼들의 웃음보가 터졌다.

그 순간, 바로 이때만을 기다리고 있던 미남자는 품 안에서 소중히 간직하였던 호리병 하나를 꺼냈다. 그러고는 머리 위로 호리병을 높이 들어서 구경꾼들에게 보여 줬다.

"이것이 무엇이냐? 궁금하지 않으십니까?"

절색의 미남자가 손에 든 호리병은 무엇에 쓰는 물건일까? 사람들은 감히 짐작도 하지 못했다. 도리도리 고개만 저었다.

미남자는 구경꾼들의 궁금증을 한껏 자극하고는 척척 부채질을 했다.

"이것으로 말씀드리자면……. 효녀 홍장이가 진나라에서 가져온 신약!"

미남자가 호리병을 봉사 앞에 내밀었다. 눈이 보이지 않는 봉사는 더듬더듬 이렁저렁 어쩌고저쩐 끝에 호리병을 잡아챘다. 그러고는 호리병 안의 물약을 남김없이 마셨다.

"캬! 고것 참 달고 시원하구나!"

봉사가 감탄했다. 그 순간, 번쩍! 여태까지 꼭 감겨 있던 봉사의 눈이 거짓말처럼 떠졌다.

"세상에……."

"아이고, 맙소사!"

여태까지 원 봉사를 안타깝게 지켜보던 구경꾼들은 안도하는 마음 반, 신기한 마음 반에 탄성을 터뜨렸다. 물론 미남자는 이 기회를 놓치지 않았다.

"원 봉사의 눈을 뜨게 한 이 물약이 바로 거북이가 토끼 간을 아홉 번 찧고, 아홉 번 말려 만든 신약 중의 신약이오! 용왕님도 구하기 힘들다는 보약 중의 보약이라!"

원 봉사는 미남자의 말을 증명이라도 하듯이 반짝 뜬 제 눈을 가리켰다.

"손이 찌릿찌릿 발이 저릿저릿할 때 한 모금 마셔 봐. 으슬으슬 까닭 없이 몸이 춥고 떨릴 때 마셔 봐. 배 아프다 우는 아기에게도 한 모금! 관절 쑤시는 늙은 어미에게도 한 모금! 그뿐이냐? 오줌발 시원찮은 사내들이 자기 전에 한 모금 마시면 그날 밤은 아주 그냥……."

"나 한 병 줘 보시오!"

오줌발이 결정타였다. 여태까지 그냥저냥 뚱한 표정으로 하품이나 해 대며 봉사의 소리를 듣던 한 사내가 번쩍 손을 들었다. 그것이 신호가 됐다.

"나도 한 병 주시오!"

"나도! 나도!"

"난 두 병! 아니 세 병!"

너도나도 원 봉사의 눈을 뜨게 하고 고뿔에도 좋고, 심지어 사내의 밤일도 해결해 준다는 만병통치 효녀 홍장의 물약을 달라며 아우성쳤다.

"홍장이가 용궁에서 가져온 신약! 오늘 딱 하루만 한 병에 두 푼. 세 병에 다섯 푼."

미남자는 이런 반응을 예상이라도 했나 보다. 익숙하게 약을 팔았다. 서로 저 먼저 약을 달라며 뻗치는 사람들의 손에서 짤랑짤랑 엽전이 튀었다. 그 돈은 곧장 미남자의 주머니 안으로 쏟아졌다.

어느 순간 미남자와 봉사의 눈이 마주쳤다. 딱히 소리 내어 말하지 않아도 서로의 속마음을 알 수 있었다.

'오늘 장사는 대박이고나!'

마주 보며 환하게 웃는 둘이라.

봉사 행세를 하던 나이 든 사내는 젊은 시절에 광대패도 했다가, 의원 밑에서 심부름하며 익힌 잔재주로 도사 노릇도 하다가, 계절 좋을 때는 약초를 캐서 파는, 하여간 돈 되는 건 무엇이든 하는 잡꾼 여가家 칠봉이요, 아낙네들 마음을 후려친 젊은 미남자는 그의 외아들 약손이니. 요 근방 장터의 돈이란 돈은 모두 휩쓸기로 소문난 짝패 부자父子였다.

"캬아!"

탁주가 가득 담긴 사발이 허공에서 부딪쳤다. 아까운 술 한 방울이라도 흘릴세라 약손과 칠봉은 서둘러 사발을 입에 갖다 댔다. 그 폼이 마치 서로 말하고 짠 것처럼 꼭 닮았다. 과연 천생 부자, 천생 그 애비의 그 아들이었다.

자고로 사내라면 첫 잔은 무조건 비워야지! 칠봉이 사발을 깨끗하게 비워 냈다. 약손도 그에 질세라 숨도 안 쉬고 탁주를 들이켰다. 심지어 약손은 사발을 제 머리 위로 탈탈 흔들어 보이기까지 했다.

둘은 조그만 소반 위에 오른 무말랭이를 안주 삼아 씹었다. 비록 안주는 가난했지만 주머니만은 두둑했다. 절로 흥이 났다. 칠봉이 젓가락으로 개다리소반을 찰캉찰캉 두드렸다.

"매일 매일이 딱 오늘만 같았으면 좋겠고나. 그럼 집 한 채 사는 건 시간문제인데. 그치 않니?"

"아부지가 투전만 안 했어도 벌써 집 샀어. 한 채가 뭐야? 두 채, 아니 세 채는 샀겠다."

"너는 왜 옛날 얘기를 꺼내고 그러냐?"

두둑한 꾸러미를 보니 신나고 좋아서 한 말인데 본전도 못 찾았다. 제 자식이긴 하였지만 이렇게 톡톡 쏠 때는 아주 미웠다. 그래도 약손의 말에는 한 치의 과장도 없어서 아무 반박도 못 했다.

재능이 많아서 돈을 벌면 무엇 하나. 그 많은 재물, 투전판에서 싹 다 잃어 오는 것을. 지금은 약손이 한번만 더 투전판에 가면 손목을 작살내겠다고 협박하여 겨우 걸음을 끊었을 뿐이었다. 칠봉은 아직도 투전판만 보면 정신을 못 차렸다.

자식에게 톡톡히 망신당하고 민망해진 칠봉이 괜히 에헴에헴 기침을 하며 주위를 둘러봤다. 목이 좋아서 그런가? 늦은 시간인데도 주막에는 사람이 바글바글 끓었다.

"역시 이래서 말은 제주로 보내고 사람은 한양으로 보내라나 보다. 한양에 오니까 사람 참 많다. 그치?"

"여기는 진짜 한양두 아닌데 뭐."

"예서부터 도성까지 사흘이면 가. 거의 한양이랑 다름없지."

거의 무엇이지. 거의 다름없지. 이것은 칠봉의 말버릇 중 하나였다. 내가 노래를 배웠으니 거의 광대와 다름없지. 나 태어난 곳이 남쪽이니 내 고향은 거의 하남이지. 내가 약방에서 일했으니 거의 의원이지…….. 칠봉은 그런 식으로 때로는 광대, 때로는 승려, 때로는 의원 행세를 하며 돈을 벌었다.

물론 약손은 저 있는 곳이 한양이든 산골짜기든 전혀 관심 없었다. 그저 보리밥 위에 열무김치를 얹어서 싹싹 비벼 먹는 일이 제일 중요했다.

"내가 너를 굶기냐? 먹는 꼬락서니하고는……."

칠봉이 볼이 미어터지도록 밥 떠먹는 약손을 타박했다. 하지만 말은 그리해도 약손 앞에 무말랭이를 끌어다 주었다. 이럴 줄 알았으면 국밥이라도 한 그릇 시킬걸 그랬다. 마른밥만 먹는 것을 보니 괜히 마음이 쓰렸다. 그래, 오늘 장사도 잘 하고 약도 많이 팔았으니까……. 까짓것 기분이다!

"주모, 여기 국밥 한 그릇만 주쇼!"

"됐어! 국밥은 누가 거저 준대?"

약손이 제 아비의 말을 딱 잘랐다. 국밥 한 그릇은 열무 한 종지 값의 몇 배가 넘었다. 어지간해서는 돈 쓰지 않는 약손이었으니 국밥을 쉬이 사 먹을 리 없었다. 간이 싱거우면 간장 한번을 찍어 먹으면 되고, 목이 메면 물 말아 먹으면 그만이었다.

너는 젊은 게 왜 이리 궁상이냐? 내가 궁상떨고 싶어서 떠냐?

이게 다 아부지 때문이다! 내가 뭘 그렇게 잘못했냐? 아부지는 아부지의 잘못을 모르는 게 문제다…….

둘은 한참을 아옹다옹했다. 그때였다. 소반 위로 기름에 노릇노릇하게 지진 대구전 한 접시가 올라왔다. 우리 이런 건 시킨 적이 없는데? 깜짝 놀란 약손과 칠봉이 동시에 고개를 들었다.

"저……."

고개를 돌린 자리에는 주모 양씨가 다소곳한 자태로 서 있었다. 음식을 잘못 가지고 왔나? 약손이 먼저 고개를 저었다.

"주모, 우리는 이런 지짐이 시킨 적 없습니다."

"아니……. 그게 아니라……."

주모 양씨가 꽈배기처럼 몸을 배배 꽜다. 자세히 보니까 오늘 따라 얼굴이 좀 붉은 것 같기도 하고…… 연지를 많이 찍었나? 대체 이 주모가 왜 이러나 싶었다.

"오늘 하루 종일 피곤했을 텐데 열무 한 종지가 웬 말입니까……."

"예?"

"내가 좀 지져 본 건데……. 나눠 먹어라. 아부지랑……."

"……."

주모 양씨의 말 중에서 특히 '아부지랑'이 유독 강조되어 들린 것은 약손의 기분 탓인가? 약손이 휙 제 앞에 앉은 칠봉을 쳐다봤다. 좀 전에 약손과 국밥 한 그릇으로 다툰 좀스러웠던 모습은 온데간데없었다. 칠봉은 어느새 어깨를 쫙 펴고 앉아 근엄한 사내의 표정을 지었다. 이게 다 뭔 일이래? 약손만 영문을 몰랐다. 칠봉이 어흠어흠 헛기침을 했다.

"뭐 이런 것을 다 가져오셨소? 내 비록 정처 없이 떠도는 몸이나 아무에게나 빚지는 가벼운 사내가 아닌 것을!"

허, 이것 참. 양씨의 말 중에서 유독 '아부지랑'이 강조되어 들렸던 것처럼 칠봉의 목소리가 평소보다 낮고, 그 울림이 크게 들리는 것 또한 약손의 기분이 예민한 탓이렷다?

"……."

"……."

약손은 그만 칠봉과 주모, 주모와 칠봉 사이에 흐르는 묘한 기류에 어이가 없어졌다. 피식 웃음을 터뜨렸다.

이 주막에서 숙식하며 머문 지가 어언 석 달째. 처음에는 장이 커서, 사람이 많아서, 벌이가 좋아서……. 보통 한 지방에 한 달 이상은 머물지 않던 칠봉이 왜 이렇게 떠나는 날을 차일피일 미루나 했다. 한데 그게 다 이유가 있었다. 치마저고리를 배배 꼬던 양씨가 왈칵 얼굴을 붉혔다.

"아무라니요? 아무라니요? 선비님께는 제가 고작 아무나입니까?"

얼씨구, 선비님? 장터 떠도는 장돌뱅이가 언제부터 선비님이 되셨을까? 약손이 훈수를 두려 했다. 하지만 그보다 먼저 칠봉이 소반 밑으로 약손의 발등을 세게 꼬집었다. 그 손이 얼마나 맵고 얼얼한지 몰랐다.

"악!"

약손이 저도 모르게 소리를 질렀지만 칠봉도, 양씨도 그 누구도 약손에게 관심 주지 않았다.

"저는 그저 오늘 하루 피로하셨을 선비님이 걱정되어 음식 한 접시 대접했을 뿐입니다. 그것조차 안 된다는 말씀이십니까?"

"허……."

"왜요? 제가 선비님과는 어울리지 않는 천것이라서요? 선비님을 마음에 두는 것도 허락받지 못할 미천한 주모라서요?"

"미천하다니요! 당치 않습니다."

"정녕, 서운합니다."

칠봉이 그건 아니라며 고개를 저었지만, 이미 때는 늦었다. 주모 양씨는 홱 등을 돌려 부엌으로 사라진 지 오래였다.

"……."

"……."

쯧쯧쯧. 둘의 모습을 관망하듯 지켜보던 약손이 젓가락을 입에 물고 혀를 찼다.

"이거였구만, 이거였어! 웬일로 한곳에 오래 머무는가 했다."

"괜한 사람 잡지 마라."

"아까는 뭐 사람이 많네, 한양이 가깝네, 어쩌구 하더니. 다 밑밥 깐 거였지?"

"그런 거 아니라니까?"

칠봉은 주모가 사라지자마자 평소의 철없는 모습으로 돌아왔다. 하여간 이런 사내 뭐가 좋다고 주모는……. 암만 봐도 주모가 아까웠다. 약손은 그저 어부지리의 진리를 따라 주모가 주고 간 대구전만 날름날름 집어 먹었다.

"작작 먹어!"

칠봉이 약손의 손등을 찰싹 때렸다. 약손은 그런 칠봉을 약 올리며 손을 요리조리 피했다.

"내 비록 정처 없이 떠도는 몸이나 아무에게나 빚지는 가벼운 사내가 아닌 것을. 웩!"

"아부지를 놀릴래?"

"투전 빚은 빚이 아니냐? 내가 아부지랑 야반도주하다가 다리 부러진 것만 생각하면……."

"이놈 자식!"

혹시나 주모에게 들릴세라 칠봉이 약손의 입을 막았다. 하지만 그런 아비 놀려 먹는 일이 어찌나 재미가 있던지 약손은 낄낄낄 웃음을 멈추지 못했다. 약손이 입안에 밥과 대구전을 한가득 쑤셔 넣고 자리에서 일어났다.

"난 고만 씻으러 갈래. 토라진 주모나 잘 달래 주세요. 선비님."

"너!"

칠봉이 기겁했지만 약손은 이미 방으로 돌아간 후였다. 아휴, 이건 자식인지 원수인지 모르겠다. 칠봉이 설레설레 고개를 저었다.

"애 약손아, 솥에 끓인 물이 있다."

소세하러 가는데 주모가 넌지시 말했다. 따뜻하게 물을 끓여 놨으니 개운하게 목욕이라도 하라는 뜻이었다. 이것은 모두 약손이가 칠봉의 아들이기 때문에 해주는 특별 배려.

하루 종일 장바닥의 흙먼지를 다 마셨으니 약손도 목욕하고 싶은 마음이 굴뚝같았다. 목욕까지는 아니더라도 종아리만이라도, 팔뚝만이라도 옷을 훌쩍 걷어 씻었으면 원이 없을 것 같았다. 하지만 애석하게도 소세간에는 약손 말고도 수많은 사내들이 드나들었다. 보통 사내들은 찬물도 마다 않고 맨몸에 좍좍 뿌려 댔지만 약손은 절대 그럴 수 없었다. 김이 모락모락 나는 더운 물을 보며 잠시 갈등하던 약손이 고개를 저었다.

"저는 됐어요. 더운 물은 아버지께서 쓰실 거예요."

약손은 망건을 물이 닿지 않는 곳에 개어 두고 대야 앞에 반듯하게 앉아 세수를 했다. 어푸어푸! 약손이 찬물로 얼굴을 닦아 내면 닦아 낼수록 계집보다 더 뽀얀 살결이 빛을 발했다.

평소에도 준수하였지만 망건까지 벗어 놓으니 이마가 까놓은 마늘처럼 반반했다. 저리 신수가 훤하니 장터 떠도는 장돌뱅이면 뭐 어떨까? 지옥을 떠돌아도 상관없을 듯한 미모였다.

부엌 찬모들이 일부러 소세간을 오가는 척하며 약손이 목덜미 닦아 내는 모습을 훔쳐봤다. 얼굴로 물방울이 튀길 때마다 계집애들의 심장이 쿵쾅쿵쾅 방망이질했다. 약손은 세수를 끝내자마자 저를 쳐다보는 여인들에게 눈길도 주지 않고 방으로 들어갔다.

"하아……."

"허어……."

계집들의 탄식이 쏟아졌다. 좋은 구경이 다 끝나 버렸구나. 약손이 이 주막에 머문 뒤부터 약손의 세수하는 모습을 구경하는 일은 찬모들의 행사 아닌 행사가 되어 버렸다. 약손이 씻는 모습을 보면 저희들의 피로도 싹 씻기는 것만 같았다. 대체 어떤 여인이 낭군으로 모실지 참 복 받은 팔자임이 분명했다.

그러나 약손은 바깥 계집애들의 사정은 조금도 짐작하지 못했다. 방 안에서 꼼꼼히 제 얼굴만 단장했다. 물기를 말리고, 삐져나온 머리카락을 손가락에 감아 상투를 틀어 올렸다. 망건도 다시 단정히 썼다. 그리고 나서야 약손은 개다리소반을 펴고 자리에 앉았다.

하루 정산은 반드시 약손의 몫이었다. 칠봉은 돈만 보면 투전판으로 달려갔기 때문에 아비에게 돈을 쥐여 주는 것은 고양이에게 생선을 맡기는 꼴과 마찬가지였다. 아예 허튼수작 못 하게 싹을 잘라야 했다. 약손이 벼루에 먹을 풀었다. 얇은 세필 붓을 손가락에 걸어 쥐는 모습이 퍽 익숙했다.

"주모에게 줄 방값 다섯 냥, 밥값이 석 냥, 호리병 대주는 소씨

외상값 두 냥, 약방 이씨 약초 값 두 냥 반 푼……."

입출 장부는 언뜻 봐도 꼼꼼하게 잘 정리되어 있었다. 더군다나 써내려 가는 글씨는 또 얼마나 정갈한지 몰랐다.

예전에 칠봉은 어린 약손을 데리고 서당지기로 삼 년을 일한 적이 있었다. 서당지기의 아들이라는 천한 신분 때문에 서당 안에는 감히 발도 못 들였다. 하지만 약손은 동네 도령들이 공부할 동안에 서당 마당에서 놀이처럼 글을 배웠다. 나중에는 도령들이 필서 숙제를 약손에게 대신 맡길 정도였다. 도령들의 숙제를 도맡아 할 정도였으니까 한문은 물론이요, 언문 실력은 칭찬하기에도 입 아팠다.

약손은 앞으로 써야 할 돈을 제외하고, 나머지 돈을 모두 전대 안에 살뜰히 챙겨 넣었다. 오늘 벌이가 좋아서 유독 전대가 두둑했다. 마음이 뿌듯해졌다. 약손이 그제야 흐아암 크게 하품을 했다. 약손의 삐죽한 눈꼬리 끝으로 툭 눈물방울이 맺혔다.

칠봉은 주모를 달래는 건지, 회포를 푸는 건지 아직도 돌아오지 않았다. 약손은 전대를 제 베개 밑에 꼭꼭 넣어 두었다. 하루 종일 장바닥을 휘젓고 다닌 탓에 피로가 몰려왔다. 약손은 호롱불도 미처 끄지 못하고 그대로 잠이 들었다.

그렇게 밤이 깊어 갔다.

"손이 자냐?"

얼큰하게 취기가 오른 칠봉이 방으로 들어섰다. 자고로 권하는 술을 거절하는 것은 장부의 도리가 아니었다. 주모가 주는 술은 술대로, 안주는 안주대로 간만에 배부르게 먹었다. 칠봉이 끄어억 트림을 하며 방바닥에 주저앉았다. 하여간 어딜 가든 여자가 끊이지 않고 따르는 이놈의 잘난 얼굴이란……

과거에서부터 저를 따르던 수많은 여인네들의 얼굴이 주마등처럼 스쳐 지나갔다. 남원에서 사또 수청 들던 기생 춘심이, 시한 수 올리며 제게 눈웃음치던 서연이, 연못가에서 함께 목욕하고 놀았던 소월까지⋯⋯. 모두 칠봉이 퇴짜 놓은 과거의 여인들이었다.

 휴⋯⋯. 내가 이러니까 한곳에 맘 편히 머무르지를 못하지. 다 내 죄다, 내 죄. 내가 죄 많은 사내라서 그래⋯⋯.

 쯧쯧, 혀를 차는 칠봉의 눈에 약손이 걷어찬 이불이 보였다.

 "고뿔 걸리려고 그래? 왜 이불을 차?"

 칠봉이 저만치 멀어진 이불을 끌어다 약손을 덮어 주었다. 술기운이 거나하게 올라왔다. 자꾸만 눈앞이 팽팽 돌았다. 칠봉은 찬물에 세수나 하고 자야겠다고 마음먹었다. 방을 나서려는데, 때마침 약손이 끄응 희한한 잠꼬대를 하며 돌아누웠다. 처음에는 칠봉도 아무 생각이 없었다. 하지만 약손이 뒤척이는 바람에 베갯속에 꼭꼭 숨겨 둔 전대가 드러났다.

 "아니⋯⋯. 이건?"

 칠봉의 눈이 휘둥그레졌다. 약손이 넘겨주지 않았을 뿐이지 전대 안에 돈이 숨겨져 있다는 사실은 칠봉도 다 알고 있었다. 오른손이 저도 모르게 전대 쪽으로 뻗치는 것을 왼손으로 찰싹찰싹 때려 막았다. 이 못난 인간! 너 지금 무슨 짓을 하느냐? 안 된다! 이것은 절대 안 돼!

 약손은 이번 겨울에도 집 한 채 못 구하고 마냥 떠돌 수는 없다며 단단히 벼르고 있었다. 어떻게든 겨울이 오기 전에 번듯한 방 한 칸 얻어 사는 것이 약손의 소원이었다. 그래서 약손은 먹을 것 안 먹고 입을 것 안 입어 가며 억척같이 돈을 모았다. 그러니 다른 돈도 아니고 전대의 돈에는 절대 손을 대면 안 됐다.

만약 이 돈을 훔친다면 천하의 역적, 천하의 파렴치한이라 욕먹어도 할 말이 없었다.

여칠봉 정신 차려라! 안 된다! 미쳤다! 네가 정녕 돈은 게야!

칠봉은 부러 전대 쪽은 쳐다보지 않기 위해 홱 벽을 보고 돌아누웠다. 질끈 눈도 감았다. 하지만 그러면 그럴수록 머릿속에서는 투전판이 더욱 선명하게 아른거렸다. 투패를 쥐던 감각이 되살아나 열 손가락 마디마디가 찌릿했다.

반드시 패가 착착 붙으리라는, 천생 노름꾼의 직감이 찌르르 배 속을 스쳐 지나갔다. 이번엔 잘할 수 있어! 아니, 반드시 잘할 거야!

갑자기 눈이 팩 돌았다. 칠봉은 약손이 베고 누운 전대를 덥석 집어 들었다. 하지만 약손은 여전히 아무것도 모른 채 쿨쿨 잠에만 빠져 있었다.

그래. 투전판 가서 돈만 따오면 약손이도 더는 장바닥 떠돌며 고생하지 않아도 돼. 이건 나 좋자고 하는 짓이 아니라, 다 약손이 좋으라고 그러는 거다. 약손아, 애비가 이 돈 더도 말고 덜도 말고 딱 두 배로 불려서 가져다줄게. 조금만 기다려!

한번만 더 투전판에 가면 손목을 끊어 버리겠다는 약손의 협박은 까맣게 잊었다. 칠봉은 전대를 손에 쥔 채 그대로 주막을 튀어 나갔다. 약손이가 그 돈을 어떻게 모았는데. 어찌 애비가 저럴 수가 있는 건지. 칠봉은 참으로 죄 많은 사내임이 분명했다.

"이런 호구를 봤나……."

저도 모르게 툭 말이 튀어나왔다. 제 입 간수 하나 제대로 못한 칠봉은 그저 민망한 듯 허허허 너털웃음을 터뜨렸다. 티 내지 않으려고 했는데, 정말 그러지 않으려고 했는데 제 앞에 가득 쌓인 엽전, 금붙이를 한 번에 쓸어오고 나니까 이 못난 호구들이 그저 안타까울 뿐이었다. 그러다 보니 칠봉은 저도 모르게 '호구'라는 말을 내뱉고 말았다.

칠봉의 실언에 돈을 잃은 호구는 화가 나도 단단히 난 듯했다. 얼굴이 붉으락푸르락 달아올라서는 씩씩 콧김을 뿜어 댔다.

"이거 참, 미안하게 됐수다. 헤헤……."

하지만 패가 제게만 착착 붙는 것을 어떡하라는 말인가? 칠봉은 기름을 반질반질하게 먹인 투패를 바닥에 탁 내려놓았다. 한가득 쌓인 재물을 꾸러미 안에 착착 챙겨 넣었다. 그 모습을 지켜보던 호구는 더 이상은 못 참겠다는 듯 벌떡 자리에서 일어났다.

"잠깐만 기다리시오!"

호기롭게 외친 호구가 밖으로 뛰쳐나갔다. 저이가 왜 저러지? 똥이 마렵나? 칠봉 입장에서는 하나도 급할 게 없었다. 칠봉이 미지근해진 탁주를 쭉 들이켰다.

"형씨는 어쩜 그렇게 운수가 좋소?"

"아무리 그래도 개평은 주고 가야 하오?"

함께 투전판에 뛰어든 패거리들이 칠봉을 한껏 더 치켜세웠다. 그러다 보니 칠봉의 기는 점점 더 살아났다.

곧이어 호구가 어디서 났는지 엽전 한 꾸러미를 가져왔다. 그뿐만이 아니었다. 호구의 손에 들린 문서 한 장. 자세히 보니 호구의 집문서였다.

"마지막 판이올시다! 이 집문서 걸고, 나랑 마지막 한판을 겨뤄 보자고!"

사실 칠봉은 처음 결심한 그대로 밑천의 딱 두 배를 땄으니까 미련 없이 주막으로 돌아가려던 참이었다. 약손에게 오랜만에 아비 노릇하며 큰소리칠 생각이었다. 어깨가 절로 으쓱해졌다. 이걸로 집 사고, 우리 약손이 따뜻한 솜옷 하나 지어 주고, 국밥 도 실컷 먹여야지……. 가슴속에서 가장의 포부가 모락모락 피어 올랐다. 하지만 호구가 팔랑팔랑 흔들어 대는 집문서를 보니까 왜 이렇게 마음이 혹하던지.

가야 한다는 생각이 들었지만 집문서를 보고 나니까 그런 생 각은 온데간데없이 싹 사라졌다. 더군다나 호구의 집은 한양 한 복판의 금싸라기 땅이었다. 역시 이 좋은 기회를 놓칠 수는 없었 다. 엉거주춤 자리에서 일어서려던 칠봉이 다시 털썩 방구들에 엉덩이를 붙였다. 칠봉은 재물로 가득 찬 전대를 투전판 한복판 에 던졌다.

"좋수다. 한번 해보지!"

칠봉이 거드름을 피웠다. 내가 이래뵈도 조선 팔도의 장터란 장터는 싹 다 주름잡던 여칠봉이야! 암, 사내 인생 한 방이지! 칠봉이 손때가 묻어서 반질반질해진 투전패를 잡았다.

그리고 이제부터 본격적인 호구 사냥이 시작됐다. 판에 꼈던 남자들과 집문서 들고 온 호구가 서로 흉흉한 눈빛 주고받았다 는 것은 그저 칠봉만 모르는 사실이었다.

그렇게 한 판만 더, 한 판만 더……. 이번이 정말 정말 마지막 판…….

투전은 마누라 치마까지 벗겨 가며 한다더니 그 말이 딱 맞았 다. 칠봉은 밑천의 두 배를 땄을 때 돌아서야 했다. 조금만 더 하 면 될 것 같고, 조금만 더 하면 될 것 같더니.

꼬끼오오! 어슴푸레하게 밝아 오는 방정맞은 닭소리에 정신을 차렸을 때는 이미 투전판의 고리대까지 끌어다 쓴 상태였다.

"나, 난 이만 돌아가야 하는데……."

내가 지금 무슨 짓을 한 거지? 목소리가 떨렸다. 사내들의 땀 냄새, 침 냄새, 아무 때나 북북 뀌어 댄 방귀 때문에 조그만 방 한 칸은 악취로 가득했다. 다른 사내들처럼 칠봉의 눈도 시뻘겋 게 충혈이 되어 있었다. 자리에서 일어서려는데 등 뒤에서 덥석 어깨가 잡혔다.

"어딜 가시나? 끌어 쓴 돈이 은 열 냥에, 쌀만 서른 말이야."

칠봉의 어깨를 잡은 남자는 방금 전까지만 해도 이번 판은 이 긴다, 돈을 좀 더 빌리면 이긴다, 적게 빌려서 졌으니까 더 많이 빌려라, 다정하게 조언했던 사람이었다. 하지만 남자는 순식간 에 손바닥 뒤집듯 얼굴 표정을 바꿨다. 이제 보니 오른쪽 뺨에는 쭉 찢어진 칼자국이 있었다.

칼자국은 칠봉의 얼굴 앞에 차용증을 내밀었다. 증서에는 칠 봉이 고리대를 끌어다 쓰면서 정신없이 툭툭 찍어 준 지장 자국 이 선명했다.

아이고, 미친놈! 천하의 돈 놈! 어쩌자고 이딴 증서에 덥석덥 석 도장을 찍어! 칠봉은 지난밤 제 자신의 뺨을 후려치고 싶은 심정이었다.

"내가 돈은 어떻게든 마련해 오겠습니다……."

어차피 팔도를 떠돌아다닌 몸, 어떻게든 이 상황을 무사히 넘 긴다면 한양과는 최대한 멀리멀리 떨어진 지방으로 도망칠 속셈 이었다. 이 무서운 작자들과 다시는 마주치지 않을 작정이었다. 하지만 그런 얕은 수는 통하지 않았다. 칠봉이 돈을 빌린 고리대 금업자는 어수룩한 뜨내기가 아니었다. 한양 왈패들은 투전판에 서 호구 등쳐먹는 수법이 악랄하기로 유명했다.

"돈 가져오기 전까지는 아무 데도 못 가."

"뭐라구요?"

"아들 있다며? 돈을 마련해 와야지."

"아니, 내가 일단 돌아가서 차근차근 갚는다는데……. 헉!"

칠봉이 외마디 비명을 질렀다. 칼자국의 사내가 그대로 칠봉의 명치를 후려쳤다. 숨이 턱 막혔다. 칠봉은 그대로 바닥에 고꾸라졌다. 급소를 맞은 탓에 더 이상 반항도 못 했다. 칠봉은 사내들에게 양팔이 결박되어 끌려갔다.

"나를 좀 보내 주시오. 참말이오! 거짓이 아니오! 내가 반드시 돈을 구해 올 테니까 제발 나를 보내 주시오……."

칠봉은 그대로 어두운 광 안에 갇혔다. 투전판에 호기롭게 낄 때는 몰랐는데, 투전판 뒤에는 칠봉 같은 체납자를 가둬 두는 광이 따로 있었다. 세상에, 전문꾼들이 분명했다. 어두운 광 안에 칠봉처럼 퀭한 얼굴을 한 사내들이 한둘이 아니었다.

이거 참, 잘못 걸려도 단단히 잘못 걸렸구나! 대체 내가 어쩌자고 이런 흉악한 놈들과 투전을 하여서……. 아이고, 우리 약손이 말을 들었어야 했는데. 약손이가 아비 없어졌다고 걱정할 텐데……. 아니, 투전판에 온 거 알면 손목부터 자르려나? 아이고, 약손아! 이 아부지는 어떡하면 좋냐?

칠봉이 후회했지만 이미 늦었다.

콰앙! 광문이 닫혔다. 빛은 완전히 사라졌다.

[2]

꿈에 용을 봤다.

나비 한 마리가 자꾸만 눈앞을 아른거리기에 신나서 따라갔다. 높은 파도가 치는 바다를 헤엄쳤다가, 굽이굽이 이어지는 산골짜기의 계곡을 건넜다가. 땀이 뚝뚝 흐르고 꼴깍꼴깍 숨이 턱 밑까지 차올랐는데도 약손은 포기하지 않았다. 나비의 뒤를 끝까지 쫓았다.

그까짓 나비 한 마리가 무어라고.

그렇게 떠돌고 떠돌다 보니 어느 동굴에 도착했다.

"나비야, 나비야! 어디로 갔누……."

하염없이 나비를 불렀다. 그때, 저 멀리 동굴 깊숙한 곳에서 번쩍 빛 하나가 보였다. 옳다구나! 나비가 저쪽으로 갔구나! 약손의 걸음이 빨라졌다. 희미했던 빛도 점점 진해졌다. 곧 약손은 눈도 제대로 못 뜰 정도의 환한 빛에 휩싸였다.

나비야……

부르던 순간이었다.

약손의 눈에 긴 몸을 구렁구렁 감고 바닥에 드러누운 용 한 마리가 보였다. 그 몸뚱이는 길고길고 또 길고……. 둘레만 해도 웬만한 느티나무 한 아름은 저리 가라였다.

아이고, 용신이구만! 용신이 오셨어! 칠봉이라면 덥석 절을 했을지도 몰랐다. 어쩌면 걸음아 날 살려라 도망을 쳤을지도. 하지만 약손은 옛이야기에서나 들었던 용을 실제로 본 일이 참으로 신기할 뿐이었다.

"크르릉!"

용은 약손이 저를 헤치려는 줄 알고 험악하게 아릉거렸다. 당장이라도 아가리를 쩍 벌려서 약손의 목을 물어뜯을 것만 같았다. 하지만 꿈이라서 그랬을까? 약손은 겁도 없이 용의 앞으로 한 발 한 발 다가섰다.

"너 이름 뭐야? 왜 여기에서 이러고 있어?"

이것저것 따져 묻기도 했다. 하지만 그 순간 약손은 보았다. 용이 웅크리고 누운 배에서 피가 철철 흘렀다. 심지어 작은 냇물이 되어 졸졸졸 핏길을 만들어 낼 정도였다. 어떤 몹쓸 놈이 칼로 후벼 팠는가? 아니면 동무 용과 싸워서 물렸는가? 아이고, 이를 어쩌? 어쩌누? 어쩌다가 이렇게 다쳤누? 약손이 용을 다독였다. 용의 큰 눈에서 뚝뚝 닭똥 같은 눈물이 흘렀다.

"왜 울어? 울지 마. 아프지 마……."

약손이 용을 제 품에 끌어안았다. 누가 시킨 것도 아닌데 그냥 그렇게 해야 할 것만 같았다.

그렇게 약손은 꿈속에서 꼬박 백일 낮 백일 밤을 보내며 아픈 용을 간호했다. 그러다가 용의 상처가 점점 나았던가? 어느새 약손은 어두운 동굴을 빠져나왔다. 용의 등을 타고 새파란 하늘을 쌩쌩 날았다. 저 먼 아래로 제가 헤엄쳐 왔던 깊은 바다도 보이고 험준한 계곡도 보였다. 너무 신이 나서 용을 끌어안고 마구 웃었다.

"너도 내가 좋지? 나도 네가 좋아."

뭐 이런 말을 했던 것 같은데…….

눈을 떴을 때는 어느새 햇빛이 쨍쨍한 아침이었다.

"뭐 이런 꿈을……."

다른 것도 아니고 용을 타고 놀다니. 어이가 없어 픽 웃음만 났다. 하지만 꿈에서 신수를 만나는 경우는 흔한 일이 아니었다. 그 용을 타고 노는 것은 더욱 희귀했다. 아무래도 오늘 일진이 좋으려나? 약손이 혼자 피식피식 웃으며 이부자리를 정리했다. 칠봉은 벌써 일어났는지 옆자리가 휑했다.

별일이래? 아부지가 아침 일찍 일어나고…….

약손은 대수롭지 않게 생각하며 쭉 기지개를 켰다. 습관처럼 대접에 물 한 잔을 따라 마셨다. 그러곤 베개 밑의 전대를 찾았지만 웬일인지 손에 잡히는 게 아무것도 없었다.

"……뭐야?"

순간 가슴이 철렁했다. 베개 안이 횅했다. 혹시나 싶어 베갯속을 까뒤집다 못해 이불 속까지 탈탈 뒤졌다. 하지만 전대는 아무 곳에도 없었다. 귀신이 곡할 노릇이다. 분명 자기 전에 넣어 둔 전대가 감쪽같이 사라지다니? 등줄기로 주르륵 식은땀이 흘렀다.

그때였다. 밖에서 주모의 다급한 목소리가 들렸다.

"애, 약손아! 약손아! 좀 나와 보아라!"

주모의 목소리가 예사롭지 않았다. 약손이 밖으로 뛰어나갔다. 주모는 치맛단을 쥐어 잡은 채로 어쩔 줄을 몰라 했다.

"세상에, 선비님께서…… 느이 아부지가……."

순간 약손은 온몸에 맥이 쭉 빠지는 기분이었다. 밤새 용을 타고 날아오르더니 감히 신수를 제 아래에 두었다 하여 하늘이 노하셨나? 용꿈은 호몽은커녕 흉몽이었나 보다. 약손은 그대로 바닥에 털썩 주저앉았다.

*

'그치들이 얼마나 무서운 패거리인 줄 아니? 만만한 호구 하나 잡아서 투전하게 만든대. 갖은 수법 다 동원해서 고리대에서 돈 빌리게 만든대. 그다음에는 재물이고, 처고, 딸이고, 싹 다 팔아 버리는데……. 호구는 명나라 가는 배에 실어서 뱃사람을 만든다더라.'

주모가 전해 준 말은 듣기만 해도 섬뜩했다. 이곳에 찾아올 때까지만 해도 설마 사람의 인두겁을 쓰고 그런 끔찍한 일을 실제

투전판에 바뀐 운명 43

로 저지를까? 주모가 부풀려 말한 것이라고만 생각했다. 하지만 주모의 말은 사실이었다.

쾨앙!

광문이 열렸다. 뭐라 형용할 수 없는 악취가 혹 끼쳤다. 아버지를 만나게 해 준대서 따라왔는데 대체 어디로 가는 것인지. 광안에는 눈빛이 퀭한 사람들이 먼지처럼 뭉쳐 있었다. 설마 이런 곳에 제 아비가 있으리라고는 상상도 할 수 없었다. 하지만 '약손아!' 제 이름을 부르는 익숙한 목소리가 들렸을 때 약손은 휘청 그 자리에서 주저앉을 뻔했다.

"아부지!"

"약손아!"

고작 한나절 못 보았을 뿐이었다. 그동안 칠봉에게는 무슨 일이 일어났던 걸까? 얼굴, 몸에 멍과 피딱지가 가득했다. 이게 다 어떻게 된 일이야? 무슨 일이야? 약손이 물었다. 칠봉은 그저 눈물만 줄줄 흘렸다.

"미안해. 아부지가 못나서…… 나 때문에 약손이 네가……."

칠봉은 가장의 체면도 잊고 엉엉 울음을 터뜨렸다. 아부지가 왜 울어? 뭘 잘못했다고 울어! 약손이 칠봉의 눈물을 닦아 주었다.

등 뒤에서 휘익 휘파람 소리가 들렸다. 칠봉은 그것만으로도 잔뜩 겁을 집어먹었다. 약손이 팩 고개를 돌렸다. 저 멀리서 심한 팔자걸음으로 걸어오는 사내 한 명이 보였다. 사내의 얼굴에는 긴 칼자국 하나가 그어져 있었다. 사람의 일평생은 눈빛에 기록된다더니. 약손을 쏘아보는 눈빛이 이루 말할 수 없이 흉흉했다.

"네가 호구 아들이야? 아부지 데리러 왔어?"

사내는 첫판부터 비아냥거렸다. 감히 제 아비를 호구라고 하다니! 당연히 약손도 제 아비를 이렇게 만들어 놓은 사내한테 말을 곱게 하지 않았다.

"그래! 네가 우리 아버지 이렇게 만들어 놨냐?"

"그렇다면 어쩔 건데? 얼굴은 기생오라비같이 생겨선…… 사내 구실, 아들 노릇은 하겠다 이거야?"

칼자국이 약손을 비웃었다. 계집들은 멋있다며 꺅꺅 까무러칠지언정, 사내답지 못한 얼굴은 치욕이라고 생각했나 보다. 칼자국이 실실 웃으며 약손의 얼굴에 손을 대려 했다. 하지만 어림도 없었다. 약손이 그 손목을 탁 야멸치게 쳐냈다.

"어쭈? 성깔 보게?"

칼자국은 그런 약손이 조금도 위협적이지 않다는 듯 낄낄 웃기만 했다.

"그래, 기생오라비도 사내는 사내지. 뭐, 돈은 가져왔고?"

"얼마야? 얼마인지 알아야 계산을 해 주지!"

약손은 칼자국에게 전혀 기죽지 않고, 칠봉을 바라봤다.

"아부지 빚이 얼마야? 나 모아 놓은 돈 있어. 빚이 얼마인지는 몰라도 얼른 갚고, 얼른 나가자……."

약손이 속삭이자, 칼자국이 픽 웃음을 터뜨렸다.

"호구 아들은 돈 많나 보네. 여칠봉이 빚진 돈, 은 열 냥 그리고 쌀 서른 말!"

"그까짓 은 열 냥이 뭐 대수라고. 은 열 냥에 쌀 서른…… 뭐라고?"

가만히 셈하던 약손의 눈이 휘둥그레졌다. 내가 잘못 들었나? 잘못 들은 거지? 믿을 수가 없었다. 대체 무슨 짓을 하면 단 하룻밤 사이에 빚을 그렇게 많이 질 수 있단 말이지? 이건 말도 안 되는 일이었다.

"왜 내가 거짓말하는 것 같아?"

하긴, 호구 찾으러 온 가족 중에서 약손 같은 반응을 보이는 사람들이 한둘 아니었다. 칼자국은 여유로운 표정으로 차용증을 꺼내 보여 줬다. 거짓말이 아니었다. 증서에는 칠봉의 지장이 꾹 꾹 찍혀 있었다. 은 열 냥과 쌀 서른 말이 빼도 박도 못할 칠봉의 빚이라는 것을 증명해 주는 증서.

약손이 칠봉을 바라보았다. 제발 칠봉이 저치의 말은 아니라고, 거짓말을 하고 있는 것이라고 말해 주길 바랐다.

"……미안해."

하지만 칠봉은 약손을 볼 염치도 없다는 듯 푹 고개를 숙일 뿐이었다. 약손은 그만 딱 까무러치기 직전이 되었다. 세상에 단 하룻밤의 빚이 은 열 냥? 쌀 서른 말? 아부지 미쳤어? 약손이 저도 모르게 소리쳤다.

"하룻밤 빚이 은 열 냥, 쌀 서른 말이라니! 이게 말이 돼? 당장 관가에 가서 당신을 고발할 거야! 이 사기꾼! 왈패꾼!"

"그러시든지. 느이 아부지는 엄연히 나한테 돈을 빌렸고 차용증을 썼어. 난 누구보다 정정당당하거든? 관가를 가든, 궁궐을 가든 네 마음대로 해봐."

칼자국의 수법은 늘 이런 식이었다. 호구가 직접 지장 찍은 차용증이 존재하는 한 사또, 아니 나라님이 와도 저는 죄가 없었다. 칼자국은 제 할 말은 이제 다 끝났다는 듯 휙 돌아섰다. 그러다가 뭔가 생각났다는 듯 멈춰 섰다.

"아차차! 한 가지 말 안 해 준 게 있는데 보름 후에 포구에서 배가 출발해."

"그게 뭐?"

"돈을 못 갚으면 저 하찮은 몸뚱이라도 파는 수밖에 없지. 사지 멀쩡한 게 다행인 줄 알아. 힘없는 늙은이였으면 널 대신 팔았을 테니까. 느이 아버지 멀쩡히 데려가고 싶으면 배 뜨기 전까지 돈을 가져오는 게 좋을 거다."

"대체 그게 무슨 억지야? 그 많은 돈을 어디서 보름 만에 구해 와?"

"내 알 바인가?"

칼자국은 가차 없었다. 약손은 그대로 쫓겨났다.

"약손아! 약손아!"

"아부지! 아부지!"

약손의 이름만 하염없이 부르던 칠봉도 다시 광 안에 갇혔다. 아버지를 구하려면 돈을 가져와. 칼자국이 마지막에 남긴 말은 그것뿐이었다. 정녕 하늘이 무너지는 것 같았다.

약손은 하루 종일 정처 없이 걸어 다녔다. 어떻게든 돈을 구해 오겠다고 큰소리는 쳤지만, 대체 그 큰돈을 어떻게 구한단 말인가. 그것도 보름 만에. 아무리 홍장의 신약이 잘 팔린다 한들 그렇게 큰돈을 모으는 것은 불가능했다.

눈물이 핑 돌았다. 대체 제 아비는 어찌 이토록 어리석고 무모한가. 그 돈이 어떤 돈인 줄 뻔히 알면서 그리 허망하게 투전판에서 날릴 수 있는가…….

화가 났다가 억울했다가, 온갖 감정이 휘몰아쳤다. 하지만 그래도 결국 마지막에 떠오르는 것은 왈패들에게 얻어맞아서 꼴이 말이 아니던 칠봉의 얼굴이었다.

약손은 그냥 발 닿는 대로 걷고 또 걸었다. 주막에 돌아왔을 때는 해가 진 다음이었다. 터덜터덜 힘없이 들어오는 약손을 보고 양씨가 치맛단을 붙잡고 달려왔다.

"어떻게 됐니? 돈은 구했어?"

"……."

허망한 표정을 보니 대답은 듣지 않아도 알 것 같았다. 왈패들은 이 근방에서도 소문난 악질 중의 악질이었다. 하필이면 선비님은 얽혀도 어찌 그런 패와 얽혀서! 양씨도 걱정이 이만저만 아니었다. 축 늘어진 약손의 뒷모습이 안쓰러웠다.

"밥은 먹었니?"

약손은 생각 없다는 듯 고개만 저었다. 하지만 이러면 이럴수록 더 잘 먹고 버텨야 했다. 양씨가 약손의 손을 잡아끌었다.

"그래도 밥을 먹어야지. 네가 기운을 차려야 선비님을 다시 모시고 오지 않겠어?"

"……."

주모가 약손을 상 앞에 끌어 앉혔다. 하루 만에 해쓱해진 얼굴이 까칠했다. 뜨듯한 국밥 한 그릇을 내줬지만 약손은 수저 들 힘도 없어 보였다.

"……."

그 나쁜 자식들, 아부지한테 밥은 제대로 줄까? 약손은 국밥을 앞에 두고 제 아버지 걱정에 한숨만 푹푹 내쉬었다.

그렇게 얼마나 지났을까.

한 무리의 사내들이 왁자지껄 떠들며 주막 안으로 들어왔다. 그들은 오늘 하루를 이곳에서 머물자며 저들끼리 합의를 봤다. 이내 약손의 뒤쪽에 자리를 잡고 앉았다.

"주모, 여기 국밥 네 그릇만 가져다주시오."

사내들은 먼 곳에서 온 듯했다. 말투에 언뜻 사투리가 섞여 있었다. 삭신이 쑤신다느니, 발바닥에 물집이 잡혔다느니 이야기를 나누며 서로 웃고 떠들었다. 그러거나 말거나 약손은 여전히 넋을 놓은 채였다.

곧 사내들이 주문한 국밥이 나왔다. 사내들이 후루룩후루룩 바삐 수저질을 했다. 어느 정도 배를 채우고 난 뒤에는 저희들끼리 신나게 회포를 풀기 시작했다. 아까부터 제일 말이 많던 사내가 첫 운을 뗐다.

"자네, 이번에 뽑히면 뭣부터 할 텐가?"

"일단 어머니부터 새집으로 모실 생각이야. 지금 있는 집은 자꾸 비가 새서 영 안 되겠어."

대답하는 사내의 말을 받으며 다른 사내가 불쑥 끼어들었다.

"난 장가부터 갈 걸세. 사실 고향 떠나기 전에 예분이랑 혼인하기루 약속을 해놨거든."

"어허, 이 사람 보게? 장가갈 생각부터 했단 말이야?"

"물론 아기도 낳아야지."

남자가 천연덕스럽게 대답했다. 평상에서 와하하 큰 웃음이 터졌다. 다른 사내가 중얼거렸다.

"하긴 우리 중에 미혼은 자네뿐이니 혼인하는 것도 나쁘진 않지. 하여튼 녹봉이 은 열 냥에 쌀 서른 말이면 우리 생활도 반드시 필 터……. 다들 좋은 결과가 있어야 할 텐데."

"그러게 말이야……."

그때였다.

국밥 한 그릇을 놓고 제사를 지내는지 기도를 하는지 넋 놓고 있던 약손의 어깨가 움찔 떨렸다. 약손이 휙 고개를 쳐들었다. 저 사내가 지금 뭐라 했지? 내가 분명히 들었는데? 똑똑히 들었는데? 녹봉이 쌀 서른 말에…… 은 열 냥?

동시에 우당탕 약손은 체면도 잊고 사내들의 자리로 성큼성큼

다가갔다. 그리고 물었다.

"방금 전에 뭐라고 하셨습니까? 다시 한번 말해 줄 수 있습니까? 객들 하시는 일이 대체 무엇이기에 녹봉이 은 열 냥에 쌀 서른 말이나 됩니까?"

다짜고짜 안면 몰수하고 물었다. 사내들은 세상에 뭐 이런 놈이 다 있냐는 듯 약손을 쳐다봤다. 하지만 약손의 표정은 누가 봐도 절박하고 엄청나게 다급했다. 미친 사람은 아닌 것 같은데…… 조금 의심스럽긴 했지만 약손이 얼빠진 사람은 아닌 것 같았다. 사내 중 한 명이 순순히 대답을 해주었다.

"우리는 말일세……."

세상에, 녹봉이 무려 은 열 냥에 쌀 서른 말이라니. 칠봉을 살릴 방법은 이제 이것 하나뿐이었다. 약손은 지옥의 불구덩이에 빠지는 일이라도 사내가 알려 주는 일을 기꺼이 하리라 다짐했다.

*

새벽, 약손은 방 한가운데에 가만히 앉아 있었다. 눈이 붉게 충혈된 것을 보니 날을 꼬박 새웠음이 분명했다. 하지만 얼굴에 피곤한 기색은 하나도 없었다.

닭이 울었다. 창호지 바른 문밖에서 푸릇푸릇하게 빛이 들었다. 드나드는 객 많은 주막답게 갈 길이 바쁜 사람들은 벌써 일어나서 단장하는 소리가 들렸다. 하루가 바빠지려는 참이지만 오직 약손 혼자만 아무런 미동도 하지 않았다.

"……."

어디로 떠나려는 것인가? 약손의 방은 평소와 달리 단정하게 정리되어 있었다. 약손의 옷, 칠봉의 짚신, 두루마기 따위의 생필품은 물론이고 미처 팔지 못한 홍장의 신약까지 단자에 얌전히 담겼다. 한 푼이라도 아쉬운 판국이니 떨이를 쳐서라도 다 팔아야 마땅했지만 칠봉이 저지른 사고 때문에 그럴 여유도 없었다. 하긴, 말이 좋아 홍장의 신약이지 어차피 백작약만 푹푹 삶아 넣고 끓인 쌍화탕이었다.

약손의 앞으로 저고리와 바지, 행전이 보였다. 찬물에 손가락 끝이 시뻘게지도록 비벼 빤 효과가 있었나 보다. 옷가지는 밤새 보송보송 잘 말랐다. 그것들은 모두 약손이 평소에 입고 다니던 옷이었다. 그런데 약손은 옷들을 물끄러미 바라보기만 할 뿐 좀처럼 입지를 못했다.

그때였다. 밖에서 어흠어흠 헛기침 소리가 들렸다.

"이보게 약손이. 정말 우리와 함께 갈 텐가?"

목소리의 주인공은 어젯밤 약손이 무슨 일을 하기에 녹봉이은 열 냥, 쌀 서른 말이나 되는 거냐고 다짜고짜 물었던 사내였다. 사내는 약손이 그저 급전이 필요해서 객기에 해본 말인지, 진정 저희와 함께 길을 떠날 참인지 한 번 더 확실히 하고 싶었다.

"……."

약손이 꾹 다문 입술을 초조한 듯 몇 번 짓이겼다. 스스로 상처를 내는 습관이라 칠봉에게 그리하지 말라 혼나고 또 혼났지만 여태 고치지 못했다.

"이보게, 약손이……."

남자가 다시 말했다. 이제 더는 지체할 수 없었다. 약손이 아무 대답도 하지 않는다면 사내 역시 그냥 떠나 버릴 터였다. 깊은 생각에 잠겼던 약손이 마침내 대답했다.

"예. 갈 것이옵니다."

대답이 없는 것을 보니 그저 객기였구나, 해본 말이구나……
돌아서려던 사내는 그제야 고개를 끄덕였다.

"하면 차비 마치는 대로 나오시게나. 한양까지는 갈 길이 멀어."

"……예."

문밖에서 언뜻거리던 사내의 그림자가 사라졌다. 얼굴에 수심이 가득했던 약손도 마침내 결심을 끝마쳤다.

약손이 새 옷을 갈아입기 위해 툭 저가 입고 있던 잠옷의 저고리부터 풀었다. 약손의 저고리는 두록색의 민저고리로 간단한 소지품을 넣을 수 있는 쌈지 주머니가 달렸다. 특별할 것도, 별다를 것도 없는 평민 사내들의 복식이었다. 하지만 약손이 마침내 저고리를 벗었을 때, 실로 놀라운 광경이 드러났다.

툭 불거진 쇄골 아래부터 선이 둥그러진다 싶었다. 보드라운 목덜미를 따라가 보면 겨드랑이부터 살이 꽉 차 올랐다. 보통 사내들의 판판한 가슴과는 전혀 달랐다. 이것은 분명…… 틀림없는 여인네의 가슴 둔덕이었다!

약손은 늘 하던 대로 별로 놀라운 표정도 없이 길게 자른 아마천을 제 가슴팍에 둘둘 말았다. 잔뜩 압박하는 힘에 봉긋 부풀어 올랐던 가슴은 아마천 밑에서 평평해졌다. 마침내는 잘 다져진 흙처럼 감쪽같이 그 형태를 감췄다.

약손은 그 위에 잘 빨아 놓은 저고리를 덧입었다. 그러고 나니 어느새 약손은 감쪽같은 사내의 모습이 되었다. 봉긋 솟았던 가슴이고 뭐고 하나도 없었다. 계집애들이 미남자의 전형이라며 설레던 환한 이마, 칼자국이 기생오라비 같다며 비웃었던 버선코를 닮은 입매……

그랬다. 사실 약손은 본래 사내가 아닌 여인의 몸이었다.

[3]

이 세상에 사연 없는 사람이 어디 있겠냐만 잠시 약손의 이야기를 하련다.

10년 전, 약손이 여덟 살 때의 일이었다. 약손은 온몸에 끓는 고열로 까무러치기 일보 직전이었다. 당시에는 몰랐으나 약손은 홍역을 앓던 중이었다. 세상 겪어 보지 못한 열 때문에 정신이 혼미해졌다. 혀는 모래를 뿌려 놓은 것처럼 버석거렸다. 붉게 오른 반점이 가려워서 미친 듯이 긁고 또 긁다 보니 온몸은 피투성이가 됐다. 손톱 밑으로 피 묻은 살덩이가 흉물스럽게 말라붙었다. 그런 반송장의 상태였으니 약손은 여기가 어디인지, 제가 어디로 향하는지도 몰랐다.

'도망가라, 멀리. 절대 잡혀서는 안 돼.'

귓전에 신신당부하던 목소리 하나만 또렷하게 기억하며 그저 발길 닿는 대로 걷고 또 걸었다. 색이 고와서 좋아했던 색동저고리에는 흙이 잔뜩 묻어 걸레짝과 다름없는 꼴이 되었다. 그러다가 약손은 어느 순간 푹 자리에 고꾸라지고 말았다.

여덟 살 난 아이 걸음으로 십 리가 넘는 거리를 홀로 걸어왔으니 당연한 일이었다. 저 멀리 환한 해가 떠올랐다. 하지만 자꾸만 감기는 눈앞의 세상은 천지 분간도 할 수 없는 온통 암흑이었다.

"아버지……."

불바다가 되던 집. 어서 가라며, 멀리 떠나라며 제 등을 밀치던 아버지의 얼굴이 마지막이었다. 약손은 어느 인적 없는 고갯길에서 홀떡 정신을 잃었다. 아마 그대로 두었으면 약손은 까딱

없이 죽었을 것이다. 하지만 이게 무슨 조화일까? 아마도 약손은 장수할 운명을 점지 받았나 보다.

그날 아침, 칠봉은 하나뿐인 아들을 산에 묻고 오던 길이었다. 어릴 때부터 황달이다 고뿔이다 뭐다 해서 골골거렸는데 결국 의원조차 고개를 저었다. 결국 아이는 심한 열감기가 온 지 사흘 만에 명을 달리했다.

처가 산후통에 아기를 낳은 후 일주일 만에 죽고, 그 아이는 여덟 살 생일상도 못 받고 죽고. 사내로서 박복하다면 꽤나 박복한 팔자였다.

나이 어릴 때 죽은 아이는 무덤도 없이 거적에 둘둘 말아 버리는 것이 관례였다. 하지만 칠봉은 아무래도 그렇게는 할 수 없었다. 못난 아비였으나 자식의 정이란 게 그렇지 않은가? 칠봉은 인적 드문 산, 햇볕 잘 드는 자리에 어린 아들을 묻고 돌무덤을 쌓아 주었다.

이럴 줄 알았으면 약 한 제라도 더 써보는 건데. 이리 허망하게 보낼 줄 알았다면 좋아하는 주전부리 하나 더 사주는 건데……. 소용없는 후회를 하며 밤새 돌무덤 앞에서 펑펑 울었다. 칠봉은 온몸에 진이 빠진 채로 고갯길을 터덜터덜 걸어 내려오던 중이었다.

그때, 칠봉은 길에 쓰러진 한 아이를 발견했다.

내가 헛것을 보았나? 처음에 칠봉은 제가 기력이 다해 환시를 보는 줄만 알았다. 흙 때가 잔뜩 묻은 손등으로 버석한 눈알을 마구 비볐다. 이 으슥한 고갯길에 어찌 어린아이가 쓰러져 있어? 호랑이가 물어가지 않은 것이 천만다행이었다. 하지만 더 고민할 겨를도 없었다. 칠봉이 발견했을 때 약손은 거의 숨이 넘어가기 직전이었다. 손가락을 대 본 코밑의 숨은 당장이라도 끊어질 만큼 미약했다.

솔직히 처음엔 칠봉도 모른 척할까 싶었다. 어차피 죽을 아이 같았으니까.

하지만 참말 신의 장난이라고 할 수밖에 없는 상황이었다. 하필이면 아이는 돌무덤에 묻고 온 칠봉의 아들과 체구도 닮았고 나이도 비슷한 또래 같아 보였다. 다른 점이 딱 하나 있다면 거지꼴이 됐을지언정 치마를 둘러 입었으니 성별이 계집이라는 것일까? 아무튼 사내든 계집이든, 내 아이든 남의 아이든, 방금 아이를 산에 묻고 온 아비 입장에서는 절대 그냥 지나칠 수 없는 광경이었다.

"애! 애! 일어나 보아라. 왜 이러고 누워 있니? 너 예서 이러고 있다간 죽는다……."

칠봉은 아이의 몸에 빨갛게 돋아난 반점을 발견했다. 아기들이 어릴 때 한 번씩 걸리는 홍역이었다. 칠봉도 어렸을 때 홍역을 치르느라 거의 죽다 살아난 경험이 있었다.

이대로 두고 가면 참말 죽고 말지어니……

더 이상 망설일 것도 없었다. 칠봉은 그대로 아이를 제 등에 둘러업었다. 그리고 산 밑의 집으로 뛰기 시작했다. 애, 조금만 참아라. 조금만 견더라……

그때 중얼거렸던 말은 그전 날 까무러쳐 죽은 제 아이에게 말하는 것인지, 오늘 처음 본 계집애에게 말하는 것인지 칠봉조차도 알 수 없었다. 그렇게 칠봉은 제 온몸이 땀범벅이 되는 줄도 모르고 아이를 업고 내달렸다.

그렇게 아이는 점점 기운을 차렸다. 반점도 잘 아물고 제법 정신도 돌아와서 죽을 쑤어 주면 먹고, 꿀물을 타 주면 마셨다.

맛있냐? 물으면 예, 다소곳이 대답했다. 혹여 사발에 담아 준 죽이 모자라는가 싶어 더 줄까? 물으면 또 예, 눈을 깔고 대답했다.

예, 아니오. 묻는 말에 사근사근 대답하는 것을 보면 분명 팔푼이는 아니었다. 오히려 총기가 뛰어난 축에 속했다. 하지만 그렇게 잘만 대답을 하다가도 칠봉이 '이름이 뭐니?', '어디에서 왔니?', '왜 그곳에 쓰러져 있었니?' 신상에 대해서 물으면 조개처럼 입을 꽉 다물고 고개를 저었다.

더욱 설상가상인 것은 '그럼 너 부모님은 어디에 계시니? 어머니랑 아부지 말이야.' 하고 가정사 이야기를 꺼내면 느닷없이 뚝뚝 눈물만 흘렸다.

와아앙! 어린애처럼 서럽게 우는 것도 아니었다. 그저 닭똥 같은 눈물만 소리 없이 흘려 대는 꼴이란. 칠봉은 고만 답답하고 답답해서 미칠 지경이었다. 하다못해 이름이라도, 성이라도 알아야 부모를 찾아 줄 것이 아닌가? 칠봉은 못내 약손의 사정이 궁금하였다. 하지만 또 한편으로는 저 어린것이 대체 무슨 곡절이 있기에 저리 입을 꽉 다무는가 싶었다. 어느 날부턴가는 아예 더 캐묻지도 않았다.

그러던 중에 칠봉이 어렴풋이 약손의 사정을 짐작하게 된 계기가 있었다.

그해 여름이 다 끝나 가던 무렵이었다. 어느덧 약손이 칠봉의 집에서 지낸 지도 한 계절이 넘어갔다. 더위가 기승을 부리기 시작할 무렵에 왔었는데, 이제는 춥다는 소리가 절로 나왔다. 칠봉은 산으로, 들로 다니며 약초를 캐거나 뱀을 잡아 약재상에 팔며 부식비를 벌었다.

그날은 칠봉이 고사리를 캐러 갔다가 바위 밑에서 백사를 잡은 날이었다. 산신께 서른 번 절을 하고 '심봤다'를 온 산이 쩌렁쩌렁 울리도록 외쳤다. 제가 반주 하려고 챙겨 온 술도 아까운 것 없이 싹 다 부어 공양을 올렸다.

그렇게 백사를 꾸러미에 잡아넣고 약재상에 들러 직접 흥정을 했다. 백사는 보기도, 잡기도 희귀한 영물이라서 약재상은 물론이고 구경꾼도 엄청나게 모여들었다. 칠봉은 백사를 얼마에 팔아 버릴까 셈하기 바빴다.

그때였다. 사람들 사이로 한 무리의 사내들이 걸어 들어왔다. 평범한 복식이었으나 딱 봐도 옷감이 귀했고, 언뜻 들어 보니 말투가 외지인이었다. 백사 잡았다는 소문이 벌써 퍼진 것인가? 칠봉은 혼자 흐뭇해했다.

하지만 사내들은 정작 백사는 본 척 만 척이었다. 은근히 사람들을 헤쳐 가며 질문을 해대는데 그 내용인즉,

"혹시 길 잃고 떠도는 계집아이 하나 못 보았는가? 키는 요만하고 눈매는 물방울 눕힌 듯 동그란데……."

칠봉은 술 퍼마시는 척하며 가만가만 사내들에게 신경을 썼다. 한데 한 번 듣고 두 번 들어 봐도 그 사내들이 칭하는 계집아이는 제가 집에 데리고 있는 바로 그 계집애인 것만 같았다.

키도 요만하고, 나이고 여덟 살이면 얼추 맞고, 눈매도 물방울 눕혀 놓은 듯 동글동글하고……. 처음에는 혹시 계집애의 부모인가 짐작했더랬다. 하지만 부모라면 아이를 뭐 저리 은밀히 찾는단 말인가? 온 동네에 방을 붙여도 모자랄 판에.

사내들 하는 짓이 참으로 수상하고 참으로 이상했다. 우리 집에 그 애가 있다고 말을 해야 돼, 말아야 돼? 칠봉은 고민하고 또 고민했다.

"열 냥! 내가 그 백사 열 냥에 사리다!"

약재상이 원래 말했던 가격의 두 배를 던졌다. 하지만 칠봉은 정신을 딴 데 파느라 듣지 못했다.

아무도 계집을 보지 못했다 하니 사내들이 허탕 쳤다고 생각했는지 돌아섰다. 칠봉은 변소를 가는 척하며 그들의 뒤를 따라 나갔다. 하는 짓이 영 객쩍기는 했지만 설마 어린 계집애를 뭐 어떻게 할까 싶었다. 뭔가 사정이 있겠지. 피붙이가 아니면 왜 저리 찾아다니겠어?

칠봉이 계집애가 저희 집에 있다고 이실직고 말하려던 순간이었다. 사내들은 칠봉이 저들 주위에 있는 줄은 까맣게 모른 채 지껄였다.

"반드시 찾아라! 윤가의 핏줄은 단 한 명도 살려 둬서는 안 된다는 명이시다!"

"!"

딸꾹. 칠봉은 그만 자리에 멈춰 서 딸꾹질을 토해 내고 말았다. 그 소란에 저들끼리 모여 엄한 얼굴을 하던 사내들이 휙 칠봉을 돌아보았다. 당황한 칠봉은 두 손만 휘휘 황망히 저었다.

"벼, 변소가 어디에 있나……."

사내들이 옆구리에 찬 칼이 한없이 흉흉했다. 칠봉은 다리에 힘이 풀려 휘청거릴 뻔했다. 하지만 다행인지 불행인지 칠봉에게서는 술 냄새가 진동을 했다. 사내들은 칠봉이 그저 약방을 드나드는 수많은 약초꾼 중 한 명이라고 생각했다.

"실없는 놈."

사내들이 멀어졌다. 변소에 들어온 칠봉은 잠방이의 고름도 풀지 못했다. 손만 벌벌 떨었다. 사내들이 떠난 것을 확인하고 또 확인한 후에야 똥냄새가 진동하는 변소를 뛰쳐나왔다.

"좋소! 내 스무 냥 드리지! 그 백사, 나한테 스무 냥에 팔아!"

약재상이 큰맘 먹었다는 듯 돈을 내밀었지만 칠봉은 그깟 돈에 연연할 시간이 없었다.

"됐소! 안 팔아! 열 냥이든 백 냥이든 절대 안 팔아!"

칠봉은 백사가 든 꾸러미를 낚아채듯 끌어안고는 집으로 돌아왔다. 그러고는 다짜고짜 짐부터 쌌다. 약기운에 취해 잠들어 있던 아이가 그 소란에 겨우 눈을 떴다. 비몽사몽 잠에 취한 얼굴로 빠끔빠끔 눈만 떠서 칠봉을 올려다보는 표정이란.

'혹시 길 잃고 떠도는 계집아이 하나 못 보았는가? 키는 요만하고 눈매는 물방울 눕힌 듯 동그란데……'

아까 칼 찬 사내들이 말한 바로 그 눈매였다. 왜 그러세요? 아이는 영문을 모르겠다는 듯 칠봉을 바라봤다.

"설마…… 그럴 리가……."

칠봉이 고개를 저었다. 저 또래 계집애들 중에서 키가 요만하고 눈매 동그란 애들이 어디 한둘인가? 저잣거리 나가면 그런 계집애들 열 명은 더 넘게 짚어 낼 수도 있었다. 하지만…… 어쩐지 뒤가 켕겼다.

칠봉이 진지하게 물었다.

"너, 이름이 뭐냐?"

"……."

"부모님 어디 계시냐?"

"……."

"말을 해야 어무니랑 아부지한테 데려다주지!"

아이는 또 꿀 먹은 벙어리가 되어 입을 다물었다. 말을 하지 않는 것인지, 말을 못 하는 것인지……. 하지만 칠봉도 이번만은 그냥 넘어갈 수 없었다. 생사가 달린 일이었다. 좋아, 네가 대답 안 하겠다면 한 가지만 더 물어보자.

칠봉이 꿀꺽 결심한 듯 침을 삼켰다.

"너, 성이 뭐냐?"

아이의 눈이 깜짝 놀라 휘둥그레졌다.

"혹시…… 윤가냐?"

"!"

순간 계집애의 눈이 휘둥그레졌다. 그걸 어떻게 알았냐는 눈치다.

'반드시 찾아라! 윤가의 핏줄은 단 한 명도 살려 둬서는 안 된다는 명이시다!'

맙소사. 결국 칼 찬 사내들이 찾는 계집애는 제 앞의 아이가 맞다는 얘기였다. 아이는 너무 놀랐는지 울음마저 멈췄다. 대체 저 어린것한테 무슨 사정이 있기에? 묻고 싶은 것, 알고 싶은 것들이 한둘이 아니었지만 그냥 다 집어삼키기로 했다.

세상에 사연 없는 위인이 어디 있겠누?

옷장을 뒤지던 칠봉이 휙 아이 앞으로 옷가지 몇 장을 던졌다. 오랫동안 입지 않아 옷장 냄새가 깊이 뱄다. 입은 흔적이 없는 새 저고리와 바지. 사내아이의 복식이었다. 사실 그 옷은 칠봉이 제 아들 병이 나으면 입히려던 것이었다.

"어휴, 내가 미쳤지. 미쳤어……."

하필이면 내 아들 산에 묻은 날 데려온 계집애라니. 이게 무슨 오지랖인지는 알 수 없었다. 하지만 쉽게 내칠 수도 없었다. 그냥 전부 다 하늘의 뜻이려니 했다.

필요한 것들을 모두 봇짐에 챙긴 칠봉이 아직도 어찌할 바 모르고 멀뚱히 앉아 있는 아이에게 말했다.

"뭐하냐? 어서 입지 않구?"

"네?"

"밖에 너 찾는 사람이 쫙 깔렸어. 웬 계집애를 찾던데. 이름은 잘 모르겠으나…… 윤가라던가?"

"!"

아이의 눈이 겁에 질렸다. 뭐, 내가 너를 그치들에게 팔기라도 할까 봐? 나 여칠봉을 어떻게 보구? 칠봉이 절레절레 고개를 저었다.

"살고 싶으면 그거 입고 날 따라와."

아이는 한참을 머뭇거렸다. 또 한참을 제 입술 짓이기며 깨물었다. 그러다가 겨우 한마디를 내뱉었다.

"이거는 누구 옷인데요?"

분명 사내아이의 옷인데 이 집에는 사내아이 머리카락 한 올조차 보지 못하였으니 궁금했나 보다. 이 와중에 넌 그런 게 궁금하냐? 칠봉이 픽 웃었다.

"내 아들 옷이야."

"……."

"이젠 못 입지만…… 못 입게 되었지만……. 네가 대신 입어. 그리고 앞으로 내 아들 하며 살아."

"……."

"그러니까 이제 네 이름은……."

칠봉이 잠시 머뭇거렸다. 배 속 깊은 곳에서부터 왈패들에게 명치를 얻어맞았을 때나 느꼈던 고통이 몰려오는 것 같았다. 칠봉은 생마늘 삼키듯 꿀꺽 그 아픔을 삼켰다. 그리고 말했다.

"약손이다."

그것은 칠봉이 돌무덤에 묻고 온 아들의 본래 이름.

"누가 보면 이제부터 날 아부지, 하고 불러야 해. 알겠어?"

계집애는 끔뻑끔뻑 순한 소처럼 눈만 깜빡였다. 조약돌 건져서 냇물에 두지 않고 저 눈에 두었나 보다. 눈동자가 참 새카만 것이 똘망똘망 빛이 났다.

아이는 한참 만에 대답했다.

"예, 아부지."

그렇게 십 년이었다.

약손은 칠봉의 아들이 되어 십 년을 살았다. 어려운 점은 딱히 없었다. 오히려 장터를 떠돌기에는 계집보다는 남자애로 사는 것이 훨씬 더 편하고 수월했다. 부푼 가슴이야 싸개로 싸면 됐다. 날이 갈수록 계집 티 나는 곱상한 인상은 그저 미남자로 치부하면 그만이었다. 사내 복식을 하고 한 곳에 오래 머무르는 법 없이 팔도를 떠돌아다니니까 여인이라는 사실을 들킬 염려도 없었다.

그때 칠봉이 만났던 사내들도 자신들이 찾던 계집이 설마 사내 행세를 하고 다니는 줄은 생각지도 못할 터였다. 여러 가지로 일석이조였다.

하지만⋯⋯.

그건 어디까지나 장돌뱅이로 살 때였다. 여인이 남자 행세를 하며 살든, 귀신 행세를 하며 살든 아무 문제도 없었다. 그러나 약손이 지금 사내들과 도모하려는 일은 그런 정도와는 차원이 달랐다.

감히 여인의 몸으로써는 상상도 할 수 없는 일.

만약 발각된다면 반상의 법도를 어긴 죄로 목숨이 위태로울 수도 있었다.

약손이 다시 제 입술을 씹었다. 이미 붉어질 대로 붉어진 입술에 얼핏 피가 맺혔다.

"약손이, 차비 다 되었으면 나오시게."

밖에서 사내들의 목소리가 들렸다. 약손은 옷깃을 정리하고 상투 튼 머리에 망건을 감았다. 그 위에 까만 흑립을 쓰니 방금 전 여인네의 모습은 꼭꼭 숨겨졌다. 영락없는 미남자였다.

푸르스름했던 새벽빛은 온데간데없이 사라졌다. 완연한 햇빛이 약손의 앞을 비췄다.

"늦어서 미안합니다. 출발합시다."

갈 길이 멀다, 어서 가자. 저들끼리 떠드는 사내들을 따라 약손도 길을 나섰다.

"어휴, 반드시 좋은 소식 있어야 할 텐데……."

주모가 길 떠나는 약손의 뒷모습을 보며 걱정을 금치 못했다.

─휘익

어디선가 바람이 불어왔다.

약손이 머물렀던 방 한가운데에는 약손이 밤새도록 읽고 또 읽던 한 장의 종이만이 나부꼈다.

'객들 하시는 일이 대체 무엇이기에 녹봉이 은 열 냥에 쌀 서른 말이나 됩니까?'

'우리는 말일세…….'

그것은 어젯밤 사내가 약손에게 보여준 방문榜文.

지난여름에 가뭄이 극심하였다.

하여 많은 사람들이 함께 기뻐하는 일을 하고자 한다.

장차 경복궁에 거동하여 근무할 내약방 서리 이하, 40명의 의학 생도를 집모集募하노니……

지난여름에 삼남 지방에서 역병이 심하게 돌았다고 한다. 민가로 파견 나갔던 내약방 생도들이 모두 몰살당한 끔찍한 사건이 있었다. 조정에서는 올해 의학 생도 40명을 새로이 뽑는다는 교지를 내린 것이었다.

역병 사건 때문에 올해에는 새로 지원하는 생도들이 내내 없었다고 했다. 생도가 되면 개죽음을 당한다는 소문이 퍼진 탓이다. 따라서 본래 쌀 스무 말, 한 냥이던 녹봉도 쌀 서른 말, 은 열 냥으로 올랐다.

약손에게는 칠봉의 빚을 갚을 수 있는 마지막 기회였기에 절대 이 기회를 놓칠 수는 없었다.

"……"

약손이 흑립을 꾹 눌러쓰며 최대한 얼굴을 가렸다. 사내들은 한양이 멀다 했지만 약손에게는 한없이 가깝게 느껴졌다.

약손의 운명, 대체 어떻게 흘러갈 것인지. 저 스스로도 알 수 없는 일이었다.

[4]

한길동 영감은 속이 탔다.

요 며칠 궁 안의 지존이신 주상 전하의 신경증이 날로 심해졌다. 내약방의 수장이라 할 수 있는 제조, 부제조 이하 의약청 의관들은 며칠째 대전과 약방을 마르고 닳도록 전전해야만 했다.

물론 서리에 불과한 한길동 영감이 감히 주상 전하를 독대하고 진맥하는 것은 아니었지만 윗분들 심기 불편할 때는 한길동 영감 역시 퇴궐을 포기해야만 했다. 더군다나 작년 여름에 역병이 돌았을 때 파견한 생도들이 싹 다 병에 걸려 몰살당한 사건이 있었다. 일손이 부족해도 너무 부족했다. 원래 생도들이 해야 할 잔심부름을 한길동 영감이 직접 나서서 처리했다. 드넓은 궁궐을 종종걸음으로 쏘다니는 것도 하루 이틀이었다. 관절병이 도져서 삭신이 쑤셨다. 이번에는 결단코 생도들을 충원해야만 했다.

하지만 시국이 어지러운 상황이라 그러한가? 궁궐에 한번 들어가면 제 목 지키는 일이 하늘에 별 따기보다 어렵다는 흉흉한 소문이 퍼졌다. 아무리 잔심부름만 하는 생도들이라도 본래는 지방 의관들을 데려다 쓰는 것이 관례였다. 하지만 아무도 생도로 지원하는 이가 없었다. 결국 녹봉을 쌀 다섯 석 이상으로 올려서야 겨우겨우 지원자를 받았다. 그렇게 되고 보니 또 생도들의 총기가 작년의 절반도 못 따라갔다. 하여간 약방에 다리 한번 걸쳤다 하는 온갖 어중이떠중이들은 다 찾아와서 생도를 하겠다고 깝죽거렸다.

하지만 흙모래 속에서 진주 골라내는 것이 한길동 영감의 몫이라. 심부름 잘 시켜 먹으려면 적어도 의학에 대한 기본적인 지식이 있어야 했다. 웃전이 개떡같이 말해도 찰떡같이 알아들을 또릿또릿한 정신 가진 아이들을 추려야 했다.

"여기 독초와 약초가 있다. 약초로 쓸 수 있는 것을 골라 보거라."

한쪽에는 곰취, 한쪽에는 동의나물을 놓고 물었다. 둘 중에 하나는 약용으로 쓰지만 다른 한 가지는 독성이 매우 강해 직접 먹는 것은 위험한 풀이었다. 약방에 심부름 보냈을 때 행여나 생뚱맞은 풀을 가져오면 그야말로 큰일이었다. 생도라면 반드시 둘의 생김새를 구별할 줄 알아야 했다.

질문을 받은 지원자는 한참을 고심하다가 겨우 한마디 했다.

"이것…… 아닙니까?"

"……."

"하면…… 이것?"

"……."

지원자가 동의나물을 손에 쥐어 보는데 한길동 영감이 미간을 단박에 찌푸렸다. 분명 경력에는 지방 약방문 10년 차로 의원의 추천서까지 받아온 자인데, 어찌 약초와 독초 하나를 구별하지 못할꼬? 게다가 거짓 경력까지! 너 이놈 괘씸하다!

"다음!"

한길동 영감은 단박에 지원자를 내쳤다.

"한번만 더 기회를 주십시오! 한번만 더!"

지원자가 애원했지만 어디 저 같은 어중이가 한둘이어야지. 지원자는 관원에게 가차 없이 끌려 나갔다.

생도 모집은 새벽부터 시작했는데 합격문에 이름을 올린 자는 손에 꼽을 정도였다. 내약방 돌아다닐 생각만 하면 지금도 무릎이 쿡쿡 쑤셨다. 그렇다고 아무나 골라잡을 수는 없고. 한길동 영감은 지끈거리는 머리를 붙잡고 다음 지원자를 받았다.

이번에 들어온 지원자는 한눈에 봐도 참 단정하고 준수한 이목구비를 가졌다. 배운 게 도둑질이라 저도 모르게 혈색이나 눈동자의 색깔, 흰자의 대비를 가늠했다. 먼 길 왔는지 살짝 피곤해 보이긴 했지만 건강 상태는 비교적 양호해 보였다. 부디 정신 상태도 양호해야 할 텐데.

"독초와 약초를 구분해 보아라."

벌써 수십, 수백 번은 더 말한 문장이었다. 이젠 입에서 군내가 날 것만 같았다.

사내가 잠시 고민했다. 쥐뿔도 모르면서 아무거나 대충 찍으려는 건 아니겠지? 한길동 영감이 매의 눈으로 사내를 살폈다.

"음……."

사내가 왼손에는 곰취, 오른손에는 동의나물을 집어 들었다.

"자고로 곰취 뿌리는 약용으로 쓰고, 잎은 민가에서 식용으로 씁니다. 동의나물은 가래 끓을 때, 팔다리가 쑤실 때, 식중독일 때 사용합니다. 다만 독성이 강해서 직접 복용하지는 말아야 합니다. 어디에 쓰실지 알려 주시면 약초와 독초를 구분하겠나이다."

합격이다! 합격이야! 한길동 영감이 기다리고 기다리던 답변이었다. 어디 감히 어쭙잖게 제깟 것들이 약초와 독초를 구분한단 말인가? 덩실덩실 춤추고 싶은 것을 꾹 참았다.

이렇게 한 명 충원이요! 한길동 영감이 은근히 사내의 팔다리를 훑어보았다. 살집이 없는 것이 흠이긴 했지만 뼈대만은 단단해 보였다. 드넓은 궁궐을 돌아다니며 심부름하기에는 적격이었다.

한길동 영감이 어흠어흠 헛기침을 하며 표정을 감췄다.

"이번엔 여기 약재 중에서 원추리를 골라 보아라."

원추리는 식물 전체를 먹어도 상관없는 약재였다. 말려 먹어도 좋고, 참기름에 무쳐 먹어도 그만이었다. 특히 부인병에 특효약이라서 내궁의 약재로 빈번하게 들였다.

다만, 팔방미인 원추리에게 단 한 가지 단점이 있다면 그 생김새가 여로와 비슷하다는 점이었다. 여로의 생김새는 원추리와 쌍둥이처럼 닮았다. 하지만 독성이 강해서 피부에 바르는 용도 외에 사용하면 틀림없이 뱃병을 앓았다. 의원들 잔심부름하며 약초를 골라내야 하는 생도들에게는 자고로 눈썰미가 최고의 미덕이었다.

사내는 담담한 표정으로 여로 잎사귀 사이에 섞여 있던 원추리를 척척 골라냈다. 그뿐만이 아니었다. 우산나물과 삿갓나물,

산마늘과 박새, 비비추와 은방울꽃, 심지어는 식용 버섯과 독버섯, 독뱀과 아닌 것을 구분하기도 했다.

진정 합격일세! 과거로 따지자면 장원 급제를 줘도 아깝지 않구만! 한길동 영감의 고된 나날도 이제는 끝이었다.

"돌아가서 결과를 기다리시게."

기쁜 마음을 꾹 참고 최대한 근엄하게 말했다. 쾅! 사내의 이름이 적힌 문서에 통通 도장을 찍었다. 사내의 합격문을 한쪽에 치워 두려다가 그의 이름을 주의 깊게 살폈다. 할 수만 있다면 나중에 제 밑으로 들이고 싶었기 때문이다. 자고로 똘망똘망한 수족을 들이면 제 한 몸 편해지는 것은 당연한 이치였다.

"어디 보자. 이름이 무엇이냐…… 여가…… 약손이라. 여약손!"

한길동 영감이 약손의 이름을 중얼거렸다.

"약손이, 어때? 질문은 어렵지 않든가? 난 갑자기 쑥뜸을 놓는 차례를 묻지 뭔가. 그까짓 거 수십 번은 더 해봤는데 말로 하자니 어찌나 당황스럽던지……."

"나한테는 경락을 할 줄 아냐고 묻지 않는가? 내가 의원도 아닌데 경락을 어찌해? 망했어. 난 망했나보이!"

주막에서 만나 함께 온 사내들이 연신 약손에게 아는 척을 했다. 질문이 어렵지는 않았는데 너무 긴장을 했다는 둥, 내 앞사람한테 한 질문은 나도 아는 것인데 왜 나한테는 어려운 것만 물어보냐는 둥, 가지각색의 후기가 흘러나왔다.

그들 사이에서 약손의 낯빛만 유독 어두웠다.

"약손이, 그렇게 어려웠나? 상심했어?"

"……."

약손은 대답도 못 했다. 사내들은 그저 약손이 낙심해서 그러는 줄만 알고 더는 캐묻지 않았다. 물론 약손의 속사정은 따로 있었다. 사내들의 걱정과 달리 서리가 묻는 질문에는 틀림없는 대답을 했다. 다만 여러 가지로 속이 시끄러울 뿐이었다.

칠봉의 빚을 갚으려면 반드시 생도로 뽑혀야 했지만 앞날을 생각하면 차라리 떨어지는 것이 나았다. 하나 생도에 뽑히지 못하면 그 많은 은 열 냥과 쌀 서른 말은 어디서 구한담?

약손은 당장이라도 군관들이 '어디 계집이 내약방 문턱을 넘으려 들어? 이 불경한 작자를 태형으로 다스려라!' 소리칠까 봐 내내 겁을 먹어야만 했다.

차라리 뽑히지 말았으면!

반드시 뽑혀야 하는데!

마음속에서 두 가지 생각이 다퉜다.

그때였다.

술시에 합격자를 알려 준다더니 관원들이 방문을 들고 나왔다. 지원자들이 우르르 벽 앞으로 몰려갔다. 약손은 그냥 멀찍이 떨어져서 바라만 봤다. 정녕 생도에 뽑혀도 문제, 안 뽑혀도 문제였다.

곧 누군가는 기뻐하고 누군가는 상심한 나머지 꺼이꺼이 울음 터뜨리는 소리가 들렸다. 다들 장부 체면도 잊은 듯했다. 한참을 망설이던 약손도 사람들 사이를 헤치고 가까이 다가섰다.

40여 개의 이름이 방문을 따라 빼곡하게 써져 있었다.

내 이름이 있을까? 없을까? 없으면 어떡하고 있으면 어떡하지? 나는 정말 어찌해야 하지? 고민하고 또 고민할 무렵, 약손은 마침내 보고야 말았다.

"아……."

약손이 작게 탄식했다. 하루 종일 제 머리 위를 짓누르던 바위가 쿵 무겁게 떨어지는 듯했다. 약손은 저도 모르게 자리에 주저앉았다.

"어이구, 약손이! 왜 그러나? 왜? 뽑히지 않은 거야? 떨어졌어?"

아무래도 사내는 생도에 뽑힌 모양이었다. 사내가 싱글거리며 다가오다가 바닥에 주저앉은 약손을 보고는 당황했다.

"자네…… 불통이야?"

사내가 고개를 돌려 방문을 바라봤다. 약손은 할 말도 잊고 멍한 표정이 됐다.

꿈인가 생시인가. 수십 개의 이름 속에 '여약손' 이름 석 자가 또렷하게 적혀 있었다.

"하……."

이제 나는 어쩌면 좋단 말이냐.

살길과 죽을 길이 동시에 열린 듯싶었다.

*

경의국 앞마당이 소란스러웠다. 아침 댓바람부터 웬 미친놈이 난봉 아닌 난봉을 부렸기 때문이었다.

"아니 된다!"

"왜 아니 된단 말씀이십니까? 부탁 좀 합시다."

"부탁이고 뭐고 안 된다고! 몇 번을 말했니? 썩 꺼지지 못해?"

부탁도 부탁 나름이지. 경의국 사령이 가차 없이 관원을 부르려 했다. 하지만 그때, 밤새 야근하고 이제야 겨우 관저로 돌아가려던 한길동 영감이 그 둘이 실랑이하는 모습을 발견했다.

"무슨 일인가?"

한길동 영감의 눈 밑이 시커멨다. 눈 아래 부분은 사람의 장기 중에서 대장에 속했다. 주로 위나 장 등 소화기에 문제가 있는 경우 이런 증세가 나타났다. 며칠째 못 자고, 밥도 먹는 둥 마는 둥 했던 한길동 영감이 늘 달고 사는 고질병 중 하나였다.

"영감, 이제 가십니까?"

사령이 황급히 한길동 영감에게 고개 숙여 인사했다. 피곤에 지친 한길동 영감은 대꾸할 기력도 없었다. 그냥 손만 휘휘 내저었다.

"그래, 무슨 일인데 꼭두새벽부터 소란이야?"

한길동 영감이 질문했다. 사령은 아무것도 아니라며 고개를 저었다. 하지만 발칙한 난봉꾼은 당최 어느 안전이라고 그 둘의 사이를 덥석 끼어들었다.

"본래 주기로 한 녹봉 가불해 주는 것이 뭐 그리 어려운 일이랍니까? 더도 말고 덜도 말고, 은 열 냥에 쌀 서른 말입니다. 사람 목숨이 달려서 그러는 일이옵니다."

난봉꾼은 이제 바닥에 납작 엎드렸다.

"감히 예가 어느 안전이라고 네까짓 게 나서?"

사령이 눈을 부라렸다. 바짝 엎드린 난봉꾼의 얼굴은 잘 보이지 않았으나 한길동 영감에게는 그 모습이 어쩐지 눈에 익었다.

어디서 많이 봤는데……

눈칫밥, 웃전 밥 먹고사는 서리의 눈썰미는 속일 수가 없었다. 한길동 영감은 난봉꾼이 동의나물과 곰취를 척척 구분하던 똘망똘망한 생도라는 것을 떠올렸다. 그는 입궐하면 한길동 영감을 대신해서 드넓은 내약방을 발 빠르게 뛰어다닐 자였다.

감히 내 손발을 막 대해? 한길동 영감이 사령을 쏘아봤다. 움찔한 사령이 이렁저렁 말을 얼버무렸다.

"아니, 이번에 생도로 뽑힌 녀석이라는데 다짜고짜 은 열 냥을 가불해 달라고 하는 것이 말이나 됩니까? 제까짓 게 뭐라고 감히 가불을…… 아무리 천것이라지만 나랏밥 먹을 녀석이 도무지 법도라는 것을 모르지 않습니까?"

"본래 녹봉 가불해 주는 일이 불법이던가?"

"……예?"

"내가 알기로 사정이 급할 때는 사유서를 쓰고 받아 갈 수 있는 것으로 아는데?"

"……예?"

설마하니 한길동 영감이 아직 입궁도 안 한 새파란 생도의 편을 들 줄은 몰랐나 보다. 사령의 눈이 휘둥그레졌다.

"하지만 어찌 이름도 성도 모르는 작자한테 그 많은 녹봉을 한 번에 줍니까……."

"저치가 도망이라도 갈까 봐? 자네 같으면 고작 쌀 다섯 석 평생을 쫓기는 신세로 살고 싶은가?"

"그것은 아니지만……."

"그리 불안하면 호패라도 맡아 둬. 그럼 빼도 박도 못하겠지."

어쨌든 사령보다는 한길동 영감이 웃전이었다. 사령은 그만 꿀 먹은 벙어리가 되고 말았다.

"감사합니다! 감사합니다, 나리!"

난봉꾼은 이 기회를 놓칠세라 한길동 영감을 향해 몇 번이나 고개를 숙여 감사의 말을 전했다.

한길동 영감은 치레는 됐다는 듯 점잖게 난봉꾼을 일으켰다. 내 수족에게 그까짓 가불을 못해 줄까? 안 그래도 내약방 일손 부족한데 낙심한 생도가 도망이라도 치면 그게 더 큰일이었다.

"사람 목숨이 달린 일이라니까 가불한 녹봉으로 목숨부터 살리시게나."

"예, 나리."

"궁에서 보세나."

한길동 영감이 휙 돌아섰다. 난봉꾼, 아니 약손은 점점 멀어지는 한길동 영감의 뒷모습을 바라보았다. 사령은 웃전이 시켜 따르긴 하나 영 투덜거리는 기색을 지우지 않았다.

"따라오게. 호패는 내게 맡기고 사유서부터 써야 할 게야!"

"예!"

"거짓은 용납 안 해?"

약손이 기쁜 얼굴로 고개를 끄덕였다. 돌아가든 날아가든 도착하면 그만이었다. 이제 됐다! 은 열 냥과 쌀 서른 말을 구했고나! 아버지를 살리겠고나! 약손이 사령의 뒤를 따랐다.

포구에 바람이 잔잔했다. 배 띄우기엔 더할 나위 없이 좋은 순풍이었다. 칼자국은 명나라 뱃사람들과 이런저런 흥정을 하며 호탕하게 웃음을 터뜨렸다. 몇 가지 밀수품을 주고받다가 이내 몇 명의 남자를 데려왔다. 다들 피죽도 못 얻어먹은 듯 낯빛이 시커멨다. 그 사이에 칠봉이 보였다. 어디를 잘못 맞았는지 한쪽 눈이 퉁퉁 부은 채였다.

명나라 뱃사람은 통 알 수 없는 말을 지껄이며 소, 돼지 가늠하듯 칠봉의 팔다리를 척척 짚어 봤다. 거친 뱃일을 할 수 있는지 없는지 알아보려는 것 같았다.

"하……."

나는 정말 이 배를 타고 끌려가는가? 팔려 가는가?

약손아, 아부지 어떡하니?

칠봉은 그저 눈물만 줄줄 흘렸다.

며칠 전, 약손은 은 열 냥과 쌀 서른 말을 어떻게든 가져오겠다고 호언장담을 했다. 하지만 제까짓 게 그 큰 재물을 어디서 구해 오랴. 있던 재산마저 칠봉이 투전판에서 몽땅 말아먹은 후였다. 만약에 약손이 저를 구하러 오지 못한다 해도 칠봉은 할 말이 없었다.

"약손아…… 약손아……. 이 못난 아부지는 떠난다. 부디 몸 건강하고 아픈 데 없거라."

칠봉은 들어 주는 이도 없는데 혼자 중얼중얼 탄식을 쏟아 냈다. 도살장 끌려가는 소 같았다. 최대한 엉덩이를 빼며 배에 오르지 않기 위해 안간힘을 썼다. 그러다가 괜히 왈패들에게 몇 대를 더 얻어맞았다.

"약손아!"

이제 정말 끝이구나! 칠봉은 커다란 배 위에 오르기 직전이었다. 그저 약손 이름만 하염없이 부르며 다 끝이라고, 희망도 없다고 꾹 눈을 감았다.

그때였다.

"아부지!"

익숙한 목소리가 들렸다. 환청인가? 잘못 들었나? 칠봉이 훌쩍 콧물을 삼켰다.

하지만 한 번 더,

"아부지! 이 나쁜 놈들! 당장 우리 아부지 데려와! 당장!"

다부지게 외치는 목소리가 들렸다. 결코 환청이 아니었다. 획, 칠봉이 등을 돌렸다. 저 멀리서 약손이가 칠봉을 보며 방긋방긋 웃었다. 그러다가 칼자국을 향해서는 당장 내 아비를 데려오라며 패악을 부렸다.

"어이구! 약손아!"

칠봉은 한달음에 약손에게 달려갔다.

"이 상놈의 왈패들! 은 열 냥이랑 쌀 서른 말 여기 있다! 먹고 떨어져라! 퉤퉤!"

칼자국 역시 약손이 설마 그 많은 재물을 가져오리라 예상하지는 못했나 보다. 칼자국의 눈이 휘둥그레졌다. 칼자국 앞에 쌀을 내팽개치는 모습이 어찌나 호쾌하고 늠름하던지. 그가 비웃던 기생오라비는커녕, 어사대 쓰고 금의환향하는 어사또가 부럽지 않은 자태였다.

"약손아!"

반가운 마음을 한가득 담아 칠봉이 약손을 껴안았다. 약손은 제 아비의 몸뚱이부터 살폈다.

"다친 데 없지? 부러진 데 없지? 아주 얼굴이 반쪽이 됐네, 반쪽이 됐어!"

"약손아……."

"이제 가자. 돌아가자……. 울지 말구! 뚝!"

약손이 철없는 제 아비의 눈물을 닦아 주었다.

그래그래. 이 좋은 날에 내가 주책없는 모습을 보여서는 안 되지. 사나이 대장부가 울면 안 되지. 칠봉은 히끅히끅 애써 눈물을 삼키며 약손의 손을 잡았다.

하지만 감격적인 상봉은 잠깐이었다. 세상에, 주책도 이런 주책이 없었다.

"으어어어엉!"

이것은 짐승의 포효인가? 칠봉의 울음소리가 주막에 울려 퍼졌다. 어디 초상이라도 난 게야? 누가 죽었대? 사람들이 목을 빼고 쳐다봐도 상관없었다. 칠봉은 이제 주막 마당을 데굴데굴 굴러도 이상하지 않을 참이었다. 칠봉은 절대 용납할 수 없다는 엄한 표정으로 고개를 저었다.

"안 돼! 궁궐? 게가 어디라고 함부로 가? 절대 못 간다! 아니, 내가 절대 안 보내!"

칠봉이 큰 대자로 뻗어 주막 싸리문 앞을 딱 막아섰다. 저런다고 갈 길 못 가나? 짚을 너울너울 엮어 만든 조잡한 담벼락은 건너뛰면 그만이었다.

약손은 칠봉에게 눈 한번 돌리지 않고 소반 위의 국밥만 싹싹 긁어 먹었다. 명색이 궐 들어가기 전, 제 아비와 마지막으로 나누어 먹는 밥이라 큰맘 먹고 시킨 것이었다. 약손이 탕탕! 숟가락으로 소반을 두드렸다.

"사람들 보기 창피해. 주책 그만 부리시고 선비님, 어서 여기 앉으세요."

다분히 주모를 의식하라는 말이었다. 하지만 지금 제 자식이 궐에 들어가겠다는 청천벽력 같은 소식을 전했는데 그까짓 주모가 대수인가?

"흠흠……."

조금은 대수로군. 주모 앞에서 이리 못난 모습 보일 필요는 없지. 칠봉이 다시 헛기침하며 의연한 선비의 모습으로 돌아왔다. 약손이 픽 웃고는, 칠봉 앞에 김이 모락모락 나는 국밥 그릇을 밀어 주었다.

"식는다. 어서 먹어."

"먹기는 먹지만서도……."

칠봉은 또 울상이었다. 누가 듣기라도 할세라 약손과 가까이 머리를 맞댔다.

"계집이 어찌…… 어찌 내약방 생도를 한단 말이냐?"

제가 말해 놓고도 불안한가 보다. 칠봉이 휙휙 주변을 둘러보았다. 약손과 칠봉, 그 둘에게 신경 쓰는 이는 아무도 없는데 그래도 더욱 목소리를 낮췄다.

　"그런 짓 하다가 발각되면 큰일이야. 큰일뿐이겠니? 임금님 계시는 곳은 법도인가 뭔가가 엄청 중요하대. 그거 어기잖아? 넌 그냥 죽은 목숨…… 컥!"

　제 턱 밑에 손을 두고 찍 긋는 순간, 칠봉의 입안으로 숟가락이 들어와 물렸다. 방정맞은 소리만 자꾸 해대는 제 아비의 입에 국밥을 거의 처넣어 버렸다.

　"안 먹으면 내가 아부지 밥 다 먹는다?"

　"……."

　저 쏘아보는 눈빛, 흉흉한 눈빛…… 어찌나 매서운지 몰랐다. 한마디만 더 하면 국밥이고 뭐고 싹 다 엎을 분위기였다.

　하지만 걱정이 되니까…… 내가 네 아부지니까…….

　칠봉의 얼굴이 시무룩해졌다. 그러든가 말든가 약손은 제 몫의 국밥만 훌훌 비워 냈다.

　"내가 궐에 안 들어가면 뭐? 어떡할 건데? 가불한 은 열 냥, 쌀 서른 말은 누가 갚아? 아부지가? 내가?"

　"그, 그건……."

　"호패도 맡기고 왔어. 이대로 도망자로 살까? 그깟 쌀 다섯 석에 평생을 쫓겨 다녀? 그럼 장돌뱅이 짓도 끝이야."

　"하지만……."

　결국엔 일이 이 지경이 된 것도 자신 때문이었다. 내가 그놈의 투전만 안 했어도. 칠봉은 제 자신이 못나 견딜 수가 없었다.

　싯팔, 이놈의 손모가지를 잘라야 해! 손모가지가 문제야! 칠봉의 얼굴이 결연했다. 칠봉이 숟가락을 높이 한번 들었다가는 이내 슥삭슥삭 칼질하듯 손목을 잘랐다.

"손목! 이 못난 손목! 오늘 너 죽고 나 죽자! 내 불구가 되는 한이 있더라도 오늘 너와 끝장을 보리라!"

하지만 숟가락질로 퍽이나 손모가지가 잘릴까 싶었다.

약손은 제 아부지가 하는 꼴을 맹하니 보다가 설레설레 고개를 저었다. 혼자서만 국밥을 싹 비우고 물로 와구와구 입가심을 했다.

"너무 걱정하지 마. 나한테도 다 생각이 있으니까."

"무슨 생각?"

"호랑이 굴에 물려가도 정신만 차리면 살 수 있는 법이랬어."

"……응? 그게 무슨 말이야?"

약손이 씩 칠봉을 보며 웃었다. 그러고는 누가 들을세라 제 아버지의 귓가에만 무언가를 속삭이기 시작했다. 대체 어떤 방도이기에 사내 행세한 계집이 호랑이 굴에, 아니 궐에 물려가도 살수 있다는 말일까?

칠봉은 처음엔 믿지 않으려 했다. 하지만 약손의 이야기를 들으면 들을수록 칠봉의 침울했던 낯빛은 점점 밝아졌다. 눈이 커졌다가 콧구멍까지 실룩실룩 벌렁거렸다.

"세상에, 너……. 어떻게 그런 묘수를?"

제 자식이었지만 참으로 총명했다. 이제 마음이 좀 놓이지? 약손이 제 아비의 어깨를 툭 쳤다.

"그러니까 조금만 참아. 석 달이야. 고작 석 달."

"석 달이면 돼?"

"그럼. 내가 계집인 거…… 아무도 눈치 못 채."

약손이 자리에서 일어났다. 여독 풀 새도 없이 다시 한양으로 돌아가야 했다.

입궁 기간에 맞추려면 바삐 가도 빠듯할 지경이었다.

"그래두……."

약손이 알려 준 비방의 효과 탓인지 칠봉은 그나마 처음보다는 누그러졌다. 하지만 여전히 걱정되는 표정이었다.

약손이 짚신을 제 발에 꼭 당겨 신었다. 웃는 모습이 누구보다 늠름했지만 칠봉에게는 그저 어린애를 물가에 내놓는 것만큼 위태로웠다.

"갈게. 나 없는 동안 홍장이 신약도 좀 팔고 그래. 그렇다고 투전은 하면 안 된다. 알지?"

"알았어."

그 사달을 냈는데 또 투패를 손에 쥐겠나? 칠봉이 뚱한 얼굴로 대답했다. 그렇게 약손은 석 달 뒤에 돌아오겠다는 말을 남기고 훌쩍 떠났다.

"약손아, 잘 다녀와."

약손이 내놓은 묘수가 워낙 묘수 중의 묘수인지라 칠봉은 안심했지만 그래도 자꾸만 마음 한구석이 불안한 것은 왜인지.

멀어지는 제 자식의 뒷모습을 보니 저도 모르게 찔끔 눈물이 났다.

"선비님, 괜찮으세요?"

주모가 곁에 와서 아는 척했다. 하지만 칠봉은 사내 체면 먹칠하는 줄 모르고 꺼이꺼이 울기만 했다.

이제 보니 저는 공양미 삼백 석에 딸내미 내다 판 홍장이 아비를 욕할 처지가 못 됐다. 저는 고작 쌀 다섯 석에 자식 팔아먹은 아비라서…….

칠봉은 약손이 떠난 자리를 바라보며 하염없이 울었다.

*

약손이 생도복을 입어 봤다. 푸릇푸릇한 냇물 색을 닮은 생도복은 이래봬도 침방 궁인들의 솜씨였다. 바느질 꼼꼼하기가 이루 말할 수 없었다. 비단은 아니지만 임금님 사는 곳의 물건이라 그러한가? 피부에 닿는 옷감은 선녀의 비단처럼 보드라웠다.

며칠 전까지만 해도 입궁이란, 고만 딱 저 죽는 일이라고 생각했었는데 석 달만 무탈하게 지내고 나오면 된다고 생각하니까 마음이 편안해졌다.

생도복 갖춰 입은 제 모습을 경대에 비춰 보니 여인은커녕, 미남자 한 명이 들어앉은 모습도 퍽 마음에 들었다. 이 정도면 임금님을 직접 뵈어도 큰 실례는 아닐 것 같았다.

"흠흠……. 임금님, 소인은 여가 약손이라 하옵니다."

"임금님, 소인의 이름은 여약손입니다. 만수무강하시옵소서."

남들에게는 못 한 말이지만, 사실 약손은 경의국을 나설 때까지만 해도 궁궐에 가면 임금님께 실제로 인사하는 줄로만 알았다. 궁궐이 아무리 넓다 하나 사람이 사는 곳이고 또 그까짓 궁이 넓으면 얼마나 넓다고.

약손은 궁궐을 대감댁 기와집 정도로만 생각했다. 심부름하느라 몇 번 왔다 갔다 하다 보면 산보 중인 임금님을 만나고 왕비님도 뵐 수 있는, 그런 넓은 집. 참으로 어수룩한 생각이었다.

第二章. 입궐

"여, 여기가…… 참말 임금님 계시는 궁궐이란 말이오?"

약손은 궁성宮城을 지날 때부터 입을 딱 벌렸다. 궁성이란, 궁을 감싸고 있는 제일 바깥쪽의 담장이었다. 그런데 이건 뭐, 걸어도 걸어도 끝이 없었다. 약손이 발돋움을 한 것도 부족해 모가지를 뒤로 꺾고, 꺾고, 또 꺾었는데도 그 높이가 가늠되지 않을 정도였다.

한낱 담벼락이 이리 높으면 그 안의 궁궐은 얼마나 더 크다는 말인가? 너무 놀라서 말도 제대로 잇지 못했다. 게다가 궁성 곳곳을 지키는 군사들의 모습은 또 어찌나 무섭고 사납던지. 궁성에 들어설 때 옆구리에 칼 찬 관원이 생도 한 명 한 명의 얼굴을 확인하고 이름을 불렀는데, 약손은 괜히 겁이 나서 등골이 다 서늘했다.

"이곳은 홍문관이다. 업무 때문에 미처 퇴궐하지 못하는 관리들이 제일 많은 곳 중 하나이지. 하여, 너희들이 가장 많이 들르게 될 각사 또한 홍문관이다. 옥당으로 바로 연결되는 정문은 사용하지 않고 세 개의 쪽문 중 가장 왼쪽 문으로 출입해야 한다. 주로 두통, 근육통과 관련된 탕약이나 환약을 가져다드리는 심부름을 할 터이니, 그때에는 꼭 이 장부에 나리의 존함을 잊지 말고 적어 두어야 할 것이다. 알겠느냐?"

"예."

내약방 생도들이 입궐 후에 가장 먼저 할 일은 궐내의 지리를 익히는 것이었다. 약손이 맨 처음 궁성의 크기를 보고 입을 딱 벌린 것만큼 궁궐은 넓고 넓고, 또 넓었다. 궁성을 지나 한참 걸으면 광화문, 광화문에서 또 한참 걸으면 홍례문, 홍례문에서 또 또 한참 걸으면 정전……

아직 궁궐의 절반도 안 지났는데 다리가 후들거렸다. 제길, 이 놈의 궁궐은 왜 이렇게 크지? 과연, 내약방에 이토록 많은 생도들이 필요한 까닭이 다 있었구나 싶었다.

서리가 생도들을 이끌고 각사에 들러서 이런저런 당부를 할 때마다 생도들은 그 내용 잊을세라 각자의 서첩에 필서를 했다. 홍문관은 임금님의 직속 자문 기관이라, 관리들 지체가 특히 높았다. 늘 신경이 날카로워서 심부름할 때 혹여나 그 심기를 불편하지 않게 하는 것이 가장 중요하다고 했다.

약손이 휘리릭 제 서첩을 넘겨봤다. 아침 꼭두새벽부터 궁궐을 돌아다녀서인가? 두꺼운 수첩은 이제 몇 장 남지도 않았다. 이 많은 내용을 기억이나 제대로 할 수 있을는지. 없던 두통이 몰려오는 기분이었다.

"다음은 내명조로 갈 것이다. 따르도록 하라."

앞장선 서리는 지치지도 않나 보다. 약손을 비롯한 마흔 명의 생도의 얼굴이 새파래지는 것도 모르고 성큼성큼 앞장서기 시작했다.

참자, 참자, 고작 석 달이다…… 약손은 끊어질 것 같은 종아리를 콩콩 두드리며 그 뒤를 따랐다.

　생도들이 홍례문 일각의 어구를 지날 때였다. 어구의 중간에는 다리 하나가 놓여 있었는데 이름은 영제교永濟橋라 했다. 백악으로 흘러내려 오는 내천답게 보기만 해도 물살이 시원했다. 피로에 지친 약손은 감히 경복궁의 금천에서 종아리 걷고 물장구나 실컷 쳤으면 좋겠다고 생각했다. 물론 사람들 마음은 다 엇비슷한가 보았다. 다른 생도들도 가던 길을 멈춘 채 졸졸졸 흐르는 금천물을 빤히 쳐다보았다.

　그때, 누군가 툭 한마디를 던졌다.

　"자네들, 그거 아는가? 이 금천물이 예전엔 핏물이었다는 것을!"

　약손이 힐끗 돌아보았다. 오늘 하루 종일 촉새처럼 입을 나불거리던 자였다. 마치 제 고향에라도 온 것처럼 궁궐에 대해 하도 아는 척을 많이 해서 기억하고 있었다.

　이 맑은 금천물이 예전엔 핏물이었다니? 어디에선가 귀신이 튀어나올 것처럼 으스스한 이야기였다. 하지만 자고로 사람들 본성이 기담奇談에는 사족을 못 쓰는 법이었다. 안 그래도 피로하고 지루했던 차였다. 생도들이 너도나도 촉새의 이야기에 은근슬쩍 귀 기울였다. 물론 약손 또한 마찬가지였다.

　"왜? 왜? 금천물이 왜 핏물이었는데?"

　누군가 참지 못하고 물었다. 촉새는 오랜만에 제 이야기가 먹히자 에헴에헴 헛기침만 하며 뜸을 들였다. 그러고는 누가 들을세라 주위를 휘휘 둘러보며 목소리를 낮췄다.

　"왜, 2년 전에 말일세……."

"2년 전에 뭐?"

다들 2년 전에 무슨 일이 일어났는지 영 모르는 눈치였다. 너희들이 모르는 사실, 나만 알고 있구나! 촉새의 어깨가 으쓱으쓱 올라갔다.

"글쎄…… 이곳에서 김종서 영감의 무리가 싹 다 철퇴에 맞아 죽었잖아. 정말 몰라?"

"철퇴? 아니, 사람이 개돼지도 아닌데 어떻게 철퇴에 맞아 죽어?"

"수양 대군…… 아니, 작금의 주상 전하께서 그때 화가 엄청 나셔 가지고…….."

"그래서 사람을 때려죽였다던가? 철퇴로?"

"아예 작살을 냈다더군. 여기 금천교에서 핏물이 몇 날 며칠 줄줄 흐를 정도였다네."

"어이구, 끔찍해라."

사람을 철퇴로 때려죽인 것도 끔찍한데, 그 고인 핏물이 냇물이 되어 흐르는 모습이라니. 생도들이 저도 모르게 인상을 찌푸렸다. 개중에는 벌써부터 웩웩 헛구역질을 하기도 했다. 솔직히 약손도 속이 거북해질 지경이었다.

세상에, 암만 화가 나도 그렇지 어떻게 사람을 그리 잔인하게 죽인단 말인가? 방금 전까지만 해도 종아리 담그고 한바탕 뛰어놀았으면 싶었던 금천물이 갑자기 섬뜩해 보였다.

하지만 촉새는 거기에서 그치지 않았다.

"그뿐인 줄 알아? 이전에 계시던 어린 마마는 아주 먼 데로 귀양을 보내 버렸대. 친동생인 안평 대군마저 피를 보았다 하더군…….."

"망측해라…….."

사람을 철퇴로 때려죽이고, 친동생마저 죽인 상감마마라니. 이전에 계시던 어린 주상은 대체 뭔 죄란 말인가? 말만 들어도 섬뜩했다. 과연 임금님은 인두겁을 뒤집어쓴 야차란 말인가? 물론 절대 입 밖으로는 내뱉을 수 없는 말이었다. 약손은 잠시나마 임금님과 독대해 인사 올리려 했던 제 자신을 책망했다.

야차의 철퇴에 맞아 죽느니 그냥 혀를 깨물고 죽는 것이 호상好喪이겠군. 궁궐이 이토록 넓은 것은 천만다행이었다.

"다들 뭘 그리 꾸물대는 게야? 어서 따르게!"

앞서가던 서리가 금천물을 바라보며 한없이 인상 쓰는 생도들을 다그쳤다. 생도들에게는 어구의 물이 마치 핏물 같았다. 금방이라도 철퇴에 맞아 죽은 김종서 영감의 혼령이 달려들 것만 같았다.

아침만 해도 경복궁은 온갖 신성한 기운을 다 받은 천상 궁궐 같아 보였는데, 해가 뉘엿뉘엿 지고 보니 염라대왕의 지옥 궁궐 같아 보였다. 온몸에 쫙 소름이 돋았다. 저도 모르게 부르르 몸을 떤 약손이 재빨리 생도 무리에 섞였다.

고작 생도에 불과한 제 신분에 설마 그럴 리는 없겠지만, 아무래도 새로 즉위하신 주상 전하와는 절대로 마주치지 말아야겠다고, 약손은 다짐했다.

*

생도들은 깊은 밤이 되어서야 배정받은 숙사로 돌아갈 수 있었다. 넓은 빈청에 모인 생도들이 각자의 짐을 챙겨 앞으로 제가 지내야 할 방을 찾아갔다. 약손도 별생각 없이 제 이름이 적힌 숙사를 확인하고는 짐을 챙겼다.

"여약손. 이숙사의 석 삼이라······."

약손이 이숙사로 향하는데, 갑자기 왹 앞으로 웬 보따리 하나가 떨어졌다.

"어이쿠, 이게 뭐야?"

깜짝 놀란 약손이 저도 모르게 뒤로 물러섰다. 하마터면 보따리에 맞아서 그대로 바닥에 구를 뻔했다. 꼴사나운 짓은 간신히 면했으나 확 열이 뻗쳤다. 감히 누가 이런 걸 던져?

보따리가 날아온 곳을 노려봤다. 생도 네다섯 명이 모여 있는 것이 보였다. 그들은 보따리를 약손에게 던진 줄은 까맣게 모른 채 저들끼리 찧고 빻아 대기 바빴다. 한데, 그들이 나누는 이야기가 가관도 아니었다.

"어디 무당 놈 자식이 우리랑 한 방을 써?"

"너 때문에 귀신 옮으면 책임질 거야?"

"더럽다! 더러워! 퉤퉤! 네가 생도가 되었다고 해서 우리랑 어울릴 깜이 되는 것 같아? 천만의 말씀! 당장 꺼지지 못해?"

온갖 면박이란 면박은 다 주는데, 아무 상관없는 제삼자인 약손의 얼굴마저 화끈거릴 정도였다. 마침내 방 안에서 한 남자가 고개를 푹 숙인 모습으로 문지방을 밟고 나왔다.

"······."

나한테 보따리 던진 게 누구냐고 소리치려던 약손도 그만 입을 꾹 다물었다. 사내들은 온 생도들 앞에서 방 안의 남자를 망신주고 싶어 하는 것 같았다. 각자 방에 들어갔던 생도들도 갑자기 시작된 소란에 빼꼼 고개를 내밀고 구경했다.

덕분에 방에서 쫓겨난 남자의 얼굴이랑 목덜미, 귀가 발갛게 달아올랐다. 사내들은 다른 생도들이 저희를 구경하고 있다는 사실에 신이 났다. 더욱 기고만장하여 까불기 시작했다.

"무당 놈이랑 살이 닿으면 염병 옮는다. 귀신도 붙고."

"귀신만 붙나? 살도 썩는다. 손가락이랑 발가락 시커멓게……
문둥병에 걸린다지?"

그 순간 남자의 어깨가 움찔 떨렸다. 아하! 이제 보니 남자는
무당의 자식인 것 같았다. 무당 천대하는 경우가 어디 하루 이틀
이랴. 그 자식들까지 하대하는 것은 어느 동네를 가든 다 같은
이치였다.

"……"

사내는 힘이 쭉 빠진 모습으로 흙바닥을 구르는 제 보따리를
챙겨 들었다. 가까이서 보니까 나이도 그리 많지 않아 보였다.
끽해야 약손과 동년배든가 많아 봤자 한두 살 형님이었다. 사내
는 저를 무당 놈이라고 무시하는 무리한테 아무런 대거리도 하
지 못했다.

"우리 중에 너랑 같은 방 쓸 사람은 아무도 없다! 넌 삼숙사의
남은 방이나 써라!"

"천한 무당 놈! 한번만 더 내 앞에 얼씬거려 봐! 죽사발을 만
들어 줄 테다!"

무리들 중 한 명의 아버지가 내약방에서 일하는 아무개라고
했나? 아침부터 지켜본 바, 유독 불량스럽고 으스댄다 싶었다.
하는 짓이 아주 못돼 처먹었다. 하마터면 약손은 왜 그리 말이
심하냐고 욕을 할 뻔했다. 하지만 이내 관두기로 했다. 어차피
저는 딱 석 달만 머물다 갈 바람 같은 존재였고, 또 딱히 제가
해코지당한 것도 아니었으니까. 그냥 짧고 굵게, 아니 짧고 얇게
머물다 가면 그만이었다.

사내는 그 형편에 무슨 짐이 그리도 많은지 봇짐을 바리바리
진 채로 돌아섰다. 약손은 그 사내를 모른 척했다.

"내 방은…… 여기로군."

약손은 마침내 제가 머물 숙사의 방을 찾았다. 사내의 힘 빠진 뒷모습은 싹 다 잊고 제 방에 들어섰다. 하루 종일 힘들었으니까 당장 쓰러져 자고 싶은 마음뿐이었다.

"으아아아악!"

하지만 약손은 방에 들어가자마자 냅다 소리부터 질렀다.

코딱지만 한 방 안에 사내들 열댓 명이 우글우글 모여 있었다.

"뭐야? 여긴 내 방인데? 사람이 왜 이리 많아?"

약손이 간신히 마음을 다잡고 물었다. 생도들은 천진하게 웃으며 저희들도 같은 방을 배정받았다고, 우리가 함께 방을 쓰는 동기가 되었다며 즐거워했다.

약손의 얼굴이 파랗게 질렸다. 말도 안 돼! 이렇게 좁은 방에 사내들이 가득 차 있다고는 아무도 말해 주지 않았는데? 심지어 그들이 끝이 아니었다. 약손의 뒤로 두세 명의 사내들이 더 들어왔다.

맙소사! 대충 세어 봤는데도 함께 지낼 생도가 열다섯 명! 그 말인즉, 이 좁은 방 안에서 한 이불 덮고 살 부대끼며 살아야 하는 사내가 열다섯 명이란 얘기였다.

그럴 수는 없었다. 만일 그렇게 되면 석 달이 문제이랴? 저가 여인네의 몸이라는 것은 단 하루 만에 들킬지도 몰랐다. 약손이 황급히 방을 빠져나와 당장 서리에게 달려갔다.

"다른 방은 없습니까? 저 좁은 방 안에서 태산 같은 장정이 모여 자다니요? 열다섯 명은 너무 많습니다! 더 큰방 없습니까?"

하지만 약손은 서리에게 '꼴값 떨고 자빠졌네.'라는 눈빛만 받아야 했다. 서리는 딱 부러지게 거절했다.

"그런 방은 없네. 다른 생도들과 함께 방 쓰는 것은 내약방 관례야. 어찌 이리 무례하게 굴어?"

세상이 무너지는 기분이었다. 어떡하지? 그렇다고 저 많은 사내들과 살 부대끼며 살 수도 없는데! 약손은 감히 방 안으로 다시 들어가지도 못하고 하염없이 숙사 앞만 서성였다.

갑작스럽게 닥친 일이었다. 약손이 제 입술만 깨물고 또 깨물었다. 약손의 속사정도 모르고 옆에서는 아까 그 불괴한 무리들이 여전히 무당 놈 아들을 욕보이고 있었다.

"당장 삼숙사로 꺼지라고! 뭘 그렇게 꾸물거려?"

"삼숙사에서 예전에 어떤 치가 목매달아 죽었다더니만. 귀신 나올까 봐 무섭나 보이."

"하면 네 무당 어미를 불러 굿이라도 하는가!"

조그만 사내 한 명 괴롭히는 것이 무어 그리 재미있다고. 한심하기 그지없는 작자들이었다.

"……삼숙사?"

순간, 약손이 고개를 쳐들었다. 본래 생도들이 묵는 숙사는 일숙사와 이숙사뿐이었다. 삼숙사는 내약방과도 멀리 떨어져 있는 외곽이었고, 그곳에 방을 배정받은 이는 아무도 없었다.

오직 무당 아들뿐이었다.

그렇다면……. 그 짧은 순간에 약손의 머릿속이 휙휙 빠르게 돌아갔다. 무리들의 언변이 상스러워질수록 지켜보던 생도들도 쯧쯧 혀를 차며 더는 구경하지 않고 각자의 방으로 돌아섰다.

바로 그 순간, 약손이 나섰다.

"거참, 다들 말이 너무 심한 거 아니오?"

약손이 사내의 앞을 막아서며 대거리했다. 무리들은 설마 저희에게 한 말인 줄은 까맣게 몰랐나 보다. 여전히 낄낄거리며 까불었다. 약손이 외쳤다.

"무당 놈의 아들하고 스치면 살 썩는다는 말은 어디에서 들었습니까? 명색이 내약방 생도라는 작자들이 근거 없는 낭설이나 믿고…… 부끄럽지도 않습니까?"

싯팔, 저치가 지금 뭐래? 나한테 하는 말이지? 무리 중에서 가장 대장 격으로 보이는 사내가 왈칵 화를 내며 나섰다.

"너 지금 뭐라 그랬냐?"

사내가 약손의 앞으로 다가왔다. 대체 뭘 먹고 자랐는지 떡대가 어마어마했다. 하지만 약손 역시 조선 팔도 떠돌면서 온갖 왈패란 왈패는 다 상대한 나름의 내공자였다.

내가 혼쭐내 주던 왈패에 비하면 넌 그냥 한주먹거리다, 요놈아! 약손은 저를 위협하는 생도를 얕잡아 봤다. 픽픽 콧김만 뿜어 댔다. 약손이 제 귀를 후비는 시늉을 했다.

"혹시 귀가 안 좋소? 우리 같은 생도들은 웃전들 말씀 빠릿빠릿 알아들어야 하는데. 이제 보니 귀가 안 좋은 벙어리셨나 보오?"

"뭐? 벙어리? 이 자식이!"

입궐 첫날부터 싸움이 벌어졌다. 각자의 방으로 돌아갔던 생도들도 이 좋은 구경을 놓칠 수 없었다. 모두들 빈청 앞에 모여들었다.

그러다 보니 사내는 더욱 뒤로 물러설 수가 없었다. 안 그래도 서열 줄 세우고 싶어 몸이 근질근질했는데 이런 기생오라비 같은 놈이 저를 먼저 건드려 주고! 옳거니, 잘됐구나 싶었다.

"너 오늘 내가 가만두지 않는다! 감히 이 몸을 건드려?"

"아직 제대로 건들지도 않았네만?"

한마디도 안 지고 대꾸하는 꼴이란. 사내가 솥뚜껑 만치 큰 손을 접더니만 냅다 약손의 얼굴 위로 꽂았다. 저리 큰 주먹에 맞으면 천하장사도 죽사발이 될 것만 같았다.

사내의 서슬 퍼런 몸짓에 구경하던 이들조차 흐익 제 눈을 가렸다. 누군가는 아예 휙 고개를 돌려 버릴 정도였다. 하지만 그 순간, 약손은 슬쩍 한쪽으로 물러섰다. 그러고는 사내의 목 뒤에 위치한 혈 자리를 꼭 눌러 버렸다.

"이놈의 자식……! 헉!"

약손이 혈 자리를 누름과 동시였다. 주먹을 뻗던 사내는 그 자세 그대로 멈춰 버리고 말았다. 혈 자리는 예전에 장터 떠돌 때, 칠봉이 스승님처럼 지극 정성으로 모시던 도사님이 알려 준 방법이었다. 호신용으로 사용하면 어찌나 유용하던지. 위치만 잘 찾아 누르면 괜히 시비 걸어오는 왈패나 투전꾼들을 혼내 줄 수 있었다.

내가 그런 사람이야! 천하의 여약손이라고!

약손은 혈 자리를 누른 다음에는 마치 제 주먹으로 사내를 제압한 것처럼 가슴팍을 툭 때렸다. 이미 혈 자리를 눌린 사내는 약손의 물 주먹에 치여서 한 방에 나가떨어졌다.

"어? 이보게 막동이! 어이구, 막동이 이 사람! 정신 차리게나!"

한마음 한뜻으로 몰려다니던 치들이 다가와 사내를 일으켰다. 약손이 쓰러진 막동이를 보며 쯧쯧 고개를 저었다. 그러고는 맹한 표정으로 저를 바라보는 무당 아들의 등을 툭 쳤다.

"그쪽 방이 어디요? 같이 좀 씁시다."

"……네?"

"뭐 그리 놀라오? 방 좀 같이 쓰자는데. 같은 생도면 벗도 되고, 벗 되면 방도 같이 쓰고 그러는 거지."

혹시 안 된다고 거절할까 봐 괜히 생도니 벗이니 하는 말로 선수를 쳤다. 그 말에 사내의 눈이 더욱 커졌다.

"버, 벗이요?"

사내는 꼼지락꼼지락 제 봇짐만 한참을 만지다가 겨우 입을 열었다.

"제 방은 삼숙사입니다. 정녕…… 같이 가시겠습니까?"

"그러자니까. 몇 번을 말해?"

약손은 더욱 사내처럼 보이기 위해 최대한 껄렁거렸다. 제 봇짐을 등 뒤로 휙 돌려 맸다. 주막의 부엌 찬모들을 한눈에 반하게 한 바로 그 자태였다.

약손은 사내와 함께 삼숙사를 향해 걸음을 옮겼다. 그와 동시에 주위를 삥 둘러싸며 싸움을 구경했던 생도의 무리가 좌악 반으로 갈라졌다. 모두들 약손에게 길을 터주기 바빴다.

"삼숙사가 어디야? 길은 아시오?"

"예, 압니다."

"그럼 앞장서시오."

약손은 아무 생각이 없었다. 그저 사내들 드글드글한 방을 벗어났다는 사실만 기뻤다. 약손의 뒤에서 생도들이 수군거렸다.

"이름이 여약손이라 했지?"

"응. 여가라고……."

"앞으로 조심해야겠네. 보기에는 그렇지 않아서는, 아주 사내대장부로구만. 아까 그 돌주먹 봤지?"

"오금이 저려 혼났네. 장군감일세."

온통 사내들뿐인 공간에서 약손의 서열이 제일 상위에 올랐다.

약손은 간만에 느긋하게 목욕재계했다. 사람 손 타지 않은 방을 걸레로 싹싹 닦은 다음에는 방 한가운데를 기준으로 왼쪽 구들을 제가 차지했다. 아까 처음에 배정받았던 방에 비하면 들판만큼이나 널찍했다. 이 정도면 석 달 동안 제가 여인이라는 사실을 들키지 않을 수 있으리라.

약손이 개운한 마음으로 구들 위에 드러누웠다.

"아이고, 종아리야, 무릎이야……."

오늘 하루 종일 돌아다닌 탓에 삭신이 쑤셨다. 곤한 기운에 잠이 저절로 쏟아졌다.

약손이 그대로 잠자기 위해 돌아누웠는데, 제가 씻으러 갈 때부터 내내 벽만 보고 앉아 있는 사내가 보였다.

저이는 피곤하지도 않은가? 잠도 안 와? 무슨 속사정인지 뒤통수는 벽만 노려봤다.

"이보시오. 불 좀 꺼도 되겠소?"

약손이 촛불을 가리키며 말을 걸자 사내는 갑자기 푸드덕 저 혼자 놀라더니 마구 고개를 끄덕였다.

"예예……. 그러세요. 하고 싶은 대로 하세요."

제가 뭐 때리기라도 했나? 움찔 놀라는 어깨가 조금 웃겼다. 약손이 갸웃 고개를 젖히며 혹 촛불을 불어 끄려고 했다. 하지만 그 순간, 언뜻 쳐다본 사내의 볼 위로 후두둑 떨어지는 눈물이 보였다. 약손은 깜짝 놀라서 불 끄는 것도 잊었다.

"이보오, 왜 그러시오? 왜 울어? 왜 갑자기 울고 그래?"

약손이 물었으나 사내는 아무것도 아니라며 고개를 저었다. 하지만 아무것도 아닌 게 아니었다. 약손이 눈물 알아챈 게 신호라도 되는 듯 사내는 더욱더 흡흡 눈물을 흘렸다. 어이구, 갑자기 왜 이러시는지…….

아직은 이름도 모르고 성도 모르는 사이지만 앞으로 한 방 쓸 사이였다. 약손은 쯧쯧 혀를 차며 사내의 근처에 가까이 앉았다. 사내는 제가 운 것을 들킨 게 참으로 민망하고 면구한지 연신 쓱쓱 눈물을 닦아 내기 바빴다.

"초면에 주책 부려 미안합니다."

"별……."

사내는 뭐가 그리 설움이 복받치는지 몰랐다. 한 번 더 거하게 눈물을 쏟고는 겨우 마음을 진정시켰다.

"아까는 정말…… 고마웠습니다."

"뭘……."

약손은 그 얘기라면 별거 아니라는 듯 시큰둥한 표정으로 다시 이불 위에 드러누웠다.

"난 그냥 그치가 말을 너무 심하게 하기에 한마디 거들어 준 것뿐이오."

"벗이라고……."

"응?"

"같은 생도라고, 벗이라고 말해 주어서…… 참말 고맙습니다."

"허……."

"아까 들어서 알겠지만 나는 무당의 아들이라 동무를 사귄 적이 한 번도 없어서……."

"허허……."

"말이라도 정말…… 고마웠습니다."

다시 후두둑 사내가 눈물을 쏟았다. 그게 저리 울 일인가 싶었다. 하지만 뭐 그러려니 생각했다. 조선 팔도를 돌아다니다 보면 온갖 사람들이 다 있으니까…….

약손이 누운 채로 물끄러미 사내를 바라봤다. 얼굴을 가만 보니까 나이가 저랑 얼추 비슷할 것 같았다.

"나이가 어떻게 되시오? 난 갑인년, 여약손이라고 하오."

"저도 갑인년…… 복금이라 합니다."

"어, 복금이. 잘 지내보자."

마침 동갑이라기에 대뜸 말부터 놨다. 약손은 그 순간부터 사내와, 아니 복금이랑 벗하기로 했다. 물론 복금이가 동무 사귄 적이 한 번도 없다고 해서, 그래서 마음이 약해져 그러는 것은 절대 아니었다.

그냥 뭐, 고작 석 달이라도 마음 맞는 동기가 있으면 심심하지는 않을 테니까.

그렇게 약손은 생도원에서 첫 번째 동무를 만들었다.

*

조선을 떠도는 여러 가지 속설 중에 이런 말이 있다.

'어디를 가든 사람 신경 박박 긁어 대는 상놈 하나는 반드시 존재하기 마련이다. 만약 그 무리에 상놈이 없다면 그 상놈은 바로 나 자신이다.'

약손은 임금님 계시는 구중궁궐에 와서야 그 만고불변의 진리를 깨달았다. 아니, 약손뿐만이 아니었다. 약손을 비롯한 40여 명의 생도들. 그들은 모두 진리를 깨우쳤다. 생도들은 제 인생에서 단 한 번도 겪어 본 적 없는 상놈 때문에 하루하루 피가 말랐다. 그리고 그 상놈의 이름은 바로 쥐방울, 아니 지방우라 했다.

"어제 숙번 누구야? 당장 나와."

생도들이 막 아침을 먹으려던 참이었다. 자고로 먹을 때는 개도 안 건드린다는데. 이크! 도란도란 아침 먹던 생도들의 몸이 돌이라도 된 듯 바짝 굳었다. 쥐방울, 아침부터 또 왜 지랄이래?

서로서로 눈치만 보고 있는데 쥐방울은 그 잠깐의 틈도 참지 못했다.

"당장 나오지 못해?"

빽 소리를 질렀다. 그 악에 받친 목소리에 흠칫 수남의 어깨가 떨렸다.

수남은 처음 입궐했을 때 궁궐을 누구보다 잘 아는 척, 쉬지 않고 입을 털어 대서 약손이 촉새라고 별명 붙인 사내였다. 숙수 삼촌 둔 덕분에 어찌어찌 그 후광으로 생도로 뽑히긴 하였는데, 궐 밖에서는 하는 일 없이 빈둥대며 살던 한량이라고 했다. 곧 불혹을 앞둔 나이였으나 입 터는 것 빼고는 어딘지 모르게 어수룩했다. 심지어 노총각이라고 했다. 생도들과 워낙 나이 차이가 많이 나서 생도들도 '수남 아저씨' 혹은 '수남 삼촌'이라고 부르며 윗사람 취급을 해줬다.

하지만 쥐방울은 저보다 나이가 한참 많든 적든 절대 봐주는 법이 없었다. 그냥 하늘 아래 똑같은 생도, 하찮은 생도 나부랭이일 뿐이었다.

"제가 어젯밤 숙번이었는데……."

수남이 하얗게 질린 얼굴로 손을 들었다. 수남의 얼굴을 본 쥐방울은 또 너냐는 듯 픽 기가 차다는 듯 콧김을 뿜어 댔다. 쥐방울은 특유의 버릇으로 턱 팔짱을 끼더니 고고하게 턱을 들고는 수남 앞에 다가섰다.

수남은 벌써 작아졌다. 만약 수남이 일찍 혼인만 하였으면 쥐방울만 한 아들이 있을 텐데. 수남은 아침부터 가련한 신세가 되었다.

"개똥쑥 말려 놓은 거 어쨌어? 어젯밤 숙번이었으니까 날 밝기 전에 챙겼을 것 아니야? 어쨌어?"

그 말에 수남의 얼굴이 하얗다 못해 퍼렇게 질렸다. 온몸의 혈관이 꽉 막힌 듯 어버버 입만 달싹이며 말을 잇지 못했다.

까맣게 잊고 있었던 개똥쑥의 존재. 내가 개똥쑥을 어떻게 했더라? 어쨌지? 수남의 머릿속이 획획 돌아갔다.

쥐방울이 그런 수남 앞에 개똥쑥을 휙 내팽개쳤다.

"어쩌긴 뭘 어째? 해 지기 전에 거둬들이라 그리 당부를 했건만! 너 때문에 이슬 다 맞아 젖어 버렸잖아!"

이슬을 잔뜩 맞은 개똥쑥이 우수수 바닥에 떨어졌다. 개똥쑥은 낮에는 햇빛에 말리고, 이슬 맞기 전에 거둬서 습기라고는 조금도 없이 바짝 말려야 하는 약재였다. 한데 수남은 무슨 조화인지 개똥쑥 거둬들이는 일을 까맣게 잊어버렸다.

어쩐지 뭔가 빼먹은 것 같더라……. 약재로 쓸 개똥쑥을 망쳐 버린 수남은 어쩔 줄을 몰라 하는 표정이 됐다. 하지만 천하의 상놈 쥐방울, 어찌나 악독한지 한번 문 수남의 목덜미를 놓아줄 기미가 없었다.

"가을에 벤 개똥쑥을 네가 다 망쳐 놓았으니 앞으로 개똥쑥이 필요하면 어쩔래? 대체 정신머리를 어디에 두고 다니기에 일을 이 지경으로 만들어?"

"죄송합니다……."

"죄송하면 다야? 내가 한두 번 말한 것도 아니고 숙번은 반드시 숙사 돌아가기 전에 개똥쑥 거둬들이라고 그렇게 신신당부를 했는데! 왜 이렇게 아둔해? 궐 생활 하루 이틀 해?"

생도들이 궐 생활 시작한 지 고작 열흘째. 한번쯤은 그럴 수도 있다, 다음부터는 절대 실수 마라 유하게 넘어가 주면 좋으련만. 쥐방울은 기어코 수남을 구석까지 몰아붙였다.

수남 역시 속상하긴 마찬가지였다. 개똥쑥도 개똥쑥이지만 아들뺄인 녀석에게 한마디 대거리도 못 하는 상황이 분하고, 화도 났다. 하지만 한편으로는 전적으로 제 잘못이라서 어쩔 수 없이 입을 다물어야만 했다. 그래도 부들부들 떨리는 입매만큼은 숨길 수가 없나 보다. 쥐방울이 그를 놓칠 리가 없었다.

"왜? 분해? 나이도 한참 어린애한테 쓴소리 들으니까 자존심이 상해?"

"그것이 아니라……."

"아니긴 뭐가 아니야? 맞는데? 근데 어쩌지? 궁궐에서는 연배 이런 거 하나도 필요 없어. 나보다 나이가 많든 적든 경력이 먼저라고! 알아?"

그 앙칼진 외침에 수남뿐만이 아니라 생도들 대부분이 뜨끔속이 찔렸다. 사실 생도들은 삼삼오오 모이기만 하면 쥐방울의 욕을 했다. 그 주된 내용은 바로 '나이도 어린 노무 자식이 어른 무서운 줄 모르고 까분다.'였다. 뒷말은 어느새 쥐방울의 귀에도 들어간 것이 분명했다.

"죄송합니다……."

수남은 힘없이 푹 고개만 숙였다.

하여간 쥐방울, 나이도 어리고 체구도 참말 쥐방울만 한 게 사람을 쥐 잡듯이 잡는 데는 일가견이 있었다. 쥐방울은 밥을 먹었으면 밥값을 제대로 하라며, 그리고 궁에는 벽에도 귀가 있고 땅에도 눈이 있으니 다들 알아서 단속하라는 얘기만 톡 쏘아붙이고는 빈청을 빠져나갔다. 얼핏 보면 수남에게 퍼붓는 폭언 같았지만 분명, 다른 생도들에게도 전하는 말이었다.

너희들이 나 몰래 무슨 얘기를 하든, 뭘 지껄이든 나는 다 알고 있다. 뿐만 아니라 너희는 내 손바닥 안이니까 조심하라는 얘기. 재수 없게 내 두 눈앞에서 걸렸을 때는 가만두지 않을 거라는 사전 경고.

"……."

행복해야 할 밥시간. 한바탕 불어 닥친 쥐방울의 폭풍 때문에 빈청은 거의 폐허가 되었다.

"수남 아저씨, 괜찮으세요?"

누군가 수남을 다독였다. 대체 그놈의 개똥쑥이 뭐라고 사람을 이렇게 잡아 족치는 건지? 다들 수남을 위로했다. 이미 수남은 혼이 쏙 빠져나가 버린 후였다.

"쥐방울, 화나니까 엄청 무섭네."

"그러게."

멀리서 숨죽이고 상황을 지켜보던 약손과 복금은 아직도 쥐방울의 앙칼진 목소리가 들리는 것만 같아 저도 모르게 부르르 몸을 떨었다. 어찌 됐든 수남이 잘못했으니까 쥐방울이 저러는 것도 이해가 됐고, 또 한편으로는 나이도 많은 수남 아저씨에게 저렇게까지 할 필요가 있나 하는 생각도 들었다.

하지만 그래도 결국 귀결되는 결론은 하나.

역시 궁궐은 궁궐이었다. 일대일로 주먹 다툼하면 한주먹거리도 안 되어 나가떨어질 쥐방울에게는 궐밥 먹은 사람 특유의 권위와 위세가 있었다. 그것은 일부러 따라 할 수도, 하루아침에 만들어 낼 수 있는 것도 아니었다.

궐내에서 아무리 하찮은 취급당하는 내약방 생도의 세도가 저리 무서운데 과연 그 윗전의 윗전, 보이지 않을 만큼 까마득히 높은 곳에 자리한 분들의 기는 얼마나 드셀까?

역시 궁궐은 오래 있을 곳이 못 됐다. 쯧쯧쯧, 약손이 혀를 찼다.

第三章. 월당의 사내

[1]

약손이 궁궐에서 생활한 지 한 달쯤 지났을 무렵이었다.

생도들은 닷새에 한 번씩 내약방 빈청에서 야직夜直을 해야 했다. 생도 생활을 하면서 고됐던 일이 뭐 한두 가지이겠느냐만, 의외로 약손은 궁궐 생활이 체질에 맞았다. 밥도 맛있고 의복도 마음에 들었다. 웃전들 심부름하며 그 넓은 궁궐을 하루에도 몇 번이나 뛰어다니는 것 역시 참을 만했다.

하지만 딱 하나, 밤새 야직하는 일만은 통 익숙해지지가 않았다.

잠은 솔솔 몰려오는데 누군가 찾아오면 벌떡 일어나서 의원들이 알려 준 대로 증상에 따라 처방해 둔 약을 나눠 줘야 했다. 가끔 긴급 환자가 생기면 비몽사몽의 정신으로 내약방의 의원님들을 모시러 가야 했다.

병든 닭처럼 졸다가 약탕기 깨먹을 뻔한 적이 한두 번 아니었다. 약탕기 깨는 날에는 쥐방울의 제물이 될 것이 분명했다. 야직은 밤잠 많은 약손에게는 여간 고통스러운 일이 아니었다.

그날은 내약방과 가장 멀리 떨어진 선원전의 업무를 보던 내찰당의 관리가 두통을 호소했던 날이었다. 약손은 처방받은 감초와 고본 다린 물을 가져다주었다. 밤공기가 쌀쌀하였지만 그래도 잠은 깨지 않았다. 약손은 궁궐 내부를 순찰하던 오위五衛의 위장과 몇 번이나 부딪칠 뻔하였다.

"게 누구냐?"

위장들은 사람의 기척이 들리기만 하면, 당장이라도 칼 꽂을 듯 서슬 퍼런 기세로 다가왔다. 하지만 생도복 입은 약손을 보고 나면 소속과 이름만 간단히 적고는 얌전히 돌려보내 주었다. 어쩔 때는 '이 녀석아, 졸지 말고 가라. 그러다 기둥에 부딪쳐 이마에 혹 난다.'는 우스갯소리를 하며 걱정해 주기도 했다.

아무튼 그날 밤은 엄청나게 졸리고 피곤하고, 하지만 내약방까지 갈 길은 너무나 멀고. 그냥 아무 데나 딱 주저앉아서 한잠만 푹 잤으면 원이 없다 생각했던 밤이었다.

까무룩 졸던 약손이 술 취한 사람처럼 비틀거렸다. 부는 바람에 떠밀리고, 졸음에 겨워 갈지之자로 이리저리 걷고 또 걸었다. 약손은 어느새 제가 가야 할 원래의 길조차 모두 잊고 그냥 발길 닿는 대로 몸을 맡겼다. 누가 본다면 몽병 환자라 오해했을지도 몰랐다.

그렇게 얼마나 걸었을까?

이쯤이면 내약방 각사가 보여야 하는데, 제가 머물던 숙사 기와가 보여야 하는데…… 쏟아지는 잠을 몰아내며 정신을 차렸을 때는 저가 도통 본 적도, 와본 적도 없는 낯선 장소에 당도해 있었다.

"······여기가 어디지?"

순간 잠이 확 달아났다. 무슨 조화인지 어디선가 스멀스멀 안개가 피어오르는 것도 보였다. 약손이 하늘을 올려다봤다. 달이 이토록 휘영청 밝고, 뜬 별도 많은데 안개가 웬 말이더냐. 예로부터 안개는 꼬리 아홉 달린 구미호나 처녀 귀신 사는 곳을 알려 주는 지표라고 했다. 갑자기 오싹 소름이 돋았다.

어디선가 졸졸졸 물 흐르는 소리가 들렸다. 저 멀리 조그맣게 지어진 누각 하나가 보였다. 저도 모르게 누각 앞으로 걸어갔다. 누각에는 월당月堂이라고 쓰인 편액 하나가 걸려 있었다.

월당······? 월당이 어디더라?

어디선가 들어본 듯한 눈에 익은 글자였다. 약손이 재빨리 품에서 서첩을 꺼냈다. 첫날, 서리를 따라다니며 궁궐의 이런저런 지리와 특징을 적어 놓은 책이었다. 생도들은 어느 각사를 가장 많이 다니는지, 어떤 문을 이용해야 하는지, 지름길은 어디인지. 온갖 이야기를 다 적어 놓은 글씨가 빼곡했다.

물론 서첩에는 생도들이 감히 걸음 할 수 없는 금단의 장소도 적혀 있었다. 이를테면 중전마마 계시는 내궁이라든가, 주상 전하 주무시는 침전이라든가. 그 외에 생도의 출입이 금기된 수많은 장소가 있었지만 그 중에 하나는 바로······.

월당月堂이라.

심지어 약손은 서첩 한구석에 '절대, 잠결에라도, 꿈결에라도 걸음 해서는 안 될 흉흉한 자리. 들어가면 내 묏자리가 됨'이라고 크게 적어 놓기까지 한 상태였다.

'월당은 주상 전하께서 업무 보시다가 피곤하시면 쉬러 오시는 누각이다. 금족령이 내려져 전하의 윤허 없이는 중전마마조차 걸음 하지 못하신다. 물론 너희들이 그 근처에 갈 염려는 없

겠지만 그래도 조심, 또 조심하여라.'

신신당부하던 서리의 목소리가 떠올랐다.

그때만 해도 약손은 촉새, 아니 수남 아저씨의 '철퇴', '핏물 냇물' 이야기의 후유증 때문에 주상 전하에 대한 두려움이 극에 달했을 때였다. 월당에 잘못 걸음 하면 그곳이 바로 제 묏자리가 된다고 적어 놓을 만도 했다. 실제로 금족령을 어기면 두 무릎이 잘려 궁 밖에 버려졌다. 제가 그 꼴이 된다고 생각하니 끔찍했다. 약손은 상상하는 것만으로도 벌써 제 무릎 아래가 아파 오는 기분이었다.

그래. 내가 이렇게 망충하게 넋 놓고 있을 때가 아니지! 감히 금족령 내려진 월당에 들어오다니! 이놈의 다리야, 너는 어쩌자고 나를 월당으로 데려온 것이냐?

약손이 월당을 빠져나가기 위해 등을 돌렸다. 하지만 그때, 저만치 월당 밖으로 향하는 문에서부터 환한 빛이 몰려오는 것이 보였다.

"엇?"

약손의 눈이 크게 떠졌다. 그저 멀리서 보아도 알 수 있었다. 불빛은 순찰 도는 위장들의 횃불이 분명했다. 궐내각사 돌아다니며 만났을 때는 저를 무사히 보내 주었겠지만, 이곳은 어림도 없었다. 금족령 내려진 월당이었다!

오직 주상 전하만 출입할 수 있고, 중전마마도 윤허 없이는 들어오지 못하는 장소! 금족령이 내려진 누각! 까딱했다가는 무릎 아래가 잘리는 끔찍한 곳! 내 묏자리!

그렇게 생각하니 약손의 마음이 다급해졌다. 이미 밖으로 나갈 수 있는 길은 위장들에게 막혔다. 하지만 그렇다고 이대로 맹하니 앉아서 내 무릎 거둬 가시라 손 놓고 있을 수만도 없었다.

석 달만 잘 참으면 궐밖에 나갈 수 있는데 다리병신이 되어 나갈 수는 없지! 약손이 황급히 주위를 둘러보았다. 마침 누각 옆에 까맣게 우거진 풀숲이 보였다.

그래! 저기에 몸을 숨기자! 횃불이 점점 환해졌다. 위장들이 저희들끼리 뭐라고뭐라고 떠드는 소리도 커졌다.

약손은 그대로 풀숲 안에 제 몸을 숨기려 했다. 하지만 그때,

"흐익!"

하마터면 비명을 지를 뻔했다.

누각 아래, 수풀 옆에서 어쩔 줄 몰라 하는 저를 빤히 보고 있는 희멀건 몽달귀신……이 아니라 웬 남자와 정통으로 눈이 마주쳤기 때문이었다. 약손이 주먹으로 제 입을 틀어막았기에 망정이지 하마터면 이 고요한 월당 안에서 짜랑짜랑하게 소리를 지를 뻔했다.

하지만 약손은 마주 본 남자에게 당신 누구냐고, 누군데 이 야심한 시각에 이곳에서 귀신처럼 서 있냐고 따져 물을 새도 없었다. 이미 위장들이 월당 가까이로 다가왔다.

더 망설일 것도 없었다. 내 무릎은 내가 지키리라!

약손이 그대로 덥석 남자의 손을 잡아챘다. 그러고는 남자와 제 몸을 수풀 안에 마구 밀어 넣었다.

"흐읍!"

남자의 눈이 커졌다. 약손은 쉿쉿! 검지로 제 입술을 막으며 나름의 방법으로 제 뜻을 전했다. 조용! 조용! 죽고 싶지 않으면 조용히 해! 심지어 약손은 남자가 비명이라도 지를까 봐 에라 모르겠다, 제 손바닥으로 남자의 입을 덥석 막아 버리기까지 했다.

"……."

"……."

횃불이 월당 주변을 아른거렸다. 붉은빛이 제 주위를 맴돌 때마다 약손은 심장이 터질 듯 긴장했다. 위장들에게 들키지 않기 위해 잔뜩 움츠린 약손의 어깨가 남자의 가슴팍에 닿고 닿고 또 닿고…….

마주한 남자와 약손의 거리는 가까워도 너무 가까웠다. 남자의 입을 단단히 틀어막지만 않았더라면, 두 사람의 숨결은 벌써 엉키고도 남았을 지경이었다.

대신, 숨결 말고 두 사람의 눈빛이 엉켰다.

"나 요즘 집에 가기가 두려워. 마누라가 밤마다…….”

"지난봄에 뱀술 담가 놓은 것이 있는데, 그거 한잔 마셔 보련?"

"그런 게 있었어?"

시답잖은 수다를 떠는 위장들의 목소리가 천둥보다 더 크게 들렸다. 그러면 그럴수록 약손은 남자와 더욱 가까이 붙어야만 했다.

약손에게 거의 밀쳐지듯 수풀 안에 몸을 욱여넣은 남자는 이내 자세가 불편해졌는지 제 몸을 살짝 틀었다. 하지만 남자가 조금이라도 움직일라 치면 약손은 제발 가만히 좀 있으라며, 들키면 나뿐만 아니라 당신도 죽는다며, 온갖 간절한 눈빛, 애원하는 표정을 지어 보여야만 했다.

약손의 눈썹이 이리저리 꿈틀거렸다. 요즘 궐 밥을 시간 맞춰 재깍재깍 먹은 덕분에 통통하게 살이 붙은 볼도 연신 씰룩거렸다. 횃불이 휙휙 지나칠 때마다 불안한 마음 조금도 감추지 못하고 사정없이 입술을 깨물었다. 약손의 입술이 고만 피가 맺힌 것처럼 붉어졌다.

그 모습이 좀 안쓰러웠다. 남자는 '그만하시오. 그러다 피를 보겠소.' 말리고 싶었다. 하지만 약손이 입을 단단히 틀어막은 탓에 한마디도 뻥긋하지 못했다.

코 밑에 닿은 약손의 손에서 연한 약초 냄새가 풍겼다. 쓴 것도 같고, 단 것도 같고, 신 것도 같은 냄새였다. 그 향기를 어디선가 맡아 본 적 있는 듯 아주 익숙하게 느껴졌다.

남자의 품 안에 거의 파묻히다시피 기댄 약손의 어깨가 오르락내리락할 때마다 쿵쿵 뛰는 가슴의 자맥질이 그대로 전해졌다.

"하면, 더 끌 것도 없이 이따가 우리 집으로 가세나……."

"그럴까?"

호기롭게 외치는 위장의 목소리를 끝으로 시뻘겋게 빛을 내던 횃불이 점점 멀어졌다. 월당은 약손이 처음 왔던 그때처럼 조용해졌다. 유일하게 들리는 사람의 기척이라고는 더운 김을 색색 쏟아 내는 약손과 사내의 숨소리뿐이었다.

"……."

"……."

약손은 아직도 불안한지 위장이 사라진 쪽을 자꾸만 바라보았다.

이제는 정말 안전하다는 확신이 들었을 때, 여태껏 달빛을 감춰 주던 구름이 바람에 밀려 그대로 한쪽으로 기울었다. 어둠에 가려 잘 보이지 않던 약손과 남자의 얼굴이 온전히 드러났다.

"……어?"

"?"

긴장이 풀린 약손은 그대로 뒤로 밀리듯 털썩 주저앉고 말았다. 한데 그 뒤는 온통 더러운 흙뿐이었다. 등이 배기는 자갈이

가득했다.

남자는 저도 모르게 약손의 등에 제 손을 넣어 받쳐 주었다. 그 바람에 남자의 손등이 뾰족한 자갈에 마구 긁혔지만 남자는 별로 개의치 않았다. 남자의 한쪽 품을 덥혀 주던 약손의 온기가 유난히 따뜻했다.

"……."

"……."

세상이 멈춘 듯 둘 사이에 침묵이 맴돌았다.

남자는 무슨 말을 할까, 어찌해야 할까, 도무지 짐작할 수 없는 표정이었다. 하지만 이내 와장창! 월당의 고요가 깨졌다.

화가 잔뜩 난 약손이 까랑까랑한 목소리로 외쳤다.

"이보시오! 당신 정녕 미쳤소?"

다짜고짜 타박하는 말투에 남자의 표정이 의아해졌다.

"아우, 죽을 뻔했네. 하마터면 무릎 잘릴 뻔했어. 여기는 중전 마마도 못 들어오는 곳이라는데. 싯팔, 하마터면 철퇴 맞을 뻔했어……."

약손은 뜻 모를 말만 중얼거렸다. 한데 그 얼굴조차 어디에서 본 듯 낯이 익었다. 남자는 그런 약손의 얼굴을 하염없이 하염없이, 또 하염없이 바라보기만 했다.

참으로 이상한 밤이었다.

"그러니까 그쪽 말씀은, 길을 잃어 월당에 왔다는 말이야?"

"……예."

"궁궐이 하도 크고 넓으니까, 여기가 동쪽인지 서쪽인지 제 갈 길 하나를 구분 못 해서?"

"……그렇습니다."

약손은 여전히 의심을 거두지 않았다. 뾰족한 눈빛으로 몽달 귀신, 아니 남자를 바라보았다. 하마터면 위장에게 끌려가 무릎을 잘리게 만들었을지도 모르는 남자, 그래도 여차저차 함께 위기를 넘긴 전우.

약손은 위장이 떠난 뒤에도 한참 동안 제 가슴을 두드리고 쓸어내려야만 했다. 겨우 마음을 진정시킨 후에는 제 목숨 왔다 갔다 하게 만든 장본인인 남자를 쥐 잡듯이 잡았더랬다.

너, 대체 누군데 이 늦은 밤에 돌아다니느냐? 왜 누각 아래에서 몽달귀신처럼 서 있었냐? 월당은 주상 전하밖에 들어오지 못하는 장소라는 것을 정녕 몰랐더냐?

"죄송합니다. 제가 길눈이 어두워서……."

그래도 남자는 약손이 부리는 패악에 한마디 대꾸도 하지 않고 그저 저 잘못이다, 저 탓이다, 고개를 숙였다. 생각만큼 경우 없는 사람은 아닌 듯했다. 만약 남자가 한마디라도 말대꾸를 했더라면 약손은 남자의 멱살을 잡고도 남았을 터였다.

약손은 무릎 아래가 아직도 후들거리는 기분이었다. 시간이 지나니 점점 마음도 진정되고, 몸의 떨림도 가라앉았다. 그러다 보니 남자가 일부러 저를 골리거나 죽이려 했던 것도 아닌데 너무 심하게 몰아붙였나 싶은 죄책감이 들었다.

약손은 더 잔소리할 힘도 없다는 듯 휘휘 손을 내저었다.

"아무튼 밤중에 함부로 나다니지 마. 궁궐은 지엄한 법도가 있는 곳이야. 궁궐이 뭐 산책하다 임금님 만나고, 오다가다 왕비님 홍안 뵙는 곳인 줄 알아?"

"……."

"나 아니었으면 대체 어쩔 뻔했어? 까딱하다간 무릎 잘려 내쳐질 뻔했잖아!"

"……."

문득 떠오른 사실인데, 약손은 남자에게 대뜸 반말을 했다. 아직 통성명은 안 했지만 한눈에 봐도 남자는 약손보다 연상이었다. 그런데도 약손은 남자를 하대했다.

대체 나를 언제 봤다고 말끝을 뚝뚝 잘라 먹는지? 약손을 바라보는 눈빛이 그리 말했다. 눈치 빠른 약손은 그런 남자의 속마음을 단번에 간파했다. 약손은 지금 그게 뭐가 중요하냐는 듯 턱 팔짱을 꼈다. 그러고는 제가 할 수 있는 한 획 턱을 최대한 높이 처들고 말했다.

"왜? 댁보다 나이도 한참 어린애한테 쓴소리 들으니까 자존심이 상하는가?"

"……."

"한데 어쩌지? 궁궐에서는 연배, 이런 거 하나도 필요 없어. 나보다 나이가 많든 적든, 경력이 먼저라고! 알아?"

수남이 봤다면 너, 여약손이 아니라 쥐방울이라도 된 것 같다며 기겁할 광경이었다.

"……."

"……."

남자는 잠시 뭔가를 생각하다가 되물었다.

"하면, 서생께서는 입궐한 지 오래되셨는지요?"

"……."

무섭게 캐묻는 억양은 아니었다. 그냥 정말로 순수하게 궁금해서 묻는 말투였다. 움찔, 제 발 저린 약손의 어깨가 떨렸다.

약손이 생도로 입궐한 지는 이제 겨우 한 달 하고도 보름째. 굳이 경력 많은 척한 까닭은 딱 보아도 궁궐의 지리를 몰라서 헤매는 남자가 저만큼이나 어리바리한 새내기 같아 보였기 때문이었다.

그리고 한껏 웃전인 척하는 쥐방울이 내심 얄밉기는 했지만 그 위세를 언젠가는 궐 나가기 전에 꼭 한번 따라 해 보고 싶었기 때문에⋯⋯. 약손이 흠흠 헛기침을 했다.

"나야 오래됐지. 엄청 오래됐어. 거의⋯⋯ 이 궐에서 태어난 것과 다름없는 몸이랄까?"

"그러십니까?"

과연 잡꾼 칠봉의 아들 약손다웠다. 칠봉이 흔히 저잣거리에서 누구 등쳐먹을 때 쓰는 말버릇이 저도 모르게 그대로 나왔다.

내가 거의 의원과 다름없지. 거의 광대라니까? 그 마을 사또와는 거의 호형호제하는 사이야⋯⋯.

약손은 혹시나 남자가 제 말을 의심하는가 싶어서 힐끗 얼굴을 쳐다봤다. 하지만 남자는 약손의 말을 철석같이 믿는 눈치였다. 그저 '그러셨구나⋯⋯.' 작게 혼잣말하며 고개만 주억거렸다.

휴, 하마터면 나도 새내기인 거 들킬 뻔했네. 약손이 남몰래 한숨을 내쉬었다.

"한데 말입니다."

"?"

딸꾹. 혹시나 제 거짓말을 눈치챘나? 암만 봐도 너는 입궐한 기간을 많이 쳐줘 봐야 한 달밖에 안 돼 보인다고 말하려나? 어디서 형님 행세냐고 윽박지르려나? 약손은 괜히 가슴이 철렁했다. 딸꾹, 딸꾹. 눈치 없는 딸꾹질이 계속 나왔다.

"하, 한데 뭐⋯⋯?"

"⋯⋯."

남자는 또 뭔가 한참을 생각하더니 한마디 했다.

"아까, 무릎이 잘린다느니⋯⋯ 내쳐진다느니⋯⋯ 그런 말은 다 무엇인지요?"

"······응?"

"무릎은 누가 자르고, 궐 밖에 내치는 자는 누구입니까? 잘 이해가 되지 않아서요."

남자의 얼굴이 깊은 수심에 잠겼다. 아마 무릎 잘린다는 소리 때문에 퍽 겁이 나는 모양이었다.

이거, 참말 궐 사정에 대해서는 아무것도 모르는 천둥벌거숭이잖아? 깜깜한 병아리잖아? 샌님이잖아? 약손은 그제야 탁 마음을 놓았다. 이 남자 앞에서는 마음껏 형님 행세해도 무방할지어다!

약손이 뒤꿈치를 바짝 세워 까치발을 만들었다. 그러고는 여차저차 애써서 남자와 키를 맞췄다. 사실 뒤꿈치를 들다 못해 고개를 쭉 빼도 키가 맞지 않았지만 남자가 살짝 무릎을 굽혀서 약손과 높이를 맞췄다.

약손이 턱 큰형님처럼 남자의 어깨에 제 팔을 둘렀다.

"그러니까 누가 무릎을 자르냐면 말이야······."

소곤소곤 남자의 귀에 속삭였다.

"······철퇴요?"

"그래. 2년 전, 바로 이맘때였던가? 찬바람이 막 불기 시작하던 즈음이었으니까. 휴······ 내가 그날만 생각하면 아직도 심장이 벌렁벌렁, 다리가 후들후들······."

장터를 주름잡으며 신약 팔아 대던 말솜씨가 오늘에서야 빛을 발했다. 약손은 촉새 수남보다 더 맛깔나는 실력으로 마치 그때의 상황을 저가 직접 본 듯, 들은 듯 회상했다.

"김종서 영감 무리를 단칼에 획! 그 무시무시한 철퇴에 사람의 눈알이랑, 입술이랑, 코가 덕지덕지 달라붙어 가지고는……."

"……."

"자네 혹시 박살형이라고 알아?"

"예? 그게 무엇인지……."

도리도리. 남자가 고개를 저었다. 남자가 모르는 게 많으면 많을수록 약손의 어깨는 으쓱으쓱 더욱 높이 올라갔다.

"시체의 흔적을 찾을 수도 없게, 철퇴로 죽을 때까지 때려죽이는 형벌 말이야."

"아……."

"죄인의 몸뚱이를 박살낸다고 해서 이름도 끔찍하게 박살형! 아마 주상 전하는 박살형을 꽤나 좋아하시나 봐. 취향이신가?"

"……."

"한데 생각해 봐."

"뭘요?"

"금족령 내린 월당에 우리 같은 새내기…… 아니, 나는 말고 자네 같은 새내기가 왔다 갔다는 걸 주상 전하가 아시는 날에는 어찌 되겠는가?"

"……무릎을 잘라서 궐 밖으로 내친다고."

"아이고, 이 답답한 치를 보게나? 말이 무릎이지! 정말 무릎만 자르겠어?"

"……."

"만약에 우리가 월당에 왔다 간 일이 들통나잖아? 우린 박살형 당하고도 남을 거야. 시체도 못 찾고! 아마 무덤도 못 만들 걸?"

"……."

"아무튼 임금님은 엄청…… 엄청 무서우셔."

'무서우셔'라고 말할 때 약손은 정말 누가 듣기라도 할까 봐 목소리를 최대한 줄이고 또 줄였다. 그 덕분에 남자는 약손의 말을 잘 듣기 위해서 더욱 약손 쪽으로 몸을 숙여야만 했다.

"……."

"……."

문득 남자는 박살형을 상상하느라 잔뜩 미간을 찌푸린 약손의 얼굴을 가만히 바라보았다.

달빛을 받아 그러한가? 어둠과 대비되어 그러한가?

유독 뽀얀 빛을 가진 볼이 뭔가 말을 할 때마다 쉼 없이 씰룩거렸다. 여인들은 종종 쌀뜨물을 받아 놓고 세안하는 경우도 있다던데 설마 사내가 그런 부산한 짓거리를 할 리는 없고…….

제가 철퇴 맞은 것도 아닌데 '으으…….' 아픈 척하며 인상 쓸 때는 까만 눈썹이 정말 억울한 모양으로 팔八자가 되어 휘어졌다. 이마는 저가 의학 생도임을 나타내는 청 끈으로 질끈 동여매 가지고 잘 보이지 않았지만 아마도 둥그렇고 시원하게 생겼으리라. 남자는 속으로 짐작했다.

하지만 사실 남자의 시선이 내내 머문 자리는 주모들이 환하다, 반듯하다 감탄했던 이마도 아니요, 콧대도 아니요, 연지 찍어 놓은 듯 붉었던 입술도 아니었다.

빗장 걸어 잠그고 여닫는 듯 깜빡깜빡 연신 제 모습 감췄다 드러내는 약손의 까만 눈동자였다. 가끔 약손이 하늘 위에 박힌 달을 쳐다볼 때는 그 눈동자에 달빛이 담겼다. 안개 피워 내는 월당을 볼 때는 물결이 일렁였다.

저 눈동자, 암만 봐도 내가 본 적이 있는데…… 익숙한데…….

"철퇴 맞으면 얼마나 아플까? 장롱에 발등 찧는 것보다 아프겠지? 짚에 손가락 베이는 것보다 쓰리겠지?"

제 이야기에 스스로 취한 약손은 남자가 저를 뚫어지게 보는 것도 몰랐다. 마치 제가 2년 전, 그날의 죄인된 것처럼 그 아픔의 강도를 상상하느라 정신이 없었다. 응? 응? 얼마나 아플까? 약손이 자꾸 물어도 남자는 대답하지 못했다. 그저 약손을 처음 본 순간부터 내내 생각하고 또 생각했던, 묻고 또 묻고 싶었던 말을 저도 모르게 꺼내 놓고 말았다.

"한데 우리, 어디서 만난 적 있습니까?"

"……뭐?"

씻팔, 이치가 지금 나보고 뭐래? 우리 아부지가 주모 꾈 때 하는 말이잖아? 약손이 홱 남자를 쏘아봤다.

"돌았어?"

"아니……."

"미쳤어?"

"허……."

약손은 한번만 더 허튼소리 했다가는 박살형을 실제로 체험하게 해주겠다며 잔뜩 욕을 해댔다. 그 입, 어찌나 걸걸한지. 조선의 장터란 장터는 다 돌아친 장돌뱅이답게 온갖 욕이 다 쏟아져 나왔다.

과연, 누가 봐도 천생 사내의 모습이었다. 약손이 내 돌주먹을 맛봐야 정신을 차리겠냐며, 내 별명이 '피바다 약손'이라며 뚝뚝 손목을 꺾었다. 누가 봐도 허세 가득한 행동이었다.

남자는 그만 픽, 웃음을 터뜨리고 말았다.

맞다. 그럴 리가 없지. 그럴 리가 없어.

내가 아는 그 아이는…… 이미…….

"어? 이것 봐라? 내가 웃겨? 형님이 웃겨?"

약손은 사내가 터뜨린 웃음이 비웃음인 줄 알았는지 픽 기분이 상한 눈치였다. 그대로 벌떡 일어나서는 저는 이만 가야겠다며 획 등을 돌려 걸어갔다.

"아닙니다. 형님이 우스워서 그런 것이 아닙니다."

사내가 몇 번이나 외쳤지만 약손은 흥 콧방귀만 뀌어 댔다. 덕분에 남자의 마음만 급해졌다. 어떻게든 붙잡아야 하는데. 황급해진 남자가 턱! 저도 모르게 약손의 손을 붙잡았다.

"뭐야?"

약손이 깜짝 놀란 눈으로 남자에게 잡힌 제 손을 내려다보았다.

"어? 이거 놔! 안 놔?"

"하지만……."

약손이 험상궂게 눈을 부라렸지만 남자는 꼬떡도 하지 않았다. 보기엔 안 그렇게 생겨서는 아귀힘은 왜 이렇게 억센 것인지. 약손은 혼신의 힘을 다해 남자를 뿌리치려 했지만 웬걸. 어림도 없었다.

"어…… 이거 내가 약해서 그런 거 아니야? 내가 지금 봐주는 거야? 내가 진짜 힘쓰면 깜짝 놀랄걸?"

아직도 부려 대는 허세에 남자가 그제야 약손의 팔을 붙잡았던 손에서 조금 힘을 뺐다. 동시에 획, 약손이 제 손을 황급히 회수했다.

"씻팔……."

약손이 빨갛게 자국이 나 버린 제 손목을 이리저리 꺾어 보며 상태를 확인했다. 남자는 그제야 조금 미안한 표정이었다.

"죄송합니다. 일부러 그런 건 아닌데……."

"됐어!"

"저는 그저……."

"됐다고!"

"……사례를 하고 싶어서!"

약손이 또 휙 저 먼저 가버릴까 봐 남자가 서둘러 덧붙였다. 다시는 남자와 상종도 안 할 듯 등만 보이며 걷던 약손이 우뚝 자리에 멈췄다.

"……."

"……."

남자와 약손, 약손과 남자. 둘의 사이에 휘이잉 안개 낀 바람이 불었다. 남자가 이때를 놓치지 않고 말했다.

"제 무릎 잘리지 않게 도와주신 형님께 사례를."

"……."

"약소하나마 사례를 하고 싶습니다."

"……."

차마 내색하지는 않았으나 약손을 멈추게 만든 사항은 총 두 가지였다.

하나는 저를 '형님'이라 공손하게 불러 준 호칭이 첫 번째요, 둘째는 제 무릎 안전하게 지켜 줘서 답례해 드리고 싶다는 '사례'더라.

안 그래도 녹봉을 가불한 처지라 궐 밥 말고는 주전부리조차 마음껏 사 먹지 못하는 약손을 솔깃하게 만들기에는 충분했다.

"흠흠, 내가 뭐 사례를 바라고 자네를 도와준 것은 아니네만……."

약손이 남자 쪽으로 살짝 돌아섰다.

"형님께서는 뭐 필요하신 것은 없으십니까?"

남자가 공손하게 물었다. 형님 소리에 '호호…….' 저도 모르게 웃음이 터졌다.

하지만 약손이 재빨리 근엄한 얼굴을 갖추고 말했다.

"뭐, 거창한 건 필요 없고……."

"예."

"정 사례를 하고 싶어서 못 견디겠다면……."

"예."

"돈으로 줘."

"……예?"

"열 냥."

"……."

일단 호기롭게 뱉었다. 하지만 그와 동시에 가슴속에서 열 냥은 너무 심했나? 하는 생각이 들었다. 약손이 힐끗 돌아보니 역시 남자는 답이 없었다. 젠장, 얼굴 곱상하고 꽤나 귀티 나 보이기에 음서陰敍로 한자리 차지한 멍청지 같아서 등쳐먹으려고 했더니만. 아무리 귀공자라도 열 냥을 턱턱 내줄 처지는 아니었나 보다.

"그럼 여덟 냥……."

"……."

"닷 냥?"

"……."

"석 냥…… 에이, 한 냥!"

아무리 그래도 목숨을 구해 줬는데 적어도 한 냥은 주겠지. 약손은 저 혼자 쾅쾅 도장 찍고는 아무리 제가 너그러워도 더는 깎아 줄 수 없다며 단호한 표정을 지었다.

남자는 뭔가 혼자서 한참을 생각하다가 이내 고개를 끄덕였다.

"좋습니다. 열 냥. 사례하겠습니다."

"……어? 정말?"

"제 무릎 값인데 설마 그 정도를 못 드리겠습니까."

"그렇긴 한데……."

역시 약손의 안목은 틀리지 않았다. 딱 봐도 실력도, 머리도 되지 않는 주제에 제 아비가 돈으로 떡칠한 자리 꿰찬 뜨내기 같았다. 약손이 속으로 쾌재를 불렀다. 열 냥이면 앞으로 궐에서 지내는 동안 이래저래 궁하지는 않게 살아갈 수 있었다.

"하면, 다음에 여기서 만납시다. 열 냥 가져다드리겠습니다."

"좋아! 그러면 다음에 여기서 만나!"

호기롭게 고개를 끄덕이던 약손이 퍼뜩 뭔가 생각난 듯 손을 저었다. 그러고는 다시 휙휙 주위를 둘러보며 목소리를 낮췄다.

"여기는 월당이라니까? 임금님 말고는 아무도 못 와! 오늘 우리가 운이 좋아서 무릎 보전한 거야!"

약손이 한심해 죽겠다는 표정으로 제 가슴팍을 탕탕 쳤다. 하지만 이번에는 남자의 표정도 꽤나 단호했다.

"주상 전하께서는 이제 월당에 안 오십니다."

"뭐?"

"제가 모시는 웃전께서 주상 전하를 가까이에서 모시는 분인데, 요즘에는 월당 말고 다른 데 드나든다고 하셨습니다."

"……정말이야?"

약손은 영 못 믿겠다는 얼굴이었다.

"참말입니다. 월당은 만든 지도 오래됐고 풍경도 질린다고……. 다른 데 더 편하고 좋은 누각 만들어서 이제는 게서 쉬신다고 하셨습니다."

"그럼, 그걸 왜 이제 말해?"

약손이 빽 소리쳤다. 세상에, 이건 서리도 미처 알려 주지 않은 사실이었다. 그런 줄 알았으면 아까 위장들보고 그렇게 도망 치지 않아도 됐을 텐데. 무릎 잘릴까 봐 잔뜩 겁먹지 않아도 되 었는데.

약손은 뭔가 엄청나게 억울해지는 기분이었다.

그런 약손을 아는지 모르는지 남자가 말했다.

"열 냥, 꼭 가져다드릴 테니까……."

"……"

"다음번에도 예서 만나요."

"……"

"형님."

게다가 저 멍청지는 열 냥 준다는 말이 뭐 대단하다고 저렇게 속살거리면서 말하는지. 갑자기 등이 확 간지러운 기분이었다. 송충이가 지나가나? 약손이 벅벅 손으로 제 등짝을 긁었다.

"뭐, 나야 상관은 없는데……."

"……"

"주상 전하는 이제 월당 안 오신다는 말, 확실한 거지?"

"예. 그렇다니까요."

약손은 몇 번이나 사내에게서 임금님은 다른 데 가신다, 월당 은 거들떠도 안 보신다, 더 좋은 누각에 가신단다, 다짐의 다짐 을 받고 나서야 고개를 끄덕였다.

"그럼 열 냥 꼭 가져와야 해?"

"예."

약손은 다음번 제가 숙번 서는 날을 가만히 계산했다.

"닷새 뒤에 여기로 나와."

"예."

야호! 이렇게 열 냥이 넝쿨째 굴러 들어오는구나! 약손은 벌써 부자라도 된 듯 싱글벙글한 얼굴이 되었다. 잠기운에 월당에 들어서고, 웬 샌님 멍청지를 만나 무릎 잘릴 뻔했지만 그래도 열 냥 번 값치고는 꽤나 남는 장사였다.

약손이 아까와는 달리 기분 좋은 얼굴로 팔랑팔랑 손을 흔들며 뒤를 돌았다. 한데 남자가 다시 한번 약손을 불렀다.

"저, 그런데 형님……."

저치는 안 그렇게 생겨서는 참 말이 많았다. 어쩌면 수남 형님보다 더한 촉새일지도. 왜왜왜? 약손이 왜 자꾸 성가시게 구냐는 듯 팩 얼굴을 돌렸다.

"왜 자꾸 사람을 불러 대?"

뚱하게 대답했다. 남자가 특유의 머쓱한 얼굴로 말했다.

"제가 아직 형님 존함을 알지 못하여서……."

아, 이제 보니 둘은 통성명도 안 한 사이였다. 약손도 그 사실을 그제야 깨닫고는 잠깐 맹한 얼굴이 되었다.

내 정신 좀 보게나. 통성명도 안 하고 열 냥 거래를 할 수는 없는데. 저자에서였다면 절대 돈 떼먹히는 일 없는 약손이었지만 궐 생활을 하는 동안 많이 유해졌다 싶었다. 약손이 흔쾌히 제 이름을 알려 줬다.

"내 이름, 약손."

"……."

"여가, 약손이라 해. 내약방에서 일하고 있지."

"……예."

남자는 혹여나 그 이름 석 자를 잊을까 싶어서 몇 번이나 '여가 약손. 여약손.' 중얼거렸다.

보면 볼수록 참 실없는 사람 같았다. 약손이 남자의 얼굴을 빤히 쳐다보았다. 마치 뭐가 묻기라도 한 양, 조금도 시선을 돌리지 않기에 이번엔 남자가 '왜 그러십니까? 제 얼굴에 뭐가 묻었습니까?' 되물었다.

약손이 말했다.

"아우 이름은 뭔데?"

"……허."

서열이 정리됐으니 아우라 칭하는데 거침이 없도다. 약손은 아주 당연하게 형님이, 남자는 아우가 됐다.

"통성명하자며. 내 이름은 여약손이야. 아우 이름도 말해야지."

"……저는."

남자가 또 한참 뭔가를 생각했다. 아무래도 저치는 태어났을 때도 말을 늦게 떼서 부모 마음 꽤나 애태웠을 것이 분명했다. 그렇지 않고는 저렇게 말주변이 없을 리가 없었다. 어휴, 저 멍청지. 꽤나 맹충하구만……. 약손은 남자 모르게 속으로만 쯧쯧 혀를 찼다.

곧 남자가 입을 열었다.

"제 이름은……."

오랫동안 꺼내 보지 않은 그 이름.

제 이름인데도 남의 이름인 양 낯설게만 느껴지는 이름.

남자는 퍽 오랜만에 제 이름을 소리 내어 발음하였다.

"이유……라고 합니다."

이유? 아주 이름도 멍청지 같구먼. 설마 제 앞의 사내가 왕이라고는 생각지도 않았으니 성은 아예 물어보지도 않았다. 그래봤자 최가거나, 정가거나, 박가거나……. 알 필요 있겠어?

약손은 남자가 약손의 이름을 듣고 그랬던 것처럼 한두 번쯤 '이유, 이유.' 하고 되뇌었다.

동글동글한 발음이라서 그러한가? 입에 저절로 착착 붙는 것 같았다. 어쩐지 익숙한 이름이라고 생각했지만 이내 홀홀 아무렇지 않게 털어 버렸다.

"그래, 이유. 닷새 뒤에 보자고."

그 이름 두 글자, 감히 목청으로 불러 본 이는 손에 꼽히고 꼽힌다는 것을 약손은 아는지.

그 이름 두 글자, 함부로 입 밖에 냈다가는 혀가 잘리는 단설형斷舌刑에 처해질 수도 있다는 것을 정녕 약손은 아는지 모르는지.

약손은 몇 번이나 사내의 이름을 소리 내어 불러 준 후에야 유유히 월당을 빠져나갔다.

날은 한없이 맑았으나 짙은 구름이 자꾸만 달빛을 가렸다가 환히 보여 주기를 반복하던 밤. 달빛이 월당을 몇 번 비추고, 구름 그림자가 그 위를 또 몇 번인가 지나갔을 때에야, 사내 이유는 비로소 뒤돌아섰다.

몇 걸음 떨어지지 않은 곳에서 달빛에도 모습 드러내지 않았던 내금위와 동재가 부복하고 있는 모습이 보였다.

본래 지존의 몸을 바로 곁에서 호위하던 상왕의 운검은 대부분 2년 전에 사사한 지 오래였다. 대신 이유는 선전관에서 직접 인물을 뽑아 내금위를 구성했다. 물론 그들은 계유정난에서 이유와 뜻을 함께했던 충복 중의 충복, 심복 중의 심복이었다.

"전하, 소인 동재가 혀를 깨물어 자결하겠나이다."

방금 전 웬 생도가 함부로 지존의 휘諱를 혀에 올리는 만행을 제가 대신 덮겠다 나선 이는 동재라. 이유가 지존의 몸, 아니 대군 시절부터 데려다 키운 내시였다. 척하면 척, 이제는 눈 감고도 제 주인의 뜻을 들여다볼 수 있었다. 혀를 깨물겠다는 말은 분명 허언虛言이지만 그래도 죽는 시늉 만큼은 일품이었다.

"됐다."

이유가 한마디 툭 던졌다. 동재가 금세 일어나 방금 전 이유가 벗어 놓은 야장의를 갈무리해 시중을 들었다.

본래 월당은 못 안 한가득 채워 놓은 유황 덕분에 따뜻한 온천수가 밤낮없이 들끓었다. 온천욕은 태조 때부터 일국의 왕이 멀리해야 하는 여가 생활로 비난받았다. 하지만 이유는 유독 피부병을 자주 앓아서 대군 시절부터 온천을 즐겨 다녔다.

평소에는 멀쩡하다가도 신경증만 도지면 피부 곳곳에 울긋불긋한 자국이 생겼다. 심할 때는 가려운 부위를 몹시 긁어 생채기가 나기도 했다. 제조는 오히려 먼저 나서서 이유에게 온천을 권할 정도였다. 하나, 이제 막 왕위에 오른 이유가 공공연히 온천욕을 한다는 소문이 돈다면 그것은 아무리 병증 때문이라도 좋을 것이 하나도 없었다.

더군다나 이유는 어린 왕을 내치고 보위를 이어받은 자가 아니던가.

동재의 말을 빌리자면 집현전 것들이 이 사실을 알면 상소다, 간언이다, 뭐다 뭐다 해서 또 지랄지랄을 할 것이 분명했다.

동재가 자색 삼은 저고리를 야무지게 묶고는 품에 쥐고 있던 야장의를 걸쳐 주었다. 비록 침전에서 입는 의복이지만 금수 놓인 오조룡五爪龍이 달빛 아래에서 그 발톱 다섯 개를 분명하게 뽐내었다.

오늘 온천욕은 웬 어중이떠중이 망충이 때문에 물 건너갔구나.

동재는 속으로는 어찌 저 무엄한 생도를 살려 주셨냐, 저가 대신 쓴맛을 보여드릴까, 불평을 하고 싶었다. 하지만 단 한마디도 입 밖에 내지 않고 묵묵히 이유의 뒤를 따랐다. 만약 주상 전하께서 저 철모르는 생도를 죽이고자 했다면 누각 아래에서 눈 마주쳤을 때부터 진즉 그 목숨 거뒀으리라.

다만 이유는 월당을 나서기 전에 딱 한마디를 남겼다.

"오늘 밤 일은 아무에게도 발설하지 말라."

"예, 전하."

그 지엄하신 말씀, 뜻이 되게 하는 것은 동재의 몫이었다. 소매 안에서 손을 맞잡은 동재가 깊이 고개 숙였다.

[2]

예로부터 달 밝은 밤이 되면 선비는 시 짓고, 광대는 노래하고, 여인은 임을 그린다고 했다. 오랫동안 꽁꽁 숨겨 온 마음 환한 달빛에 몰래 비춰 보기도 하고, 일렁이는 별빛에 이내 마음 닿을까 어쩔까 한 줌 전해 보기도 한다고 했다. 하여튼 달이란 놈은 참으로 요상하기 그지없는 존재였다. 손에 잡히지도 않는 주제에 사람 마음을 싱숭생숭하게 만드니까.

휘영청 뜬 달빛에 여인네고 남정네고 그 눈부신 빛에 잠 못 이루며 뒤척이던 밤. 오늘도 약손과 서생 이유는 궁궐에서 달빛 듬뿍 받기로 소문난 월당에서 만났다.

그들은 임금님이 내리신 금족령 때문에 인적도 없는 곳에서…… 단둘이…….

도적질을 하였다.

"형님, 이건 어떻습니까?"

무릎 위까지 바짓부리를 홀쩍 걷어 올린 채로 월당의 온천을 참방참방 건너는 자는 궐내 지리도 모르고 어리바리하게 굴다가 졸지에 의학 생도의 아우가 되어 버린 멍청지 이유라.

"아니! 그건 너무 크잖아. 관원들한테 내가 어젯밤에 도적질을 했습죠, 떠들 일 있어?"

본래 여인의 몸이라 차마 물속에 몸 왕창 담그지는 못하고 저만치 물러서서 이거 해라, 저거 해라, 그것 말고 너 뒤에 있는 큰 것 가져와라, 일일이 심부름시켜 대는 자는 멍청지 이유의 형님 약손이었으니.

"그럼, 이건요?"

이유는 마치 물고기라도 잡는 양 이리저리 뛰어다녔다. 마침내 제 주먹만 한 돌멩이 하나를 건져냈다.

"그래, 그건 좀 낫네."

제 마음에 쏙 들지는 않지만 네 노력이 가상해서 봐주겠다는 듯 약손이 고개를 끄덕였다.

감히, 생도 주제에! 무엄하도다! 어둠 속에 그림자처럼 몸을 숨긴 내금위장이 몇 번이나 그 칼집에 손을 댔다가 말았다가 하는 것을 알기는 할는지. 약손은 그 후 한참이나 더 이유를 부려먹은 후에야 이제 고만 뭍으로 나오렴, 허락을 해줬다.

이유가 흠뻑 젖은 몸으로 누각 위에 올라왔다. 뜨거운 물에서 한참 물장구를 쳐대며 유황을 골라내느라 진이 쏙 빠졌다. 색색 내쉬는 숨마다 허연 입김이 뿜어져 나왔다. 물에 푹 젖은 받침 저고리 아래로 활쏘기와 검술로 다져진 탄탄한 살이 용틀임하듯 꿈틀거렸다. 돌처럼 단단한 살덩이들은 가지각색 모양을 뿜내기 바쁜데 약손은 어째 이유에게로는 시선 한번을 주지 않았다.

그러자 이유는 그게 좀 서운했다.

사실 이유는 저의 건강한 몸에 대한 자부심이 대단했다. 사가에 살 적에는 저가 지나가기만 해도 우리 대군마마 저 당당한 자태 좀 보라면서 계집들이 이리저리 추풍낙엽처럼 쓰러지곤 하였는데.

계집뿐인가? 함께 격구를 하던 이들 역시 조선에서 알아주는 무관들이었다. 풍채는 어디 내놔도 빠지는 법이 없었다. 하지만 어느 더운 여름날, 계곡에서 다 같이 목욕할 때는 과연 대군마마 풍채 따라올 자가 없다며 사내들 모두가 이유를 부러워했다.

한데 이 약손이란 자는 어떻게 된 일인지, 이유의 탄탄한 몸에 대한 칭찬은 일언반구도 내비치지 않았다.

이유가 일부러 물기도 닦지 않고 약손의 곁을 알짱거려 봤다.

"앗, 차가워! 물 떨어지잖아! 기껏 유황 닦아 놨는데 너 때문에 물 다 튀었어!"

약손은 신경질만 부려 댔다. 아니, 내 어깨 못 보았는가? 여기 등 뒤에 승모근이랑 견갑골 안 보이는가? 봤다면 부럽다고, 그 비법이 뭐냐고 왜 묻지를 않지? 이유는 하마터면 진상 부리며 따질 뻔했다. 하지만 약손은 승모근이고 나발이고 아예 관심이 없었다.

"아우가 적셔 놓은 것은, 아우 스스로 다시 닦아!"

결국 이유는 풍채 자랑하다가 졸지에 유황이나 닦아야 하는 신세로 전락했다.

참내, 지존이 걸레질이라니. 그 꼴이 말이 아니었다. 이유가 입이 댓 발 나온 채로 유황을 부숴 버릴 듯 퍽퍽 걸레로 닦았다.

"똑바로 해라. 정성을 다해?"

약손은 눈도 돌리지 않고 타박했다. 참내, 저 인간은 뒤통수에도 눈알이 달렸나 보다. 이유는 울화가 뻗쳤지만 일단 참았다. 조용히 손길을 바로 해서 유황을 닦았다.

약손은 한참 동안 바닥을 파고 들어갈 듯 유황 덩어리를 분류

하다가 이내 퍼뜩 뭐가 생각났는지 쪼르르 온탕으로 달려갔다.

약손 말에 의하면 약손은 어렸을 때 강가에서 빠져 죽을 뻔한 이유로 물가만 들어가면 숨이 꼴깍 멎는 병에 걸렸단다. 그래서 유황 건지는 일은 어쩔 수 없이 이유에게만 시키는 거란다. 약손은 그 설명은 다 잊은 건지 휘휘 물가에 손을 집어넣어 무언가를 꺼내 왔다. 그래도 혹시나 약손의 숨이 멎을까 봐 누각 위에서 그 꼴을 보고 있던 이유는 약손이 다가오자 다시 안 본 척 휙 고개를 숙였다. 약손이 발끝으로 툭툭 이유의 등을 쳤다.

"이보시게."

"……."

"이보시게, 아우."

"……왜 그러십니까?"

이유가 뚱한 얼굴로 고개를 드는 순간이었다. 그와 동시에 팍! 이유의 이마에 번쩍 불이 솟았다.

"악!"

저도 모르게 이마를 붙잡았다.

"흐흐흐……."

약손은 그런 이유를 보며 개구진 웃음만 터뜨렸다.

"이, 이게 뭡니까?"

"뭐긴."

이유가 저도 모르게 왈칵 신경질을 냈다. 곧 약손이 이유의 앞에 맨들맨들한 계란 하나를 쑥 내밀었다. 방금 전 이유의 이마를, 그러니까 이 나라 조선, 지존의 액상額像을 욕보인 닭의 알이었다.

"먹어. 따뜻한 물에서 힘쓰고 나면 잘 먹어야 하거든."

"……."

혹여 온천물에 익힌 닭의 알에 때 묻었을까, 티끌 묻었을까, 짧은 손톱으로 껍질을 까서 건네주는 모습이라니.

감히 주상 전하의 옥체 상하게 한 이 발칙한 생도를 죽일까 살릴까, 열 손가락을 잘라 혼을 내줄까 말까, 이유는 진심으로 고민하고 또 고민했다.

하지만 '얼른 먹으라니까?' 제 입가에 계란 대주는 약손의 까만 눈동자를 마주했을 때는 그만 턱 가슴에 뭉친 부아도 슬그머니 풀리고 말았다.

"고맙소……."

결국 이유는 화도 못 냈다. 이 방자한 생도의 열 손가락도 자르지 못했다. 그저 뚱한 얼굴로 계란을 받아 들고 말았다. 그 순간, 약손이 생긋 이유를 바라보며 웃어 보였다. 문득 이유의 가슴께가 찡하니 아리는 까닭은 무엇인지?

이유는 같은 사내인 약손에게 찐해지는 가슴의 원인을 알지 못했다. 괜히 계란만 한 입 크게 베어 물었다.

"아악!"

하지만 방금 전 온천물에서 꺼낸 계란이 품은 열기는 대단했다. 이유는 입에 물었던 계란을 그대로 뱉어 냈다. 입안이 홀랑 까졌다. 퉤퉤, 한참을 제 가슴 치며 기침해야만 했다.

"거봐, 조심했어야지. 아우는 꼭 다섯 살 먹은 어린애 같구먼."

껄껄거리며 웃는 약손의 모습이 어찌나 얄미운지 몰랐다.

싯팔, 저 열 손가락을 잘랐어야 해! 이유는 마음속으로만 화를 삭였다.

"한데 이 유황을 어디다 씁니까? 정말 돈이 되기는 합니까?"

이유가 물었다.

약손이 이유에게 '나는 여덟, 너는 둘'의 동업을 제안한 것은 저번에 이유가 사례비로 열 냥을 가져다줬을 때의 일이었다. 첫 날 만났을 때만 해도 약손은 두 무릎 잘릴까, 위장에게 들킬까 가슴 졸이느라 월당을 둘러볼 여유가 없었다. 하지만 두 번째 왔을 때는 달랐다. 어차피 주상 전하도 아니 오시는 장소라. 약손은 월당 구석구석을 살펴보았다. 마침내 시선이 멈춘 곳은 유황으로 가득 차 따뜻한 물 퐁퐁 쏟아 내는 온천이었다.

약손은 마치 금광이라도 발견한 듯 횡재한 표정이었다. 그러고는 뭔가를 곰곰 생각하다가 이내 그 자리에서 이유에게 '나는 여덟, 너는 둘'이라는 동업을 제안했다.

물론 원래는 '나는 아홉, 너는 하나'였다. 하지만 이유가 그 말 뜻을 이해하지 못하고 침묵했더니 얼른 말을 바꿨다.

'그래그래! 솔직히 하나는 너무했지? 좋다. 기분이다. 나는 여덟! 너는 둘!'이라며 약손은 한껏 선심 쓰는 척을 했다.

물론 그 뒤에, 잘 생각해 봐. 너는 고작 이 무거운 유황 건져 주는 것 말고 하는 일이 뭐가 있니? 나는 네가 가져다준 유황 너무 크면 쪼개야지, 색깔 살펴야지, 표면이 너무 거칠면 갈아야지, 궐 밖에 장사치한테 갖다 팔아야지. 팔 때는 거저 파니? 너 흥정이란 거 해봤어? 흥정을 잘해야 이익이 남는 거라고!

어쩌나 제가 맡은 일이 어렵고 험난한지, 저가 '여덟'을 가져가는 것이 하나도 부당하지 않다며 구구절절 설명을 늘어놓았다. 정작 이유는 제 몫이 하나든, 둘이든, 셋이든 전혀 상관하지 않았는데 말이다.

아무튼 그렇게 '나는 여덟, 너는 둘'의 동업이 성사됐다. 그것은 동시에 이유 인생의 노비 계약의 시작이기도 했다.

그날 이후부터 이유는 월당에서 약손을 만날 때마다 온천에서 무거운 유황을 골라 바쳐야 했다. 더운 물에서 힘쓰는 일이라 퍽 힘들었지만 약손이 저는 물가에만 들어가면 숨이 딱 멎는 병이 있다며 버텨서 어쩔 도리가 없었다. 결국 이유는 온갖 궂은일을 혼자 도맡아 해야만 했다.

한데 이까짓 유황을 팔아서 정말 돈을 벌 수 있단 말인가?

한 냥을 벌든 한 푼을 벌든 이유는 유황을 매매한다는 게 도무지 이해되지 않았다. 그래서 정말 돈을 벌 수 있냐고 물었을 뿐인데 약손은 지금 너 나를 의심하는 거냐며, 믿지 못하는 거냐며 도리어 큰소리를 냈다.

"아니, 의심하는 것이 아니라……."

이유가 눈알만 이리저리 굴리다가 겨우 한마디를 했다.

"한데, 궐내 물건을 함부로 도적질하다가는 손가락이 잘린다던데요? 유황 훔친 일이 들통이라도 난다면 목숨 부지 못 할 텐데……."

이유가 나름 걱정스러운 말투로 조언했다. 그랬더니 약손은 안 그래도 동그랬던 눈을 더 동그랗게 뜨며 이유의 어깨를 찰싹찰싹 때렸다. 그러고는 누가 볼세라, 들을세라 잔뜩 목소리를 죽였다.

"도적질이라니? 도적질이라니? 말조심하지 못해? 궐에는 벽에도 귀가 있고 땅에도 눈이 있다고! 누가 들으면 어쩌려고 그래?"

"허……."

벽에 귀가 있고 땅에 눈이 있다는 것을 그렇게도 잘 아는 사람이 간 크게도 유황을 훔쳐 가는가? 대거리하고 싶은 마음이 굴뚝같았지만 이유는 애써 참았다. 약손이 찰싹찰싹 야무지게도 내려치는 팔뚝이 몹시 쓰라렸다.

약손이 말을 이었다.

"잘 봐. 궐내 후원에서는 찻잎 딸 수 있는 거 알지?"

"……예."

"항아님들이 그 찻잎으로 차 끓이고, 말려서 떡 해 먹으면 관원들이 잡아가?"

"……아니요."

"그럼 다시 봐. 내가 여기서 이렇게 흙 한 줌을 주머니에 넣고 궐 밖에 나갔어. 관원들이 왜 흙을 가져갔냐고 벌 줘?"

"……아니요."

약손은 실제로 수풀 옆의 흙 한 줌을 쥐어 제 주머니 안에 넣는 시늉까지 해보였다. 그때마다 이유는 아니요, 아니요, 도리도리 고개를 저었다. 그랬더니 약손은 지금 이 상황도 마찬가지라며 다시 짝짝 이유의 등짝을 때렸다.

아으……. 계집도 아닌데 사내 손이 왜 이렇게 매워? 이유가 작게 탄식했다.

"나는 지금 궐 안의 돌멩이 한 줌 집어서 밖으로 가져가는 거야. 내가 뭐 금은보화를 가져가니? 희귀한 약재를 빼돌렸어? 난 발에 차이고 차이는 돌덩이 몇 개 집에 가져가는 거라고!"

하지만 이건 차이고 차이는 돌덩이가 아니라 유황인데……. 이유는 그 말도 그냥 삼켰다. 약손에게 언어맞은 등짝과 팔뚝이 아파도 너무 아팠다.

제 할 말 마친 약손은 꾸러미 안에 유황을 착착 잘도 챙겼다. 이런 짓거리 한 적이 한두 번이 아닌 듯했다. 한 치의 군더더기도 없이 능숙했다.

아무래도 행실을 보아하니 이자는 입궐하기 전에 도적질을 하던 자였나 보다. 이리도 손버릇 나쁜 자를 어찌 생도로 뽑았을꼬?

궐 안에 계속 들여놓았다가는 바늘 도둑이 소도둑 될 자로다!

이유는 문득 약손이 괘씸해졌다. 무엄한 마음이 모락모락 솟아올랐다. 철모르는 생도, 한두 번 데리고 놀았으면 됐다. 무료한 궁궐 안에서 이만큼 재미나게 지냈으면 됐지. 이유는 이제 말도 안 되는 형님 아우 놀이를 끝낼 참이었다.

너, 감히 뉘 앞에서 도적질을 하느냐? 이 녀석, 뉘우치는 기색이 없으니 오늘부로 그 열 손가락을 몽땅 잘라 버리리라!

이유가 한마디 하려던 순간, 약손은 그런 이유의 흉흉한 속마음 따위는 전혀 모른 채 유황 가득 넣은 꾸러미를 제 등 뒤에 바짝 동여맸다. 오늘은 너무 큰 덩이를 챙겼나 보다. 뒷목이 뻐근해질 지경이었다. 약손이 캑캑 목 막힌 소리로 말했다.

"그럼, 난 이만 가겠네. 닷새 뒤에 보자고. 그땐 이렇게 큰 덩어리는 건지지 마. 너무 무거우니까. 알았어?"

"너 이놈, 감히 내가 뉘인 줄 알고……."

"아, 그리고!"

스르릉! 옆구리에 칼 찬 내금위도 제 주인의 뜻을 따라 칼을 빼들었다. 약손이 늘 제 품 한쪽에 짤랑짤랑 매달고 다니는 조그만 주머니를 뒤적였다. 대체 그 손바닥만 한 주머니 안에 무슨 잡동사니가 그리 많은지 가짜 노리개, 먹다 남은 엿, 지푸라기, 세필 붓 따위가 줄줄 쏟아졌다. 심지어 웬 딱정벌레 껍데기까지 나왔다.

"여기 있다!"

마침내 제가 찾으려던 물건을 찾아낸 약손이 반갑게 소리쳤다. 그러더니 한지에 꽁꽁 싸 놓은 물건을 풀었다. 이유는 이제 막 너 무엄하다, 내가 누구인 줄 아느냐, 내가 이 나라의 지존이다! 큰 소리를 낼 참이었다. 하지만 그보다 먼저 저 궁상맞은 주머니 안에 꽁꽁 숨겨 놓은 물건이 과연 무엇인지 궁금해졌다.

"……이게 무엇입니까?"

이유가 약손이 꺼낸 종이뭉치를 수상스럽다는 듯 바라봤다. 약손은 대답도 하지 않고 종이뭉치를 제 맘대로, 제 뜻대로 이유의 손에 덥석 건네주었다.

약손이 어느새 푸릇해지기 시작하는 하늘을 보며 다급한 표정을 지었다. 시간이 벌써 이렇게 됐나? 나 이제 그만 가야 돼. 개똥쑥 안 들여놓으면 큰일 나…….

"이게 무엇인데 저를 주십니까?"

"무엇이긴. 너 피부염 있지?"

약손이 대뜸 하는 소리가 저것이었다.

"……."

순간, 이유의 표정이 더할 나위 없이 일그러졌다. 내금위장 또한 주상 전하와 철모르는 생도 사이에 흐르는 공기가 심상치 않음을 눈치챘다. 크릉, 어둠 속에서 칼이 울었다.

내약방 심부름 따위나 하는 생도 나부랭이가 감히 지존의 병명이 담긴 병부 일지를 훔쳐보았는가? 그것은 제조 이하의 최고 의원들조차 함부로 펴보지 못하는 것이거늘! 너, 대체 누구와 패를 먹고 이런 불경을 저지른 것이냐? 왕의 병부 일지를 훔쳐보는 행위는 역모와 다름없는 중죄였다.

이 순간, 약손의 목숨은 실로 바람 앞에 등불처럼 위태로웠다.

하지만 약손은 제 주위를 둘러싼 살기는 조금도 눈치채지 못했다. 그저 이유의 어깨만 툭툭 쳐주었다. 이제는 버릇처럼 굳어버린 형님 노릇이었다.

"저번에 봤어. 너, 눈가도 붉고 턱 아래에 흉터도 잔뜩 있더라. 그건 염炎의 자국이지."

이유가 아무 말 없이 약손의 얼굴을 들여다보았다. 눈에 어렸던 살기는 미처 거두지 못했다. 하지만 약손은 그런 이유의 표정이 의원도, 뭣도 아닌 저가 못 미더워 그러는 것이라 여겼다.

"그래도 나, 조선 팔도 돌아다니면서 신약도 팔았는데……. 어쩔 때는 마을 의원님이랑 도사님한테 비방을 배운 적도 있는데……."

약손은 저를 믿지 못하는 이유에게 조금 서운한 눈치였다. 약손이 얼른 덧붙였다.

"이거는 내약방에서 그 누구더라……? 한성부 판원이랬나? 하여튼 그분 어르신 아드님이 피부염 걸려 가지고 도통 낫지를 않는대. 명나라 약도 쓰고, 요양도 다니고 그랬는데 아무 소용없더래. 그래서 특별히 지어 간 환약인데, 들어보니까 아우랑 증상이 똑같더라고. 그래서 내가…… 그중에 몇 개를 슬쩍……."

"……."

약손은 불경한 뒷말은 모두 삼켰다. 끝까지 말하지 않아도 내뜻 다 알지 않느냐며 찡긋찡긋 눈짓을 해댔다.

"여하튼 이거 되게 귀한 거야. 아드님이 독자랬나? 그래서 주상 전하 윤허 받아서 겨우겨우 지어 간 약이거든. 조선 팔도에서 좋은 약재란 약재는 몽땅 들어갔어. 약방 심부름을 내가 직접 했다니까? 내가 보장해!"

약손은 누가 볼세라 약봉지를 이유의 소매 단에 꾸역꾸역 넣어 주었다. 참 이상한 일이었다. 약손의 손짓 한 번에 노기 어렸던 이유의 화가 스르륵 풀렸다. 그와 동시에 스르릉 당장이라도 약손의 목을 내려칠 준비를 끝낸 내금위장의 칼도 소리 없이 제자리를 찾아갔다.

"피부에 염증이 도지면 세 알을 먹고, 아무렇지 않을 때는 끼니 먹고 한 알만 먹어야 돼. 알겠어?"

"……예."

"너무 간지러울 때는 망초 끓인 물로 닦아 내면 조금 나아지려만……."

"……."

여태껏 이유의 피부증을 고치기 위해 조선 최고의 의원들이 안 써본 약, 안 해본 비방이 없었다. 하나 어쩐 일인지 이유의 피부염은 신경증과 관련되어 있었다. 평소에는 말짱하다가도 울화가 치솟거나 화가 도지면 그와 함께 피부의 염도 재발했다. 그래도 이유는 제 피부염에는 이까짓 환약도, 망초 물도, 그 무엇을 사용해도 차도가 없었다는 말을, 굳이 약손에게 하지 않았다.

그리 냉정하게 말하기에는 잠시나마 약손을 의심했던 제 치졸한 마음이 부끄럽고 면구하였으니까…… 그리 정 없이 딱 자르기에는 제 피부의 염증을 걱정하며 이것저것 비방 내어 주는 약손의 새카만 눈망울이…… 그 눈동자가…….

"……."

이유는 그만 할 말을 잃고 말았다. 약손이 망충하다, 혀를 쯧쯧 차는 맹한 얼굴이 되어 순하게 고개만 끄덕였다.

"다음에 만날 땐 밥 많이 먹고 와."

"……예."

"그때는 나도 끌이랑 정 챙겨 올게."

"……."

아무래도 약손은 정말 본격적으로 유황 도적질로 한탕 벌어 볼 속셈인 것 같았다. 하지만 이유는 그 모습을 봐도 괘씸하지 않았다. 무엄하지도 않았다. 그냥 '예, 밥 많이 먹고 오겠습니다.' 꼬박꼬박 대답만 했다.

"닷새 뒤에 보자. 늦지 말고 와야 해!"

월당을 떠나는 약손의 뒷모습이 멀어졌다.

욕심도 많아라, 무거운 유황을 너무 많이 챙겼나 보다. 약손이 술 취한 사람처럼 휘청휘청했다. 어느 순간에는 돌부리에 발이 걸렸는지 한순간 삐끗 몸이 기울어졌다. 뒤에서 그 모습을 지켜보던 이유는 하마터면 저도 모르게 달려가 팔을 붙잡아 줄 뻔했다. 괜찮으냐고, 어디 다친 데 없냐고 물어볼 뻔했다. 그 마음 삭이고 또 삭여 그저 움찔 제 어깨를 떠는 것만으로 멈춘 것이 천만다행이었다.

어느새 씩씩하게 걸음을 다 잡은 약손은 완전히 월당을 빠져나갔다.

"……."

이유가 고개를 들어 하늘을 올려다보았다. 수백 개, 수천 개, 셀 수도 없을 만큼 무수히 떠 있는 별무리가 달빛에 가려져 희미했다.

이 어둠 속, 꽉 찬 보름달 빛을 이길 만한 존재는 아무 데도 없었다. 하지만 보름이 지나면 그 달빛 또한 점점 사그라지리라.

동재가 어둠 속에서 스르륵 그림자처럼 나타나 제 주인의 어깨 위에 장의를 걸쳐 주었다.

"전하, 밤바람이 차옵니다."

"됐다."

이유는 그마저도 거추장스럽다는 듯 장의를 툭 밀쳐 버렸다.

이유가 조용히 물었다.

"……어찌 됐느냐?"

"소인이 백방으로 수소문하여 알아보았사온데……."

동재가 품속에서 서찰 한 장을 꺼냈다. 이유가 조금의 망설임도 없이 서찰을 펼쳐 보았다. 달빛 아래, 먹이 그 형태를 드러냈다.

"여약손, 여칠봉의 독남이라……?"

서찰에 적힌 내용은 다름 아닌 생도 여약손의 신상 명세였다. 동재는 주상 전하의 명을 받아 은밀히 약손에 대한 조사를 했다.

친어미는 약손을 낳고 일주일 만에 죽었다는 얘기부터, 여덟 살 때까지 포구 근처의 작은 마을에서 살다가 잡꾼 아비를 따라 떠돌며 이런저런 약을 판 얘기, 어쩔 때는 노래를 하며 생계를 꾸렸다는 얘기, 얼마 전에는 투전 빚에 쫓기다가 어찌어찌 생도로 입궐하였으며 그 빚을 갚기 위해 녹봉의 얼마를 가불했다는 얘기까지 모두 적혀 있었다.

하지만 이유의 관심은 최근이 아니었다. 오히려 약손이 여덟 살 이전, 포구 근처에서 생활했다는 대목에 멈춰 있었다.

소랑 포구면 도성과는 멀기도 먼 곳인데…….

왜 하필 살던 마을을 떠났을 때가 여덟 살일까? 그저 우연일까?

"포구에서 자란 것은 확실하다냐? 본 사람이 있어?"

"약손이 태어났을 때, 약손을 직접 받은 산파가 아직 살아 있었습니다. 마을이 워낙 작아서 여칠봉의 아이를 직접 받은 것을 똑똑히 기억하고 있었습니다."

"하면……."

이유가 말끝을 흐렸다. 동재는 이유가 왜 약손의 출생에 지대한 관심을 갖는지 알고 있었다. 동재는 이유가 가장 궁금해할 부분을 딱 집어 이야기해 주었다.

"산파의 나이, 금년으로 예순을 넘기긴 했으나 정신이 또렷하였습니다. 약손의 친모가 열흘도 되지 않아 산독이 안 풀려 죽은 것까지 알고 있었나이다."

"······."

"그때 받았던 아이는 여칠봉의 친자식이 맞고······ 분명한 사내아이라 하였습니다."

"······."

툭. 달빛에 비춰 보던 서찰이 떨어져 내렸다. 이유는 그만 맥이 탁 풀리는 기분이었다.

"하······."

한숨이 절로 터졌다. 당연히 이럴 것을 예상했는데도 그랬다. 그래도 부득불 약손의 출생을 알아본 까닭은 혹시나 해서였다.

약손이 저를 가만히 바라볼 때마다 겹쳐지는 까만 눈동자가 몹시 익숙해서, 생각나는 얼굴 하나가 있어서.

어찌 잊을 수 있을까?

혹시나 같은 사람일까 봐 그랬다.

분명 약손은 생도로 입궐한 의학 생도이고, 분명한 사내의 몸이지만 그래도 혹여나 싶어서······.

"거짓은 없으렸다?"

"전하······."

그 추상같은 물음에 동재가 납작 엎드려 이마를 바닥에 댔다.

"어찌 그런 말씀을 하시나이까. 소인이 어찌 전하를 속일 수 있겠나이까?"

동재가 제 주인을 속이는 일, 그것은 상상도 할 수 없는 일이었다. 동재가 진심으로 울며 빌고 또 빌었다. 실제로도 동재는 이유가 지시한 일에 한 치의 거짓도 없는 사실만을 보고하였다.

다만 동재가 조사한 '여약손'의 일생이란 것이, 산파가 직접 받은 사내아이, 약손은 여덟 살 때 열병으로 죽고 그 자리를 지금의 약손이 몰래 살게 되었다는 것을 꿈에도 몰랐을 뿐이었다. 하긴 그 일은 칠봉과 약손, 둘만 아는 비밀이니 아무리 동재라 해도 알아낼 수가 없는 것이었다.

"하……."

이로써 이유는 약손이 여칠봉의 친자식이며, 사내라는 것을 확인받았다. 그래서인가? 이유는 도무지 뜻을 알 수 없는 한숨만 내쉬었다. 물론 그 숨은 작고 작아서 이유의 뒤를 그림자처럼 따르는 내금위조차 눈치채지 못할 정도였다. 하지만 동재에게만은 그 탄식이 천둥보다 더 크게 들렸다.

"내가…… 대체 무엇을…… 무엇을 기대하였나."

몇 번 탄식하고 몇 번 홀로 마음을 삭인 이유가 마침내 돌아섰다. 툭, 이유의 소매에서 약손이 챙겨 준 환약 꾸러미가 떨어졌다. 동재가 혹시나 흙 묻을세라, 상할세라 약봉지를 재빨리 제품에 넣어 갈무리했다.

"전하, 이 약은 어찌할까요?"

한데, 아무리 주상 전하 뜻 헤아리는데 도가 튼 동재라도 약손이 건네준 환약 뭉치는 어찌해야 할지 모르겠나 보다. 하긴 제 주인조차 갈팡질팡하는 마음을 어찌 다스릴까 고심하는데 고작 노비가 무엇을 가늠할 수 있을까.

이유는 잠시 생각에 잠겼다가 제 발밑에 엎드린 동재를 물끄러미 내려다보았다.

"……"

아주 잠깐, 이유의 얼굴에 쓸쓸한 빛이 서렸지만 그 순간은 워낙 찰나였다. 동재조차, 환한 달빛조차 그 뜻을 헤아리지 못했다.

하긴…….

아주 만약의 경우에, 아주 만약이라도 여약손이 계집이고, 여약손이 그 아이와 동일 인물이라면 어쨌을 것인가? 동재가 전해온 서찰에 사실은 여약손이 그 아이라고, 생도라고 신분을 속인 것이라 고했다면 뭘 어쨌을 것인가?

그 아이를 이제 와 찾는다 한들⋯⋯.

설마 그 아이가 살아 있다 한들⋯⋯.

"환약은⋯⋯."

"예, 전하."

이유가 단호하게 돌아섰다.

"버려라."

"⋯⋯."

"내 어찌 그런 천한 사품 따위를 먹겠느냐."

어차피 그 아이는 악연惡緣밖에 되지 않는 사람이다.

그 아이는, 나를 죽이려 한 역당의 자손이니 살아 있다 한들 이유가 내어 줄 것은 죽음밖에 없었다.

"분부 받잡겠나이다."

동재가 종이 안의 환약을 그대로 흙바닥에 버렸다. 환약은 쉽게 짓이겨지다가 이내 흙과 섞였다. 쓴 약초 냄새가 바람을 타고 궐 곳곳으로 퍼져 나가기 시작했다.

第四章. 대군, 이유

[1]

　믿을지 모르겠지만 어린 시절 이유의 별명은 울보 대군이었다. 엄연히 주상 전하께서 지어 주신 '진평 대군'이라는 봉호가 있었지만 어렸을 때는 그 이름 진평보다 '울보마마'라고 더 자주 불렸다.

　그도 그럴 것이, 이유는 제 형과 달리 궐이 아닌 사저에서 자랐다. 한 나라, 지존의 핏줄을 이어받은 왕족이라면 궐내에서 그에 걸맞은 귀한 대우받으며 자라는 것이 마땅할 터. 하지만 이유는 궁 밖 사가에서 유년 시절을 보냈다.

　이유가 태어났을 때, 큰할아버지인 정종과 할아버지 태종이 잇따라 승하하며 궐내 분위기가 흉흉하니 어린아이가 생활하기에 맞지 않다는 것이 가장 큰 까닭이었다. 하지만 사실은 장자인 이향(李珦: 문종의 휘)보다 고작 세 살 어린 차남, 이유를 견제하려는 목적이 더 컸다.

　조선은 적장자의 혈통을 중시하는 나라이니.

세종은 집현전 학자들의 간언에 따라 차남 이유를 민가로 내보냈다. 이유는 첫 돌상을 받기도 전에 부왕은 물론이고 모비인 소헌 왕후와도 떨어져 살아야만 했다.

　친어미와 영문도 모른 채 생이별한 아기 이유는 울고, 울고, 또 울고……. 유모가 아무리 달래도 그 울음을 멈추지 않았다. 유모는 우리 대군마마, 조금 더 자라시면 애기 짓 그만하실까, 철드시면 울음 그치실까 내심 기대를 했지만 웬걸. 이유는 걸음마를 떼고 말을 배워 세상의 이치를 어느 정도 깨우친 후에도 부왕의 허락을 받아 입궐했다가 돌아온 날이면 어김없이 하루 종일 방에 틀어박혀 베갯머리를 흥건히 적시며 울었다.

　"마마, 어찌 또 울고 계십니까?"

　그때마다 어린 이유를 달래러 온 사람이 바로 윤서학이었다. 본래 윤서학은 내약방의 주부였다. 하지만 이유가 태어난 후부터는 이유의 전담의가 되었다. 이유뿐만이 아니라 사가에 살았던 모든 대군들이 그랬다. 안평이나 금성에게도 그 귀한 몸, 늘 지키고 살피는 전담 어의가 배치됐다.

　윤서학은 이유가 태어날 때 소헌 왕후의 산실청을 지켰던 자였다. 다시 말하자면, 윤서학은 소헌 왕후 심씨보다 갓난쟁이 이유를 훨씬 더 먼저 안아 본 이였다고도 할 수 있었다. 더군다나 이유는 배내 시절부터 피부가 가렵고 따가워지는 병증을 달고 살았다. 종기에 일가견이 있던 윤서학이 이유의 담당 어의가 된 것은 어찌 보면 당연한 수순이었다.

　이제 일곱 살, 이유도 저가 우는 모습이 부끄럽다는 것쯤은 충분히 알 나이가 되었다. 하지만 이유는 오늘도 머리꼭지까지 금침을 올려 덮고는 흑흑 눈물만 쏟아 냈다.

　"대군마마……."

윤서학이 금침 위로 토닥토닥 손을 올려 두드렸다. 그것이 신호였다. 어린 이유가 발딱 일어나 윤서학의 품에 안겼다. 얼굴은 온통 눈물범벅. 그러나 윤서학을 더 애타게 만드는 것은 눈물 따위가 아니었다. 이유가 지금처럼 울고불고 떼쓸 때마다 울긋불긋 모습을 드러내는 피부 염증이었다.

"내가 오늘 활을 쐈어! 열 발 중에 한 발도 빗나가지 않고 모두 관중이었어. 한데 아바마마는 나보다 형님을 더 많이 칭찬하지 않겠어?"

와아아앙! 또다시 울음보가 터졌다. 언제나 그랬듯 이유의 눈가가 맨 처음 붉어지고 뒤이어 귓가, 볼, 목덜미가 차례대로 시뻘겋게 부풀어 올랐다. 이유가 짜증내며 습관처럼 손톱부터 세우려는 것을 윤서학이 부드럽게 잡아 말렸다. 대신 차게 우린 녹두 물로 열 오른 몸을 닦아 주었다.

"그러실 리가 있겠습니까? 대군마마 활 솜씨 최고인 것은 주상 전하께서 더 잘 알고 계시지요."

"아니야! 아니야! 아니란 말이야!"

심지어 이유는 주상 전하께서 친히 내려 주신 죽방울 장난감마저 이불 위로 홱 내쳐 버렸다.

"형님은 겨우 일곱 발이 관중이었는데! 망충이처럼 세 발이나 빗겨 쳤는데도 잘했다, 잘했다 칭찬하시면서 머리를 쓰다듬어 주셨다고!"

윤서학이 이불 위로 굴러간 죽방울을 갈무리했다. 아무리 대군마마라도 주상 전하께서 하사하신 물품을 막 대한 것이 알려지면 전혀 이로울 것이 없었다. 윤서학이 죽방울을 살폈다.

"하지만 주상 전하께서는 대군마마께 이토록 좋은 장난감을 주셨잖아요."

"다 소용없어! 아바마마께서는 형님께 했던 것처럼 진평이도 잘하였구나, 머리 쓰다듬어 주시지는 않았단 말이야!"

"……."

안 그래도 이유는 제 형과 달리 저만 사가에 나와 사는 처지를 무척 서러워했다. 한 달에 몇 번, 보름에 몇 번, 입궁을 청하고 청하여서 어렵게 윤허 받을 때만 아바마마와 어마마마를 만날 수 없었다. 이유는 부모의 정이 그리워서 어쩔 줄을 모르는 아이였다. 어떨 때는 제 어머니인 중전마마의 치맛단을 붙잡고 퇴궐하고 싶지 않다 뚝뚝 눈물만 흘려 댄 적도 있었다.

가뜩이나 한번 성내거나 울음을 터뜨리면 온몸이 발갛게 변해 버리는 병증 않는 어린 대군, 중전마마도 떼어 놓고 싶었을까?

어느덧 이유는 제가 아무리 활을 잘 쏴도, 효경孝經을 줄줄 외워도 저보다 못난 형에게 치우치는 아버지의 관심과 태도를 부당하다고 생각하기 시작했다. 물론 그것 역시 세종이 세자인 이향에게 힘을 실어 주기 위한 계산된 뜻이었지만 이유는 아직 그런 것까지는 헤아릴 수 없었다. 그저 저보다 못난 형이 아바마마, 어마마마와 떨어지지 않고 함께 도란도란 사는 삶이 못내 부럽고 눈물 날 뿐이었다.

저는 무엇이든 노력하고 또 노력해야만 겨우 아바마마 눈길 한번 받을 수 있는데. 아마 부왕께서는 형님이 세상에 둘도 없는 천치 짓을 해도 잘했다 칭찬하실 것이 분명했다.

왜 나는 늘 뒷전이지?

아바마마는 왜 나를 형님과 차별하시지?

나는 왜 어마마마와 함께 살지 못하지?

왜? 어째서? 내가 무엇을 잘못하였기에?

이유의 어린 시절은 온통 이런 물음에 대한 답을 알아내기 위한 투쟁이었다. 물론 그 문제의 답을 알아낸 것은 한참 뒤의 일이었다.

윤서학이 다시금 이유를 다독였다.

"아닙니다. 제가 예전에 경연에 참석한 적이 있는데, 그때 주상 전하께서는 온통 진평 대군마마 이야기만 하셨습니다."

"거짓말!"

"제가 허튼소리 하는 것 보셨는지요?"

윤서학이 녹두 물 적신 무명천으로 슥슥 이유의 몸을 닦아 냈다. 이유가 윤서학의 눈동자를 가만히 살펴봤다. 자고로 사람의 됨됨이는 눈동자에서 결론이 나더라. 영특한 어린 대군마마는 어느새 그런 진리를 깨우쳐 가고 있었다.

사실 윤서학은 조정에서도 듬직하기로 소문난 어의였다. 언제나 입이 무겁고 행실이 반듯하여서 뭘 하여도 신뢰가 가는 자. 똑같은 처방을 내려도 윤서학에게 진단을 받으면 더욱 믿음이 향하는 기분. 윤서학이 이유의 전담의가 되었을 때, 신료들은 더이상 그의 처방을 받지 못하는 것을 아쉬워할 정도였다. 물론 이유가 이러한 조정의 속사정까지는 알지 못했지만, 제가 가까이두고 보는 사람의 됨됨이는 본능적으로 깨달았다. 특히 다른 또래보다 더욱 예민하고 총명한 이유라면 더욱 그러했다. 그러니암만 생각해 봐도 윤서학은 거짓말하거나 입에 발린 말 따위 떠드는 아첨꾼은 아닌 것 같았다.

"윤 판관은 거짓말을 하지 않지······."

이유가 이내 조용히 혼잣말을 했다.

"그래서 아바마마가 그다음에는 뭐라고 하셨는데?"

이유가 킁 콧물을 닦아 내고 질문을 했다. 윤서학은 짐짓 어린애 설화 들려주듯 흠흠 목소리를 가다듬었다. 그러고는 제가 경연 시간 때 보았다는 주상 전하의 흉내를 냈다.

"우리 진평이 활 솜씨를 본 자가 있는가? 활 열세 발을 당겨서 토끼 사냥을 하면 그날 잡아오는 토끼도 열세 마리라네! 이런 신묘한 솜씨는 조선 천지 어디를 가도 찾아볼 수가 없지!"

"아바마마가 참말 그리 내 칭찬을 하였는가?"

"그뿐만이 아닙니다. 주상 전하께서는 마마께서 효경은 아주 옛날, 아기 시절에 다 떼었고, 주례周禮, 의례儀禮, 이아爾雅 배우시는 것까지도 자랑하셨나이다."

"아이참, 그것을 어찌 다 아셨지? 그리고 난 아직 이아는 잘 모르는데……."

이유는 그만 서럽던 마음도 뚝 그쳤다. 혹여나 오늘 아바마마가 이아에 대해 하문하셨으면 큰일이 났겠구나, 대답도 못 하고 쩔쩔맸겠구나…… 놀란 가슴을 쓸어내리기 바빴다.

"아마도 전하께서는 마마께서 이아에 대해서는 조금 헷갈려한다는 걸 아시고 묻지 않으셨겠지요."

"그러할까?"

"그럼요. 만약 마마께서 신하들 앞에서 이아 잘 외지 못하면 얼마나 창피해할까 염려를 하신 거랍니다."

"우와……."

아바마마는 나를 그렇게 사랑하시는구나. 아껴 주시는구나. 나에 대해서 모르시는 게 없으시구나. 이유는 고만 뻗쳤던 화도 싹 풀리고 말았다. 동시에 거짓말처럼 이유의 피부를 덮었던 붉은 염증도 서서히 가라앉았다.

"마마, 이제 그만 우시고 몸 달랜 후에 진지 잡수세요."

"울지 않았어."

이유는 저가 언제 울며불며 떼를 썼냐는 듯 뚝 시치미를 뗐다.

"예, 울지 않으셨죠."

"윤 판관은 이따 나랑 진지 함께 먹고, 나 이아 다 외는 것 보고 가."

"아무렴요."

"내가 잠들고 나면 집에 돌아가야 해. 소세하고 목욕할 때까지 기다려야 해. 내가 삼돌이한테 가마 내주라고 할게."

"분부 받들겠나이다."

부정과 모정, 두 가지 모두가 목말라서 어쩔 줄 몰라 했던 시절. 그 갈증을 대신 해결해 주었던 사람은 다름 아닌 어린 이유를 곁에서 지켜보고 돌봐 주던 윤 판관, 윤서학이었다.

"저녁 진지 잡수기 전에 잠시 오수에 드세요. 소신이 늦지 않게 깨워드리겠나이다."

"행랑어멈한테 뭇국 끓여 놓으라고 해. 먹고 싶어."

"예."

윤서학이 토닥토닥 이유의 가슴께를 두드려 주었다. 그러면 이유는 어느새 오늘 궐에서 속상했던 일은 까맣게 잊고 새근새근 잠에 빠져들었다.

*

하루도 빠짐없이 이유의 사가에 들르던 윤서학이 요 며칠 보이지 않았다. 윤서학 대신 다른 판관이 이유에게 탕약을 지어 주고 돌봐 줬지만 이유의 마음에 찰 리가 없었다.

"윤 판관은 어디에 갔느냐?"

마당 쓸던 몸종 삼돌이에게 물었다.

"......예?"

삼돌이는 웬만해서는 눈도 마주치기 어려운 대군마마께서 제게 먼저 말을 걸었다는 사실에 너무도 놀랐나 보다. 빗자루도 휙 내팽개치고 머리를 조아렸다. 그러고는 혼자 뭐라 뭐라 달달 떨리는 목소리로 중얼거렸다. 한데 목소리가 너무 작아서 아무 말도 들리지 않았다. 이유가 바락 짜증을 냈다.

"윤 판관 어디에 있냐고? 똑바로 말하지 못해?"

"예, 예. 아기마마! 대군마마!"

삼돌이가 흙바닥에 바짝 엎드린 채로 겨우겨우 대답했다. 한데 이야기 전하는 삼돌이의 목소리가 기뻤다가, 슬펐다가, 다시 신났다가, 서글펐다가 도통 갈피를 잡지 못했다.

이런 망충이 같은 놈! 모자란 놈! 이유가 냅다 발길질을 했다.

"판관 어르신께서는, 윤 판관 나리께서는……."

이유가 회초리 칠 기세로 매섭게 눈을 치떴다. 하지만 이유는 이내 삼돌이가 전하는 뒷말을 모두 듣고는 저조차 할 말을 잃고 말았다.

"저런…… 그게 참말이더냐?"

어린 이유의 얼굴이 찌푸려졌다.

이유가 윤서학의 집을 직접 찾았다. 항상 윤서학이 이유의 사가를 찾아왔지, 그 반대로 이유가 윤서학을 찾아온 적은 이번이 처음이었다.

윤서학은 너무 크지도 않고, 또 너무 작지도 않은 단청 기와집에 살고 있었다. 이유가 살고 있는 사가의 절반도 안 되는 크기였다. 그래도 집 밖에 둘레둘레 만들어 놓은 꽃담이 퍽 아늑한 느낌을 주기는 했다. 기와 편을 켜켜이 꽂아 놓은 문양마다 풀냄새가 날 것만 같았다. 내 어마마마 계시는 내궁에도 저런 담이 있었는데. 월문月門도 있었고.

집은 주인을 닮는가? 이유는 윤서학의 집에서 제 모비 계시는 자경전 뜰을 떠올렸다. 이유가 대문 앞에서 몸을 곧추세웠다. 귀한 몸께서 직접 오셨으니 윤서학의 몸종들이 가장 먼저 달려 나와서 고개를 숙였다.

"진평 대군마마!"

이마 찧을 듯 엎드린 윤서학의 몸종들은 전부 소복 차림이었다. 귀한 몸 앞에서 감히 경망스럽게 울음은 터뜨리지 않았으나 고개 푹 숙인 계집종들은 다들 눈시울이 붉었다.

"⋯⋯."

이유가 윤서학이 단청 기와집의 대문을 다시 한번 살폈다. 이유도 생로병사生老病死는 깨우친 지 오래였다. 턱을 쭉 뺀 반듯한 자세가 오늘따라 근엄하고 엄숙했다. 이유는 기왓장에 걸린 조등弔燈과 대문 앞에 걸린 금줄을 한 번씩, 한 번씩 공평하게 바라보았다.

윤 판관은 어디에 갔느냐 물었을 때, 삼돌이가 그랬다.

'대군마마, 윤 판관 나리께서는 며칠 전에 따님을 보셨습니다.'

'뭐? 그것 참 기쁜 일이구나. 한데 왜 나한테는 말을 안 해? 귀한 딸내미를 보았으니 금은보화를 내려 줄 수도 있는데.'

'한데 그것이⋯⋯ 그것이 말입니다⋯⋯.'

삼돌이는 세 치 혀, 망설이고 또 망설이고 나서야 겨우 한마디를 덧붙였다.

'윤 판관 나리 부인께서 출산 중에 유명을 달리하셨답니다.'

'⋯⋯뭐야?'

'하여, 당분간 판관 어르신께서는 들르지 못한다 하셨습니다.'

과연 삼돌이의 목소리가 기뻤다가, 슬펐다가 갈팡질팡할 만도 했다. 올해로 마흔 줄에 접어든 윤 판관이 느지막이 귀한 자손 본 것은 더할 나위 없이 축하할 일이었다. 하지만 그와는 정반대로 아이 낳다가 생사를 달리한 부인의 죽음은 이루 말할 수 없이 슬픈 일이었다.

"대군마마, 어찌 오셨나이까?"

이유의 방문을 전해 들은 윤서학이 한달음에 마당을 가로질러 왔다. 윤서학은 삼베옷을 걸쳐 입고 있었다.

"대군마마, 어서 돌아가시옵소서. 상가喪家는 대군마마께서 걸음 할 곳이 못 되옵니다."

윤서학의 얼굴이 수척했다. 그럼에도 이유의 안위부터 염려했다. 아무리 대군이라 하여도 어린아이가 상갓집을 드나들어 좋을 것이 무엇이 있겠는가? 이유는 윤서학이 그런 말을 할 줄 알았다는 듯 제 뒤의 삼돌이를 가리켰다.

"나는 조문을 온 것이 아니야. 자네가 불혹의 나이에 자손을 봤다 하여 들렀네. 내 행랑어멈에게 물어보니 아기가 태어났을 때는 필요한 물품이 한두 가지가 아니라던데?"

"……."

삼돌이가 지게에 한 짐 지고 왔던 궤짝을 곁에 내려놨다. 윤서학의 몸종들이 부산하게 그 짐을 받들었다.

윤서학의 집으로 오기 전, 이유는 죽은 부인의 명복을 비는 부의賻儀를 해야 할지, 새 아기가 태어난 것을 축의祝儀해야 할지 한참을 고민했다. 하지만 이유는 이왕이면 축의에 제 뜻을 담기로 했다. 어차피 문상 오는 이들이야 많을 텐데, 굳이 저까지 그 무리에 속할 필요는 없었다. 이유는 죽음을 애도하느라 경사를 뒷전으로 물릴 수는 없다고 생각했다.

이유가 제법 의젓한 얼굴로 뒷짐을 졌다.

"상고喪故 말씀은 내 할 말이 없네. 장지는 정하였는가?"

"망극하옵니다."

"수심이 깊겠지만 잘 추스르길 바라네. 갓난아이를 생각하여서라도."

"……"

이유가 나름대로 예를 표했다. 그러면 그럴수록 윤서학은 더더욱 어린 이유 앞에서 고개를 숙여야만 했다.

"그럼, 난 이만 돌아감세……"

직접 시신 앞에서 절하는 것은 아직 나이 차지 않은 이유에게 허락되지 않은 일이었다. 이유가 돌아섰다. 그 순간, '으으아앙!' 아기 울음소리가 들렸다. 몇 번인가 계집종이 '아기씨, 아기씨, 고만 울음을 그치세요.' 달래는 목소리도 들렸다.

아직 정식 조문을 시작하지 않은 휑한 상갓집에 들리는 아기 울음소리라. 비극과 희극, 슬픔과 기쁨이 공존하는 기묘한 풍경에 이유도, 몸종들도 그만 할 말을 잃고 말았다.

"하면, 내 이만……"

이유가 몹시 미안한 표정으로 말했으나 윤서학이 웬일로 그런 이유를 붙잡았다.

"대군마마…… 갓난아기를 만나고 가시겠사옵니까?"

"내가 그래도 될까……?"

이유가 답지 않게 제 뒤에 선 유모의 눈치를 살폈다. 유모는 애초부터 이유가 상갓집 들르는 것을 탐탁지 않아 했다. 혹여 중전마마 귀에 대군마마께서 상갓집 다녀오셨다는 얘기가 들어가면 경을 칠지도 몰랐다. 하지만 이 집은 상갓집인 동시에 아기가 태어난 축원의 장소이기도 했다.

유모가 가만히 생각에 잠겼다. 만약 중전마마께서 어찌 어린 대군을 불경한 곳에 데려갔느냐, 꾸중하신다면 어쩌면 대군마마는 상갓집에 간 것이 아니라 새로 태어난 아기 얼굴 보러 간 것이라 변명을 할 수도 있을 것 같았다. 또한 윤서학이 아직 금줄도 걷지 않은 아기 만나 보라 권유한 것도 그런 뒷일을 생각하고 제안한 것임이 분명했다.

유모가 흔쾌히 아기를 보고 가자며 고개를 끄덕였다.

"하면…… 잠깐만 보고 갈까?"

갓난아기를 직접 눈앞에서 보는 것은 처음 있는 일이었다. 이유가 본래 그 또래 아이의 모습으로 돌아와 설레어했다.

윤서학의 딸은 따뜻한 아랫목에 눕혀져 있었다. 혹여나 여린 살 짓무를까 이불을 겹겹이 쌓아 그 위에 올려놓았다. 아기가 온기 잃지 말라 한껏 덥혀 놓은 군불의 열기 때문에 이유의 이마에 송골송골 땀이 맺혔다. 이유가 물었다.

"아기는…… 한 살인가?"

"아닙니다."

"두 살인가?"

"태어난 지 일주일이 되었습니다."

"음……."

어쩌다 민가에서 만나 어미 등에 업혀 있는 아기들에게 몇 살인가 물어보면 대부분 '두 살', '세 살' 등 적어도 '한 살'은 되었는데. 이유는 사람의 나이를 고작 일주일로 세는 것이 조금 신기했다.

"얼굴이 아주 빨갛구먼? 어디가 아픈가?"

"많이 울어서 그렇습니다."

"음……."

이렇게 갓 태어난 아기를 보는 것은 실로 처음 겪는 일이었다. 아기들은 무작정 예쁘고 귀여운 줄만 알았더니, 윤서학의 갓난쟁이는 꼭 저가 먹는 밥상 위에 올라오는 명란젓갈처럼 생겼다. 아직 어미 배 속에서 나온 태를 미처 못 벗고 온몸이 빨갛고, 쪼글쪼글했다. 솔직히 삼돌이가 미리 딸이라 알려 주었기에 망정이지 갓난쟁이는 딸인지 아들인지 성별조차 구분할 수 없었다.

그러니까, 어린 이유의 눈에 갓난아기는 마냥 못나 보였다는 뜻이었다. 아기는 방금 전까지도 유모 품에 안겨 울었는지 눈가가 다 짓물러 있었다. 이렇게 조그만 몸으로 그렇게나 크게 악쓰고 울었단 말인가? 이유는 그것도 신기했다.

"아기가 자주 울어?"

"조금……."

"지금처럼 악쓰고 울어?"

"……."

이유가 한참 동안 아기를 내려다보았다. 무언가 생각에 잠긴 듯한 표정이었다.

"아마, 어미 품이 그리워서 그럴 테지."

"……."

사실 윤서학은 처음에 이유가 아기 울음에 대해 묻는 것이 내심 시끄럽다고 타박하는 줄 알았다. 하지만 이유가 내뱉은 말은 전혀 다른 종류의 것이었다.

"많이 운다 너무 탓하지는 말게. 그건 전부 어미 품이 그리워서, 어미가 보고 싶어서 우는 거니까."

"대군마마……."

한순간 탁, 윤서학의 말문이 막혔다.

이유는 그 뒤로 한참 동안 빨갛고 쪼글쪼글한 아기의 얼굴을 오래오래 들여다보았다. 별채에 들어서기 전, 유모에게 '아기는 아직 어리니 절대 만지거나 안아서는 아니 되십니다.' 당부 받고 또 당부 받은 대로 차마 만지지는 않고, 손대지도 않고 그저 두세 걸음 멀찍이 떨어져 앉아서 바라보기만 했다.

이유가 무릎 꿇어앉은 발바닥을 몇 번 꼬물거렸다. 아기와 멀리 떨어져 앉았지만 허리만은 아기 쪽으로 잔뜩 굽힌 채였다. 그때, 이유가 아기를 바라보며 무슨 생각을 했는지는 윤서학도 알수 없었다.

다만 이유는 이제 고만 가셔야 한다는 유모의 말을 듣고 나서야 겨우 몸을 일으켰다. 아기는 어느새 새근새근 잠에 빠져들었다.

어쩌나? 아기는 앞으로 많은 날을 지금처럼, 오늘처럼, 그저 혼자 울다 울다 잠이 들어야 할 텐데. 어머니가 보고 싶어서 아무리 떼쓰고 운다 한들 안아 주는 이는 그저 유모뿐일 텐데…….

어쩌면 이유는 윤서학의 갓난쟁이에게서 저의 아기 시절을 떠올렸는지도 모르겠다.

중전마마 저고리 꼭 붙잡고 제발 사가에는 보내지 마라, 어마마마와 함께 살고 싶다 엉엉 울음 터뜨리던 시절. 유모의 빈 젖 빨다가 맥없이 잠들던 그 시절을 말이다.

방을 나서기 전 이유가 말했다.

"아기 보러 다시 오겠네."

"…….."

"출산을 축하하네."

"망극하옵니다."

그렇게 이유는 윤서학에게 삼가 고인의 명복을 빈다는 조의를 표하는 대신, 가장 먼저 아기의 탄생을 축하해 주는 사람이 되었다. 그리고 이유는 제가 말한 대로 정말, 참말로, 아기를 보러 윤서학의 집을 거의 매일 찾았다.

[2]

이유에게는 총 아홉 명의 형제들이 있었다.

이 나라 조선의 세자이자 첫째 형인 이향. 여섯 명의 남동생과 두 명의 공주들. 이들은 모두 같은 모후의 배에서 태어난 친형제였으며, 다른 비빈들이 낳은 자식들의 수는 셀 수도 없을 만큼 많았다. 한배 타고난 친형제만 따져도 아홉 명이니 얼핏 보면 다 복이 넘치다 못해 형제간의 정과 우애가 끊이지 않아야 마땅했다.

하지만 현실은 달랐다. 이유가 민가에서 키워졌던 것처럼 다른 대군들 역시 궐이 아닌 사가에 나와 뿔뿔이 흩어져 살았다. 대군들이 사는 사가끼리의 거리는 어찌나 먼지 웬만해서는 서로의 집에 쉬이 걸음 할 수도 없었다. 왕래는커녕 얼굴 한번 보는 것조차 어려웠다. 그런 상황이니 한씨, 한배를 타고 났어도 아무 의미가 없었다.

물론 그것은 다분히 의도적인 처사였다. 차남인 이유가 이향에게 견제되어 일찍이 민가로 내쳐졌던 것처럼, 다른 대군들이 혹여 우애가 좋아 합심하면 장성했을 때 종친의 세력은 감당할 수 없을 만큼 강해질 수도 있었다. 신료들은 그런 상황을 미연에 방지해야만 했다. 하여 이유는 다른 형제들과 모두 떨어져서 살았다. 바로 아래 동생인 안평을 만나도 데면데면한 상황이었으니, 여타의 형제들에게 정이 생기지 않는 일은 어찌 보면 당연한 수순이었다.

그래서 이유는 사실 가족의 정情이란 것을 잘 알지 못했다. 우애라는 것을 이해하지 못했다. 하지만 그랬던 이유에게 어느새 가족보다 더 가까운 존재, 소중한 사람이 생겼다.

그는 바로 윤서학의 외동딸 아영이라 했다.

이유의 잠저潛邸 앞에 가마 한 채가 사뿐히 내려앉았다. 가마는 무려 왕실의 공주와 옹주들만 탈 수 있다는 덩이었다. 사방에 발이 쳐져 그 안에 탄 이가 뉘인지는 보이지 않지만 백성들은 종종 바닥에 납작 엎드려 절을 할 정도였다.

사실 공주님, 옹주님 타는 가마에 들어앉은 사람이 다름 아닌 내약방 판관의 나이 어린 여식이라면 믿는지.

"아기씨, 아기씨, 아영 아기씨."

유모가 아영의 이름을 불렀다. 평소라면 가마가 바닥에 닿자마자 뛰어나올 아영이 잠잠했다. 대군마마가 친히 구슬 엮고 걸어 장식해 준 발이 좌르륵, 좌르륵 저희들끼리 엉키고 부딪쳤다. 그러나 그 사이를 갈라 헤치는 고사리 같은 손은 여전히 보이지 않았다.

"아기씨, 아기씨, 아영 아기씨. 대군마마 댁에 도착하였습니다."

"……."

유모가 감히 아기씨에게 큰 소리는 못 내고 대문 앞에 서서 발만 동동 굴렀다. 아영이 미처 가마 속에서 모습을 드러내기도 전에, 대문 안에서 어느새 훌쩍 자란 이유가 반가운 얼굴로 걸어 나왔다.

"진양 대군마마!"

이제 이유는 진평 대신 '진양'이라는 군호君號를 부여받았다. 아영의 유모가 허리 깊이 숙이며 인사했다. 이유는 됐다는 듯 손

사례만 한번 치고는 가마 앞까지 친히 걸어갔다. 그러고는 귀한 몸, 스스로 직접 숙였다.

"아영아, 아영아."

"……"

어렸을 때는 이유의 얼굴도 보름달처럼 둥그렇기만 하였는데 어느새 눈썹도 진해지고, 콧날도 높아졌다. 얼굴의 골격이 제법 자리를 갖췄다. 함께 공부하는 또래랑 키를 재보면 진양이 제일 컸다. 윤서학이 이유에게 체력 단련으로 권한 검무와 격구 때문에 어깨 또한 딱 벌어졌다. 비단 철릭 걸치고 저자에 나서면 아낙네들이 대체 저 잘생긴 도령은 누구냐며 돌아본 적이 한두 번이 아니었다.

"어이구, 대군마마님……"

귀한 대군께서 감히 직접 허리 숙이는 상황에 몸종들은 송구스러워서 어쩔 줄을 몰라 했다. 하지만 정작 가마 안은 내내 깜깜무소식이다. 이유가 빙그레 웃으며 휘장을 걷었다. 손에 달그락달그락 걸리는 구슬주렴을 헤쳐 손을 집어넣으니, 가마 안에서 뜨듯한 온기 하나가 와 닿았다.

"오라버니……"

"이리 온."

진양이 가만히 팔을 벌렸다. 가마 안에서부터 계집아이 한 명이 품으로 와락 안겨 왔다. 가마 안에서 여태 졸았는지 아영은 눈을 반도 못 뜨고 칭얼거렸다. 그런데도 이유는 벙실벙실 웃기만 했다.

"어찌 졸았어? 밖에 구경하지 않구?"

"유모가 고뿔이 든다고 못 보게 하잖아……"

잠결에도 유모가 저한테 못되게 굴었던 걸 잊지 않고 일렀다.

"아이고 아기씨…… 어찌 그러십니까……."

혹여나 대군마마께서 왜 우리 아영이 하고 싶은 것 못 하게 하였느냐, 경을 칠까 봐 유모가 죽는시늉을 했다.

"것 봐. 왜 나 밖에 못 보게 하누?"

아영은 알밉게도 흥흥 콧방귀를 뀌었다.

"그랬니? 유모가 재미난 풍경 못 보게 했어? 회초리를 쳐주마."

"그러지는 말구……."

먼저 고자질한 것은 저면서도 정작 제 유모 회초리 친다니까 말린다. 아영은 제집에서부터 걸음 한번 딛지 않고 이곳에 와놓고는 또 마당에서조차 저 스스로 걷는 법이 없었다. 키 크고 등짝 판판한 오라버니가 내내 안아 주니까 굳이 스스로 걸어야 할 필요가 없었다. 그래도 아영은 제 발 끝에 걸렸다가 떨어진 당혜를 보며 꽃신이 없어졌다고 앙앙 떼를 썼다.

"꽃신 없어졌어……."

유모가 미처 주워 줄 새도 없었다. 이유는 또 흔쾌히 아영의 꽃수 놓아진 신을 직접 집어 들어서 발에 꼭 맞게 당겨 넣어 주었다.

"대군마마, 어찌 궂은일을 자꾸 하십니까? 판관 어르신께서 아시면 소인이 경을 칩니다."

"뭐, 어떤가? 우리 아영이 꽃신 신겨 주는 것인데."

유모가 말려도 소용없었다. 이유는 속없이 웃기만 했다.

이유의 손바닥 한 뼘에도 미치지 못하는 당혜, 꽃수는 또 얼마나 정갈하고 예쁜지 몰랐다. 꽃신은 이유가 상의원 침장을 닦달해 가져온 물품이었다. 뿐만 아니라 이유는 아영이 쓰는 모든 물건에 거북이나 노란색 복수초 문양을 반드시 새겨 주었다. 오래

전, 이유가 피부병으로 요양하러 들렀던 절의 주지가 어린 아영의 운세를 점 치고는 아이가 단명할 팔자이니 무슨 수를 써서라도 액막이를 하라 이르고 또 일렀기 때문이었다.

그 때문에 아영은 이름의 한자를 새싹을 뜻하는 아芽에서, 언덕을 뜻하는 아阿로 바꾸기도 했다. 물론 성리학을 신봉하는 윤서학은 주지의 예언 따위 믿지 않았지만 이유는 어린 시절부터 요양을 다니느라 절을 많이 다녀서 특히 불심이 깊었다. 이유는 아영의 아버지인 윤서학보다 더 극성맞게 앞장서서 아영의 이름을 바꾸고, 아영이 지닌 모든 물건에 장수하길 바라는 문양을 새겼다. 심지어 매년 새해가 되면 아영의 이름으로 시주도 했다.

"우리 아영이, 그새 발이 자랐나 보다. 새 꽃신 사줘야겠네."

"밥 많이 먹어서 그래."

아영은 금방금방 컸다. 새 당혜를 받아도 금방금방 작아져 몇 번 못 신었다. 혹시 발이 아파? 쓰려? 이유는 아영의 발을 여기저기 꼭꼭 눌러 보면서 혹 아플까, 상처 날까 여러 번 묻고 확인했다.

"당혜를 아무리 주셔도 도통 걷지를 않으니 신기는 보람이 없습니다. 아영이를 내려 주십시오, 대군마마."

뒤따라 나와 한마디 하는 사람은 미리 이유의 사가에 와 있던 윤서학이라.

"이크, 아버지다!"

아영이 얼른 꾹 눈을 감고 이유의 품 안에 얼굴을 묻었다. 저 눈만 꾹 감고 안 보이면 끝인 줄 아는가? 윤서학이 아영을 혼내주려 엄한 표정으로 다가왔다. 이유가 그런 아영을 제 품 안으로 더 꼭꼭 숨겨 주었다.

"아영이가 혼자 걷다가도 맥없이 넘어집니다. 여섯 살이나 됐는데도 마마께서 늘 안아 주시니 걷지 못합니다."

"앞으로 많이 걸을 텐데 무어……."

"가마도 보내지 마십시오. 판관의 여식이 어찌 가당치도 않게 공주님들 쓰시는 덩을 탄답니까?"

"내가 직접 보내는 일을 누가 참견해? 그럼 아영이가 그 먼 길 걸어오나? 아무도 탓하지 않으니 괜한 걱정 마시게."

윤서학이 엄하게 꾸중해도 이유는 구렁이 담 타듯 잘만 술술 넘어갔다. 아영은 오라버니 앞에서 꼼짝도 못 하는 아비를 보며 배싯배싯 웃음만 터뜨렸다.

"아영이 배고프지 않아? 뭐 먹을까?"

"밥!"

이미 유모가 아영에게 밥 한 술을 거하게 먹였다. 세수 마치고 과줄도 먹었다. 저고리 갈아입히고 약과를 또또 먹였다. 가마 타고 대군마마 댁 나서기 전에 떡 한 상을 크게 올렸건만 아영은 먹어도 먹어도 배가 고픈가 보다. 뭐 먹겠냐는 이유의 물음에 '밥!' 딱 한마디를 했다.

맨날맨날 더 부풀어 오르는 똥배며, 또래에 비해 한참 통통한 체구 때문에 유모는 걱정이 이만저만이 아닌데, 대군마마는 그 애타는 속도 모르고 '그래, 아영이 밥 먹자! 우리 아영이가 좋아하는 반찬으로만 한 상 차려오너라!' 호기롭게 외칠 뿐이었다.

밥상 물린 후, 이유는 약이 올라와 있는 소반을 받았다.

툭하면 도져 대는 피부병 때문에 밥상 받고 약상 받는 것은 한두 해의 일이 아니었다. 이유가 비록 사가에 사는 대군의 몸이라 해도 분명한 왕실의 핏줄이라. 약재와 처방은 모두 내약방에서 받아왔다. 주상 전하처럼 따로 기미상궁 두고 제 입으로 들어

가는 모든 음식에 일일이 은침 찔러 보는 짓거리는 하지 않았지만, 그래도 이유가 약을 마시기 전에는 반드시 삼돌이가, 삼돌이가 없을 때는 행랑아범이 한 모금 마시는 것이 관례였다.

언제부터 그랬는지, 왜 그러는지 따질 겨를도 없이 익숙해진 일이었다.

이유는 저번 달에 열다섯 번째 생일을 치렀다. 이제 혼례만 올리면 참말 어른이 되어 머리 틀어 올릴 수도 있었다.

그 말인즉, 이제 이유는 종친회에 참여할 수도 있다는 말이기도 했다. 세자 다음으로 태어난 차남. 세자의 뒤를 이은 서열의 두 번째. 나이는 어려도 종친 중에서는 그 서열 가장 으뜸이었다. 종친회에서 이유가 입 바람을 내기 시작하면 조정의 신료들 또한 이유를 견제하게 될 것은 자명한 일이었다.

아니, 어쩌면 견제는 이미 시작되었는지도 몰랐다.

세자의 아우로 태어나던 순간부터, 제왕학에서 배제시키기 위해 사가로 내쫓기던 순간부터. 아무리 백발백중 활을 쏴도, 부왕께서 세자 아닌 둘째 대군에게 힘이 실릴까 염려하여 공적인 자리에서는 단 한 번도 머리 쓰다듬어 주시지 않았을 때부터.

"대군마마, 요즘 밤새 뒤척이신다 하여 약재에 우슬과 지골피, 백봉령을 함께 넣어 다렸나이다. 혹여 드시고 잠이 오시거든 편히 주무시옵소서……."

윤서학이 백사기에 담긴 탕약을 이유에게 올렸다. 삼돌이가 탕약 한 종지를 덜어 먼저 맛봤다. 이를테면, 삼돌이는 이유의 상약(嘗藥: 약을 미리 맛보는 일)이었다.

"크으……. 오늘은 조금 쓰네요"

삼돌이가 잔뜩 인상 쓰며 품평을 덧붙였다. 이유는 웬일인지 삼돌이가 제 탕약 마시는 모습을 물끄러미 바라만 보았다.

"대군마마……?"

"……."

어릴 때도 어마마마 보고 싶다고 떼쓴 적은 있어도 탕약 마시기 싫단 소리는 한 번도 안 했던 이유였다. 이제 와서 약 먹기 싫다 하실 리는 없고. 무슨 일이지? 윤서학이 의아한 얼굴로 이유를 바라봤다.

"……."

"……."

날이 가면 갈수록 준수해지는 얼굴선이 보였다. 중전마마의 모습을 반쯤 닮았고, 주상 전하의 이목구비를 또 반쯤 닮았다. 뿐만 아니라 예전에 화원이 그린 어진을 스치듯 본 적이 있는데, 어찌 보면 태조의 모습을 닮은 것도 같았다. 이유는 누가 봐도 왕실의 핏줄이었다.

"윤 판관."

"하문하시옵소서."

"내 몫의 탕약을 삼돌이나 행랑아범이 미리 맛보는 일은 일찍이 누가 생각해 낸 일이지?"

"……예?"

깜짝 놀란 윤서학이 번쩍 고개를 들었다. 하지만 정작 이유는 여전히 평온한 표정이다.

"탕약의 약재는 자네가 처방하여 내약방 제조들이 결정을 내리지. 약재는 모두 궐에서 조달되는 것이잖아?"

"……그러하옵니다."

새삼 어찌하여 이런 질문을 하시는 걸까? 무슨 뜻일까? 윤서학은 이유의 속내를 가늠하지 못해 어쩔 줄을 몰라 했다. 선비 중의 선비, 군자 중의 군자라 하는 윤서학이 당황하니 꽤나 우스위 보였다. 윤서학의 마음을 아는지 모르는지, 이유는 또 태평하게 한마디 했다.

"누가 나를 독살이라도 할까 봐 먼저 맛을 보나?"

"대군마마!"

동시에 윤서학이 쿵 바닥에 이마를 찧고 엎드렸다. 약 마시러 온 삼돌이 또한 영문을 모른 채 윤서학을 따라 몸을 움츠렸다.

"마마, 어찌 그런 말씀을 하시나이까? 독살이라니……. 누가 그런 천인공노한 짓을 할 수 있단 말인지요. 천부당만부당하시옵니다. 가당치도 않사옵니다."

바짝 엎드린 윤서학이 결코 그럴 일은 없다며 고개를 저었다. 하지만 이유, 진양 대군은 그저 비릿한 미소만 지었다.

"……그러한가?"

이유가 아무 일도 없었다는 듯이 휙 제 앞에 놓인 탕약을 깨끗이 마셨다. 어디선가 바람이 부는지 촛불이 이리저리 휘청거렸다. 촛불에 이유의 얼굴이 붉게 물들었다. 이유의 눈빛이 촛불과 함께 휘청거리는 것은 기분 탓이던가?

"……"

"……"

윤서학은 그제야 이유가 감히 상상하는 것만으로도, 입 밖에 내는 것만으로도 죄악이 될 수 있는 '독살'이라는 단어를 입에 올린 까닭을 알 수 있을 것 같았다.

올해로 열다섯 살 되신 둘째 대군마마라. 입궐할 때마다 궐에서 느껴지는 신료들의 견제가 눈에 띄게 심해졌을 것이 분명했다.

혹여나 이유가 훗날 종친회에서 패악을 부릴까 걱정이 이만저만이 아니겠지. 혹여나 대군께서 안평이나 임영, 금성과 손을 잡고 작당할까 봐 겁이 나겠지. 누구보다 영특한 분 보면서 저희들이 단단히 다지고 굳혀 놓은 입지에 금 가지는 않을까, 발밑이 무너지지는 않을까 두려워하겠지…….

하지만 진짜 두려운 것은 누구인가?

이미 세자는 주상 전하라는 든든한 방어막이 있었다. 중궁전 굳건히 지키며 뒤를 받쳐 주시는 중전마마도 계셨다. 그러나 이유에게는? 둘째 대군마마에게는 누가 있지? 아바마마도 없고 어마마마도 없었다. 그저 사가에 내쳐진 몸이었다. 의탁할 곳 한 군데도 없는 대군의 쓸쓸함과 두려움은 누가 막아 줄 수 있을는지.

생각이 마침내 거기까지 닿았을 때, 윤서학이 반듯하게 정좌하며 무릎을 꿇었다. 아까 잘못을 빌던 것과는 사뭇 다른 의미의 부복이었다.

"대군마마."

"고하라."

이유는 어린 소년과 성년의 모습을 쉼 없이 왔다 갔다 했다. 방금 전까지 해맑게 웃으며 농담을 던지다가도 갑자기 서늘한 표정을 지으면 다시금 지존의 핏줄이라는 것을 실감할 수 있었다. 앞으로는 전자의 모습이 점점 사라지고 사라져, 나중에는 아예 그 흔적조차 찾을 수 없게 되겠지. 훗날에는 그 무엇도 두려울 게 없는 고목 같은 모습 보여 주시겠지.

하지만…….

윤서학이 마른 입술을 축였다.

"앞으로 대군마마 앞날에 풍파가 닥칠 수도 있습니다. 그러나 소신, 신료이기 전에 의원이옵니다."

"……."

"대군마마께서 화경당 산실청에서 태어나셨을 적부터, 지금까지 온갖 병증 꿋꿋하게 이겨 내며 건강하게 자라는 모습 볼 때마다 항상 자랑스럽게 생각했나이다."

"……."

"사람의 생사 쥐고 있는 의원이라면, 응당 의원이라면, 대군마마께서 방금 전 걱정하신 악독한 짓거리를 행할 자는 이 세상에 아무도 없사옵니다."

"……."

"그래도 만약 걱정이 되신다 한들, 두려운 마음이 생기신다 한들…… 감히 간언 드리옵건대, 소신 윤서학이 존재하는 한 결단코 그런 불미스러운 일은 없을 것이옵니다."

"……."

"마마를 무탈하게 지켜드리는 것이야말로 소신에게 가장 중요한 일이 아니겠사옵니까?"

"……."

그것은 한평생 홀로 자라나, 앞으로 왕실의 온갖 텃세와 견제를 홀로 헤쳐 나가야 할 이유에게 윤서학이 전하는 약속. 수많은 위험이 도사리겠지만 적어도 저가 있는 한은 독살이나 암수 따위의 얕은 수법에 대군을 허망하게 잃지 않겠다는 맹약.

"……."

"……."

이유가 윤서학의 눈을 응시했다. 어린 시절부터 이유가 믿고 또 믿으며 의지하던 올곧은 눈빛이 보였다. 티끌 하나 없는 윤서학의 눈동자는 특히 검어 군자의 먹물을 찍어 놓은 듯했다.

이유는 윤서학의 다짐 하나만으로도 더할 나위 없는 지원군, 천군만마를 얻은 기분이 들었다. 적어도 이 순간만큼은 아바마마의 칭찬, 어마마마 관심 독차지하던 형님이 부럽지 않았다.

"뭐야……. 오라버니, 나 몰래 뭐 먹었어?"

언제 잠이 깼는가? 아랫목에서 곤히 자던 아영이 눈을 비비며 다가왔다. 그러고는 제자리 찾듯 아주 당연하게 이유의 무릎 위에 털썩 주저앉았다.

"윽!"

이유가 저도 모르게 받은 소리를 내뱉었다. 비록 아영의 나이가 어리지만 맨날 먹고 자고, 먹고 자고, 오라버니 등에 업혀 놀다가 또 잠만 자니 보드라운 살이 포동포동 붙었다. 그래도 꽃돼지 같고 마냥 예뻤다. 볼은 찹쌀떡만큼 말랑거렸다.

이유는 어느새 천진난만한 소년의 얼굴이 됐다.

"오라버니, 뭐 먹었지? 아 해봐."

"아니 먹었다."

"거짓말! 아 해봐!"

아영은 기어코 귀하고 귀하신 대군마마의 입술에 제 손가락을 걸었다. 좍좍 찢어 보고 벌려 보고 혀 밑까지 살펴본 후에야 침울하게 돌아앉았다.

아닌데. 뭐 먹었는데…….

이유가 우리 대군마마, 쓴 탕약 드신 후에 입가심하시라 행랑어멈이 종지에 담아 준 이당을 아영의 입안에 쏙 넣어 주었다. 아영은 그제야 잠잠해졌다.

"배고파. 밥……."

그 말에 도리어 삼돌이가 놀랐다.

"아기씨, 좀 전에 진지를 그렇게 많이 드시고 또……."

하지만 우리 아영이가 배가 고프면 배가 고픈 거였다. 진지상은 하루에 세 번만 받는 게 아니라 아영이가 달라하면 다섯 번도, 열 번도 차릴 수 있는 것이었다.

"삼돌이는 어서 가서 밥상 차려오너라. 우리 아영이가 좋아하는 반찬으로만!"

세상에서 못하는 것이 없는 대군마마 오라버니가 제 편을 들어 주면 아영은 또 방긋방긋 신이 나서 웃었다.

"마마, 그래도 끼니는 적당히 줘야 하는데……."

윤서학의 걱정은 언제나 그렇듯 뒷전이었다.

동동동동…….

이유의 사가 대청마루 곳곳에서 발자국 소리가 들렸다. 흡사 공 튀는 소리 같았다. 엄연히 대군마마 살고 계시는 지엄한 장소라 담 밑 곳곳에는 허리에 칼 찬 관원들이 상주했다. 하인들조차 이야기 나눌 때는 소곤소곤 목소리를 낮췄다. 하지만 철없는 아영은 널찍한 대청마루를 제 두 발로 꼭꼭 밟아 가며 뛰어다니기에 여념이 없었다. 조그만 맨발이 장귀틀, 동귀틀에 닿을 때마다 동동동 살 부딪히는 소리가 요란했다.

"아기씨 오셨습니까?"

마침 안채 뒤뜰을 쓸던 삼돌이가 아영을 발견하고는 끔뻑 인사를 했다. 오늘 아영은 궁궐 침장님이 보내신 꼬까옷을 입었다. 색동저고리 아래에 노란 복수초 꽃잎 수놓인 다홍치마가 바람 따라서 나풀나풀 날렸다. 아기씨, 참으로 어여쁘시네요. 삼돌이가 칭찬을 하려는데, 아영은 지금 그런 말 할 때가 아니라는 듯 쉿쉿 제 입가에 손가락을 갖다 대기 바빴다.

"오라버니께 나 봤다고 하지 마!"

"예?"

"나 이제 안 보이지?"

"예?"

"이렇게 하면 감쪽같지?"

"어……."

아영은 하인들이 저 먹으라고 마루 곳곳에 떡이며, 과줄 같은 주전부리 담아 놓은 소반을 제 머리 위에 덮어썼다. 소반 안에 들어 있던 색 다식이 마루 위로 우수수 쏟아졌다. 그 모습이 꼭 키 머리에 쓰고 소금 얻으러 온 오줌싸개 같았다. 아영 아기씨, 엄청 잘 보이시는데……. 삼돌은 이거 참 말을 해드려야 하나 말아야 하나 내내 고민만 했다.

곧 이유가 머무는 안채에서 큼큼 기침 소리가 났다. 동시에 아영이 '힉!' 숨을 참았다. 아영의 목 뒤부터 발가락 끝까지 바짝 힘이 들어갔다. 제 눈만 겨우 가리는 소반 안으로 목을 쑥 거북이처럼 집어넣었다. 이유는 헛기침을 신호로 '밖에 누가 왔느냐?' 국화정 박힌 여닫이문을 활짝 열고 나왔다.

"예, 방금 전에 아영 아기씨가……."

삼돌은 눈치도 없이 아영의 방문을 정직하게 고하려 했다. 하지만 이유는 마루 한쪽에 소반을 덮어쓴 아영이 안 보이는 듯 '이것 참, 바람이 문을 두드렸나?' 하며 모르는 척 쯧쯧 혀를 찼다.

세상에! 우리 대군마마 눈 깜깜 맹인이 되셨나? 어디가 아프신가? 덕분에 삼돌이 가슴만 철렁 떨어져 내렸다.

"분명 우리 아영이 목소리가 들린 것 같은데……? 에잇, 내가 잘못 들었나 보다."

이유는 사방을 휘휘 둘러보며 뭔가를 찾는 시늉을 하다가 마침내 체념한 듯 다시 방 안으로 몸을 돌렸다.

어라? 평소라면 우리 아영이가 왔구나, 가마 타고 오면서 바깐 구경은 잘했니? 다정하게 안아 주는 것이 마땅하거늘. 설마 오라버니가 저를 못 알아볼 줄은 꿈에도 몰랐나 보다.

아영이 황급히 외쳤다.

"아니아니! 이쪽에 잘 보면 있을 건데?"

"으응? 어디?"

분명 목소리는 오른쪽에서 났는데 이유는 왼쪽을 돌아봤다. 소반 사이로 그 광경 지켜보던 아영은 답답해졌다.

"아니, 그쪽 말고. 꽃 핀 후원 가는 쪽을 봐야지!"

아영은 친히 저가 있는 방향을 알려 주기까지 했다. 하지만 어찌 된 영문인지 이유는 괜히 마루 아래만, 아무것도 없는 시렁만 기웃거렸다. 어휴, 오라버니는 이렇게나 가까이 있는 나를 알아보지도 못하고. 이제 보니 망충이가 따로 없네.

아영이 살금살금 대청마루를 걸었다. 동동동……. 조그만 발이 내딛을 때마다 아영과 이유의 사이가 가까워졌다. 아영은 이유가 맹한 얼굴로 서성이는 등 뒤까지 걸어갔다. 그러고는 마침내 '어흥!' 호랑이 소리를 내며 제가 덮어쓴 소반을 벗어젖혔다.

"아이구머니!"

그 소란에 이유가 댓돌 위에 털썩 주저앉았다. 참말로 우스꽝스러웠다. 아영은 '핫핫핫!' 웃음을 터뜨렸다.

"오라버니, 내가 온 줄 몰랐어?"

"아영아……."

"내 목소리를 몰랐어?"

"깜짝 놀랐잖아."

"오라버니는 망충이래요. 멍텅구리, 멍텅구리……."

아영은 이유의 주위를 맴맴 돌며 곡조까지 붙여서 놀려 댔다. 이유는 그저 낙심한 얼굴로 마루 위에 폭삭 얼굴을 묻었다.

"반촌 사는 멍텅구리, 오라버니, 오라버니……."

아영이가 신나게 박수까지 짝짝 쳐가며 놀리는데 어쩐 일인지 한번 쓰러진 이유는 다시 제 몸 일으킬 생각이 없었다. 덕분에 제 오라버니 놀린 짓거리 기뻐하느라 둥글게 둥글게 춤까지 추던 아영의 목소리도 점점 작아졌다.

"왜? 오라버니 왜 그래?"

"……."

아영이 톡톡 이유의 어깨를 쳤지만 이유는 죽은 사람이라도 된 것처럼 아무 대답도 하지 않고 움직이지도 않았다.

"……오라버니?"

"……."

이번엔 덜컥 아영의 얼굴이 굳어졌다. 삼돌아, 삼돌아, 오라버니가 이상하다? 주위를 둘러봤는데 삼돌이는 대군마마께서 아기씨 놀린다는 것을 깨닫고는 저 할 일 하러 떠나 버린 지 오래였다.

"오라버니!"

"흐읍……."

아무리 애타게 불러도 대답이 없다. 아영은 그제야 뭔가 큰일이 났다는 것을 깨달았다. 더는 오라버니를 못 부르고 새하얗게 돋아난 젖니로 제 입술만 꾹꾹 깨물어 댔다. 휘이잉, 바람 부는 소리가 스산했다. 저가 좋아하는 풍경이 댕그랑댕그랑 소리를 내도 마음이 하나도 즐겁지 않았다.

"오라버니……."

고만 아영의 목소리에 물기가 맺히기 시작했다. 내가 불렀는데 왜 대답 안 해……? 누가 내약방 판관의 자식 아니랄까 봐 아영은 제 아버지가 하던 것처럼 이유의 코 밑 아래에 손가락을 대봤다. 원래대로라면 색색 내쉬는 따뜻한 숨이 느껴져야 하는데 세상에! 오라버니는 고만 숨도 멎었나 보다.

아영의 어깨가 들썩이기 시작했다. 꼬까옷이 무슨 죄라고 소매를 불안한 듯 배배 쥐어뜯다가 이내 콧구멍 두 개를 벌렁거렸다. 아영이가 울음을 터뜨리기 일보 직전이었다.

"오라버니, 내가 미안해……."

그때였다. 죽은 듯 늘어져 있던 이유가 '어흥!' 호랑이 소리를 내며 몸을 일으켰다. 까악! 깜짝 놀란 아영이 기겁을 하고 그대로 뒤로 넘어지려는 것을 이유가 한 번에 제 품으로 잡아챘다.

"너, 오라버니를 망충이라고 놀렸지?"

되묻는 이유의 얼굴에 장난이 가득했다. 이유는 아영이 제게 했던 것처럼 똑같이 노래를 불렀다. 우리 아영이 망충이, 반촌 사는 멍텅구리…….

아영은 뒤늦게야 오라버니가 저를 놀렸다는 사실을 깨달았다.

"으아앙! 오라버니 미워!"

아영이 집이 떠나가라 울음을 터뜨린 것은 말할 것도 없는 일이었다.

행랑어멈이 방짜에 떡을 가져왔다.

아영은 원래 주전부리라면 사족을 못 썼다. 그 중에서도 제일 좋아하는 음식은 석이단자였다.

'나는 세상에서 석이단자가 제일로 맛있는 것 같아. 석이단자 만날 먹었으면 좋겠다. 그치?'

아영이 말한 이후부터 이유는 떡 제일 잘 안치기로 소문난 수라간 상궁 나인을 제 사가로 들여왔을 정도였다. 덕분에 이유의 사가 반빗간에서는 매일매일 떡 삶고 찌는 아궁이 불이 꺼질 틈이 없었다.

웬만해서는 열 놓치지 않는 방짜는 방금 쪄 낸 떡의 열기 때문에 아직도 뜨끈뜨끈했다. 혹여나 아영이 손 데이면 큰일이라서 이유는 행랑어멈이 건넨 소반을 제 앞으로 먼저 끌어왔다.

"아기씨 체하지 않게 같이 마시세요."

행랑어멈이 연꽃순 동동 띄운 가련수정과를 함께 올려 주었다. 아기씨 맵다 할까 봐 계피는 아주 조금만 넣고 오미자 넣고 팔팔 끓였다. 색깔이 보기만 해도 시원스럽고 예뻤다.

"아영이 떡 먹을까?"

"안 먹어."

이유와 최대한 멀리 떨어져 앉은 아영이 팩 돌아섰다. 꼴을 보아하니 아까 오라버니가 저를 놀린 일이 아직도 분하고 화가 나는가 보다. 내가 불렀는데 대답도 않고, 코 밑에 손 넣었을 때 숨도 안 쉬고! 그래 놓고 내가 제일 무서워하는 어흥 호랑이를 흉내 냈지? 미워! 아영의 입장에서는 그렇게 흉악한 짓은 산적도, 해적도 안 할 것이었다.

답답하다고 진즉 벗어젖힌 타래버선은 어디에 갔는지 통 모르겠다. 다홍치마 아래 삐죽 튀어나온 아영의 맨발이 꼼질거렸다.

이유가 방짜 덮개를 열어젖혔다. 찹쌀을 갠 구수한 냄새가 뽀얀 김과 함께 확 피어올랐다. 원래 석이단자라는 것은 이렇게 단독으로 먹지는 않고, 여러 가지 편에 섞어 웃기로 쓰는 떡이었다. 그러다 보니 잔칫상에 올라도 화려한 빛깔 뿜어 대는 여러 가지 음식에 밀리고 밀리다가 결국 몸종도 몫으로나 돌아갔다. 하여 이유는, 온갖 귀하고 맛난 음식은 다 먹고 큰 아영이가 왜 석이단자 하나만을 유독 좋아하는지 잘 이해하지 못했다. 하지만 뭐 어떨까? 아영이가 제 입맛에 맛있다고만 하면 무엇이든 뚝딱 만들어 줄 수가 있었다.

"참 맛있겠다! 행랑어멈이 아영이 준다고 찹쌀을 열 번은 넘게 으깼다는데?"

"……."

"삼돌이가 떡메를 백 번은 더 쳤다고 했던가?"

"……."

"잣가루 고운 것 좀 보거라."

분명 단자 냄새는 아영이 코에도 스쳤을 터. 차마 잔뜩 삐친 어깨 어떻게 다시 돌리지는 못하고 아영은 단자 냄새 맡느라고 콧구멍만 벌렁벌렁, 발가락만 꼼질거렸다. 우리 아영이는 왜 울 때랑 맛난 거 먹을 때 콧구멍이 먼저 발랑거리누? 예전에 이유가 놀렸던 말이 생각나서 손으로 확 코부터 틀어쥐었다.

"먹어 보렴……. 응?"

오라버니가 잘못했어. 다시는 어흥 하지 않을게. 이유가 아영을 달랬다. 사실 더 많이, 더 잔뜩 골을 내고 싶은데 오라버니가 저렇게 잘못했다고 비니까…… 아영은 내가 딱 한번 용서해 준다는 마음으로 너그럽게 고개를 돌렸다.

"아영이, 아."

"아!"

원래는 입을 크게 벌려 참새처럼 삐약삐약 받아먹지만 오늘은 삐쳤으니까 조그맣게 벌렸다. 그래도 이유는 석이단자 잘게 잘라서 아영의 입안에 쏙쏙 잘도 넣어 주었다.

"체할라. 수정과도 마셔."

"매워."

"맵지 말라고 꿀 많이 넣었어."

또 그렇다면 내가 특별히 한입만, 딱 한입만 먹어 준다. 절대

로 두 번은 안 먹는다. 아영은 이유가 입가에 대준 수정과에 샐
쭉 입술을 댔다. 그러고는 꼴깍꼴깍 한 번에 다 마셔 버렸다.

"뜨거워?"

"아니."

"배불러?"

"아니."

아영은 어느새 저 화난 것도 다 잊어버렸다. 입을 크게 벌려서
떡을 날름날름 받아먹었다. 이유가 떡 전해 주는 젓가락 끝이 왼
쪽으로 향하면 아영의 얼굴도 왼쪽으로 휙 돌아갔다. 오른쪽으
로 향하면 아영의 얼굴도 다시 오른쪽으로 휙. 이유는 웃음을 꾹
참고 괜히 떡을 집는 척하며 젓가락을 허공에서 휘휘 저어 댔다.
물론 아영은 이유가 저를 두고 장난치는 줄은 꿈에도 몰랐다. 그
저 떡에만 온 신경을 집중할 뿐이었다. 이유가 아영의 입가에 묻
은 잣가루를 털어 주었다.

"아영이, 오늘 꼬까옷 입었네?"

"응. 선녀님 같지?"

아영은 주위에서 온통 저를 예쁘다, 예쁘다 해주는 말만 듣고
커서 저 곱다 칭하는데 거침이 없었다. 갑자기 떡 먹다 말고 자
리에서 발딱 일어났다. 그러고는 정말 선녀님이라도 된 듯이 두
팔을 활짝 펴서 사뿐사뿐 나비 짓을 했다.

"봐. 날아갈 것 같지? 날개옷 입고 훨훨!"

그 넓은 대청마루를 저가 나비라며, 선녀님이라며 팔랑팔랑
날갯짓하며 돌아다녔다. 아영이 뛸 때마다 예의 동동동동…… 귀
틀 밟는 소리가 여기저기서 울려 댔다. 그것은 아영이 걸음마 떼
고부터 한 발 한 발 위태롭게 내딛는 발걸음, 혹여나 넘어질까
상처 날까 이유가 옆에서 안절부절못하며 손 내밀어 줄 때마다

듣던 소리였다. 이제는 아영이 이유의 집에 놀러 올 때마다 '오라버니!' 부르며 마루 걸어올 때 나는 소리이기도 했다.

유모가 야무지게 엮어 준 배씨 댕기 매듭이 아영의 정수리 근처에서 통통 튀었다.

진짜 선녀 같고, 진짜 나비 같았다. 아주 예뻤다.

"대군마마, 탕약 드실 시각이옵니다."

어느새 시간이 그렇게 되었는가? 윤서학은 한 치의 틀림도 없는 시간에 찾아왔다. 여느 때와 다름없이 삼돌이 먼저 상약했다. 그 후에 이유가 사발에 담긴 약을 마셨다. 이유는 약을 마시는 내내 대청마루 뛰어다니는 아영을 보며 웃음을 멈추지 못했다.

"아영아, 대군마마 약 드시는데 정신 사납지 않누? 가만히 앉아 있거라."

윤서학이 아영에게 주의를 주었지만 통할 리 없었다. 오히려 아영은 청개구리처럼 더 멀리, 더 높이 날갯짓하며 뛰어다녔다. 윤서학이 그런 아영을 보며 쯧쯧 혀를 찼다.

"큰일이옵니다. 저리 철이 없으니 들어오는 사주단자도 마음 편히 받지 못하겠고……."

천둥벌거숭이 같은 제 딸만 보면 가슴이 착잡해져 저도 모르게 나온 혼잣말이었다. 사실 조정 신료들 중에서는 평판 나쁘지 않은 윤서학과 사돈 맺고 싶어 하는 이들이 한둘이 아니었다. 아들 있는 집안들은 벌써 줄줄이 매파를 보내 연을 대고 있었다. 하지만 아기가 저렇게 철없고 제 앞가림도 못 하는 지경이니 저 꼴로 시댁에 보냈다가는 흉만 잡힐 것이 분명했다. 윤서학의 근심은 이만저만이 아니었다.

탕약 마시던 이유가 켁 작게 기침을 터뜨렸다. 윤서학이 깜짝 놀라서 수건을 받쳐 주었다. 이유는 됐다는 듯 손사레만 치고는 큼큼 사레를 가라앉혔다. 이유가 제 가슴을 몇 번 쓸어내렸다.

"아영이에게 벌써 사주단자 보낸다는 이야기를 하오?"

"대군마마, 아영이 나이가 올해로 여덟이옵니다."

"허…… 벌써 그렇게 됐나?"

명란 장아찌처럼 빨갛고 쪼글쪼글하던 아기가 언제 그렇게 컸어? 아들 둔 대가 댁에서는 벌써 아영이에게 들일 사주단자를 논한다는 말이지? 이유는 그만 할 말을 잃고 탄식만 내뱉었다. 나비 짓하던 아영은 고만 힘이 들었는지 핵핵 숨을 몰아쉬며 이유의 무릎에 털썩 주저앉았다. 그리고 물었다.

"사주단자가 뭐야?"

귀도 밝아라. 아영은 제 아버지와 오라버니가 논하던 이야기를 놓치지 않았다.

"사주단자 맛있는 거지? 무슨 맛이야? 나도 줘."

아마도 저가 좋아하는 석이단자와 음운이 비슷하니까 그와 같은 떡이라고 생각했나 보다. 아영이 저도 어서 사주단자 달라며 징징 떼를 썼다.

"우리 아영이는 아직 사주단자 못 받지. 이렇게 어린데?"

"아니야. 나 다 컸어. 빨리 줘. 지금!"

"안 된다니까……."

여태껏 제 뜻 한 번도 거스른 적 없는 오라버니가 안 된다고 하니까 심통이 났다. 아영이가 앞니 빠진 잇몸으로 이유의 팔뚝이랑 목덜미를 와구와구 깨물었다. 줘! 줘! 아영이도 사주단자 줘! 제 딴에는 꾹꾹 세게도 깨무는데 마주치는 것은 잇몸뿐이었다. 아영이는 얼마 전에 젖니갈이를 했다. 아무리 물고 깨물어도 아프지 않았다. 그냥 간지럽기만 했다.

"알았다, 알았어. 아영이 조금만 더 크면 오라버니가 가장 먼저 사주단자 보내 줄게."

"우와!"

역시 우리 오라버니밖에 없었다. 저가 먹고 싶은 거랑, 저가 하고 싶은 것이 있으면 안 된다 하는 법 없이 다 들어주니까. 신이 난 아영이 깡충깡충 토끼처럼 후원 밖으로 홀쩍 뛰어나갔다. 버선도 없고, 신발도 신지 않은 맨발이라서 평소였다면 윤서학이 먼저 말렸을 것이 분명했다. 하지만 오늘 만큼은 윤서학도 아무 말 하지 못했다. 방금 전, 이유가 아영에게 했던 말 때문에.

네가 더 크면 오라버니가 가장 먼저 사주단자 보내 주겠다는 바로 그 말 때문에.

단순히 아영을 달래기 위해 내뱉은 허언인지, 아니면 진심으로 행하시겠다는 약속인지? 자고로 대군마마께서 직접 사주단자 보낸다 함은 왕족과 사돈을 맺을 수도 있는 큰일이었다.

"대군마마, 어찌…… 어찌 그런 말씀을 하시나이까?"

"왜? 내가 사주단자 보내면 받아 주지 않을 텐가?"

"마마!"

윤서학은 어쩔 줄을 몰라 하는 표정으로 고개를 조아렸다. 이유는 후원을 뛰어다니는 아영만 보며 태평하게 웃을 뿐이었다.

딸랑딸랑, 처마에 걸린 풍경이 소리를 냈다.

바람이 불기 시작하는가?

문득 후원 뜰 녘으로 바람을 타고 후드득 매화꽃 한 무리가 졌다. 이유의 사가에는 행랑아범이 대군마마 보기 좋으시라고 알차게도 가꾸어 놓은 홍매화, 백매화, 청매화가 특히 많았다.

"꽃비다! 꽃비 내린다!"

풍류 좋아하는 제 오라버니 덕분에 아영은 꽃비도 알고, 세우

細雨도 알고, 여우님 시집간다는 여우비도 알았다.

"선녀님! 나비님!"

활짝 웃는 아영의 머리카락에, 눈썹에, 귓가에 온통 매화 꽃잎이 가득했다. 꽃잎이 나부끼면 나부낄수록 풍경도 딸랑딸랑 더욱 맑은 소리를 냈다.

과연, 이보다 더 좋은 풍경을 어디에서 볼 수 있을는지?

우연인지, 바람의 장난인지, 붉은 매화 꽃잎 두 개가 아영의 통통한 볼에 하나씩 하나씩 사이좋게 달라붙었다. 그 모습이 꼭 연지곤지 찍어 놓은 꼬마 각시 같았다. 이유는 참지 못하고 하하하 크게 웃음을 터뜨리고 말았다.

네가 자라면 오라버니가 제일 먼저 사주단자 보내 주겠다는 말, 처음에는 반쯤 장난처럼 내뱉은 약속이었다. 하지만 문득 생각해 보니 지금과 같이 사가의 마루에 앉아서 아영이가 떡 먹고, 꽃비 맞으며 웃는 모습을 오래오래 지켜만 봐도 썩 나쁘지 않을 것 같았다.

하면, 그래 볼까?

우리 서로서로 자라는 모습 지켜보며, 오누이처럼 오순도순 살아 볼까?

딸랑딸랑 풍경이 울었다.

[3]

아영의 집이 새벽부터 부산했다. 오늘은 윤서학이 명나라에서 오는 배편에 약재상을 크게 운영하는 상인을 만나기로 한 날이었다. 집주인이 바쁘게 움직이니 수족들 또한 덩달아 분주해졌다.

윤서학은 아침 일찍 이유의 사가로 나가고, 아영은 또 늘 그렇듯 해가 중천에 걸렸을 때 겨우 일어나 소세하고, 밥을 먹었다. 오후 느지막이 가마 타고 오라버니댁에 갔다. 한데 어쩐 일인지 평소라면 이유가 가장 먼저 달려 나와 마중을 했을 텐데, 마침 이유는 출타 중이었다.

"대군마마께서는 주상 전하 명받고 입궐하셨나이다. 미시쯤에나 돌아오신다고 하셨으니까 안에서 놀고 계세요, 아기씨."

"그래."

어차피 이유의 사가는 아영의 놀이터와 다름없었다. 이유가 없다 한들, 유모나 계집종들과 함께 놀면 시간은 금방 지나갔다. 그러면 오라버니는 언젠가는 돌아와서 '우리 아영이가 왔구나!' 반겨 줄 것이 틀림없었다. 분명, 저잣거리에서 저 좋아하는 주전부리를 잔뜩 사들고 말이다.

아영은 삼돌이가 비질하는 모습을 구경하다가 계집종들 대추 너는 데 가서 대추 몇 알을 날름날름 얻어먹었다. 뿐만 아니라 집안 곳곳 돌아다니며 용마루 개수를 세고, 추녀 밑에 제비집은 또 몇 개가 더 생겼는지 따위를 확인하며 돌아다니기 바빴다. 이런 풍경은 흔한 일이었다. 유모는 아영이가 혼자 잘 노는 것을 지켜보다가 대군마마 댁 계집종들과 수다를 떨기 바빴다.

그렇게 집안 구석구석 돌아다니던 아영이 마침내 도착한 곳은 별채에 마련된 제 아버지의 약방이었다. 물론 실제로 이곳에 병자들이 드나들며 치료를 받는 것은 아니었다. 그저 윤서학이 이유의 전담의가 된 후부터 제 집무실과 다름없이 사용하는 공간이었다.

뒤뜰에는 윤서학이 키우는 조그만 약초밭도 있었다. 저잣거리의 웬만한 약방이 부럽지 않았다.

아영이 익숙하게 별채 문을 밀고 들어갔다. 그리고 또 아주 자연스럽게 '백영, 귀복초, 창출, 당명자……' 윤서학이 약방 서랍에 하나하나 적어 놓은 글자를 읽었다. 물론 그 약초가 무엇인지, 어디에 쓰는 것인지, 어떻게 생겼는지는 하나도 몰랐다. 하지만 제 아비 곁에서 놀다가 '이건 뭐야?', '저건 뭐야?' 하며 물어보다 보니 저절로 터득했다.

아영은 일부러 천자문을 욀 필요도 없었다. 심지어 아영은 '삼황사십탕, 복령음, 가미온담탕, 소시호탕……' 같은 어려운 약방문도 척척 외웠다. 아마 이래서 맹모가 삼천지교를 했나 보다. 아영은 윤서학의 약방에서 공부를 했다.

아영은 아버지가 말려 놓은 약초를 헤치고, 손에 비벼 봤다. 괜히 쿵쿵 냄새를 맡아 보다가 꽈리 몇 개를 까먹으며 놀았다. 아버지 빨리 왔으면 좋겠다, 오라버니 보고 싶다, 뭐 이런 생각을 하면서 말이다.

아영은 아버지가 당부하고 또 당부한 대로 숯불 위에서 자글자글 끓고 있는 탕약기는 건드리지 않기 위해 최대한 조심하며 한쪽 구석으로 갔다. 며칠 전, 아버지가 새로 들여놓은 뒤주가 보였다.

뒤주는 윤서학이 아영과 함께 저자에 갔을 때, 약재를 저장해 놓을 궤짝으로 딱 알맞다며 첫눈에 보자마자 낙점한 것이었다. 아영도 아버지가 사준 엿가락 쪽쪽 빨며 그 광경을 지켜봐서 똑똑히 기억했다.

아영이 슬쩍 궤짝을 열어 봤다. 궤짝은 아직 새것이었고, 속은 텅 비어 있었다. 윤서학은 궤짝이 약재를 저장하기에 그만이랬지만, 아영이 보기에는 호랑이 놀이하기에 아주 그만이었다. 이 안에 숨어 있다가 누군가 들어오면 '어흥!' 호랑이 흉내를 내서 잡아먹으리라!

아영이 휙휙 주위를 둘러봤으나 아무도 없었다. 이내 궤짝 뚜껑을 열고 그 안에 쏙 숨어들었다. 풍성한 치맛자락이 뭉쳐서 이불처럼 폭신했다. 아영이 홀로 숨기에는 더없이 훌륭한 장소였다.

누가 들어와라, 들어와라, 얼른 와라! 삼돌이든, 유모든, 행랑아범이든!

아영은 언제든지 어흥 할 준비를 했다.

그때였다.

마침 누군가 별채 쪽으로 척척척 걸어오는 발소리가 들렸다. 옳다구나! 아영이 속으로 쾌재를 불렀다. 곧 문밖에서 목소리가 들렸다.

"이보게, 번이! 번이 있는가?"

"응?"

아영이 갸웃 고개를 젖혔다. '번'은 윤서학의 아명兒名이었다. 가끔 아버지의 어릴 적 동무들이 놀러 오면 '번이'라고 부르는 것을 아영은 용케 기억하고 있었다.

아버지 동무가 오셨나? 저가 기대했던 삼돌이도, 유모도, 행랑아범도 아닌 낯선 사람. 아주 잠깐, 아영은 호랑이 놀이를 계속해야 되나 말아야 되나 고민했다.

하지만 아영은 제 아비가 염려하는 철딱서니답게 들어오는 이가 누구든 간에 '어흥!' 놀래어 주는 쪽으로 마음을 굳혔다. 아영이 다시 궤짝 안에 몸을 숨겼다. 손 넣을 수 있도록 뚫어 놓은 구멍으로 바깥 풍경이 조그맣게 보였다. 아영은 목소리의 주인공이 어서 들어오기를 기다렸다.

"번이, 대체 어디엘 간 게야?"

자꾸 '번이'를 찾아 대는 것을 보니 아마도 저 남자는 아버지의 동무가 분명했다. 아영은 '흐흐흐' 속으로만 웃으며 최대한 웃음을 꽉 참았다. 아버지 동무 놀래면 참 재미있겠다, 이런 철없는 생각만 했다. 아영은 언제쯤 아버지 동무를 놀래어 주면 좋을지 기회를 엿봤다.

아버지의 동무가 '번이! 번이 어디 갔어?' 그 이름을 부르며 괜히 말린 약초를 뒤적였다. 약재 서랍을 여닫는 시늉을 했다. 설마 키도 크고, 품도 넓은 아버지가 저렇게 작은 서랍 안에 있을라고? 그 와중에도 아영은 아버지의 동무가 참 이상한 짓거리를 한다고 여겼다.

그냥 이쯤에서 어흥 할까?

아영이 생각했다. 좁은 궤짝에 오래 앉아 있으려니 다리가 아팠다. 귀신 놀이하듯 만반의 준비를 하며 '어흥'을 외치려는데, 문득 아버지의 동무가 약탕기 앞에 서는 것이 보였다.

어? 저기에 가면 아버지한테 혼나는데? 뜨거운 약탕기 엎으면 크게 다칠 수도 있고, 대군마마 드시는 약에는 티끌 하나도 섞이면 안 된다고 하셨는데……?

아영은 아버지가 한 당부를 또릿또릿 잘도 기억해 냈다. 남자는 다시 한번 '번이! 어디에 있나?' 실없이 외치더니 아무도 없다는 것을 확인하고는 이내 제 품에서 뭔가를 획 꺼냈다.

길쭉하게 생긴 그것이 무엇인지 궤짝 안에서는 잘 보이지 않았다. 분명 약초 따위는 아니었는데……. 남자는 약탕기 안에서 그것을 휘이 한번 저었다. 많이도 아니고, 오래도 아닌. 그저 딱 한번. 아주 잠깐.

하지만 아주 잠깐이든 오래든 저게 무슨 요상한 짓이람? 아영은 몹시 수상하다고 생각했다. 곧 약방 밖에서 익숙한 목소리가 들렸다.

"이 사람, 어디에 있나? 나 여기에 있다네!"

윤서학의 목소리였다. 남자는 재빨리 약탕기에 담았던 무언가를 제 품 안에 갈무리했다. 그러고는 서둘러 밖으로 나갔다.

"잠시 행랑아범 만나고 온다고 했잖아. 여긴 왜 왔어?"

"그건 내가 할 말일세. 자네를 얼마나 찾아다녔는지 알아? 이러다 배 떠나면 끝이야. 귀한 약재 다 놓치겠어. 어서 가자고!"

사내가 황급히 윤서학을 재촉했다.

대체 저자가 지금 무슨 짓을 한 것이야? 내가 꿈을 꿨나? 잘못 봤나? 너무나도 순식간에 일어난 일이었다. 아영은 제가 방금 전에 본 광경을 생각하고 또 생각했다.

그러다 까무룩 잠이 들었던 것 같다. 아영이 눈 떴을 때는 어느새 유모의 품에 안겨서 제 방 이불 위에 눕혀지고 있었다. 유모가 따뜻한 수건으로 아영의 얼굴과 손발을 닦아 주었다.

"아버지는?"

아영이 잠결에 물었다.

"어르신은 조금 늦으신대요. 먼저 주무십시오."

유모가 아영의 가슴께를 토닥여 주었다.

"으응……."

아영은 폭신한 이불 위에 제 얼굴을 묻다가 문득 낮에 본 광경을 떠올렸다. 아영이 하아암 크게 하품을 했다.

"있잖아, 내가 뭘 봤어……."

"무엇을요?"

어차피 아영이 하는 말이야 늘 거기서 거기였다. 가마 타고 오면서 본 풍경, 대군마마와 한 놀이, 저가 화났던 일, 기뻤던 일, 맛있는 음식……. 유모는 평소처럼 이상하다는 생각은 전혀 하지 못하고 나긋나긋 이야기를 들어 주었다. 그래서인가? 낮에 본 풍경을 자세하게 말해야 하는데 잠은 자꾸자꾸 쏟아졌다.

"내가…… 약방…… 그 사람이 약탕기 안에 휘휘…… 가버렸어……."

잠 섞인 말이 온전할 리 없었다. 당연히 유모는 그저 오늘 하루 저 즐겁게 놀았던 애기를 하는 거라 생각했다.

"어휴, 그러셨어요. 아기씨?"

"으응…… 어떡하지?"

"어떡하긴요. 어서 주무셔야죠. 아기씨, 얼른 주무셔야 내일 대군마마 뵙니다."

제 딴에는 나름 심각하게, 최선을 다해 말했는데 유모가 그리 말하니 또 아무렇지 않은 일처럼 여겨졌다. 하여튼 아영은 너무 졸렸다. 아영은 그대로 잠에 빠져들었다. 내일 오라버니 만나야지, 선녀님 옷 입고 가야지, 따위의 생각을 하면서.

하지만 그다음에 아영이 본 것은 시뻘건 불길에 휩싸였던 제 방, 저의 집, 마당이었다.

"아영아! 아영이 어디 있느냐?"

곤히 자고 있던 저를 깨우는 아버지의 무서운 얼굴이 보였다. 윤서학이 무척이나 다급한 손길로 아영에게 저고리를 입혔다. 유모처럼 꼼꼼하게 고름 매줄 틈은 없었다. 윤서학은 그대로 아영을 품에 안고 집 뒷문을 빠져나왔다.

"잡아라! 이 집안의 식솔들은 단 한 명도 살려 두면 안 될 것이야!"

칼 찬 관원이 내지르는 목소리가 들렸다. 아버지의 품에 안긴 아영은 뒷문 근처에서 쓰러져 있는 한 여자를 보았다. 항상 저를 품에 안고 재워 주던 유모를 닮았는데? 설마 저렇게 피투성이 된 자가 유모는 아니겠지? 아영이 몹시 걱정스러운 얼굴로 돌아보았다.

아영은 아버지의 품에 안겨서 깜깜한 어둠 속을 아주 오랫동안 걸었다. 어느샌가 귓가에서 찰랑찰랑 물소리가 들렸다. 윤서학은 나루터에 매어져 있는 나룻배의 밧줄을 풀었다. 그러고는 조금의 망설임도 없이 그 위에 아영을 올렸다.

"아버지, 왜 그래?"

"잘 들어. 이제부터는 아무 데서도 아버지 이름 이야기해서는 안 돼. 네 이름 석 자도 꺼내서는 안 돼. 알았어?"

그 목소리가 몹시 엄했다. 아영은 그제야 덜컥 겁이 났다. 언제나 단정했던 아버지가 이토록 다급해하는 것은 저도 처음 보는 것이었다. 뒤에서 횃불이 아른거렸다. 더 이상은 지체할 수 없었다.

윤서학이 나룻배를 힘껏 밀었다.

"아버지 말 명심해. 이제부터는 어디에서도 아버지 이름, 네이름 말하면 안 돼. 그래야 네가 살아. 알겠어?"

"아버지……."

윤서학은 사공도 없는 빈 배에 무작정 어린 아영을 밀어 넣었다. 그날 밤, 바람이 심하게 불어 물살이 거셌던 것이 그나마 다행일까? 아영은 홀로 빈 배를 타고 멀리멀리 흘러갔다.

아버지도 없이, 유모도 없이. 언제나 저가 꽃가마 타고 가면 '이리 온.' 반겨 주던 다정한 오라버니도 없이.

그날 밤, 이유가 독이 든 탕약을 마시고 피를 토했다는 것을 아영은 차마 알지 못한 일이었다.

"명나라에서 배가 들어왔대요. 되게 귀한 약재를 사러 가신다던데요?"

윤서학은 밤늦도록 돌아오지 않았다. 덕분에 행랑아범과 삼돌이가 직접 별채에 들어가 숯불에 끓이던 탕약을 내왔다. 윤서학이 일 년에 한두 번 연례행사처럼 이렇게 바삐 구는 것은 이미 그들에게는 익숙한 일이었다.

윤서학은 명나라에서 약재상을 하는 큰 상인이 올 때마다 조선 땅에서는 나지 않는 온갖 희귀한 약초나 약재, 서적을 샀다. 그럴 때는 반드시 행랑아범과 삼돌이에게 이유의 탕약 제조를 맡겼다. 그래서 오늘 약 시중은 윤서학 대신 행랑아범과 삼돌이가 들었다. 행랑아범이 삼돌이 몫으로 작은 종지에 약을 따랐다.

"제가요, 저번에 저자에 갔을 때 갓난이랑 분명히 눈이 마주쳤거든요? 근데 애가 이번 장에서 나는 아무것도 모른다는 식으로 쌩하니 고개를 돌리는 거예요……."

삼돌은 요즘 저가 마음에 두고 있는 갓난이에 대한 고민을 푸느라 정신이 없었다. 답지 않게 마음 졸이는 모습이 퍽 애달팠다. 이유도 그 이야기를 기꺼이 들어 줬다. 삼돌이가 종지에 든 약을 쭉 들이켜고는 쩝쩝 소리를 냈다.

삼돌이가 마시면 그다음 차례로 이유가 약을 마셨다. 이유가 별다름 없이 행랑아범이 건네는 사발을 받아 들었다.

"화가 난 게 있으면 화가 났다고 말을 하던가. 어무니는 자꾸만 손주 보고 싶다 하시는데 저는 아무래도 갓난이랑은 인연이 아닌가 봐요……."

그때였다. 삼돌이가 갑자기 세차게 기침을 터뜨렸다.

"애, 너 왜 그러냐? 약 먹다가 체했냐?"

행랑아범이 감히 대군마마 앞에서 방정맞게 기침하는 삼돌이를 향해 눈을 흘겼다. 하지만 잔뜩 몸을 숙여 콜록콜록 기침하던 삼돌이가 마침내 고개를 들었을 때, 행랑아범은 고만 얼음이 된 듯 딱 굳고만 말았다. 행랑아범이 다급하게 소리쳤다.

"대, 대, 대군마마. 그 약…… 약……."

하지만 이미 이유 역시 사발 안의 약을 모두 비운 후였다. 삼돌이의 눈에서, 코에서, 귀에서 피가 줄줄 흘렀다. 삼돌이가 그대로 풀썩 쓰러졌다.

"푸으읍―."

이유가 입에서 붉은 핏덩이를 쏟아 낸 것은 동시에 일어난 일이었다.

*

감히 왕족을 독살하려한 죄는 무엇으로도 치를 수가 없으렷다. 삼족을 멸문시켜도 모자랄 중죄였다.

윤서학의 가솔들이 모두 참형됐다. 집안에서 기르던 개 한 마리까지 살려 두지 말라는 주상 전하의 엄명에 온 집안이 쑥대밭이 됐다. 그날 밤, 윤서학은 도주하던 중에 관원의 칼에 맞아 죽었다. 왕족을 해하려 했으니 시체조차 찾을 수 없게 함이 마땅했다.

윤서학은 죽은 시신의 몸으로 몸뚱이가 두 갈래로 찢기는 환형에 처해지기까지 했다.

윤서학의 집안은 죄인의 가문이 되어 멸문지화를 당했다더라…….

그것이 이유가 정신 차렸을 때 전해 들은 이야기였다. 이유는 독을 마신 그해 여름부터 가을, 겨울까지 자리보전해야만 했다. 이유가 독이 든 탕약을 마셨다는 소식에 본래 주상 전하 곁을 살펴야 하는 제조가 사가에 상주했다. 심지어 어느 날 눈 떴을 때는 평복하신 중전마마가 이유의 손을 붙잡고 울기도 했다.

'사가에 나가기 싫어요. 어마마마와 함께 살고 싶습니다……'

어릴 때는 그토록 울고불고 떼써도 그 소원 들어주시지 않던 분이셨는데. 고귀하신 국모께서는 잠행까지 불사하셨다. 사실 그날, 제조는 진양 대군 이유가 오늘 밤을 넘기기 어려울 것이라는 이야기를 전한 터였다. 소헌 왕후가 궐 밖에 나온 것도 그러한 연유 때문이었다. 이대로 자식 얼굴도 못 보고 허망하게 저승길 보낼 수는 없었기 때문이었다.

왜 이제 오셨어요? 어마마마…….

하지만 이유는 그토록 그리던 어머니가 왔는데도 이야기 한번을 제대로 나누지 못했다. 잠은 자꾸만 쏟아지고, 쏟아지고, 또 쏟아졌다. 오장육부를 제외한 제 속의 모든 것을 긁어내야만 했다. 눈 뜨면 육체의 고통이 밀려오나, 잠들면 꿈결에도 정신을 앗아가는 고통이 밀려오니…….

이유는 하루에 열두 번도 더 핏덩이를 쏟아 냈다. 참말로 사가의 모든 사람들과 의원, 심지어 궐 안의 주상 전하께서도 마음의 준비를 하던 날이었다.

하지만 이유는 추운 겨울, 어느 날 아침에 몸을 일으켰다. 자리보전하기 전의 모습처럼 아무 일도 없었다는 듯 멀끔한 얼굴이었다. 하지만 늘 잘 먹고, 잘 단련하여 여인네들을 뒤돌아보게 하던 풍채는 온데간데없었다.

몸을 일으킨 이유는 가타부타 저가 어디를 간다 말하지 않았다. 오직 동재만이 이유의 뒤를 조용히 따랐다. 그날 약을 올린 행랑아범은 죄를 피할 수가 없어 의금부 도사의 칼을 받았다. 함께 독을 마신 삼돌이는 즉사하였다.

이유는 삼돌이가 눈, 코, 귀에서 피를 쏟던 모습을 똑똑히 기억했다. 삼돌이는 고작 종지에 담긴 약 먹고 즉사하였으나 이유는 대접 가득한 약을 먹고도 살아남았다. 이 질긴 목숨은 참말로 운이 좋았을 뿐이었다.

그렇게 몸을 일으킨 이유가 맨 처음 찾아간 곳은 다름 아닌 윤서학의 집이었다.

"대군, 어찌 그런 불경한 곳 걸음 하시나이까?"

동재가 만류했지만 이유는 끄덕도 하지 않았다.

이유가 찾아갔을 때, 윤서학의 집은 죄인의 집이라 하여 집 곳곳에 대못이 박혀 불타 버린 지 오래였다. 서까래가 무너지고 시커먼 기둥만 남아 그 형태를 겨우 보전했다. 이유가 맨 처음 이 집에 들렀을 때, 중전 마마의 내궁 닮았다고 생각한 꽃담도 무너져 버렸다. 약초밭도 불타고, 조등 걸렸던 처마, 아기 태어나 축원하며 금줄 걸었던 대문까지……. 남아 있는 것은 단 하나도 없었다. 그 모습 하염없이 바라보던 이유가 문득 생각나서 물었다.

"어린아이는 어떻게 되었더냐?"

아영을 이르는 말이었다.

"윤서학과 도주 중에 강물에 휩쓸려 죽은 줄로 아뢰옵니다."

"……."

이유의 해쓱한 얼굴에 허망함이 가득 차올랐다.

'사람의 생사 쥐고 있는 의원이라면, 응당 의원이라면, 대군마마께서 방금 전 걱정하신 악독한 짓거리를 행할 자는 이 세상에 아무 데도 없사옵니다.'

'그래도 만약 걱정이 되신다 한들, 두려운 마음이 생기신다 한들……. 감히 간언 드리옵건대, 소신 윤서학이 존재하는 한 결단코 그런 불미스러운 일은 없을 것이옵니다.'

'마마를 무탈하게 지켜드리는 것이야말로 소신에게 가장 중요

한 일이 아니겠사옵니까?'

핏, 저도 모르게 헛웃음이 나왔다. 그런 소리를 잘도 했던 너는, 내가 마시는 약에 독을 넣었더랬지. 이왕 죽일 것 그런 말은 대체 왜 하였는지.

이유가 제 입술을 깨물었다.

저를 올곧게 바라보던 눈동자가 뒤에서는 이토록 무서운 일을 꾸몄다고 생각하니 처음엔 화가 났다. 배신감에 치가 떨려 능지처사 당하는 그 꼴을 제 두 눈으로 못 본 것이 한이었다.

하지만 결국, 결국 가슴속에 남는 것은 슬픔이었다.

아기였던 나를 처음 안은 것이 너라면서.

평생 무탈하도록 지켜 준다면서.

하지만 결국 윤서학 너 역시······.

배후에 누가 있었는지는 알고 싶지도 않았다. 아니, 어쩌면 빤했다. 대군마마 하루 속히 쾌차하시라 걱정스러운 얼굴로 문병 오는 신료들, 온갖 패물을 궤짝에 그득그득 긁어 담아 제 성의라 보내는 고관들.

"······."

어느샌가 불타 버린 집 위로 흰 눈이 나리기 시작했다. 하지만 고작 눈 따위가 폐허가 된 풍경, 가늠할 수도 없는 마음의 깊이를 가릴 수는 없었다.

쿨럭. 이유가 기침을 했다. 이제 피는 토하지 않게 됐지만 한 번 기침을 할 때마다 온몸에 퍼지는 고통은 도무지 참을 길이 없었다.

"대군마마!"

그 긴긴밤, 그 많은 밤, 몇 번의 죽을 고비를 넘고 또 넘었는데 혹여나 이제 와서 불미스러운 일 생기실까 동재가 제 주인을 업고 뛰었다. 이유는 그 이후로 다시 며칠을 자리보전하다가 그 해가 가기 전에 병석을 털고 일어났다.

물론 이유가 쾌차한 후에 주상 전하께서는 내 아들 그동안 참으로 고생 많았다는 의미로 금은보화 남부럽지 않게 내려 주셨다. 또한 그간에 겪었던 궂은일은 모두 잊으라는 뜻에서 새로운 봉호 또한 내려 주셨으니……

그 이름 '수양'이더라.

애, 진양아. 너에게 수양首陽이라는 새 봉호를 내리노라. 이는 네가 무예를 갈고닦듯 수양산首陽山의 백이숙제와 마찬가지로 마음을 갈고닦으라 함이다.

"성은이 망극하옵니다. 주상 전하."

이유는 동귀틀, 장귀틀이 얽힌 차가운 대청마루 위에서 이마를 찧으며 감읍의 절을 올렸다.

동동동동……

이제 더 이상은 들리지 않는 발소리가 귓전을 울렸다.

第五章. 수양제와 우문화급

"전하, 흉한 꿈을 꾸셨나이까?"

아직 파루도 울리지 않은 시간이었다. 이유는 본래 묘초시卯初時 즈음에 기상하여 소세한 후에 초조반을 들었다. 특히 어젯밤은 밀린 상소를 보느라 취침도 늦게 하였는데, 무슨 곡절인지 밤새 끙끙 앓는 소리를 냈다. 하여 동재 역시 간밤에 잠 한숨을 못 잤다. 결국 대종이 울리기도 전에 몸을 일으키시니, 동재가 얼른 백자 사발에 담은 국영수菊英水 한 잔을 가져왔다.

지존께서는 물 한 잔도 허투루 드시는 법이 없었다. 제조는 이유가 곤한 잠 이루지 못할 때마다 몸의 쇠약함을 보호해 주는 국영수를 올렸다.

"……."

이유는 가타부타 말도 없이 사발부터 받아 들었다. 입속에 퍼지는 국화향이 맥없이 짜증났다. 물은 몇 모금 넘기지도 못했다. 하얗게 질린 낯빛이 심히 좋아 보이지 않았다.

"전하, 무슨 일이시옵니까? 어찌 편치 못하십니까? 동재가 해결해드리겠나이다……."

동재가 몇 번이고 간곡히 청했지만 이유는 입을 열지 않았다. 하긴 아무리 말한다 한들, 동재 따위가 해결할 수 있는 문제가 아니었다.

"……."

이유가 낮은 한숨을 뱉었다.

또 그 꿈이다. 어린 아기가 꽃비를 맞으며 뛰노는 풍경, 불타 버린 단청집, 마마를 지키는 것이 저의 일이라며 거짓 맹약 줄줄 읊어 대던 검은 눈동자…….

처음에는 이유 또한 믿지 않았다. 다른 사람도 아닌 윤서학이 절대 그럴 리가 없다며 은밀히 사람을 풀어 사정을 알아보기도 했었다. 차라리 윤서학이 누군가에게 협박을 당했길, 저를 해친 것은 진정 그의 뜻이 아니길 바랐다.

하지만 부질없었다. 몇 번이고, 몇 번이고 다시 조사를 해보아도 윤서학이 제 탕약에 독을 탄 것은 변함없는 사실이었다. 이미 그의 집에서는 내약방에서 허가받지 않은 다량의 약초가 키워지고 있었다. 그 망할 명나라 상인에게 구입했다는 듣도 보도 못한 약재 또한 가득했다. 약재들 대부분은 맹독을 지니고 있었다.

이유는 할 수만 있다면 윤서학과 관련된 모든 기억을 도려내고 싶은 심정이었다. 그날 이후로는 최대한 생각도 안 하고, 입 밖에도 꺼내지 않은 일이건만 어찌하여 이리 꿈에 나타나는 것인지.

과연, 죽어서도 고약한 자임이 틀림없었다.

이유는 그 후로 파루의 종이 울리고, 소세 준비하러 온 궁녀가 들어올 때까지 자리에 앉아 오랫동안 생각에 잠겼다.

어쩐지 평안치 못한 하루가 될 것만 같다고, 동재는 때 이른 걱정에 빠졌다.

그리고 동재의 예상은 적중했다.

금일, 이유가 흉몽을 꾼 날은 경연經筵이 열리는 날이었다. 본래 경연은 임금이 신하에게 가르침을 받는다 하여 유학에 대해 토론하며, 조정의 중요한 안건에 대해 문답하는 자리였다. 특히나 선왕 세종은 경연을 게을리하지 않는 군주로 유명했다.

제아무리 이유라 할지라도 선대의 전통이 서린 경연을 단칼에 폐할 수는 없었다. 하지만 경연의 횟수는 이유 대에 들어서 확연히 줄었다. 요즘에는 고작 열흘에 한번 꼴로 참석하는 것이 전부였다.

한데, 하필이면 흉몽을 꾼 날과 경연 날이 겹치다니. 그야말로 가는 날이 장날, 재수 옴 붙은 날이었다.

편전에는 도승지와 참찬관, 대간, 경연낭청 2인, 사관이 입시했다. 그뿐만이 아니었다. 설상가상, 동재가 그토록 고까워하는 '집현전 것'들이 둘이나 자리를 잡고 앉아 있었다. 집현전 학사들은 경연을 등한시하는 지존은 그 자격이 없다 서슴없이 일침하는 자들이었다.

동재의 예상에 따르자면, 무려 열흘 만에 열린 경연 때문에 그들은 심기 불편한 태를 노골적으로 드러내고도 마땅했다. 한데 어쩐 일인지 학자들의 혈색이 오늘따라 더욱 빛나 보였다.

대체 무슨 꿍꿍이들이래? 동재는 한껏 경계하며 이유를 상석에 인도하였다.

다행인지, 불행인지 이유는 아침에 흉몽 꾼 소동은 싹 다 잊은 모습이었다. 이유는 어느새 지엄하신 지존의 모습으로 신료들을 마주했다.

"죽헌, 그간 잘 지내셨소?"

이유가 먼저 매죽헌에게 안부를 물었다. 매죽헌梅竹軒은 홍문관수찬 성삼문의 호였다. 추우면 추울수록 진한 향기를 뿜어내는 매화꽃에, 부러질지언정 굽힘 없는 대나무라는 뜻이었다. 그의 대쪽 같은 심성을 비유적으로 나타내기에는 더할 나위 없이 제격이었다. 그래서인가? 이유는 공적인 자리에서든 사적인 자리에서든 늘 성삼문의 이름 대신 그의 호 부르기를 즐겨했다.

성삼문이 고개 숙여 대답했다.

"전하께서 소신을 이리 잊지 않고 찾아 주시니 만고 평안하였나이다."

"그리하였소? 하면, 내 앞으로는 죽헌을 더 자주자주 찾아야겠군."

"성은이 망극하옵니다."

성삼문이 집현전 학사로서 세종의 지극한 총애를 받은 것은 익히 아는 사실이었다. 그러나 이제는 조정의 주인이 바뀌었다. 이유가 내주는 녹을 받아먹는 이상, 그는 이유의 신하여야만 했다.

특히 이유는 성삼문의 재능을 높이 샀다. 성삼문은 예기대문언두(禮記大文諺讀: 예기의 경본문에 한글로 구결을 단 책)를 편찬했다. 한글의 음운을 연구한 핵심 학사로서, 명실공히 훈민정음을 반포케 한 일등 공신이었다. 또한 성삼문은 상왕이 왕위를 대임할 적에, 동부승지 자격으로 이유에게 옥새를 전했다.

물론 일각에서는, 특히 한명회는 이유에게 성삼문을 견제해야 한다는 직언을 수차례나 올렸다. 하지만 어쩐 일인지 이유는 성삼문의 공로를 인정하고, 그를 존중하는 태도를 고집했다.

주상과 몇 차례 안부를 묻고, 전하고. 한바탕 화기애애한 웃음

꽃을 피운 이유가 본격으로 질문을 던졌다.

"그래, 오늘의 글공부 주제는 무엇일까?"

더 이상 경연은 선대에서처럼 중요한 가치를 갖지 못한다. 그저 어린아이들 서당 오가며 잡담 지껄이는 수준이다. 이유는 절대 경연을 높이는 법이 없었다. 언제나 '글공부'로 하대했다. 무시와 비아냥거림이 가득한 노골적인 발언.

참찬관 유응부의 어깨가 들썩였다. 곧 성삼문이 말을 이었다.

"예, 주상 전하. 오늘 경연의 주제는……"

성삼문이 오늘따라 유독 자신 있는 말투였다. 동재는 못내 그것이 불안했다. 저 잡것이 무슨 해괴한 짓을 꾸미려고? 성삼문이 여유로운 얼굴로 이유의 눈을 똑바로 마주 봤다.

저, 저, 저 방자한! 한쪽만 끌어당겨 웃는 입꼬리가 몹시 불경하도다! 도리어 곁에서 지켜보는 동재가 뒷목을 붙잡고 쓰러질 기세였다. 그러거나 말거나 성삼문이 말했다.

"오늘 경연의 주제는 화음 사람 영. 양광楊廣이옵니다."

"……"

성삼문이 말을 마침과 동시였다. 경연장 내에 무시무시한 침묵이 휘몰아쳤다. 오늘 글공부 주제는 무엇일까? 무얼 배울까? 농치며 웃던 이유 역시 그 자리에서 그대로 굳어 버리고 말았다.

바람도 불기를 멈췄다. 밖에서 시립해 있던 궁녀들도 숨소리를 죽였다. 동재가 할 말을 잃을 정도였으니, 다른 이들이 당황한 것은 말해 부질없었다. 그저, 이 편전 안에서 아무렇지 않은 사람은 천연덕스러운 얼굴로 웃는 성삼문뿐이었다.

"그래……"

조용한 편전 안에 이유의 목소리가 낮게 울렸다. 섬뜩한 기운이 가득했다. 화들짝 놀란 동재가 바닥에 납작 엎드렸다.

"전하! 주상 전하! 망극하옵니다!"

동재가 차가운 마룻바닥에 제 이마를 사정없이 들이박았다. 하지만 그와 동시에 와장창! 동재의 앞으로 벼루가 날아와 쩍 갈라지며 두 동강이 났다. 어린 내관이 곱게 갈아 놓은 먹물이 철철철 마룻바닥에 사방으로 튀었다.

"감히 어떤 잡놈이 편전 안에서 불경한 소리를 내뱉느냐? 내 네 목을 저자에 걸어 본보기로 취해야 그 방자한 입을 다물 것 이냐?"

그야말로 추상같은 호령이었다. 저놈을 끌어내라! 결국 동재 는 관원들에게 질질 끌려 나가는 신세가 되고 말았다.

"전하! 전하! 아니 되옵니다! 양광이라니요! 천부당만부당하 시옵니다!"

동재는 엉엉 울기를 멈추지 않았다. 곧 동재가 관원들에게 이 끌려 사라지고 나서야 편전은 조용해졌다.

어느새 이유는 다시 제 본래의 모습을 되찾았다. 그러고는 예 의 특유의 웃음이 걸린 낯으로 말을 이었다.

"화음 사람 양광이라? 과인의 마음에 쏙 드는 주제로군. 어찌 이토록 알맞은 이야기를 골랐을꼬?"

"망극하옵니다."

"하면, 공부를 시작해 볼까?"

"예, 전하."

까악까악 어디선가 까마귀가 울었다. 염병할 것! 내 저 새를 다 잡아 죽이라 명하지 않았느냐? 밖으로 끌려 나간 동재는 불 운을 암시하는 흑조에게 괜한 화풀이를 했다. 그래도 제 마음은 편해지지 않았다. 동재는 그저 편전 안에 홀로 계시는 주상 전하 걱정만 하며 서러운 울음을 그치지 못했다.

하면, 양광이 뉘기에 동재가 이리도 팔짝팔짝 뛰는 것이냐?

그는 본래 화음華陰 출신으로 이름은 영英이라 했다. 수나라 2대 황제로 알려졌으나, 그를 더욱 유명하게 만든 것은 그 누구도 따라오지 못할 그의 치세라 하더라.

양광은 황위에 오를 때, 제 아버지인 수문제를 시해했다. 제 손으로 형님인 황태자를 끌어내고 스스로 황위에 올랐다. 하여 후대의 역사가들에게는 폭군 중의 폭군, 패륜아 중에서도 상패륜 놈이라 조롱당했다.

그러니 성삼문과 집현전 학사들이 다른 누구도 아닌 양광을 경연 주제로 삼은 것은 감히 한 나라의 지존, 이유를 욕보이기 위한 의도가 다분했다. 동재가 울고 또 우는 것이 마땅했다.

"양광은 평소 사모하던 부황의 후궁 선화 부인 진씨를 범하였나이다. 이는 씻을 수 없는 근친의 죄악이 아니옵니까?"

"하나 양광은 문제가 세상을 떠난 날, 선화 부인에게 독주 대신에 동심결同心結을 내렸더랬지? 자고로 동심결이란 변치 않는 사랑을 뜻하는데 이 얼마나 애틋한 정이더냐?"

"양광은 부황인 양견을 시해하였나이다. 친족 간의 살인은, 더군다나 한 나라의 지존을 해하는 죄는 역모 죄에 해당하옵니다. 사지를 찢어 죽이는 능지처형에 참해 마땅한 줄 아뢰옵니다."

"양광이 부황을 시해했다는 근거는 어디에도 없다. 비록 양견이 죽을 때, 양광이 그 자리를 지켰다고는 하나 그것만으로 시살弒殺을 판단할 수는 없지. 수서에서도 본기와 열전의 내용이 다르니, 감히 그대가 왈가왈부할 것이 못 된다."

"양광은 차남으로 태어났으나, 적장자이며 황태자인 양용을 죽여 스스로 황위에 오른 자이옵니다. 양광의 죄는 죽음으로도 씻을 수 없는 죄, 그 묘에 침을 뱉고 무덤을 갈라 부관참시해도 부족하옵니다."

"적장자 양용? 그는 무능한 자다. 여색에 빠져 허우적대느라 아내가 죽었는지도 몰랐다. 뿐만 아니라 그가 부린 사치와 향음, 향락은 이루 말할 수가 없다. 오죽하면 모비母妃조차 그에게서 등을 돌렸겠는가?"

낮것상 먹고 시작된 경연은 무려 술시(戌時: 저녁 7시~9시)가 넘는 시각까지 계속되었다. 원래 경연할 때마다 오후 업무는 그럭저럭 건너뛴다고 하나, 이유는 석수라마저 거른 상태였다. 궁녀들이 편전 안으로 떡이며, 과일이며, 차를 쉼 없이 내왔지만 이유는 음식에는 손도 대지 않았다.

성삼문도, 유응부도, 오늘 경연에 참여한 이들 모두가 만반의 준비를 하고 왔나 보다. 그들이 집현전에서 보낸 세월이 한두 해가 아니듯, 내뱉는 말 하나하나에 막힘이 없었다. 그릇됨이 없었다.

하지만 그들이 간과한 것이 한 가지 있었다. 그것은 바로 이유 역시 문무文武에 결코 빠지지 않는 군주라는 점이었다. 그가 괜히 다섯 살 때 효경을 줄줄 외고 유가의 십삼 경을 헤아린 것이 아니었다.

괜히 세종이 문학 좋아하기로 소문난 이유에게 자치통감(資治通鑑: 북송의 사마광이 편찬한 역사서)을 내린 것이 아니었다. 이유가 따박따박 한마디도 지지 않고 바른 말로 문답하니, 이제 진땀이 나는 쪽은 오히려 성삼문이 되었다.

환했던 들창 밖 풍경은 어느새 어둑해졌다. 이제는 슬슬 경연을 마무리해야 한다는 것을 그들 또한 잘 알고 있었다. 하지만 이유는 어디 해볼 테면 해보라는 듯, 어디까지 갈 수 있는지 한

번 두고 보자는 듯 태연하기만 했다.

"전하, 저녁 수라가 준비되었사온데……."

동재 대신에 들어온 작은 내관이 작게 귀엣말을 했다. 비록 귓말이지만 그것은 이제 그만 경연을 끝내라는 신호이며, 훌쩍 지나 버린 시간을 알리는 뜻이었다. 성삼문도 더는 이유를 붙잡을 수 없었다.

이유도 그 속내를 알아채고 얼추 서책을 덮었다. 너희들 하는 꼴을 보아하니 더 이상 대거리해 줄 필요가 없다, 결정 내렸는지도 몰랐다. 덕분에 성삼문의 마음이 급해졌다. 이유가 일어서기 전, 성삼문은 마지막이라는 심정으로 질문을 던졌다.

"우문화급!"

"……?"

끝이 난 것이 아니더냐? 하는 표정이 잠깐 스쳤지만 이유는 다시금 자리에 앉았다. 마저 고해 보아라, 하는 표정으로 바라보자 성삼문이 입을 열었다.

"전하, 우문화급宇文化及을 알고 계시나이까?"

잠시 생각에 잠겼던 이유가 고개를 끄덕였다.

"알고 있다. 그는 양광의 총애를 받은 근위장이었지. 양광이 황위에 오를 때, 가장 큰 공을 세운 으뜸 공신이 아니더냐?"

"그렇사옵니다."

왜 성삼문이 갑자기 양광의 충신 우문화급의 이야기를 꺼냈는지 모를 일이었다. 다만 허튼소리를 할 자는 절대 아니니 분명 전하고자 하는 뜻이 있으렷다.

이유가 가만히 앉아 다음 말을 기다렸다.

"하오면 전하께서는 혹여…… 양광과 우문화급의 말년이 어찌되었는지 알고 계시는지요?"

"……."

순간 이유의 짙은 눈썹 한쪽이 움찔 솟아올랐다가 다시 내려앉았다.

사실 성삼문은 여태까지 제 딴에는 주상께 치명타를 날린다고 날렸으나, 그 중에 하나도 맞아떨어진 것이 없었다. 그야말로 모두 다 무용지물無用之物. 그러나 이번 질문은 확실히 달랐다. 주상이 처음으로 당황하였으며, 쉬이 대답을 하지 못했다.

"……."

"……."

이유와 성삼문, 성삼문과 이유.

이유가 성삼문의 얼굴을 마주했다. 성삼문도 그에 지지 않고 답을 기다리는 듯 이유를 바라보았다. 감히 한 나라의 지존을 마주하고도, 제가 한 질문의 무게 따위 조금도 생각하지 않은 채 두려움 없어 하는 표정이라니. 오히려 경연장 밖에 자리한 내금위장이 언제든 제가 찬 칼을 뽑을 만반의 준비를 할 지경이었다.

하지만 이유는 성삼문에게 너 이놈 무엄하다 욕을 하지 않았다. 저놈을 당장 끌어내라 겁박하지도 않았다. 그저 픽 가벼운 웃음을 터뜨릴 뿐이었다.

"자네…… 자네…….."

비소誹笑는 웬만해서는 쉬이 볼 수도, 쉬이 들을 수도 없는 호탕한 웃음으로 이어졌다. 지존께서 갑자기 숨도 못 쉴 듯 웃으시니 도리어 성삼문이 당황했다.

한참 동안 저 혼자서 배까지 잡고 웃던 이유가 졌다는 듯, 정말 이 질문만큼은 방도가 없다는 듯 설레설레 고개를 저었다.

"매죽……헌……. 역시 매죽헌이지. 암, 이래야 매죽헌이고말고."

심지어 이유는 나가던 길에 성삼문의 어깨를 툭툭 두드려 주기까지 했다.

"나와 글공부하느라 허기졌을 테니까 저녁상은 궐에서 받고 가게나."

이유는 친히 그들의 밥상까지 챙겨 주었다.

허허허……. 이유는 편전을 나설 때까지도 웃음을 멈추지 못했다. 이제 경연장에 남은 것은 메아리처럼 울리는 주상의 웃음소리뿐이었다.

"이보게 삼문이, 어찌 된 건가? 이게 어찌 된 일이야?"

저희가 바랐던 반응은 이런 것이 아닌데……. 유응부가 성삼문을 채근했지만 성삼문도 주상의 이런 반응은 미처 생각지도 못했다. 당연히 성삼문 또한 뭐라 가늠의 말을 내뱉을 수가 없었다.

*

"한명회 영감 드시옵니다."

작은 내관이 고했다. 감히 주상 전하께서 목간하고 계시는데 뉘가 함부로 들어? 평소라면 뾰족하게 눈부터 찢었을 동재였다. 하지만 어쩐 일인지 아무 말이 없었다.

한명회는 이유가 수라 들 때도, 소세 막 끝냈을 때도, 심지어 곤룡포 입으시느라 침방 궁녀들이 모여 시중들 때도 서슴없이 때를 가리지 않고 찾아왔다.

일각에서는 방자하다, 공신의 패악질이다 수군거렸지만 안타깝게도 명회에게는 별 뜻이 없는 행동이었다. 그저 명회는 일 중독자였고, 제 집무실에 틀어박혀 몇 날 며칠 통 나오는 법이 없는 붙박이였다.

이유를 찾아오는 것도 반드시 필요할 때만, 그것도 중대한 사안을 몰아 놓고 또 몰아 놓다가 더 이상은 안 되겠다 싶을 때 잠깐 짬을 내 들렀다. 이유 역시 그런 명회를 잘 알기에 딱히 무엄하다 주의를 주지 않았다.

명회는 몇 날 며칠 해 한 번을 본 적 없는 해쓱한 얼굴이었다. 저 사람, 꼴 좀 보게. 적어도 하루에 한 번씩 해바라기 꼭 하라니까. 이유는 나무라는 소리를 하려다가 말았다. 잔소리를 하기에는 하루가 심히 고단했다.

"명회가 예까지는 무슨 일이야?"

"무슨 일이긴요. 전하께서 목간하신다기에 등 밀어드리러 왔지요."

"내쳐라."

이유가 꼴 보기도 싫다는 듯 홱 고개를 돌렸다. 명회는 몽달귀신처럼 창백한 얼굴을 하고도 방실방실 잘도 웃었다. 그런 꼴이 더욱 섬뜩하도다!

명회는 궁녀들이 은소반에 들고 있던 월견초月見草 꽃잎을 한 줌 쥐고는 살랑살랑 목간 통 위로 뿌렸다. 좀 전에 시중드는 궁녀가 물에 섞으려던 것을 이유가 거추장스럽다고 말린 것인데.

"미쳤느냐?"

이유가 단박에 얼굴을 찌푸렸다. 하나 명회는 모른 척 태평하기만 했다.

"예로부터 월견초는 피부염이나 종기 치료에 그만인 약재로 알려져 있습니다. 제조께서 고심하고 또 고심하여 선택한 꽃잎인데, 어찌 쓰지 말라 하십니까?"

"너, 이놈!"

"전하께서 쓰지 않으시면 이 꽃잎은 모두 버려집니다. 세상에 태어난 모든 미물에게도 저마다의 할 일이 있는 법. 이 꽃잎이 마땅히 해야 할 일을 할 수 있도록 도와주십시오."

터진 주둥이는 청산유수였다. 한명회는 주상의 뜻과는 전혀 상관없이 꽃잎을 훌훌 마음껏 뿌려 댔다. 곧 이유는 노란색 꽃물에 폭 잠기었다. 그 모습을 보며 명회가 하하하 박장대소했다.

"주상 전하, 지상에 두고 간 연인을 만나기 위해 상제님 몰래 내려오신 선녀 같으시옵니다."

"무엄하다!"

이유가 손끝으로 팍 물보라를 일으켰다. 한명회는 그 물세례를 고스란히 다 맞았다. 그러고도 뭐가 그렇게 좋은지 덩실덩실 웃기만 했다.

소복소복 물 위에 꽃잎이 쌓였다. 명회는 아직도 붉은 기가 가라앉지 않은 이유의 목덜미에 잠시 시선을 두었다.

"오늘 경연 때…… 매죽헌이 제 이야기를 했다지요?"

꽃잎을 한 장 한 장 뜯어내는 손길이 답지 않게 정성스러웠다. 얼굴에는 여전히 방실거리는 웃음이 가득했다.

"……."

곁에 선 동재가 가만히 기억을 더듬었다. 비록 편전 밖으로 내쳐졌으나, 어린 내관에게 경연장 안의 모든 내용을 미주알고주알 한마디도 놓치지 않고 전부 전해 들었다. 한데 어린 내관은 성삼문이 한명회의 이야기를 했다는 말은 전혀 언급한 적이 없었다.

동재가 휙 어린 내관을 무섭게 쏘아봤지만 어린 내관은 그저 억울하다는 표정이었다. 참말, 참말 한명회 영감 이야기는 안 하셨는데…….

"다 알고서 무얼 묻나?"

이유가 뿌연 수증기 속에 깊이 몸을 묻었다. 꽃잎이 단삼에 달라붙는 것은 질색이었지만 명회가 꽃잎 뜯으며 저리 신나하니 그냥 체념했다. 이유는 물에 젖어 흐물흐물해진 월건초를 손에 쥐었다가 풀었다가 손장난을 쳤다. 이유가 제 몸을 목간통 안으로 더 깊이깊이 뉘일수록 용안은 수증기에 가려져 잘 보이지 않았다.

한참을 그대로 침묵하던 이유가 문득 생각난 것처럼 물었다.

"역시 그자는…… 내가 품을 수가 없겠지?"

"……."

상왕의 옥새를 이유에게 위임할 적에, 성삼문이 그날 밤 제집 뜰에서 밤새 울었다는 소문이 다음 날 궐내에 쫙 퍼졌다. 심지어 새 주상의 등 뒤에서 품속의 칼을 꺼내려 했다는 증언도 떠돌아다녔다. 그것이 실제인지, 아니면 성삼문을 시기하는 자들의 비방誹謗인지는 전혀 확인할 수가 없었다.

하지만 성삼문이 세종 때부터 충직한 신하였고, 지금은 선왕되신 문종, 즉 이유의 형이 어린 세자의 앞날을 부탁할 만큼 신뢰받은 것은 부인할 수 없는 사실이었다. 그렇기 때문에 한명회 역시 이유에게 성삼문을 경계하고 또 경계해야 한다 간언하기를 그치지 않았다.

하지만 한명회가 그 누구도 말릴 수 없는 일중독이라면, 이유 또한 그 누구에게도 뒤지지 않는 독특한 괴벽怪癖이 한 가지 있었다. 그것은 이유가 사람 모으기에 유독 집착을 한다는 점이었다.

남들이 가지지 않은 오롯한 재능 하나만 있으면 이유는 그 사람을 제 곁에 두지 못해 안달을 냈다. 재기만 있으면 양반이든,

천민이든, 팔천(八賤: 사천에 속하는 여덟 천민. 사노비, 승려, 백정, 무당, 광대, 상여군, 기생, 공장 등)과 칠반천역(七班賤役: 조선시대에 가장 천대받던 7가지의 신분. 조례, 나장, 일수, 조군, 수군, 봉군, 역졸 등)을 가리지 않았다.

이유는 마땅히 그들이 있어야 할 자리를 기가 막히게 알아차리는 눈썰미, 적재적소에 배치할 줄 아는 결단력을 가지고 있었다. 그것은 마치 한명회의 자리가 한낱 궁문宮門 따위가 아니라 천하의 지존이 된 제 곁이라는 것을 미리 예측한 것과 같은 이치였다.

실제로도 이유는 이러한 신묘한 재주 덕분에 계유년 정난에 성공하고 왕위에 올랐다고 해도 과언이 아니었다. 이유의 곁을 지닌 공신들 중에는 양반가 문무 신료들뿐만 아니라 관노와 시녀, 상인, 심지어 적서 차별에 치떨었던 서얼도 속해 있었다.

혹자는 귀천 따지지 않고 사람을 기용한 이유의 은혜가 하해河海와 같다고 하였지만, 이유의 입장에서는 그저 원래 있어야 할 자리에, 있으면 보기가 좋을 것 같은 자리에 놓아 둔 것밖에는 한 일이 없었다.

하여튼 재능 가진 자라면 남녀노소 껌뻑 죽는 이유였다. 그 은혜 누구보다 크게 입고, 그 괴벽 누구보다 잘 아는 한명회는 차마 제 마음대로 성삼문과 집현전 학자들을 쉬이 내치지 못했다.

그러나 오늘 만큼은 성삼문의 무례가 도를 넘었나 보다. 성삼문이 무슨 짓을 해도 보지 못한 척, 아니 들은 척, 귀 막고 입 닫았던 이유가 처음으로 성삼문에 대한 이야기를 꺼냈다.

정녕 성삼문을 버려야 한다면 그의 재주는 아까워 어찌할꼬……. 이유가 진정 낙심한 표정으로 혀를 찼다.

"전하, 혹여 사각죽이라고 아시는지요?"

"그게 무엇이냐?"

이유가 그런 것은 처음 듣는다는 듯 고개를 저었다.

"명나라 황실에서 키우는 대나무라 하옵니다. 죽순이 자랄 때, 판자로 만든 사각 틀을 씌우고 키운다 하여 사각죽四角竹이라 부르지요. 여느 것과는 다르게 줄기가 사각형 모양으로 독특하게 자라서 황제께서 후원 거닐 때 두고 보다가 그해 겨울이 오기 전에 벌채하여 남정네들 붓통으로 쓰고, 여인네들 장신갑으로 쓴답니다."

"한데?"

한명회가 괜히 사각죽 이야기를 꺼냈을 리 없었다. 물이 조금 미지근한가? 궁녀가 뜨거운 물 한 바가지를 목간통 안에 쏟아부었다. 쏴아아, 물 떨어지는 소리가 요란했다.

"한데, 사각죽을 만들 때에 각틀을 벗어나 제 마음대로 자라는 대나무 줄기가 꼭 한두 개씩은 생겨난답니다."

"……."

"곧게 자란 죽대라면 부챗살로도 쓰고, 공예품으로 만들고. 하다못해 무당이 귀신 쫓는 회초리로라도 쓰겠으나 이 자라다 만 사각죽을 대체 어디에 쓴답니까?"

한명회가 마지막 남은 월견초 꽃잎을 제 손에서 탁탁 털어 목간통에 모두 쓸어 넣었다. 그러고는 궁녀가 들고 있던 천으로 제 손을 깨끗이 닦았다. 그 꼴이 꼼꼼하다 못해 유난스러웠으나 제 몸에 티끌 하나 묻는 것을 용납하지 못하는 한명회로서는 당연한 짓이었다.

"그 사각죽은 어떻게 되는데?"

이유가 기다리지 못하고 채근하자 한명회가 으쓱 어깨를 들었다 놓으며 대답했다.

"어떻게 되긴요. 병신 사각죽은 다 자라기 전에 부러뜨리지요."

"……."

"비록 미물이나 건방지다, 재수 없다 하여 아궁이 불쏘시개로도 안 쓴답니다."

한참 제 손 곳곳을 닦아 내던 명회가 궁녀에게 휙 수건을 던졌다. 더러워진 것은 잠시도 제 손에 쥐지 않겠다는 결연한 표현이었다. 이윽고 명회가 파드득 손을 휘저으며 뒤로 물러섰다.

"아차, 내 정신 좀 보게. 예판이 오늘까지 처리해 달라는 상소문을 두고 이러고 있네?"

명회는 그제야 못다 한 업무 생각이 났다는 듯 제 무릎을 탁 쳤다. 명회가 목간통에 들어앉은 이유에게 인사를 올렸다.

"하면 주상 전하, 우문화급 한명회, 조정의 일을 처리하러 이만 물러가겠나이다."

이유는 대답하기도 귀찮아 휘휘 손만 내저었다.

한명회가 신속히 정방을 빠져나갔다. 동재는 잠시 이유의 눈치를 보다가 이내 이유가 물에 잠겨 두 눈을 감는 것까지 확인하고는 한명회의 뒤를 잽싸게 뒤따라갔다.

한명회는 걸음걸이도 어찌나 빠른지 몰랐다. 그는 순식간에 목간을 나서서 별채를 빠져나가고 있었다. 동재가 죽어라 뛰어 한명회를 겨우 따라잡았다.

"영감! 영감! 한명회 영감!"

동재가 소리쳤다. 무슨 일이냐? 한명회가 시큰둥한 얼굴로 돌아보았다.

동재가 한명회를 알고 지낸 지 어언 수년 차. 한여름에도 이가 시릴 만큼 차가운 행동거지에는 웬만큼 익숙해졌지만, 아직도 이렇게 단둘이 눈 마주칠 때는 간담이 서늘했다.

게다가 한명회는 삼백안이지 않는가?

원래 보통 사람들은 검은 눈동자가 흰자 가운데 즈음에 있다면, 한명회의 눈은 검은자가 흰자위로 삐죽 치솟은 모양이었다. 예로부터 삼백안은 태어날 때 귀신이 저승길에 함께 데려가려고 막 끌어당겼는데, 그 힘에 맞서 싸우다가 온 힘을 다하다 보니 눈동자마저 힘준 쪽으로 쏠린 것이라 했다.

과연 귀신을 이기고 태어난 자라 그러한가? 한명회는 기 세기가 이루 말할 수 없었다.

"무슨 일이냐고 묻지를 않니?"

명회가 동재를 쏘아봤다. 하마터면 그 눈빛에 오줌을 지릴 뻔했다. 하지만 이제는 동재도 어엿하게 자라 주상 전하를 곁에서 보필하는 상선 내시……이고, 나발이고 동재는 아직도 명회가 무서웠다.

동재가 저도 모르게 거북이 새끼처럼 어깨를 움츠렸다. 너, 허튼소리로 내 걸음을 붙잡은 것이라면 가만두지 않겠어! 저를 쏘아보는 한명회가 그리 말하는 것만 같았다.

동재는 고민하고 또 고민하다가 겨우 입술을 뗐다.

"저기……."

"말해 보아라."

명회의 목소리가 어쩐 일로 나긋했다. 동재는 큰 용기를 냈다.

"방금 전에 우문화급이라 하지 않으셨습니까?"

"그랬는데?"

명회는 여전히 시큰둥했다. 금방이라도 매정하게 돌아설 것만 같았기에 동재가 서둘러 덧붙였다.

"대체 우문화급이 누구이며, 양광과 그의 말년은 어찌 되나이까?"

동재는 방금 전 한명회가 인사 올릴 때 '우문화급 한명회, 이만 물러가겠나이다.'라고 말한 것을 똑똑히 들었다. 어린 내관 역시 경연 때 한명회에 대한 이야기는 들은 바가 없다고 했지만 '우문화급'이라는 자는 언급했었다.

들기로는 성삼문이 양광과 우문화급의 말년에 대해 물었다고 했지? 그 질문 들으신 주상 전하께서는 낯빛이 잠깐 창백해졌다가 이내 웃음을 터뜨리셨고.

안타깝게도 동재는 수나라의 황제 양광에 대해서는 알고 있었지만, 우문화급이라는 자에 대해서는 알지 못했다. 하여 일과가 끝나면 당장 우문화급에 대해 알아보려 했었다. 한데 한명회는 이미 그가 누구인지, 그의 말년이 어땠는지 모두 꿰고 있었다. 결국 동재는 궁금증 절대 못 참는 제 버릇 개 못 주고 이렇게 한명회를 따라 나오고야 말았다.

"뭐야? 고작 그거 물어보려고 따라 나왔어?"

"……예."

동재가 폭 고개를 숙였다. 한명회는 너풀거리는 관복 소매를 버릇처럼 툭툭 치고는 별스럽지 않은 말투로 대답했다.

"우문화급. 그는 양제가 황위에 오를 때 가장 큰 공을 세운 자다. 양광의 총애를 받았고 근위장 자리까지 오른 인물이기도 하지."

"하면, 그의 말년은요? 말년은 어떠했습니까?"

동재가 조급하게 질문했다.

한명회가 그런 동재를 보며 픽 웃음을 터뜨렸다. 아이고, 우리 동재, 언제 크누?

한명회가 쯧쯧 혀를 찼다.

"영감, 얼른 알려 주십시오."

동재가 발을 동동 굴렀다. 그 모습이 철없기도 하고, 귀엽기도 하고. 한명회가 큰맘 먹었다는 듯 동재의 귓가에 소곤소곤 작게 속삭였다.

"……알겠느냐?"

"……예?"

깜짝 놀란 동재가 눈을 동그랗게 떴다. 헙, 숨도 멈췄다. 동재는 세상에서 가장 무서운 이야기를 들은 것처럼 얼굴이 시퍼렇게 질렸다. 하지만 한명회는 뭐 대단한 이야기라도 나눴냐는 듯 아까처럼 관복 옷깃을 멋들어지게 갈무리하며 돌아섰다.

"이, 이, 이런……."

동재가 어찌할 바 모르는 표정으로 꾹꾹 제 손톱을 물어뜯었다.

"상선, 어찌 추운 날에 이러고 계십니까?"

쌀쌀한 날씨에도 감히 주상 전하 계시는 정방 안으로 쉬이 들지 못했다. 밖에서 한참을 서성이는 동재를 데리러 온 이는 어린 내관이었다. 동재는 어린 내관이 저를 부르는데도 듣지 못하다가 그 등이 쿡 찔러지고 나서야 '으응?' 소스라치게 놀랐다.

내관이 황공하여 도리어 고개를 숙였다.

"주상 전하께서 찾으시옵니다……."

"그, 그래?"

동재는 그제야 정신을 차렸다. 동재가 욕간 마련된 정방 안으로 달려갔다. 그러면서 저는 아무것도 듣지 못했다는 듯 귀를 마구 비볐다. 속마음 같아서는 약물로 귀를 씻고 싶은 심정이었다.

한명회의 목소리가 자꾸만 귓가를 맴돌았다.

'우문화급. 그의 말년이 궁금해?'

'예, 나리. 소인은 배움이 부족하여……'

'별거 없어.'

'무엇이옵니까?'

'교살자.'

'……예?'

'그는 저의 손으로 황위에 올린 양광, 수양제를 목 졸라 죽였다네.'

'……'

한명회는 껄껄 웃으며 동재의 곁을 떠났다.

그렇다. 오늘 성삼문이 경연 마지막에 의미심장하게 질문하였던 것은 바로, 양광과 우문화급. 그것은 이유와 그의 책사 한명회의 관계를 빗댄 것이기도 했다.

"동재, 어디에 있느냐?"

이유의 목소리가 들렸다.

"예, 주상 전하! 동재 여기 있사옵니다! 동재가 가옵니다!"

동재가 종종종 걸음을 빨리했다. 그런 와중에서도 시끄러운 속마음은 한시바삐 정리했다.

성삼문, 이 잡것! 감히 주상 전하와 한명회 영감을 이간질시키려 했단 말이더냐? 역시 가만두어서는 안 될 대나무 줄기로다.

아드득, 동재가 이를 악물었다.

*

이유가 침전에 들었다.

목간 끝내고 탕약까지 마시고 나니까 온몸에 붉게 올랐던 염증은 차차 가라앉았다. 침의寢衣 입기 전에 녹두 물로 염증 오른 자리는 전부 닦아 냈으니 한숨 푹 자고 나면 나아지리라.

동재가 꼼꼼히 시중을 드는 와중에 문득 지밀상궁 용씨가 다가왔다.

"상선 어른, 침전 나인을 들일까요?"

이유는 중전과의 합방이 정해지면 하루도 거르는 날 없이 반드시 내전을 찾았지만 그 외의 날들은 홀로 침수를 들었다. 지밀로서는 걱정이 이만저만 아니었다. 비록 주상 전하께서 아직 젊고 옥체 강녕하시오나 얼른 후사를 보셔야 조정의 기강을 튼튼히 할 텐데……

더군다나 중전마마 말고는 후궁조차 들이지 않으시니 더욱 큰일이었다. 어쩔 때는 두 분 마마께서 정이 깊어 그러한가 싶었지만 또 합방 날 말고는 일절 걸음 하지 않는 것을 보면 그건 또아닌 것 같고. 이유의 속내를 당최 짐작할 수가 없었다.

하여 용씨는 이제나저제나 매일 밤 침전 나인을 추리고 또 추렸다. 어떤 날은 얼굴 조막만 하고 입술이 작아 사내 마음 애타게 하는 아이로, 또 어떤 날은 복스럽고 귀염상이며 엉덩이에 살이 후덕하게 붙어 만약 후사 보거든 아기씨 펑펑 순산할 것 같은 아이로.

주상 전하가 직접 고를 수 있도록 침전 나인을 늘 단장시키고 준비시켰지만 보여드릴 기회가 없으니 그저 애만 탔다.

"저가 오늘밤, 어여쁜 아이 한 명을 구해다 놨는데……"

하지만 용 상궁은 말을 다 끝맺지도 못했다. 쉿쉿! 그 방정맞은 입 다물지 못하겠는가? 지밀상궁 용씨는 동재의 눈총을 받아야만 했다. 혹여나 침전 나인 들인다는 말을 또 할까 봐 동재는 아예 침전 밖으로 용씨를 끌어냈다.

"왜요? 상선 영감, 왜 이러십니까?"

용씨는 도무지 영문을 모르겠다는 표정이었다. 동재가 답답하다는 듯 제 가슴을 탕탕 쳤다.

"자네 제정신인가? 오늘 전하께서 하루 종일 경연하시느라 심기 불편하신 것 몰라?"

"압니다요. 아니까 여쭙는 것 아닙니까? 오늘 같은 날 나인 곁에 두시고 피로도 풀고, 마음도 풀어내시면……."

"이 답답한 사람!"

지밀상궁 용씨는 사람이 참 싹싹하고 성실해서 좋은데 딱 하나, 눈치가 없어 큰일이었다. 주상 전하 모시는 지밀이라는 사람이 이렇게 눈치코치가 없어서야 원.

"행여나 주상 전하 앞에서 침전 나인 이야기는 꺼내지도 마시게. 알겠나, 이 사람?"

"하오나 상선……."

동재가 이렇게까지 주의를 주는데도 용씨는 아직도 미련을 버리지 못했다. 지금 이 순간 동재가 제 한 목숨, 아니 가련한 침전 나인 목숨까지 더불어 살렸다는 것은 알고나 있을는지.

사실 이유에게는 괴상한 버릇이 하나 있었다. 타인과 살닿는 것을 극도로 싫어한다는 것이었다. 아기였을 때부터 앓은 피부염 때문일 수도 있었고, 동재는 알지 못하는 다른 연유 때문일 수도 있었다. 하지만 동재는 적어도 일전에 시침 들었던 나인 중 한 명이 저도 모르게 이유의 등에 손톱자국을 냈다가 곤죽이 되도록 얻어맞은 일 만큼은 똑똑히 기억했다.

본래 주상 전하 옥체 해하는 행위는 죽음으로 다스리는 큰 죄라. 모든 시침 나인은 물론이고 후궁, 심지어 중전마마까지도 손톱은 늘 바짝 깎아 무르게 만들었다. 침전에서는 비녀조차 마음 대로 꽂을 수 없었다.

그때 시침 들었던 궁녀가 죗값 치른 것이야 당연한 일이었지 만 손톱자국은 동재가 확인하기에도 아주 자세히 보아야, 눈을 가늘게 뜨고 살펴야만 겨우 보이는 것이었다. 아무래도 간밤에 주상 전하 옥체 받들다 보니 나인 또한 저도 모르게 한 짓이 분명하렷다. 하지만 이유는 참말 불같이 화를 냈다. 결국 궁녀는 곤장을 서른 대도 넘게 맞고 궁에서 쫓겨났다.

하여간 이유는 그 이후로부터 침전에서 수발드는 나인은 질색하며 모두 물렸다. 그런 상황이니 지밀 말에 따라 오늘 같은 날 궁녀 들였다가는 후사는커녕, 다음 날 피를 볼지도 몰랐다.

동재는 그저 주상께서 중전마마와의 합방 어기지 않은 것만으로도 다행이라 생각하며 살았다.

"전하, 촛불 꺼드리겠나이다."

동재가 훅 바람을 일으켜 촛대의 불을 껐다. 그러고는 조심조심 소리 없이 침전을 나섰다.

이유 역시 오늘 하루가 피곤해 보였다. 오늘은 상소도 밤늦게까지 보지 않았고, 가타부타 별말이 없었다. 한데 불현듯 이유가 한마디를 물었다.

"월당은 어쩌고 있더냐?"

"……."

동재가 가만히 고개를 숙여 생각했다. 월당의 일이라면, 얼마 전에 만난 그 의학 생도를 묻는 것이겠지?

동재는 거짓도, 과장도 하지 않고 사실을 그대로 고했다.

"일전에는 닷새마다 들렀으나 요즘에는 하루, 혹은 이틀에 한번씩 들러 유황을 도적질해 간다 합니다."

"……허."

이유가 화를 내는 것인지, 웃는 것인지 감이 잡히지 않았다. 촛불마저 꺼 버렸으니 표정도 확인할 길이 없었다. 사방은 어둠뿐이었다.

"어찌…… 잡아들여 벌을 내릴까요?"

동재가 곰곰 생각하다가 겨우 물었다. 이유는 잠시 침묵하다가 고개를 저었다.

"그냥 두어라. 어차피 돌멩이 하나 가져가는 것뿐이지 않더냐?"

'나는 지금 궐 안의 돌멩이 한 줌 집어서 밖으로 가져가는 거야. 내가 뭐 금은보화를 가져가니? 희귀한 약재를 빼돌렸어? 난발에 차이고 차이는 돌덩이 몇 개 집에 가져가는 거라고!'

맹랑하게 외치던 얼굴을 생각하면 저도 모르게 설핏 웃음이 터졌다. 하지만 이유는 저가 웃고 있다는 사실도 자각하지 못했다. 수마가 밀려왔다. 방자한 의학 생도 따위, 오래 생각할 겨를도 없었다. 이유는 잠에 빠져들었다.

그믐달이 떴다.

그믐은 꽉 찬 보름달과는 정반대로 예로부터 깊은 새벽에만 잠깐 모습을 보였다. 약손은 제 손톱만치 작은 달을 보고 나서야 그만큼 밤이 깊었음을 알아차렸다.

"언제 이렇게 시간이 빨리 지나갔지?"

약손이 온천탕 안에 깊숙이 넣었던 손을 뺐다. 밤새 더운물을 휘젓고 다녔더니, 팔뚝은 쪼글쪼글해지다 못해 시뻘겋게 익어 버렸다. 약손은 손에 잡힌 유황덩어리를 확인하고는 이내 크게 한숨을 내쉬었다.

"휴…… 작다. 이런 건 약재상에 팔아도 똥값도 못 받는데."

유황을 꾸러미 안으로 휙 성의 없이 던져 넣었다. 약손이 보기에 월당은 금맥 흐르는 광산, 노다지가 분명했다. 하지만 이제는 그림의 떡이었다. 마음 같아서는 온천 안에 흠뻑 몸을 담그고 유황을 건져 내고 싶었다. 하지만 아무리 약손이라고 해도 적삼 하나 달랑 입고 물 안에 들어가는 짓은 차마 할 수 없었다.

여태까지 사내 행세 잘만 해온 것도 모자라, 의학 생도로 입궐까지 한 주제에 갑자기 무슨 내외를 하냐고 따진다면 할 말이 없었지만 그래도…….

약손은 저자를 떠돌 때도 세수 한 번을, 종아리 한 짝을 마음껏 드러내지 못했다. 어쩔 수 없었다. 약손도 계집이었고 속살 보이는 일은 참말, 참말 남세스러워 못 했다. 다행히 웬 멍첨지를 만나 함께 동업할 때만큼은 그럭저럭 벌이가 좋았었는데. 하지만 어느 날부턴가 멍첨지는 더 이상 월당에 나오지 않았다. 처음에는 무슨 일이 생겨서, 바빠서 그런 줄만 알았다. 하지만 멍첨지는 유황 도적질에 싫증이 났나 보다. 아니면 주상 전하가 내리신 금족령 어긴 것이 마음에 걸려 내빼 버렸을 수도 있었다.

하긴, 딱 봐도 어리바리했고 거대한 포부는 꿈도 못 꾸는 새가슴처럼 보이긴 했지. 이런 도적질은 간이 작아 못 할 치였다. 약손은 쯧쯧 혀를 차며 꾸러미를 챙겼다.

제가 손 넣을 수 있는 얕은 수심의 유황은 어찌어찌 건져 냈지만 아무리 해도 멍첨지가 건지던 것만은 못 했다. 저 멀리, 온천탕 한가운데 보이는 커다란 유황덩어리가 못내 아까웠다.

멍첨지가 있었으면 저거 꺼내 달라고 했을 텐데. 그럼 멍첨지가 첨벙첨벙 잘도 뛰어가서 얼른 건져 줬을 텐데. 하지만 다 부질없는 생각이었다. 약손이 건진 유황은 작은 부스러기 따위가 전부였다.

"에잇! 속 좁은 사람."

어쩌면 멍첨지는 유황을 나누는 몫이 약손은 여덟이고, 저는 둘이라서 심사가 뒤틀렸는지도 몰랐다. 그게 마음에 걸렸다면 직접 말로 할 것이지. 그럼 적어도 셋, 아니 넷 정도는 줄 수 있었는데. 갑자기 이렇게 말없이 안 나오면 어떡한담?

좋은 일꾼 놓친 것이 암만 봐도 아까웠다. 결국 약손은 반의반도 차지 못한 꾸러미를 들고 월당을 나섰다.

"에이, 에이, 아까워!"

오지 않는 멍첨지 욕을 하다가 행여나 지금이라도 오지는 않을까, 괜히 아쉬운 마음에 자꾸만 자꾸만 뒤를 돌아보다가 그렇게 약손은 어둠 속으로 사라졌다.

第六章. 역병

[1]

진초시를 막 넘긴 시간이었다.

밤새 도적질, 아니 야간 숙번 끝내고 돌아온 약손은 본래 대로라면 정오까지 잘 수 있었다. 평소라면 방 안에서 죽은 듯이 자다가 낮상 차려질 시간이나 돼서야 일어났을 텐데, 오늘은 무슨 일인지 일찍 눈 떴다.

한 식경이나 겨우 눈 붙였을까?

약손은 피곤에 절은 얼굴로 장방을 나섰다. 웬일인지 내약방 전체가 어수선했다. 생도들은 물론이고 의원들, 심지어 의녀들까지 심각한 표정이었다. 약손이 입궐하고 나서 내약방이 이렇게까지 바쁜 적은 처음 있는 일이었다.

대체 무슨 일이지?

약손이 아직도 잠이 몰려오는 눈가를 비볐다. 쨍한 햇볕에 눈이 따가웠다. 그늘 쪽으로 한 걸음 물러서는데 때마침 내약방 마당을 지나가던 복금이가 달려왔다.

"더 자지 않구 왜 나왔어? 너 어제 숙번이었잖아."

"아니…… 무슨 일 있어?"

약손이 내약방을 휙휙 둘러봤다. 복금이 한쪽 눈을 찡그렸다.

"글쎄, 어젯밤 활인서에서 급히 파발이 왔는데 칠촌에서 역병이 시작됐대."

"……뭐?"

약손이 그게 무슨 뚱딴지같은 소리냐는 듯 깜짝 놀랐다.

"그거 때문에 지금 의원님들께서 무척 바쁘셔. 오늘 중으로 칠촌에 사람을 보낼 건가 봐."

"이런……."

처음엔 그저 밖이 소란해서 무슨 일인가 궁금했던 게 전부였다. 하지만 역병이라니! 잠이 절로 깼다.

게다가 칠촌이라면……. 도성과 얼마 떨어지지 않은 마을이기도 했다. 행여 역병이 불처럼 번진다면 최악의 경우에는 도성의 백성들, 심지어 궁궐 안도 안심할 수가 없는 일이었다. 과연 내약방이 부산할 만도 했다.

"생도들은 모두 모이거라!"

땅땅땅! 내약방 처마 밑에 걸린 철종이 시끄럽게 울었다. 철종이 울리면 내약방의 모든 생도들은 하던 일을 제쳐 두고 마당 앞으로 모여야만 했다. 어쩌면 약손이가 진즉에 잠에서 깬 것은 차라리 잘된 일인지도 몰랐다.

"아씨…… 그래도 나 아직 졸린데. 숙번한테 아침 일찍부터 일 시키는 건 너무하잖아!"

약손이 하품을 쩍쩍 하며 고시랑거렸다. 그나마 아침부터 의원들 심부름하느라 어느 정도 사태의 심각성을 파악한 복금이가 약손을 달랬다.

곧 궐내 각사 곳곳에서 저마다의 일을 하던 생도들이 내약방 한쪽에 구름처럼 모여들었다. 내약방 안에서는 '삼개 조로 나누어서', '선발대는 지금', '후발대는 닷새 뒤' 따위의 목소리가 언뜻언뜻 들려왔다.

내약방의 높은 어르신들이 나름대로 계획하고 결판내는 목소리에 생도들은 쥐죽은 듯 침묵을 유지했다. 특히 입궐하자마자 역병이라는 큰일을 맞닥뜨린 신입 생도들은 저마다 불안한 표정을 감추지 못했다.

"싯팔. 입궐한 지 일 년이 됐나, 이 년이 됐나. 재수 없게 역병이 뭐야? 역병이?"

누군가 작게 투덜거렸다. 선발대, 후발대 어쩌구 하는 것을 보면 분명 역병 돈 마을로 의원들이 파견되는 것만은 확실한데, 과연 그 마을에 오롯이 의원 영감들만 가겠느냐 이 말이었다. 생도들이 그 뒤를 따르는 것은 당연한 이치였다. 그러니 생도들은 불안할 수밖에 없었다.

때마침 촉새 수남이 생도들의 불안감에 활활 부채질하는 말을 던졌다.

"이를 어쩌누, 어쩌누! 다들 알지? 작년인가, 재작년에 일어난 역병 때 생도들이 싹 다 몰살된 거! 그것 때문에 생도 하려는 자가 오죽 없었으면 올해 녹봉을 그렇게나 많이 올려 줬겠냐고! 잡일하는 생도한테 은 열 냥, 쌀 서른 말이 가당키나 해? 그래도 한번 돌았던 역병이 설마 또 돌까 싶었는데. 아이고, 아이고야! 내가 내 무덤을 팠구나……."

수남은 의학 생도로 입궐한 제 자신을 마구 탓했다. 찔끔찔끔 눈물까지 흘려 대니 어린 생도들의 낯이 허옇게 질렸다.

곧 내약방 안에서 한길동 영감이 뛰어나왔다. 그는 현재 생도

중에서 가장 지위가 높은 지방우에게 뭔가를 급히 지시했다. 덩달아 지방우의 얼굴 또한 심각해졌다.

곧 지방우가 마당 한구석에 모여 있는 생도들에게 다가왔다. 지방우의 뒤로 불길한 기운이 가득한 것은 과연 약손 혼자만의 착각인지. 약손뿐만 아니라 모든 생도들이 땅 밑으로 푹 고개를 숙였다. 누가 다 함께 그러자 약속한 것도 아닌데 본능이 시키는 대로 그리하는 것이었다. 하지만 지방우는 조금도 봐줄 생각이 없어 보였다.

생도들의 얼굴을 하나하나 자세히 살폈다. 그러고는 손가락으로 콕콕 짚어 가리켰다.

"너! 너! 너!"

지방우의 손가락에 등이 찔릴 때마다 '헉!', '힉!', '흑!', '제발……' 생도들이 내뱉는 신음이 이어졌다. 심지어 지방우가 수남을 가리켰을 때 수남은 그만 다리에 힘이 풀리는 듯 털썩 자리에 주저앉기까지 했다.

"너희들은 모두 나와 함께 선발대로 간다. 알았어?"

"……."

약손과 복금이 맨 뒷줄에 서 있던 것은 참말 조상신이 도운 탓이었다. 생도들의 절반이 선발대로 뽑혀 나갔다. 약손은 다행히 저는 선발대는 아니구나, 조용히 안도의 한숨을 쉬었다.

하지만 그때, 약손의 머리 위로 불벼락이 떨어졌다.

"마지막으로, 너희 둘!"

"……예?"

약손은 화들짝 놀랐다. 지방우가 가리킨 것은 다름 아닌 약손과 복금이었다. 복금은 '예.' 조용히 수긍했다. 하지만 약손은 아니었다. 설마 지방우가 저를, 그 많은 생도 중에서 하필 저를 지

목하리라고는 꿈에도 생각하지 않았다. 저는 여태까지 지방우에게 밉보인 적도 없었고, 심지어 다른 생도들이 뒤에서 지방우는 쥐방울이다, 욕할 적에도 참여한 적이 없었다. 뭐, 한두 번은 했을 수도 있겠지만…… 아무튼 그 횟수는 손에 꼽을 정도였다.

"저요? 저 말씀입니까?"

약손이 믿을 수 없다는 듯 휘휘 주변을 둘러보았다. 저는 아니지요? 잘못 짚으신 거지요? 약손이 재차 물었다. 하지만 지방우는 단호했다.

"여약손. 너! 다른 누구도 아닌 너를 가리켰다!"

"……."

대쪽 같은 목소리에 약손은 그만 할 말을 잃고 말았다.

"이상, 선발대는 사초시 전까지 짐을 꾸려 이 자리에 다시 모인다. 알겠느냐?"

"예……."

선발대로 뽑힌 생도들이 다 죽어 가는 목소리로 답했다. 후발대로 선택된 생도들은 기쁨에 겨워 어쩔 줄을 모르고, 그야말로 희비가 교차하는 순간이었다.

"약손아, 우리도 어서 가서 짐 챙겨 오자."

역병 마을과 멀리멀리, 최대한 멀리 떨어져도 부족할 판에 도리어 그 한복판으로 기어 들어가다니! 그런데도 복금은 아무렇지 않나 보다. 약손은 넋 놓은 표정으로 터덜터덜 걸어갔다.

수남은 아직도 자리에 앉아 꺼이꺼이 울었다.

"수남 아저씨……."

약손 역시 그 옆에 철퍼덕 엉덩이를 붙였다.

역병 마을에 제 발로 들어가서 살아오기가 쉽더냐? 딱 죽은 목숨이 틀림없었다. 이놈의 역병, 조금만 더 참았다가 나 떠나고 없을 때나 창궐할 것이지!

"아이고, 아이고……."

약손이 수남을 따라 곡을 하기 시작했다. 어차피 멜 상여, 미리 곡하는 것이 뭐 대수라고. 약손과 수남은 한참 동안 곡을 하며 서로서로를 붙잡고 울었다.

*

역병이 시작된 칠촌 마을은 도성에서 불과 어른 걸음으로 한나절밖에 떨어지지 않은 마을이었다. 뒤에 큰 산이 있고, 앞에는 강이 흘러서 비교적 사람들이 먹고살기에 부족함이 없기로도 유명했다.

얼핏 듣기로는 벼뿐만이 아니라 무나 보리 따위의 작물도 무럭무럭 잘 큰다고 했다. 실제로 약손 일행이 도착했을 때 마을 어귀에서 그들을 제일 먼저 반긴 것은 튼실하게 자라난 푸르른 미나리 밭이었다.

미나리는 무쳐 먹어도 맛있고 쌈 먹어도 맛있는데…….

칠촌 오는 내내 눈물짓던 수남은 허기가 도는지 미나리를 보며 입맛을 다셨다. 하지만 곧 이곳이 역병 창궐하는 마을이라는 것을 퍼뜩 깨닫고는 그림의 떡이라며 고개를 저었다.

수남이 언제 챙겨 왔는지 봇짐 안에서 말린 쑥을 꺼냈다. 그러고는 귓구멍과 콧구멍에 마구 비벼 댔다. 어린 생도들이 신기한 얼굴로 수남을 바라봤다.

"뭘 봐? 마마 귀신은 쑥을 제일 무서워하는 것 몰라?"

수남이 톡 쏘아붙였다. 그러고는 이내 인심 쓴다는 듯 생도들에게도 쑥을 나누어 주기 시작했다. 처음에는 그 독한 냄새에 질색하던 생도들도 어느덧 수남을 따라 저마다 제 몸에 쑥을 비벼 대기 바빴다. 효험이 있을지 없을지는 잘 모르겠지만 역병을 피해 갈 수만 있다면 똥물에라도 구르고 싶은 심정이었다.

이제 웬만큼 제 상황을 받아들이기 시작한 약손도 제 귓속에 쑥 줄기를 꽂았다. 양쪽에 모두 꽂으려다가 제 옆의 복금에게 흔쾌히 한쪽을 나누어 주었다.

"너도 꽂아. 역귀 물리쳐야지."

"……고마워."

복금은 피식 웃고는 약손이 건네준 쑥을 조심스럽게 제 귓속에도 집어넣었다.

마을 입구를 알리는 솟대를 지나자 본격적으로 마을 전경이 눈에 들어왔다. 원래대로라면 한창 들깨가 자라고 있어야 할 밭 곳곳에 뭔가 불태워진 흔적이 가득했다. 역병이 돌았으니 무엇이든 의심 가는 것은 전부 태웠으리라……

매운 냄새가 느껴질 때마다 역병이 제 몸에 들어앉는 것만 같아 저도 모르게 몸이 떨렸다. 약손이 아까 마을 입구에서 나눠 받은 광목천을 입과 코, 눈 아래까지 꽁꽁 감싸 묶었다.

선발대로 온 한길동 영감, 참봉사, 부봉사 의원들이 심각한 표정으로 마을을 살폈다. 간이 치료소로 사용하는 마을 약방에서 활인서 의원들이 다급한 얼굴로 뛰어나왔다.

"큰일입니다. 밤새 환자가 스무 명도 넘게 늘었습니다."

대체 환자 수가 얼마나 많은지 그들 중 일부는 약방 안에 눕지도 못했다. 거적 한 장 깔아 놓은 대청 위에 사내아이가 으아앙 크게 울음을 터뜨렸다. 활인서 의원이 미처 침을 찔러 넣기도 전에, 탕약을 먹이기도 전에, 사내아이가 바닥에 구토를 했다.

그러고는 사지를 벌벌 떨기 시작했다.

"아이고, 달구야!"

어미로 보이는 여자가 아이를 품에 끌어안았다. 하지만 경련이 어찌나 심한지 몰랐다. 한참 동안 사지를 심하게 뒤틀던 아이의 몸이 어느 순간 거짓말처럼 축 늘어졌다. 아이의 코 밑에 손가락을 대본 활인서 의원이 숨이 끊긴 것을 확인하고는 고개를 저었다.

사내아이는 그대로 즉사했다. 얼굴과 목, 발등, 전신에 돋아난 붉은 반점에서는 아직도 고름이 줄줄 흘렀다.

"달구야, 달구야……."

여자가 엉엉 울음을 터뜨렸지만 아이의 시체는 누워 있던 거적에 둘둘 말려 관원들이 가져갔다. 안됐지만 어쩔 수 없었다. 역병으로 죽은 시신은 한시라도 지체하지 않고 태워야 더 큰 전염을 막을 수 있었다.

"이거 참, 큰일이군!"

내약방 의원들과 활인서 의원들, 의녀들이 황급히 모였다. 누가 봐도 역병의 징조가 분명했고, 그 증세는 어느 때보다 심했다. 특히나 내약방 의원들 대부분은 지난해 벌어졌던 역병을 겪은 자들이었다. 그렇기 때문에 역병의 무서움을 누구보다 잘 알고 있었다.

게다가 가장 심각한 문제는 작년의 역병은 도성과 멀리 떨어진 삼남에서 유행했지만, 칠촌은 도성과의 거리가 불과 한나절밖에 걸리지 않는다는 점이었다. 만일 이대로 역병이 퍼져 나간다면, 도성 안은 시체로 발 딛을 틈이 없게 될 것은 분명한 일이었다.

의원들이 모여 대책을 세우는 동안, 방금 전 저희들 앞에서 아이가 죽어 나가는 끔찍한 광경을 목도한 생도들은 다들 넋이 나간 표정이었다.

"보았는가? 저 아이, 사지를 뒤틀다가 뼈가 부러졌는데……."

"호환마마가 괜히 무서운 것이 아니었어……."

예로부터 호열자虎列刺는 호랑이가 살점을 찢는 것 같아서 그렇게 무시무시한 이름이 붙었다고 했다. 과연 그 고통이 얼마나 심하기에 제 뼈 부러질 정도로 아파하다가 죽는 걸까? 그저 저 한 몸 잘못될까 봐, 죽을까 봐 벌벌 떨기만 하던 수남도 심각한 표정이 되었다.

"지금 이 순간부터 칠촌 마을 입구를 봉쇄한다. 그 누구도 마을을 나갈 수 없고, 함부로 들어올 수 없다. 주상 전하의 상교上教 없이 마을을 드나드는 자는 모두 참형에 처한다! 알겠느냐?"

"예!"

아마도 의원들은 역병을 잡기 위한 첫 번째 방책으로 마을에 소개령을 내리기로 한 것 같았다. 명을 받은 관원들이 뿔뿔이 흩어졌다.

"그리고 너희들!"

"예."

이번엔 한길동 영감이 생도들을 바라봤다. 약방 안에서는 환자들 신음하는 소리가 끊이지 않았다. 저희가 의원도 아니고, 그저 딱 죽은 목숨 되겠구나, 불평하던 생도들도 제 앞에서 사람 죽는 꼴을 보고는 아무도 함부로 입을 놀리지 않았다.

아마도 이 역병이 칠촌을 벗어나게 된다면, 역병을 잡지 못하게 된다면, 앞으로 무수한 사람들이 아까 그 아이처럼 끔찍하게 죽게 되리라는 것을 예감한지도 몰랐다.

"너희들 뒤로 보이는 산 밑에 큰 사당이 하나 있다. 사당은 마을과 가장 멀리 떨어진 장소이지. 너희들은 앞으로 마을을 돌아다니며 역병에 걸린 환자들을 모두 찾아서 사당 안으로 옮겨 놓아야 할 것이다."

"예."

"명심해라. 한 명도, 단 한 명도 빠뜨리는 환자가 있어서는 안돼. 알겠느냐?"

"예."

역병을 진압하기 위해서는 한시가 급했다.

"너희들은 저쪽! 너희들은 이쪽!"

지방우가 일사불란하게 조를 나눠 생도들을 내보냈다. 궁궐 생활은 연배 따위 하나도 중요하지 않고 그저 경력이 제일이라더니만, 그 말이 딱 맞았다. 비록 지방우는 하는 짓이 얄미워 밉상으로 찍히긴 했지만 저 하는 일에 있어서만큼은 나이답지 않게 똑 부러지는 면이 있었다.

약손은 복금과 함께 한 조가 되었다. 사태의 심각성을 체감한 약손이 사뭇 진지한 얼굴로 물었다.

"근데, 역병 걸린 환자들을 왜 사당으로 옮기는 거야?"

"글쎄…… 환자들을 멀쩡한 사람들과 함께 뒀다가 병 옮기면 큰일이니까 격리하기 위해서 옮기라는 것 아닐까?"

복금이 나름대로 제 생각을 말했다. 듣고 보니 그 말이 맞는 듯했다. 그렇구나. 환자들을 떨어뜨려 놓기 위해서……. 약손이 고개를 끄덕였다.

"어? 저 집에 환자 있나 보다!"

이미 제집에 역병 환자가 있는 사람들은 대문 앞에 흰 천을 걸어 놓으라는 명을 받은 후였다. 좁은 골목길을 약손과 나란히 걸어가던 복금이 흰 천이 걸린 집을 가리켰다. 약손과 복금이 지체 없이 집 안으로 들어섰다.

"계십니까?"

인기척을 내며 들어섰다. 방 안에서 열 살이 채 넘지 않은 여자아이가 온몸에 붉은 반점이 올라 신음하는 것이 보였다. 역시나 아까 죽었던 아이와 똑같은 증상이었다. 약손은 저도 모르게 오싹 소름이 끼치는 것을 느꼈다.

복금이 먼저 아이에게 달려갔다.

"누, 누구세요?"

방 한쪽에서 아이의 몸을 닦아 주던 여자가 처음 보는 약손과 복금을 보며 경계하는 눈빛으로 물었다.

"저희는 도성 내약방에서 나온 의학 생도입니다. 병에 걸린 환자들을 전부 사당으로 데려오라는 명이 있어서요."

복금이 대답했다. 여자는 약손과 복금을 낯설어하다가 이내 내약방에서 왔다는 말에 안심하는 듯했다. 아무래도 궐내에서 의원들이 나왔으니 뭔가 방도를 찾겠구나, 안심하는 마음인 것 같았다.

"도성 내약방이요?"

"예, 우선 한시가 급하니 환자부터 업겠습니다."

복금이 드러누운 아이 곁에 제 등을 보이고 앉았다. 아파하는 자식에게 딱히 해줄 것은 없고, 그저 물수건으로 진물 흐르는 붉은 반점만 하염없이 닦아 주던 여자가 눈물을 훔치며 아이를 품에 안았다. 약손도 아이 엄마를 도와 복금의 등에 아이를 올렸다. 복금이 아이를 업은 채로 몸을 일으켰다.

문득 아이 엄마가 생각난 듯 물었다.

"한데, 사당에는 왜 데려갑니까? 약방이 아니고요?"

"마을 약방에 더 이상 자리가 없으니 사당에서 한꺼번에 치료하려는 까닭입니다. 역병이란 놈은 전염기가 심해서 한곳에 모아 두고 병을 고치는 것이지요."

"참말, 참말로 내약방 의원님들이 병을 고쳐 주는 것이지요?"

"그럼요."

여자는 뭐가 그리 못 미더운지 연신 질문을 하고 또 했다. 약손이 여자를 안심시켰다.

"마음 푹 놓으세요. 내약방에서 나오신 의원님들입니다. 주상 전하 병도 척척 고치는 대단한 분들이지요."

"그렇습니까……."

약손과 복금이 아이를 업고 집을 빠져나왔다. 여자는 못내 불안한 듯 대문 밖까지 아이를 쫓아 나왔다.

"부탁드립니다. 우리 송이, 꼭 살려 주세요. 꼭이요!"

여자는 몇 번이나 고개 숙여 부탁을 했다. 약손은 연신 걱정 마시라, 의원님들을 믿으시라, 굳은 약속을 했다.

하지만 여자가 불안해해서일까? 어쩐지 제 마음까지 불안해지는 것만 같았다.

하긴, 그때까지만 해도 약손은 저가 여자에게 위로하며 건넸던 그 말이 거짓말이 되리라는 것을, 그것도 절대 용서받지도, 감히 용서를 빌 수도 없는 끔찍한 거짓말이 되리라는 것을 미처 알지 못했다.

"어서 가자."

"응."

약손과 복금이 걸음을 재촉했다. 저 멀리 보이는 사당 뒤의 산 너머로 해가 지고 있었다.

시뻘겋게 하늘이 불탔다.

*

칠촌 군수 조경창은 여러 가지로 유명했다.

정3품의 치안정감을 지낸 든든한 아비의 덕으로 별다른 과거도 보지 않고 한 방에 꿰찬 군수 자리가 첫째요, 음서로 감투 쓴 주제에도 제 한 몸 부끄러운 줄 모르고 빳빳이 쳐든 모가지가 두 번째라. 그래도 그 중에 백미白眉는 세상에 저 뜻대로 하고 싶은 것 다 하고, 저 먹고 싶은 것만 골라 먹으며 안하무인이 큰 탓에 감히 이 나라 조선의 근본 되시는 제 고을 백성에게 하루가 멀다 하고 부려 대는 패악질이 세 번째였다.

제깟 몸 하나 발령 난 게 무어 대수라고 지방 관기란 관기는 다 불러다 잔치 열기, 마을 공동 창고 물건 공공연하게 제집 마당으로 실어 가기, 올봄에 가뭄 나느라 거둬들인 수확이 작년만 못 한데도 공납을 두 배로 올려 받기, 제 일곱 살 난 아들이 똥고집 부려 저 혼자 서낭당 나무 기어오르다가 떨어진 것에 분노해서 마을 지켜 준다는 신목나무 도끼로 꽝꽝 찍어 버리기…….

하여간 군수 조경창이 벌인 짓거리를 나열하자면 서책 열 권은 더 넘게 쓸 수 있었다. 이야기로 풀면 삼박 사일은 그냥 홀딱 샐 수도 있었다.

그러니 암만 칠촌 사람들이 산 좋고 물 좋은 배산임수 명당자리에 살면 무엇 할까?

조경창이 부임한 지 딱 일 년 만에 풍요로웠던 칠촌의 재정은 그만 파탄이 나고 말았더랬다.

"흐아…… 흐아…….."
"후어…… 후어…….."

해가 꼬박 지고 어두워진 산길에 사람 허덕이는 숨소리가 쉼 없이 터졌다.

"약손아, 조심해. 길옆에 나무뿌리가 엉켜 있어!"

"응. 봤어!"

복금이가 앞장서고 약손이가 뒤따랐다.

둘은 이제 막 산 중턱에 살고 있는 한 나무꾼의 집에 들러서 사내 아이 둘을 업어 오는 중이었다. 산세가 험하지는 않았지만 그래도 복금과 약손은 초행길이었다. 더군다나 등에 저마다 아이 하나씩을 업고 있어서 걸어 내려오는 길이 영 쉽지 않았다. 혹여나 애 업고 산길에서 자빠지면 그건 또 그거대로 큰일이었다. 복금은 물론이고 약손도 신경이 곤두섰다.

약손은 방금 전 복금이가 알려 준 나무뿌리를 훌쩍 건너뛰었다. 복금이가 미리 봤기에 망정이지 까딱하면 발이 걸려서 큰일 날 뻔했다.

"휴……."

약손이 한숨을 내쉬었다. 이마에서는 굵은 땀방울이 쉼 없이 떨어져 내렸다. 등에 업힌 아이는 또 어디가 아파 오는지 찡찡거리며 울음을 터뜨렸다. 약손이 아이를 달랬다.

"왜 그래? 머리 아파서 그래? 배 아파?"

"응. 배두 아프구, 이마두 아프구, 눈두 아파……."

아이가 어쩔 줄을 몰라 하며 약손의 등에 얼굴을 묻었다. 아이가 발버둥 치면 칠수록 아이의 몸이 등 아래쪽으로 흘러내렸다. 약손이 '끙!' 소리를 내며 다시 한번 아이를 고쳐 업었다.

아이의 이름은 두놈이라고 했다. 나무꾼의 삼 형제 중 둘째로 태어나서 이름이 두놈. 복금의 등에 업힌 아이는 두놈이의 형인데 첫 번째로 태어나서 한놈이었다. 물론 막내 이름은 세놈이었다. 다행히 돌쟁이 세놈이는 역병에 걸리지 않아서 사당으로 옮기지 않아도 됐다.

여덟 살 난 두놈이의 만만찮은 무게 때문에, 또 그 두놈이가 엉엉 붙잡고 흘리는 눈물 때문에, 약손의 생도복은 땀으로 눈물로 축축해졌다. 약손이 헉헉 숨을 몰아쉴 때마다 추운 입김은 뽀얗게 퍼지는데 몸뚱이만은 온돌 위에 올라온 것 같았다.

옛날 어른들 하는 말에, 아주 추운 날에 눈길에 쓰러진 사람을 등에 업고 간 사람은 살고, 그냥 모른 척 저 혼자 가던 사람은 끝내 얼어 죽었다더니, 괜한 말이 아니었다. 사람 온기가 이렇게 대단한 줄 몰랐다.

결국 약손은 눈, 코, 입 꽁꽁 막아 놨던 광목천을 턱 밑까지 끌어내렸다. 저도 역병 걸려 죽을지도 모른다는 두려움보다 이러다가는 숨이 막혀 죽겠다는 생각이 먼저였기 때문이었다.

얼굴을 가린 얇은 천 한 장이 얼마나 덥고 거추장스럽던지. 어차피 이래 죽으나 저래 죽으나 마찬가지였다. 약손과 복금이가 사당으로 옮긴 역병 환자가 한둘이 아니었고, 이미 그들이 흘린 진물은 생도복 곳곳에 묻어 얼룩을 남길 정도였다.

이제는 한시라도 빨리 환자들을 사당에 모아 놓고 의원님들이 그들을 치료해 주길 바라는 수밖에 없었다.

그러다가 치료법 찾으면 저도 운 좋으면 사는 거고…… 아니면 마는 거고…….

듣기에 역병 치료하다가 죽으면 생도들 가족한테도 위로 명목으로 재물을 약간 내려 준다는데 그게 위안이라면 위안이었다.

"울지 마, 두놈아. 사당에 가서 탕약 먹으면 안 아파. 침 맞으면 씻은 듯이 나을 거야."

약손이 등 뒤의 두놈이를 얼렀다. 그래도 복금에게 업힌 한놈이는 형이라고 칭얼대지는 않는데, 두놈이만 어린 티를 내며 계속 울었다. 어쩐지 두놈이의 몸이 더욱 뜨거워지는 것만 같았다. 약손의 마음이 급해졌다. 서둘러 복금의 뒤를 따랐다.

다행인지 불행인지 이제 산길도 거의 끝이 나고 저만치 마을이 보이기 시작했다.

그때였다.

"엇!"

저만치 앞서가던 복금이가 외마디 비명과 함께 자리에 픽 주저앉았다.

"왜 그래? 무슨 일이야?"

여태까지 산길도 앞장서며 척척 걸어왔던 복금이었다. 험한 길 다 끝난 평지에서 왜 저런대? 약손이 서둘러 복금의 곁으로 다가갔다.

"왜? 돌부리에 걸렸어? 힘들어서 그래?"

하지만 약손은 미처 복금의 상황을 파악하지도 못했다.

"무엄한 것!"

날카로운 목소리가 들렸다.

복금이가 넘어지면서 등에 업혔던 한놈이는 바닥에 거의 내팽개쳐진 상태였다. 복금이가 발딱 일어나서 반쯤 정신 잃은 한놈이부터 다시 제 등 뒤로 거둬들이려 했다. 하지만……

"방자한 놈! 감히 예가 어디라고 길을 막아? 응? 혼쭐을 내줄까?"

웬 남자가 파르르, 파르르 몸을 떨어 대면서 복금이에게 삿대질을 해댔다. 이제 보니 복금이는 사위가 어두운 나머지 마주 오던 남자를 미처 보지 못하고 부딪친 모양이었다. 한데 부딪쳤으면 죄송하다, 미안하다, 사과하고 각자 제 갈 길 가면 그만이지.

대체 어디 세도가의, 누구 어르신인지는 모르겠지만 복금에게 호령하는 목소리가 쨍쨍했다.

"죄송합니다. 죄송합니다, 어르신…… 제가 잘못 보고……."

일단 지체가 다르니 복금이가 먼저 고개 숙여 사죄부터 했다. 하지만 남자는 멈추지 않았다.

"곤장을 백 대는 쳐줄 놈! 주리 틀어 사지 부러뜨려도 모자랄 놈! 감히 어느 안전이라고 응? 응? 어디 천한 생도 놈이 군수님 가시는 길을 막아?"

가만히 들어 보니 남자는 군수의 이방인 듯했다. 이방의 뒤로 관졸들에게 겹겹이 둘러싸인 또 다른 사내가 보였다. 아마도 이방이 말한 지체 높은 군수님이리라.

이방은 암만해도 분이 풀리지 않는지 휘휘 주위를 둘러보았다. 그러고는 저만치 굴러다니는 작대기 하나를 주워들었다. 설마 저걸로 복금이를 때리려는 것은 아니겠지?

곁에 있던 약손조차 깜짝 놀라고 말았다.

"너 이놈, 오늘 맛 좀 봐라!"

이방이 퉤퉤 손바닥에 침을 뱉었다. 이방은 정말로 복금이를 때릴 작정인 것 같았다. 아니, 왜? 복금이가 대체 뭘 잘못했다고? 약손의 두 눈이 휘둥그레졌다.

하지만 다행인지 불행인지 이방의 뒤에서 신경질적인 목소리 하나가 들렸다.

"됐다, 됐어! 지금 저깟 생도 놈 혼내 주는 게 중하냐, 목숨 챙겨서 마을부터 빠져나가는 것이 중하냐?"

"예예, 군수 나리. 나리 뜻이 전부 옳습니다."

이방은 언제 복금에게 무섭게 호통쳤느냐는 듯 제 뒤에 있는 군수에게 공손하게 두 손을 모아 대답했다.

세상에, 대체 무엇을 먹고 살면 저렇게 낯빛을 손바닥 뒤집듯 획획 바꿀 수 있으려나?

약손은 기가 막혔다.

"대거리하다가 역병 옮으면 네놈이 책임질래? 어서 길이나 터!"

자세히 보니 나졸들에게 겹겹이 둘러싸인 군수는 온몸에 쑥 잎을 주렁주렁 매달고 있었다. 아까 수남이가 역귀 물리친다며 하던 바로 그 짓거리였다.

군수가 약손과 복금, 그리고 바닥에 나뒹구는 한놈과 두놈이를 버러지 보듯 바라봤다.

"어서, 가자! 역병 옮는다! 에잇!"

"……."

아주 어처구니없고 분하지만 별수 있으랴. 이제는 제 갈 길 가려나 싶어서 약손이 돌아섰다. 하지만 이방 놈, 심보가 아주 고약했다.

이방은 길 한쪽에 엎어져 있던 복금의 어깨를 발로 획 밀었다. 약손이 말릴 새도 없이 눈 깜짝할 새에 벌어진 일이었다.

"어엇?"

그 바람에 복금이가 데굴데굴 밭두렁 아래로 굴러갔다.

"복금아! 복금아!"

약손도 그만 두놈이를 내려놓고 밭두렁 아래로 달려갔다.

"복금아, 복금아!"

"으…… 약손아……."

뭔가 '풍덩!' 물에 빠지는 소리가 나는가 싶더니만 복금은 그만 밭 아래의 물 고인 미나리 밭에 빠지고 말았다. 약손은 제 옷 젖는 줄도 모르고 첨벙첨벙 물을 건너갔다. 그리고 몇 번이나 물속을 헤집다가 겨우 복금을 일으켜 줬다.

세상에! 대체 이게 무슨 날벼락이래?

약손의 화가 머리 꼭대기까지 치솟았다.

한시라도 빨리 사당으로 옮겨야 할 한놈이와 두놈이는 길에 엎어져서 마냥 울고, 약손과 복금은 미나리 밭에 빠져서 온몸이 홀딱 젖고.

"어우, 싯팔!"

욕이 절로 나왔다.

이래도 궁궐 생활하면서 임금님이랑 왕비님 빼고, 지체 높은 분들은 거의 다 만나 봤다고 자부하는 약손이었다. 그 중에는 맨날맨날 임금님 용안 독대하시는 영의정, 좌의정 어른도 계셨고, 그 무섭다는 의금부사도 있었다. 하지만 그 높으신 분들의 약 심부름할 때도 이런 패악은 겪은 적이 없었다. 한데, 한낱 군수 따위가 뭐길래 이래?

"제까짓 게 뭔데? 응? 뭐길래? 뭐가 되시기에 사람을 이리 가축 취급을 해? 우리가 개야? 소야? 돼지야? 말로 해도 알아듣는데, 왜 발로 차? 왜?"

약손은 정말 화가 난 듯 사라진 군수의 뒤꽁무니를 향해 열심히 주먹질을 해댔다.

"괜찮아. 나 괜찮아, 약손아……."

오히려 수모당한 복금이가 약손을 뜯어말려야 할 정도였다. 혹시라도 이방이 괜히 돌아오기라도 한다면 무슨 경을 칠지 몰랐다. 그래도 약손은 제 성질 못 이기고 한참 더 군수 욕을 했더랬다.

"에이, 싯팔! 재수 옴 붙었다. 퉤퉤퉤!"

약손이 군수가 떠난 쪽을 향해 카악, 가래침을 뱉었다. 역병

도는 마을에 환자 구하러 왔다가 참말 별꼴을 다 겪은 둘이었다.

사당에 생도들이 모두 모인 것은 새벽이 넘어가는 시간이었다. 밤새도록 마을을 이 잡듯이 훑으며 환자들을 찾아내고 사당으로 옮겼다. 덕분에 다들 맥이 쪽 빠진 모습이었다.

하지만 하루 종일 아무것도 먹지 못했을 생도들의 몫으로 돌아온 것은 보리밥 뭉친 찬밥이 전부였다. 이왕 주는 밥 간장도 치고, 소금도 넣어서 짭짤하게 만들어 주면 덧나나? 주먹밥은 아무 간도 하지 않은 그냥 맨밥이었다.

그래도 워낙 힘쓰고 노동한 탓에 다들 맛있다고 불평 없이 먹어 치웠다.

역병 걸린 마을에서는 물도 안 마시고, 밥도 안 먹고, 그 무엇도 안 먹고…… 하여튼 숨도 최소한만 쉬어야겠다는 다짐은 훨훨 날아가 버린 지 오래였다. 이미 역병 환자들과 몸 비비고, 고름 짜고, 등에 업어 옮긴 마당에 못할 짓이 없었다.

아마 이래서 작년에 생도들이 몰살당했나 싶기도 하고…….

그렇게 겁 많았던 수남조차 될 대로 되라는 듯 우적우적 주먹밥을 씹기 바빴다. 약손은 사당의 마당 한쪽에 앉아서 종아리에 달라붙은 거머리를 떼어 냈다.

"으으……."

눈살이 절로 찌푸려졌다. 어른 손가락만 한 거머리가 정강이 뼈 위에 찰싹 붙어서 피를 빨아 먹고 있었다. 소름이 절로 끼쳤다. 하지만 어쩔 수 없었다. 미나리 밭에 빠졌다가 나왔으니 거머리 같은 온갖 벌레들이 붙는 것은 당연한 일이었다. 그나마 약손은 무릎 아래까지만 젖어서 이만했지, 복금은 마을 냇가에서 목욕을 해야만 했다. 아까 사당에 도착했을 때, 복금의 온몸에 거머리며, 지네, 두꺼비 알이 붙어 있어서 복금은 생도들의 경악 스러운 눈총을 받아야만 했다.

"으앗!"

약손이 뜻 모를 비명을 지르며 마지막 거머리를 떼어 냈다. 망할 놈들! 내 피를 엄청나게도 빨아 먹었어! 약손이 통통하게 살 오른 거머리를 마당 한쪽에 휙 던져 버렸다. 저도 모르게 부르르 몸이 떨렸다. 약손이 누가 볼세라 무릎까지 걷어 올린 바지저고리를 얼른 내렸다.

저만치 목욕 끝내고 복금이가 왔다.

"복금아!"

"약손아!"

복금이 약손의 옆에 털썩 앉았다. 약손이 복금과 함께 먹으려고 남겨 둔 주먹밥을 내밀었다.

"먼저 먹고 있지. 왜?"

"혼자 먹으면 무슨 맛이야? 너랑 같이 먹으려고 기다렸어!"

약손은 방금 전의 거머리 따위는 까맣게 잊고 제 의리를 뽐내며 개구지게 웃었다.

"고마워."

약손과 복금은 사당의 마당 한쪽에 앉아서 사이좋게 주먹밥을 나눠 먹었다. 비록 간도 안 치고, 반찬 하나 없는 주먹밥이었지만 아주 꿀맛이었다.

그러다가 깜빡 잠이 들었나?

오늘 하루 종일 이리저리 바쁘게 뛰어다닌 생도들은 저마다 마당 곳곳에 자리를 잡고 슬슬 졸기 시작했다. 가장 명당이던 대청 한쪽에서 까무룩 잠이 들었던 약손은 동서남북 춤추듯 사정없이 고갯짓을 하며 졸다가 이내 쿵! 벽에 머리를 부딪쳤다.

"아으……."

어찌나 세게 부딪혔는지 몰랐다. 슬쩍 만져 보니 혹이 부풀 정도였다. 약손이 잔뜩 인상 쓰며 제 이마를 북북 문질렀다. 힐끗주위를 돌아보니 생도들이 다들 인사불성으로 잠들어 있는 것이보였다. 심지어 그 성질 고약한 지방우마저도 벽에 기대서 다소곳이 발을 모으고 잠들어 있었다.

"……."

약손이 끄응 팔을 쭉 뻗어 기지개를 폈다. 근데, 왜 내약방 의원님들은 안 오시지? 환자들 다 모아 놨다고 벌써 연통 드렸는데? 빨리 오셔서 환자들의 병세를 살폈으면 좋으련만…….

잠결에도 그런 생각이 들었다. 하지만 뭐 거기까지는 제가 참견할 일도 아니고, 약방 의원님들이 어련히 알아서 하실까 싶었다.

괜한 오지랖 떨지 말자.

약손이 다시 잠을 청하려고 눈을 감았다.

하지만 그때, 문득 사당 안에서 연약한 목소리 하나가 들렸다.

"물 좀 주세요……."

딱 봐도 앳된, 아주 어린 소리였다. 아이 중 하나가 잠들었다가 깬 듯했다.

"물이요…… 물……."

"……."

그 목소리를 들으니 다시 잠에 들 수가 없었다. 약손이 휘휘다시 한번 주위를 둘러봤다. 생도들은 모두 곤하게 잠들어 있었고, 이들 중 깨어 있는 사람은 저 하나뿐이었다.

"에잇, 귀찮게……."

약손이 제 뒷목을 벅벅 긁었다. 하지만 아예 그 목소리를 못 들었으면 몰라도 들은 이상, 매정하게 모른 척할 수가 없었다. 역병 환자들이 드글드글한 사당 안에는 절대 들어가고 싶지 않은데……

뭐 하는 수 없었다. 이제 와서 내외해 봤자였다. 어차피 아까 환자들 업고 뛰면서 온몸을 비볐고, 두놈이가 울며불며 떼깡 부릴 때 그 눈물, 콧물, 침…… 제 몸으로 다 받아 냈다.

역병이 옮았으면 벌써 옮고도 남았을 터였다.

약손은 마당 한쪽에 퍼 놓은 물동이를 집어 들었다. 그래, 어차피 사람 목숨은 염라께서 관장하시는 거다. 죽을 놈은 제집 안방에서도 코가 깨져 죽는다지?

제가 죽을 팔자면 역병으로 죽을 것이요, 살 팔자면 어떻게든 살 테다.

'사나희 인생 뭐 있나? 이판, 사판, 술판, 투전판이지!'

아마 칠봉이 곁에 있었다면 그렇게 훈수 뒀을지도 몰랐다.

그래, 인생은 이판, 사판, 술판, 투전판!

약손은 물동이를 들고 조심스럽게 사당 안으로 들어섰다.

사실 약손은 어린아이들이라면 딱 질색이었다.

장터에서 한창 장사를 할 때 어린애들이 울고 떼쓰면 부모들이 우는 아기 달래느라 집으로 돌아가 버리거나, 애써 돋워 났던 장사판의 흥이 깨지기 때문이었다. 괜히 장사치들이 판 벌리기 전에 애들은 가라고, 딴 데 가서 놀라고 소금 치는 게 아니었다.

약손도 칠봉과 가락판 벌이기 전에는 항상 어린애들부터 멀리 멀리 쫓아냈다. 그러다 보니 약손에게 어린 짐승은 그저 민폐 덩어리, 그 이상도 이하도 아니었다. 자고로 말 안 통하고, 엄마만

찾고, 빽빽 울기만 하는 핏덩이들은 상종도 하지 말아야 했다. 그것이 약손의 지론이었다.

하지만 어린것들과 겸상도 안 한다는 약손은 지금 무엇을 하고 있던가?

"주먹밥 안 받은 사람?"

"저요! 저요!"

"어허, 알았어! 다 골고루 나눠 줄 테니까 자리에서 움직이지 말고 손만 들어."

얼른 물만 전해 주고 사당을 빠져나오려고 했었다. 역병 환자 천지인 사당 안에서는 숨도 안 쉬고, 입도 뻥긋 안 하고 살짝 발만 들였다가 잽싸게 빠져나오려고 했었다. 하지만 약손에게 물 달라고 신음하던 여자아이는 아까 복금이 업고 왔던 송이였다. 송이에게 물 한 대접을 먹이고 나니까 주위의 다른 아이들도 목이 탔는지 너도나도 몸을 뒤척였다.

"저도 물 주세요!"

"저도 목말라요!"

하여튼, 이놈의 어린 짐승들! 민폐들! 천둥벌거숭이들!

결국 약손은 물 먹겠다 떼쓰고 우는 아이들을 외면할 수가 없었다. 일일이 돌아다니며 조롱박으로 물을 마시게 했다. 물론 미안함이라고는 눈 씻고도 찾아볼 수 없는 어린것들의 행패는 그것으로 끝나지 않았다.

물에 빠진 사람 구해 줬더니 보따리 내놓으라는 말이 딱 맞았다. 물을 먹여 줬더니 이젠 배가 고프다고 칭얼거렸다.

그건 마치 칠봉의 가락이 절정에 다다른 순간, '에잇, 집에 갈래! 재미없어! 집에 갈래에에에에!' 판 깨며 어미 치맛단 붙잡고 바닥에 늘어지는 진상 같았다. 그런 애들 한두 명 때문에 칠봉과 약손은 홍장이 신약도 못 팔고, 허탕 친 적이 한두 번이 아니었다. 그러다 보니 약손은 이제 어린애들 울음소리만 들으면 경기가 날 것만 같았다.

저 울음을 얼른 그치게 해야 내 속이 편해지지.

결국 약손은 배고프다고 우는 어린애들에게 당장 뚝 그치지 못하겠냐며, 자꾸 울면 굶겨 죽이겠다는 흉흉한 협박을 한 뒤에 아까 생도들이 먹고 남은 주먹밥을 가져왔다.

다시 한번, 거듭 말하지만 약손은 어린애들이라면 딱 질색이었다.

내가 진짜 울음소리 듣기 싫어서 물 준다. 주먹밥 준다.

약손은 뿌득뿌득 이를 갈며 아이들에게 주먹밥을 나눠 줬다. 그 와중에 어린 아기들은 주먹밥을 잘 씹어 먹지 못하는 모자람을 보였다. 약손은 여섯 살짜리 아이 한 명을 제 무릎에 앉히고 주먹밥을 손으로 똑똑 떼어 먹여 줘야만 했다.

이게 웬 팔자에도 없는 수발이람? 어린것들은 말 안 통하고, 뻔뻔하고, 민폐고…… 약손이 신물 난다는 듯 설레설레 고개를 저었다. 제 무릎에 앉은 아기에게 말했다.

"아!"

"아—"

그래도 아, 입 벌리라고 말하면 저 밥 먹여 주는 것 찰떡같이 알아듣고 참새처럼 삐약삐약 입 잘 벌리는 게 다행이었다. 약손이 아기 입가에 묻은 밥풀을 살뜰히 갈무리해서 입속에 쓸어 넣어 주었다.

어느 정도 아기들에게 주먹밥을 먹여 놓고는 혹여나 못 먹은 애들이 있을까 봐 휘이이 사당 안을 둘러봤다. 너는 먹었고, 너도 먹었고, 너는 아까 두 개나 먹는 것 다 봤고…….

약손은 아이들의 얼굴을 하나하나 살피며 확인을 했다.

그러다 보니 약손은 문득 사당 안에 모인 역병 환자들이 죄다 어린아이들이라는 사실을 깨달았다. 처음엔 몰랐었는데 물을 나눠 주고 주먹밥을 먹여 주다 보니까 그제야, 눈치 없게도 이제야, 그 사실을 알아챘다.

가만 생각해 보니 집집마다 돌아다니며 복금과 업어 온 환자들도 전부 어린애들뿐이었다. 이게 우연인가? 역병이 어른과 아이를 가리기도 하는가? 아주 잠깐, 뭔가 좀 이상하다는 생각이 스쳤다.

하지만 그 생각은 오래가지 않았다. 제아무리 약방에서 잔심부름 삼 년하고, 도사 노릇하는 아버지 따라다니며 쌍화탕을 팔았다고 해도 약손은 의원이 아니었다. 정식 의학은 배워 본 적도 없었고, 그저 의원님들 밑에서 뒤치다꺼리만 하는 생도에 불과했다.

더 깊은 의심을 하기도 전에 사당 밖에서 약손을 찾는 복금의 목소리가 들렸다.

"약손아! 약손아! 어디 있어?"

바깥이 소란스러웠다. 아마도 의원님들이 도착한 모양이었다.

"아, 이제 살았네!"

약손이 안도의 한숨을 내쉬며 자리에서 발딱 일어났다. 약손이 기쁜 낯으로 웃으니까 배 아프고 머리 아프다며 주먹밥도 안 먹고, 내내 자리보전하던 두놈이가 약손이의 옷깃을 잡아챘다.

"형아……."

다른 애들보다 병의 증상이 유독 심해서 밥도 못 먹은 두놈이, 물 한 모금도 제대로 못 마시고 줄줄 뱉어 내던 두놈이.

"응, 왜?"

저가 손수 업어서 산길을 내려와 그런지 약손도 두놈이에게만은 무뚝뚝하게 대꾸하지 않았다. 두놈이가 새하얗게 껍질이 일어난 입술을 달싹였다.

"의원님이…… 오셨어?"

"응. 지금 밖에 오셨나 봐. 너한테 약 주려고 오셨나 봐!"

약손이가 두놈이를 달랬다. 그 와중에 어디가 또 아파졌는지 두놈이가 끄응 신음하며 고개를 끄덕였다. 아픔을 참아 내는 두놈이의 눈가에서 주르륵 눈물이 흘렀다. 그걸 보니 약손도 덩달아 마음이 안 좋아졌다. 얼른 소매 깃으로 눈물을 닦아 줬다.

"형아가 잽싸게 탕약 지어 올 테니까 여기에서 잠깐만 기다리고 있어. 알았지?"

"……응."

약손이 두놈이의 배 위로 이불을 덮어 주었다. 어찌 된 일인지 사당은 불도 떼지 않았다. 바닥이 꽁꽁 언 냉골이었다.

하여튼 답답한 사람들 같으니라고! 환자들 모아 놓고 치료해 준다면서 왜 군불 하나 안 지펴? 이러다가는 환자들이 역병 때문이 아니라 추위 때문에 먼저 죽겠네.

"약손아, 약손아 어디 있어?"

밖에서 다시 한번 복금의 목소리가 들렸다.

"응! 나 여기 있어! 갈게!"

약손이 대답하며 사당을 나섰다.

마당에는 내약방 의원들과 활인서 의원들이 전부 모여 있었다. 한데 무슨 일인지 다들 못내 심각한 표정이었다. 하지만 별거 아닌 일도 크게 부풀리고 떠드는 게 웃전들이라, 약손은 대수롭지 않게 생각하며 복금부터 찾았다.

저만치 약손을 발견한 복금이 울상인 얼굴로 다가왔다.

"어디 갔었어. 한참 찾았잖아!"

"애들한테 물 좀 먹이고 오느라고……. 아니 그보다, 탕약 끓이기 전에 사당 안에 군불부터 떼야 할 것 같아. 애들이 다 얼어 죽겠어."

약손이 사당 안의 상황을 알렸다. 때마침 관졸들이 사당 벽 주위로 짚을 켜켜이 쌓아 놓는 것이 보였다. 아니, 사당 안이 추운 건 어찌 알고 땔감을 저리도 많이 가져오셨대? 역시 웃전들이라 그러한가? 무엇이든 미리미리 알고 계시는구나.

약손은 그 짚더미가 환자들 따뜻하게 해주려고 가져온 것이라 생각했다. 기골이 장대한 관졸들이 너도나도 합심해서 힘을 쓰니까 마른 짚은 사당 둘레에 금방 쌓였다.

근데…… 어째 짚 쌓아 놓는 자리가 군불 때는 아궁이와는 한참 멀었다. 약손이 갸웃 고개를 젖혔다.

"복금아, 왜 짚을 여기에 두는 거야? 아궁이는 저쪽인데……."

물으려고 했다. 그때, 어디서 무슨 소리를 듣고 온 건지 복금이 왈칵 눈물을 쏟았다.

"약손아…… 약손아, 어떻게 해."

"……뭐가? 왜?"

불현듯 뭔가 일이 잘못돼도 한참 잘못되고 있다는 생각이 들었다. 그게 뭔지는 모르겠지만 사당을 둘러싼 흉흉한 분위기가 그렇게 말하고 있었다.

이제 보니 울고 있는 사람은 비단 복금 하나만이 아니었다. 마당 한쪽에 모여 있던 생도들 전부가 좌불안석, 어찌할 바 모르는 표정이었다.

"아이고 어쩌누, 어쩌누……. 관세음보살님 어쩌누……."

종알종알 한탄하는 수남은 대놓고 보살님을 찾으며 염주 팔찌를 돌렸다. 지방우도 차마 할 말을 잃은 듯 입술만 깨물어 댔다.

"왜 그래? 무슨 일이야?"

약손이 영문을 모르겠다는 표정으로 복금의 얼굴을 한번, 짚이 높이 쌓여 가는 사당을 한 번씩 번갈아 바라봤다.

"약손아, 글쎄…… 글쎄……."

"글쎄, 뭐!"

복금이 무슨 일인지 설명하려고 했지만 그보다 웬 남자의 고함 소리가 먼저 들렸다.

[2]

"씨잇팔, 누구 맘대로? 누구 맘대로 불을 질러!"

불을 질러, 불을 질러, 불을 질러…….

거친 목소리가 사당 뒷산에 부딪쳐 메아리가 되어 돌아왔다.

"뭐……? 불을 지른다고? 어디에? 설마, 사당에?"

약손이 깜짝 놀라 물었다. 사람이 안에 있는데 왜 불을 질러? 하는 뒷말은 입 밖에 내뱉는 것만으로도 죄짓는 것 같아서 그냥 삼켰다.

약손은 부디 복금이가 그건 아니라고, 그런 끔찍한 일은 절대 아니라고 말해 주길 바랐다.

하지만 약손의 짐작이 맞았나 보다.

"어떻게 약손아…… 어떻게 해……."

복금이 엉엉 울음을 터뜨렸다.

"허……."

기가 막히고 코가 막혀서 말이 안 나왔다. 수남이 그랬고, 지방우가 그랬던 것처럼, 마당 밖에 모여 있는 다른 생도들이 모두 그랬던 것처럼.

약손 또한 할 말을 잃고 말았다.

약손은 장돌뱅이 노릇하며 별별 사람을 다 만났다.

선량한 백성 등쳐먹는 사기꾼, 주먹 꽤나 쓰는 왈패, 소싯적 연회란 연회는 다 불려 다닐 정도로 어여뻤지만 지금은 그저 다 내려놓고 작은 비단포 운영하며 사는 포목점 여주인…….

하여튼 조선 땅에 존재하는 웬만한 직업인은 다 봤다고 자부할 수 있었다.

그 중에는 무당 패거리도 있었다. 물론 그들 대부분은 그저 솜씨 좋은 이바구질 하나로 사람들 현혹시키며 복채 버는 삼류 꾼이었지만 언젠가 그들과 같은 주막 쓰며 어울렸을 때 그네들이 해준 이야기 하나가 있었다.

진짜 큰 신내림 받은 무녀 중에는 사람의 운명도 손바닥 뒤집 듯 휙휙 바꿀 수 있고, 누군가를 해칠 수도 있는 악독한 저주를 내리기도 한다고. 그런데 그토록 극악한 저주를 내리려면 한 푼 두 푼의 복채로는 해결될 게 아니고 행하려는 저주만큼이나 대단히 무섭고도 기이한 재물이 필요하다고 했다.

'어, 어떤 재물이 필요한데요?'

이불을 머리끝까지 뒤집어쓴 약손이 오들오들 떨며 물었다. 그때 무당 패거리의 박수는 뭐라고 대답했었지?

'이를테면…….'

'이를테면?'

하여튼 사람 속이고 애타게 하는 데는 도가 튼 박수였다. 박수 가 저 먼 산을 오래도록 응시했다. 약손은 그이가 대체 어떤 대 답을 내놓을까 싶어서 꼴각꼴각 마른침만 삼켜 댔다.

'이를테면……'

한순간 박수의 눈동자가 흉흉한 빛을 내뿜었다.

'바로…… 네 목숨!'

무당이 손을 뻗으며 겁을 줬다. 약손은 끄아아악! 제 목을 잡고 그대로 뒤로 넘어갔다. 곁에 있던 칠봉은 제 자식 놀라는 꼴 보며 깔깔깔 웃어 대기 바빴고, 한동안 약손은 주막에서 겁쟁이 도련님으로 놀림 받아야만 했다.

지금 생각하면 저 놀리려는 치들의 수작이 빤히 보여 괘씸하기 짝이 없었지만 그래도 박수가 웃음 거두고 진지하게 했던 말 하나는 똑똑히 기억했다.

이 세상에 사람 목숨 바꿔서 저주 내리는 악독한 짓거리하는 무당은 실제로 존재한다. 지네에게 바쳐진 처녀 얘기, 독 두꺼비에게 잡혀 먹은 어린 아기…… 사실은 전부 무당이 저지르는 인신공양人身供犧이다. 그들이 진짜 작정하고 못된 짓 할 때는 어린 애들 수십 명을 한방에 몰아넣고 굶겨 죽여서 그 혼백을 모아 무구巫具로 쓴다…….

약손은 그런 무당이 있다면 필시 천벌을 받는 것도 모자라 번개 맞아 객사할 것이 분명하다고 생각했다. 하지만 세상에 그런 짓하는 사람이 진짜 있을까? 어찌 인두겁을 쓰고 그런 몹쓸 짓을 하겠어?

이제 보니까 설마가 사람 잡았다. 약손은 천지신명도 용서 못할 짓거리를 서슴없이 저지르는 장면을 목도하고 있었다.

방금 전 누구 마음대로 불을 지르느냐고 소리친 사내의 얼굴이 낯익었다. 자세히 살펴보니 한놈이와 두놈이의 아버지인 산에 사는 나무꾼이었다. 나무꾼의 뒤로 마을 사람들이 바글바글 모여 있었다. 그들 대부분은 환자의 가족들이었다.

"아이고, 한놈이 아부지! 참아요. 좀 참아 봐요……."

돌쟁이 세놈이를 업은 아내가 남편을 말렸지만 나무꾼은 도통 물러날 기미가 없었다.

"참긴 뭘 참아? 병 고쳐 준대서 보냈더니 애들 다 불살라 버리겠다잖아! 이게 말이 되는 소리야?"

나무꾼은 사당을 둘러싼 관졸들에게도 서슴없이 드잡이했다. 혹여 높은 일 보시는 분들에게 대들었다가 무슨 경을 칠까 봐 아내는 필사적으로 나무꾼을 말렸다.

"이 여편네야, 이거 놔! 안 놔?"

나무꾼의 아내가 뒤로 밀려날 때마다 등에 업혀 세상모르고 잠든 세놈이의 고개도 까딱까딱 이리저리 따라 흔들렸다.

"뭐가 잘못된 거겠지요. 멀쩡한 애들을, 사람을 어찌 맥없이 불에 태워요. 우리가 잘못 안 걸 거예요."

마을 사람들도 통 믿을 수가 없다는 듯 중얼거렸다. 금방이라도 관복 번듯하게 입으신 의원님들이, 관졸들이, 환자들이 모여 있는 사당을 태운다는 소문은 잘못된 것이라 말해 주길 바랐다.

하지만 의원들이 뭐라 대답하기도 전에 마을 사람들 뒤에서 웬 남자가 호들갑을 떨며 걸어왔다.

목에, 팔에, 다리에, 쑥 잎을 주렁주렁 매단 남자. 아까 복금에게 발길질을 한 이방이었다. 이방은 사당 안에 들어서기 전에 무명천으로 얼굴을 가리며 온갖 수선을 떨어 댔다.

모여든 마을 사람들을 버러지 보듯 쳐다보는 것도 잊지 않았다. 이방이 관졸들을 향해 신경질을 부렸다.

"뭐야? 아직도 불을 놓지 않았어? 너네 내 말이 말 같지가 않니? 동트기 전에 불 놓으라고 했지? 군수님이 아시면 경을 치실 텐데, 그땐 너희들이 책임질래? 응? 응? 그래?"

이방이 제 옆에 선 나졸의 정강이를 팩팩 야멸치게도 후려쳤다. 하지만 나졸들도 곤란하긴 마찬가지였다. 사당 안에 모인 목숨이 한둘이 아닌데 불을 놓으라니?

나장은 차마 불 놓지 못하고 끄응 신음만 터뜨렸다. 나졸이 망설이자 이번엔 이방이 홱 고개를 돌려 내약방 의원들을 바라봤다.

"의원님들도 말씀을 좀 해보세요. 역병 맞다면서요? 확실하다면서요? 하긴 종기에서 고름 줄줄 나고 몸 비틀며 죽어 나가는 병이 역병이 아니면 무어야? 이대로 두면 도성까지 번질 거라면서요? 역병 창궐하는 건 시간문제일 거라면서요? 그 불길 막으려면 이 방법밖에 없다고, 우리 다 합의한 거 아니었습니까?"

"그렇긴 하네만……."

이방의 입에서 전해지는 이야기는 모두 엄청난 것들뿐이었다. 약손이 설마 하는 표정으로 의원님들을 바라봤지만 의원들도 켁켁 헛기침만 터뜨릴 뿐 딴청 피우기 바빴다.

사실이 그랬다. 지난밤 내내 머리 맞대고 역병 다스릴 방법 강구한 것은 한 치의 거짓도 없는 사실이었다. 하지만 군수 조경창이 역병 환자들을 한곳에 모아 두고 태워 버리라는 명을 이리 쉽게 내릴 줄은 미처 몰랐다.

의원은 사람을 살리라고 있는 것이지, 죽이라고 있는 것이 아닌데…….

암만 산전수전 다 겪고 온갖 병증 가진 환자들 다 돌본 궁궐의 의원들이라고 해도 이렇게 대놓고 병자들을 몰살시킨 적은 한 번도 없었다.

차라리 도성과 멀리 떨어진 지역이었더라면 시일이 많이 걸리는 한이 있더라도 어떻게든 방법을 강구해 볼 텐데. 하지만 시간을 끌며 약을 쓰자니 그러기엔 도성 내에까지 역병이 퍼질 것만 같고, 그렇다고 조경창의 지시를 그대로 따르자니 인면수심의 짓거리라 마음이 어렵고…… 참으로 이러지도 저러지도 못하는 진퇴양난의 상황이었다.

"뭘 꾸물대? 얼른 시작해!"

이방이 재촉했다. 이방은 그저 역병 환자들이 득실거리는 장소에서 한시라도 빨리 벗어나고 싶을 뿐이었다. 이방이 시뻘건 횃불 든 관졸에게 고갯짓했다.

성질 급하고 악독하기로 소문난 이방이 닦달하니 웃전 말씀 암전히 따라야 할 관졸에게 무슨 힘이 있을까? 관졸이 비척비척 사당 쪽으로 떨어지지 않는 걸음을 억지로 옮겼다.

"이 싯팔! 그만두지 못해?"

설마 그 끔찍한 짓거리를 실제로 할까 겨우겨우 참고 있던 나무꾼이 폭발했다. 이제는 환자들 죽이는 게 확실시되니까 마을 사람들도 모두 합세했다.

"이럴 거면 우리 애 도로 내놔! 그깟 탕약 안 먹여! 집으로 데려갈 거야!"

"살려 준대 놓고 거짓부렁을 했어? 육시랄 것들! 썩 꺼지지 못해?"

마을 사람들이 사당 안쪽으로 들어오려고 발버둥 쳤지만 칼 차고 버틴 관졸들이 괜히 있는 게 아니었다.

"저리 비켜! 때려죽이기 전에 당장 비켜!"

"안 됩니다! 못 들어가요! 아무도 못 가!"

마을 사람들과 관졸들이 밀리고 당기며 팽팽하게 대치했다. 나무꾼은 언제 가져왔는지 날이 시퍼렇게 선 도끼를 사방으로 휘두르기 시작했다.

휘익! 휘익! 도끼날이 허공에서 살벌한 소리를 냈다.

"우리 한놈이 내놔! 두놈이 데려와!"

그 서슬 퍼런 기세에 관졸들도 주춤주춤 뒤로 밀렸다. 당황한 이방이 빽빽 쏘아붙였다.

"이 잡것들이! 소 같은 것들이! 돼지 같은 것들이! 그동안 먹여 주고 재워 준 군수님 은혜도 모르고 대들어?"

"은혜는 무슨 은혜? 이 독사구덩이에 빠뜨릴 놈!"

결국 마을 사람들과 관졸들의 엉망진창 드잡이가 시작됐다. 심지어 마을 사람들은 마당 한쪽에 모여 있던 생도들에게도 쌍욕을 퍼부었다.

"아까 사람 업고 나갈 때는 탕약 준다고 꼬여 대더니? 침 놔준다더니? 거짓말했지? 네놈들도 싹 다 한패다! 못된 놈들!"

누군가 던진 돌에 생도들이 퍽퍽 두드려 맞았다. 수남은 유난히 억세 보이는 여자에게 멱살이 잡혀서 짤짤짤 마당을 끌려다니기 바빴다.

"아니에요! 우리는 몰랐어요! 몰랐습니다! 참말 억울해요……."

변명해 봤자 소용없었다. 통할 리가 없었다.

원래는 조상님 신주 모시느라 늘 조용하고 신성하게 여겼던 사당 안에서 우리 애를 내놔라, 절대 안 된다, 한바탕 아우성이 벌어졌다.

도끼 휘두르던 나무꾼이 제일 먼저 사당 문 앞에 도달했다. 나무꾼이 잠긴 나무 살 퍽퍽 찍어 문을 열었다.

"한놈아! 아부지 왔으니까 당장 나와! 두놈이, 너도!"

"아부지! 아부지!"

바깥에서 벌어진 요란한 소란에 사당 안에 갇힌 아이들은 잔뜩 겁을 먹고 울음을 터뜨렸다. 나무꾼이 문을 반쯤 열어젖혔다.

나무꾼이 한놈이를 품에 안아 올렸다.

그때였다.

—퍼억!

나무꾼이 그대로 바닥에 나자빠졌다. 뭔가 빠개지는 소리가 들린 것도 같았다. 나무꾼의 머리에서 붉은 피가 줄줄 흘러내렸다. 그 섬뜩한 소리에 마을 사람들은 물론이고 어찌할 바 모르고 발만 동동 구르던 의원들, 동네북이 되어서 이리저리 끌려다니던 생도들도 전부 싸움을 멈췄다. 심지어 이 개들! 소들! 얼른 불을 놓지 않고 뭐하니? 군수님께 이른다? 얄미운 얘기만 줄줄 쏟아 내던 이방도 사색이 됐다.

"어…… 어……."

송이 엄마에게 인정사정없이 팔뚝을 깨물리던 약손도 그 자리에 딱 굳었다. 곧 바닥에 쓰러진 나무꾼의 뒤로 의원 한 명이 걸어 나왔다.

"……누구야?"

약손이 제 곁에서 송이 엄마를 뜯어말리던 복금이를 향해 작게 물었다. 복금도 잘 모르겠다는 듯 고개를 저었다.

"……."

"……."

사내는 내약방 소속임을 알려 주는 관복을 차려입었다. 하지만 다른 의원들보다 한참은 앳돼 보이는 얼굴이었다. 다른 의원들보다 연배도, 직책도 한참 아래일 텐데 어쩐지 다들 그 사내를 어려워하는 눈치였다.

사내의 뒤를 따르던 관군이 바닥에 쓰러진 나무꾼을 곤봉으로 사정없이 더 내려쳤다. 한낱 고을의 사또 명령 따르는 나졸들과는 비교도 안 될 만큼 위엄 있고 무서운 모습이었다.

궁궐에서 일하는 자만이 가진 특유의 위엄이 가득했다. 관군이 개 패듯 몽둥이를 내려칠 때마다 나무꾼이 몇 번 끙끙 몸을 떨어 댔다.

"아이고, 한놈이 아부지!"

그 꼴을 본 나무꾼의 아내가 털썩 바닥에 주저앉았다. 매질은 그 후로도 한참이나 더 이어졌다. 마침내 나무꾼이 죽은 듯 늘어지고 나서야 사내가 '그만!' 손을 쳐들었다.

관군이 뒤로 물러섰다. 다른 관군 몇 명이 나무꾼을 일으켰다. 나무꾼은 어디가 다치고 터졌는지 가늠할 수 없을 정도로 온몸에서 줄줄 피를 쏟아 냈다.

관군은 한자리에 똘똘 뭉쳐 있는 마을 사람들 앞에 나무꾼을 짐짝 내팽개치듯 내려놓았다.

나무꾼에게 행해진 폭력은 그저 본보기에 불과했다. 마을 사람들도 방금 전처럼 기세 좋게 대들지 못하고 뒤로 주춤주춤 물러서기 바빴다.

앳된 얼굴의 사내가 휘이 주위를 둘러보았다.

사내는 무척 수려한 외모를 가지고 있었다. 이목구비가 한 군데도 모난 데 없이 반듯반듯했으며 어디에 내놔도 빠지지 않을 미모였다. 하지만 외모가 준수한 것과는 별개였다. 사내는 방금 전 나무꾼에게 벌어진 끔찍한 일에 아무런 감흥도 없는 표정이었다.

"경예야……."

한길동 영감이 얼른 사내의 곁으로 다가갔다. 궁궐 생활한 지 얼마 안 되고 고작 생도에 불과한 복금이나 약손은 몰랐겠지만 사실 남자는 유명했다.

남자의 이름은 민경예.

그에게는 여러 가지 수식어가 따라다녔다.

열다섯의 어린 나이에 의과시에 합격한 최연소 의생, 의과시 수석 장학생, 한번 맥을 짚으면 환우의 병증을 척척 알아내는 것은 물론이고, 그가 마음먹고 침 쓰고 탕약 지으면 못 고치는 병이 없다 하더라……

누군가는 경예를 화타의 화신이라고도 치켜세우기까지 했다. 실제로도 작년에 하남에서 번진 역병을 잡은 것도 경예의 공이 제일 컸다. 내약방 의원이라면 누구나 '경예가 있었기에 피해가 그만했지.', '경예가 아니었으면 어쩔 뻔했나?' 따위의 이야기를 공공연히 입에 달고 살았다. 비록 민경예의 나이가 어려도 그에게 의학 자문을 구하는 의원이 한둘이 아닐 정도였다.

게다가 한 가지 더. 민경예가 가진 것은 비단 실력만이 아니었다. 민경예의 아버지가 바로 그 유명한 현 내의원의 수장, 도제조인 민희교 영감이었다. 한마디로 민경예는 실력이면 실력, 집안이면 집안. 하나도 빠지는 것 없는, 장차 내의원을 이끌 약속된 인재였다. 그러니 모두가 경예를 칭송하고 따르는 것은 당연한 이치였다.

마을 사람들에게 겨우 일으켜진 나무꾼이 쿨럭 기침을 내뱉었다. 나무꾼의 터진 입가에서 피가 흘렀다. 그 모습을 지켜보는 경예의 눈매가 어찌나 매섭던지, 이방조차 움찔 몸을 떨었다.

오랜 침묵 끝에 마침내 민경예가 입을 열었다.

"다들…… 죽고 싶습니까?"

"……?"

질문하는 경예의 목소리는 결코 크지 않았다. 화를 내는 것도 아니었다. 좀 전의 벌어진 살벌한 광경만 떼놓고 보면 말투는 퍽, 다정하게 느껴질 정도였다. 하지만 그 입에 올리는 이야기의 내용은 냉정하기 그지없었다.

"지금, 역병을 다스릴 길은 이 방법밖에 없습니다. 우선적으로 역질 환자를 처리하지 않으면 도성에, 궁궐에, 이 끔찍한 병이 퍼지는 것은 시간문제겠죠."

"하지만……."

"하지만 뭐요? 지금 하지 않으면 나중엔 더 많은 사람들이 죽습니다. 도성뿐이겠습니까? 여기 모인 사람들 중에 살아남는 사람이 있기는 할 것 같아요?"

"!"

경예의 말에는 보이지 않는 힘이 있었다. 제 뜻을 따르지 않았을 때 초래되는 최악의 상황에 대한 자신감도 대단했다. 그러니 누구 하나 제대로 맞붙어 대거리할 수가 없었다. 경예 또한 그 사실을 아주 잘 알고 있는 듯했다.

"나는 주상 전하의 어명을 받고 이곳에 왔습니다. 칠촌의 역병을 다스리기 위해서라면 무슨 일이든 합니다."

"……."

"하지만 내가 내린 명을 따를 수 없는 자가 있거나……."

"……."

"사당 안에 있는 환자들과 함께 죽고 싶은 자가 있거든…… 말리지는 않겠습니다. 안에 들어가셔도 좋아요."

민경예가 눈짓을 했다. 마을 사람들이 전혀 비집고 들어갈 틈 없이 빽빽하게 늘어선 관졸들 몇 명이 뒤로 물러서 작은 길을 터줬다.

내 말 따르지 않을 거면, 차라리 환자들과 함께 죽어라. 당신들의 생사에는 전혀 관여하지 않겠다…….

그 단호한 의지에 마을 사람들도, 의원들도, 그만 할 말을 잃었다. 약손도, 복금도 마찬가지였다.

경예가 그리 강경하게 나오니까 아무도 사당 안에 들어서려는 자가 없었다.

제 뜻이 충분히 전해졌다고 생각했는지 민경예가 이방에게 고갯짓했다. 이방이 그 뜻을 단박에 알아챘다.

"뭐해? 어서 불을 놓지 않구?"

혹시라도 흥분한 마을 사람들에게 해코지당할까 봐 관졸 뒤에서 몸을 숨기고 있던 이방이 그제야 당당하게 몸을 빼며 명령을 내렸다.

약손의 눈앞에서 붉은 횃불이 휙휙 도깨비불처럼 아른거렸다.

"거기, 문 좀 닫아."

관군 중 누군가가 말했다. 약손은 그저 넋을 잃고 하염없이 서 있기만 했는데, 관군 중 한 명이 약손의 등을 툭 쳤다. 관군이 약손에게 신경질적으로 말했다.

"너! 사당 문 닫고 오라고!"

어쩌다 보니 사당 안으로 들어가는 문과 가장 가까이 서 있던 사람은 바로 약손이었다.

"예…… 예? 저요?"

"그래, 너!"

약손은 그제야 퍼뜩 정신을 차렸다. 약손이 후들후들 떨리는 걸음으로 사당 문 앞에 섰다. 아까 나무꾼이 찍어 놓은 자리가 흉측했다.

슬쩍 열린 문틈으로 보니, 안에 있는 아이들도 바깥의 심상치 않은 낌새를 눈치채고는 저마다 '어무니! 아부지!' 겁에 질려 울음을 터뜨렸다.

아, 진짜…… 난 어린애들 우는 소리 끔찍하게 싫은데…….

사당 안에서 들리는 울음은 모두 어린애들 목소리뿐이었다.

약손이 느릿느릿 문을 닫았다. 그 와중에 저도 모르게 사당 안을 다시 한번 살폈다.

"······."

참 희한했다.

잘못 보지도, 잘못 생각하지도 않았다. 어찌 된 게 역병 걸린 환자들이란 게 모아 놓고 보니까 전부 어린애들뿐일까? 이 많은 사람 중에 어른은 한 명도, 참말 단 한 명도 속해 있지가 않았다.

약손이 망가진 문고리를 애써 돌려 문을 잠갔다.

"어무니······."

"아부지······."

"형아······."

엉금엉금 기어서 문 앞까지 온 두놈이가 마지막으로 닫히는 문 사이로 약손을 보며 줄줄줄 눈물콧물을 쏟아 냈다. 하지만 고작 생도 따위에 불과한 약손에게 무슨 힘이 있을까? 무슨 방도가 있을까?

덜컥, 약손의 손끝에서 문이 닫혔다. 동시에 약손은 그만 제 심장도 덜컥, 발치로 떨어지는 것만 같았다.

군관은 약손이 문을 닫는 걸 확인하자, 마침내 사당 벽 둘레둘레에 쌓아 놓은 짚더미 위로 횃불을 가져갔다.

"어무니이······."

"아부지이······."

"한놈아! 두놈아!"

"계희야!"

"송이야!"

사당 안에서고, 밖에서고, 다들 우는 소리만 냈다. 이제 의원들은 아예 등을 돌렸다. 차마 산 사람 불태우는 끔찍한 광경은 지켜보지 못하겠다는 듯, 뒷짐 진 채로 고개를 저었다.

"하이고 관세음보살, 관세음보살……."

수남도 복금을 붙잡고 훌쩍훌쩍 울었다.

그리고 약손은…….

약손은 무언가 생각에 잠긴 듯, 아무 말도 하지 않았다. 다른 생도들처럼 이게 무슨 끔찍한 일이냐고 울지도 않았고, 관세음 보살님을 찾지도 않았다. 물론 그렇다고 해서 의원님들처럼 아무것도 모르는 척, 보지 못한 척, 등을 지고 외면하지도 않았다.

그저 약손은 사당 안을 뚫어지게 바라볼 뿐이었다.

"……."

약손의 머릿속에서는 아까 슬쩍 둘러본 사당 안의 광경이 자꾸만 떠올랐다. 방금 전에 잠깐 본 것 말고도 물주고, 주먹밥 나눠 줄 때도 어른은 한 명도 없었는데…….

관졸의 횃불이 짚더미 가까이에서 아른거렸다. 마른 짚은 순식간에 불길을 내리라, 사당 하나를 태우는 것쯤은 일도 아니리라…….

'사람 목숨 바꿔서 저주 내리는 악독한 짓거리하는 무당은 실제로 존재한다. 지네에게 바쳐진 처녀 얘기, 독 두꺼비에게 잡혀 먹은 어린 아기……. 그게 다 사실은 무당이 저지르는 인신공양 人身供犧이다.'

'그들이 진짜 작정하고 못된 짓 할 때는, 어린애들 수십 명을 한방에 몰아넣고 굶겨 죽여서 그 혼백을 모아 무구巫具로 쓴다…….'

약손이 방방곡곡 장터 떠돌면서 들은 해괴하고 기이한 이야기는 한두 가지가 아니었다. 비단 인신공양 말고도, 다리 잃은 귀신 이야기, 머리가 두 개로 태어난 아기, 마음씨 좋은 꼽추가 신령님이 주신 약초를 먹고 꼿꼿하게 등을 편 이야기⋯⋯.

그 수많은 기담 중에 뭔가, 뭔가 생각이 날 것도 한데⋯⋯ 들은 게 있는 것도 같은데⋯⋯.

근데 이놈의 맹추 같은 정신은 하등 쓸모가 없나 보다. 대체 제 머릿속을 맴맴 돌기만 하는 그게 뭔지 도통 떠오르지가 않았다. 한 치 앞이 안 보이는 안개 속에서 눈을 감고 길을 찾는 것만 같았다.

"약손아."

이제 복금은 환자들을 업어 온 저 때문에 사람들이 죽는다며 엉엉 가슴을 치기까지 했다. 눈물로 범벅이 된 복금이 약손의 등 뒤로 얼굴을 묻었다.

대체 제 머릿속을 떠도는 이야기가 무엇인지는 잘 모르겠지만⋯⋯.

사당 안에서 들리는 아이들의 울음소리가 점점 커졌다. 약손은 왈칵 짜증이 치솟았다.

에잇 씻팔, 진짜. 왜 자꾸 울어 대? 하여간 이래서 어린것들하고는 상종을 하면 안 돼. 내 장사 망치고, 흥 깨버리고. 원흥이 신약 얘기에 빠져들어서 치마 춤에서 엽전 빼낼 준비하던 제 엄마 채가서 하루 벌이 공치게 만들고.

정말이지 약손은 애기들 울음소리라면 딱 질색이었다.

그래서⋯⋯ 그 시끄러운 울음소리 그치게 하고 싶어서⋯⋯.

마침내 약손이 말했다.

"⋯⋯니다."

물론 그 목소리는 처음엔 아주, 아주아주 작았다. 약손 제 스스로에게조차 잘 들리지 않을 정도였다. 이내 약손이 다시 중얼거렸다.

"……이…… 아닙……니다……."

"……응?"

이번엔 조금 더 큰 목소리였다. 하지만 그래 봤자 등 뒤에서 엉엉 울고 있는 복금에게만 겨우 들릴 정도였다.

"약손아, 뭐라고? 지금 뭐라고 그랬어?"

복금이가 훌쩍 눈물을 닦으며 되물었다.

그 순간, 횃불을 손에 든 관군은 이제 막 짚더미 위로 불을 던질 참이었다. 저걸 말려야 하는데! 저런 짓은 하면 안 되는데! 덩달아 약손의 목청에도 힘이 실렸다.

마음이 급해진 약손이 저도 모르게 한 발 앞으로 나섰다. 손이 자꾸만 달달 떨려서 일부러 꾹, 주먹을 말아 쥐었다. 흠흠 약손이 목을 가다듬고 다시 말했다.

"병이…… 아닙니다."

아까보다는 훨씬, 훨씬 더 큰 목소리. 이번엔 들은 사람이 꽤 많았다. 주위에 몰려 있던 생도들은 물론이고 의원들마저 저 녀석이 대체 무슨 소리를 하나 싶어서 약손을 바라봤다.

사당 안에 모인 모든 사람들의 시선이 약손에게 쏠렸다.

그 순간, 무슨 조화인지 약손은 이상할 정도로 마음이 차분해졌다.

자고로 한번 엎지른 물은 다시 주워 담을 수가 없고, 한번 내뱉은 말도 다시 돌릴 수가 없었다. 그것은 투전판에서 아버지가 낙장불입, 재물 잃었을 때부터 익히 깨우친 바였다.

약손은 한 번 더 이번엔 누구나 다 듣고 이해할 수 있는 또렷한 목소리로 말했다.

"이것은 역병이 아닙니다."

"?"

"!"

뭐라? 저 미친 생도가 지금 뭐라 했어? 쟤 정신 나간 거 아니야? 다들 눈이 휘둥그레졌다.

"다들…… 잘못 아셨어요."

"……?"

"이건 역병이 아니라구요."

이깟 궁궐은 딱 삼 개월만 쥐 죽은 듯이, 얇고 짧게 지내다가 도망치겠다는 생각은 훨훨 날아가 버린 지 오래였다.

훗날, 복금은 오늘의 일을 회상할 때 그 말을 하던 약손의 뒤에서 엄청난 후광이 비췄다고 했다. 또 다른 목격자인 수남의 증언에 따르면 약손의 곁에 아주 잠깐 관세음보살님이 함께 서 있었다고도 했다.

그 말이 정녕 진짜인지, 그저 약손의 기분을 좋게 해주려는 아첨인지는 알 수가 없었지만 아무튼 단 하나. 역병이 아니며, 감히 의원님들의 처방이 틀렸다고 단언하는 약손의 얼굴에는 한 치의 흔들림이나 망설임 따위는 찾아볼 수 없었다는 것.

그 순간, 약손이 세상 그 누구보다 늠름하고 세상 제일로 당당했다는 것만큼은 확실했다.

＊

사당은 조용했다.

허리에 칼 찬 관군도 없고, 의원도 없고, 이방도 사라지고. 내 아이 내놓으라고 죽자 살자 덤비던 마을 사람들도 모두 사라졌다. 아까 나무꾼이 흘린 핏자국이 아니었더라면 대체 이곳에서 무슨 일이 있었는지 짐작도 못 할 정도였다.

어디선가 뜸북, 뜸북 뜸부기가 울었다.

"약손아…… 괜찮아?"

오늘따라 뜸부기 울음소리가 유독 처량 맞게 들리는 것은 기분 탓인지? 복금이 조심스럽게 약손을 불렀다.

"……"

약손은 이렇다 할 대답도 하지 않았다. 그저 마루 끝에 걸터앉아서 멍하니 허공만 바라봤다. 넋이 완전히 빠진 모습이었다. 수남 역시 반쯤 정신을 놓았다. 뜸북, 뜸북, 뜸북……. 뜸부기는 새카맣게 속이 타는 세 사람의 마음도 모르고, 제 목청 뽐내기에 바빴다.

어느 순간 수남이 푸드덕, 닭 날개 홰치듯 팔을 휘저으며 벌떡 일어났다. 그러고는 다짜고짜 약손의 곁에 앉았다.

수남이 간곡한 표정으로, 더할 나위 없이 절박한 표정으로 물었다.

"얘, 약손아. 무슨 방도가 있기는 한 거지? 뭔가를, 참말 알고 있는 거 맞지?"

"……"

"그렇잖아. 아무 생각 없이 의원님과 맞선 것은 아니잖아? 그치? 비방을 알고 있는 거지?"

"……"

수남은 하늘님이 내려 주신 마지막 동아줄이라도 되는 듯 약손의 손을 꼭 붙잡았다. 하지만 약손은 여전히 말이 없었다. 그저 면목이 없다는 듯 툭, 고개를 떨어뜨릴 뿐이었다.

"설마……"

"……죄송해요."

그것만으로도 대답은 충분했다. 수남은 나라 잃은 표정으로 바닥에 철퍼덕 주저앉았다.

"아부지, 이 불효자 용서하세요. 어무니, 수남이는 먼저 갑니다. 여우 같은 각시도 못 얻어 보고, 토끼 같은 자식도 못 낳아 보고…… 총각 귀신, 역병 귀신이 되어 이렇게 떠나요……."

수남은 약손과 복금, 셋 중에서 가장 연장자 되는 체면도 잊고 엉엉, 설움에 복받쳐 눈물을 쏟아 냈다.

"아저씨, 울지 마세요. 울지 마세요. 뭔가 방법이 있을 거예요."

복금이 곁에서 달랬지만 아무 소용이 없었다.

그런 둘을 지켜보는 약손은 더욱더 미안해졌다. 하지만 이제와 후회하기에는, 되돌리기에는 일이 너무 커졌다. 너무 늦었다.

여약손. 너 대체 무슨 짓을 한 거냐? 귀신에라도 썬 거냐? 대체 어쩌자고 그런…… 그런 말도 안 되는 약속을 한 거야!

약손은 깊은 한숨만 푹푹 내쉬었다.

그렇다면 과연, 약손에게는 대체 무슨 일이 벌어진 것인지?

사건의 전말을 이해하기 위해서는 일각 전으로 되돌아가야만 했다.

"이것은 역병이 아닙니다."

"뭐라고?"

"다들 잘못 아셨어요."

복금과 수남의 증언대로 지금 이 순간, 약손의 뒤에서 후광이 비쳤는지, 관세음보살님께서 보우하셨는지는 하등 중요하지 않았다. 약손이 호기롭게 제 의견 피력한 것은 좋았으나 응당 뱉은 말에는 책임을 져야만 했다.

그 똑똑하다는 활인서와 내약방 의원님들이 머리 맞대고 상의 한 끝에 역병이라 판결 내렸고, 그에 따른 적절한 조치까지 취한 마당이었다. 하지만 제대로 된 의학 서적 한번 들춰 본 적 없을 것 같은 새파랗게 어린 생도가 그 처방이 틀렸다 당당하게 대거리했다.

사람들은 약손이 재가 역병에 걸려서 머리가 어떻게 됐나 보다고, 돌아 버린 것 아닌가 의심부터 했다. 하지만 약손은 저가 미쳤다고, 무시하고 비꼬는 주변의 말에도 전혀 굴하지 않았다.

"이건 역병이 아니에요."

"대체 그게 무슨 말이야?"

"장담합니다. 의원님들께서 오진하신 거예요."

"!"

하지만 사람이란 살면서 해야 할 말과, 해서는 안 될 말을 구분할 수 있어야 했다. 처음엔 그저 저 어린 생도가 미쳤구나, 정신 나갔구나, 무시하던 의원들도 '오진'이라는 말에는 움찔, 미간을 찌푸릴 수밖에 없었다.

감히, 제까짓 게 뭐라고? 생도 따위가 뭘 안다고 의원님이 내리신 처방에 반기를 들어?

심지어 활인서의 책임자인 허 참봉은 저 세상 물정 모르는 어린 생도의 버릇을 고쳐 주겠다며 두 팔을 썩썩 걷어붙이기까지 했다. 허 참봉 성격 불같은 건 의원들 사이에서도 유명한데.

하마터면 크게 주먹 다툼이 벌어질 뻔한 것을 한길동 영감이 끼어들어서 간신히 말렸다.

"아이고! 허 참봉! 그만하게! 어린애라네, 어린애야. 자네 말대로 세상 물정 모르고, 똥인지 된장인지 구분 못 하는 천둥벌거숭이라고!"

한길동 영감이 허 참봉의 옷깃을 겨우겨우 붙잡았다. 이러니

저러니 해도 생도들은 한길동 영감이 거둬야만 했다. 제 눈앞에서 벌어지는 싸움판에 끌어들일 수는 없었다.

한길동 영감이 허 참봉을 막으며 대신 약손을 꾸짖었다.

"너! 감히 예가 어느 안전이라고 오진을 운운하느냐? 네가 뭘 알아? 네놈이 정녕, 정신이 나갔지? 내, 너를 따끔하게 벌해 잘못을 물을 것이다!"

"하지만 영감! 저는…… 저는 미치지 않았습니다. 그 어느 때보다 멀쩡합니다!"

간신히 허 참봉을 달래는가 싶었는데, 약손은 제정신은 충분히 맑다며 다시 허 참봉을 부추겼다.

"그래도 이놈이! 정신을 못 차리고!"

허 참봉이 소처럼 씩씩 김을 뿜으며 달려가려 했다. 이번엔 한길동 영감도 그 앞을 막아서지 못했다.

아이고, 허 참봉! 그 불같은 성격 때문에 손해 본 게 하루 이틀이 아니면서! 그 욱하는 성격 때문에 남다른 의술 실력 갖고도 활인서로 쫓겨났으면서! 한길동 영감이 어찌할 바 모르고 발만 동동 굴렀다. 하지만 허 참봉이 약손의 멱살잡이를 하기 전에, 그보다 먼저 나선 사내가 있었다.

"너 방금 뭐라 했느냐?"

"……예?"

너 이놈 미쳤냐고, 혼구멍을 내주겠다고 벼르는 허 참봉과는 정반대였다. 사내는 무척이나 친절하고 나긋한 어투로 말했다. 남자가 먼저 나서니까 허 참봉도 그만 자리에서 멈칫 걸음을 멈췄다.

남자는 바로 아까 사당에 불 지르라 서슴없이 명령하던 민경예였다. 사실 민경예는 연배를 따지면 약손과 별반 차이도 나지 않았지만, 마치 약손보다 한참 어른인 것처럼 굴었다.

"저…… 그것이……."

약손은 살짝 당황했다. 제가 생각해도 미친 것 같은 소리 내뱉은 후에 다들 돌았냐고, 혼내 주겠다고 욕만 들었는데. 민경예가 이렇게 나올 줄을 몰랐다.

민경예가 다시 한번 달래듯 물었다.

"혼내지 않을 테니까 걱정 마라. 좀 전에 한 말, 다시 해봐."

민경예가 약손을 구슬렸다. 이렇게 직접 마주하고 보니까, 어쩐지 아까와는 영 딴판인 것 같았다. 마냥 악독한 사람은 아닌 것만 같았다. 그래서 약손이 다시 한번 용기를 냈다.

"역병이 아니라요……."

"응."

"의원님들이 뭔가 잘못 아셔서……."

"그래."

"오진을…… 하신 것 같은데……."

"……."

오진. 그 말 한마디에 아주 잠깐, 민경예의 얼굴이 굳어졌다. 하지만 그 순간은 워낙 찰나였다. 아무도 알아챈 사람이 없었다. 오직 민경예와 얼굴 마주했던 약손만 언뜻 볼 수 있었다. 하지만 약손조차 그 작은 변화를 제대로 눈치채지는 못했다.

"오진? 너 지금 오진이라 했어?"

민경예는 기가 막힌다는 듯 몇 번이나 '오진'이라는 말을 반복했다. 어느 순간, 민경예가 제 얼굴에 서렸던 서늘한 기색을 싹 지웠다. 대신 픽, 웃으며 약손에게 물었다. 그래, 너는 왜 오진이라고 생각했느냐? 그렇게 생각한 연유를 말해 봐.

사당에 모여 있는 모든 사람들은 내심 놀랐다. 다른 이도 아니고, 민경예가 그렇게 협조적으로 나올 줄이야. 아무도 예상하지 못했다. 의원 중 누군가가 '이보게, 경예. 어찌 한낱 생도의 의견을 믿으려 하는가? 시간 낭비야!' 대신 불만을 토로했다.

하지만 경예가 설레설레 고개를 저었다.

"아닙니다. 아무리 궐에서 심부름하는 하찮은 생도라 해도 무시해서는 안 되지요. 자고로 공문자孔文子는 영민하지만 배우기를 좋아했고, 아랫사람에게 묻는 것을 부끄러워하지 않았습니다. 공자께서도 제사를 올릴 때 주변 사람에게 시시때때로 하문하셨습니다. 불치하문不恥下問, 그것이야말로 의학자에게 반드시 필요한 자세 아닙니까?"

역시, 민경예는 괜히 최연소 의과시 합격생이 아니었다. 입에서 내뱉는 말 한마디 한마디가 주옥같았고, 어디 틀렸다 나무랄 데가 없었다. 민경예가 그렇게까지 말해 주니까 약손은 어쩐지 고맙고, 어쩐지 좀 쑥스럽기까지 했다.

"자, 괜찮으니까 오진이라고 판단한 이유를 말해."

"……."

살짝 용기가 샘솟았다. 약손은 민경예의 친절함만 믿고 제가 그렇게 결정 내린 까닭을 더듬더듬 나열했다.

"우선은…… 역병이 도는 마을에 환자가 모두 어린아이들이라는 것이 이상합니다."

"그게 뭐가 이상할까? 원래, 어린아이들이 어른보다 병약하여서 무슨 병이든 제일 먼저 걸리는 법이다."

"아무리 그렇다고 해도 어른 환자가 한 명도, 단 한 명도 없다는 것은 말이 안 됩니다."

"아무런 조치도 취하지 않고 이렇게 자꾸 허송세월 보내면, 이 마을의 어른들 또한 병에 전염되는 것은 시간문제겠지?"

약손의 말 하나하나에 답해 주는 민경예의 말투는 여전히 아이들에게 세상 이치 설명해 주듯 친절하고 사려 깊었다. 하지만 마지막에 대꾸한 문장에는 분명히 '너 같은 팔푼이가 지금처럼 쓸데없이 시간을 끌어서 일을 더 크게 만드는 거야.'라는 뜻이 다분했다.

분명 민경예는 겉보기에는 친절하고, 내뱉는 말도 구구절절 옳았지만 묘하게 약손의 기를 죽였다.

"또 뭐가 있니? 계속해 봐."

"예? 또요? 이게 단데……."

약손이 화들짝 놀라며 대답했다. 저는 정식으로 의술 배워 본 적도 없고, 약방에서 오며가며 잔심부름한 것이 전부인데. 뭔가 미심쩍은 부분을 한 가지라도 찾아낸 게 용한 건데. 대체 뭘 더 말하라는 거지?

사실 약손은 저가 이상하다고 느낀 점을 찾아내면 의원님들이 단 한번이라도, '그래. 네 말을 듣고 보니 좀 이상하구나. 왜 어른들은 역병에 걸리지 않았을까? 세상에 이런 역병증은 처음 본다. 암만해도 뭔가 수상하구나. 무턱대고 아이들을 몰아 죽이지는 말아야겠다. 좀 더 시일을 두고 지켜보자.' 이렇게 말할 줄 알았다.

하지만 민경예는 약손의 의견을 수용하기는커녕, 대수롭지 않게만 여겼다. 내가 찾아낸 미심쩍은 부분은 그거 한 개뿐인데. 그게 전부인데…….

밑천이 바닥난 약손은 초조한 마음에 질겅질겅 입술만 씹어 댔다.

"그것뿐이야? 내가 내린 처방을 오진이라고 판단한 이유가?"

민경예가 참을성 있게 다시 한번 되물었다.

"예…… 이게 끝입니다……."

아까의 패기는 온데간데없었다. 약손의 목소리가 점점 더 기어 들어갔다. 물론, 굳이 한 가지 더 이유를 꼽아 보자면…… 이상한 점 한 가지를 더 말해 보자면…….

하지만 제 마음속에 마지막 남은 이유를 입 밖으로 내뱉기에는, 제 자신이 생각하기에도 너무나 말이 안 되긴 했다. 해서, 약손은 그저 입을 다물 수밖에 없었다.

그런 약손의 태도에 의원들이 '그럼 그렇지, 네까짓 게 무슨…….' 흥! 흥! 콧방귀를 뀌어 댔다.

"참내, 괜히 시간 낭비만 했구만."

"처음부터 생도 따위 말 듣는 게 아니었다고!"

"하여튼 경예, 자네는 마음이 약해서 탈이야!"

이제 사람들은 약손을 대놓고 무시하고 조롱했다.

아이와 어른, 두 사람이 똑같이 감기에 걸리고 똑같은 식중독에 시달려도 아이들이 어른보다 더 많이 아파하고, 더 오래 앓는 이유가 괜히 있는 것이 아니었다. 어린아이들은 어른보다 살도 무르고, 뼈도 약하니까 아이는 어른이 거뜬히 이겨 내는 작은 병에도 맥 못 추고 픽픽 죽어 나가는 경우가 다반사였다.

어째서 역병이란 놈이 어른들은 귀신같이 싹 피하고, 어린아이들에게만 피해를 입혔는가? 왜 아이들만 역병에 걸렸는가? 이럴 수가 있는가? 역병에게 뭐, 어른 아이 구분하는 눈이라도 있는가?

약손에게는 한없이 이상하고 객쩍은 일이 의원님들이 보기에는 하나도 의심스럽지가 않은, 오히려 이치에 딱 맞는 당연한 일이었다. 이제 그 피해가 어른에게 미치는 것은 시간문제일 뿐이었다.

그리고 그 무서운 전염을 막기 위해서는 경예의 말마따나 한 시라도 빨리 환자들을 격리시키는 것이 최우선이었다. 물론 그 완벽한 격리에 죽음보다 더 훌륭한 것은 없었다.

"그래, 잘 알았다. 비록 생도이나 용기 있게 의견을 말한 네 태도만큼은 높이 사마."

과연, 칭찬을 하는 것인지 욕을 하는 것인지. 제 할 말 마친 민경예가 획, 미련 없이 돌아섰다.

"하, 하지만……."

돌아선 민경예의 뒷모습은 한없이 냉랭했다. 민경예에게 실낱 같은 희망을 걸었던 약손은 그제야 제 의견이 완전히 무시당하고 묵살됐다는 것을 깨달았다.

이제 보니까 민경예는 약손의 말을 들어 주는 척, 이해해 주는 척하면서 결국 이런 우스운 꼴을 만들기로 작정했던 것이었다. 처음부터 그런 의도였던 것이다.

이런…… 염병스러울 데가!

약손의 눈썹이 움찔, 찌푸려졌다.

저치가 나 망신 주려고 처음부터 수작 부린 거잖아? 멍석 깔아서 판 벌린 거잖아?

속마음을 간파하고 나니까 배 속에서 욱, 화가 치솟았다.

보통 사람이라면 이쯤 되면 기가 꺾여서 아무 말 못 하고 물러서기 마련이었다. 민경예 또한 그런 점을 노렸다. 모두가 약속이라도 한 듯, 한 사람을 미치광이 취급하고 비난하는 상황이 되면 그 누구라도 견디기 쉽지 않을 테니까.

민경예는 이 정도 했으면 어린 생도에게 따끔한 훈육이 되었을 거라고 생각했지만 오산이었다. 민경예는 사람 잘못 봐도 단단히 잘못 봤다.

안타깝게도 제가 상대한 생도는 그저 보통의 생도가 아니었다. 조선 팔도 떠돌아다니며 온갖 산전수전, 공중전은 다 겪은 약손! 칠봉의 아들, 여약손이었다.

이제 관군들은 더 이상의 망설임도 없이 사당에 불을 놓을 태세였다. 그리고 그 같잖은 명령을 내린 것은 얄미운 이방도 아니요, 병 걸린 백성들 나 몰라라 두고 도망친 군수도 아니요, 다름 아닌 저 민경예! 내약방 의원님들조차 꼼짝하지 못하는 바로, 저 놈이었다!

약손이 꾹 다부지게 손을 말아 쥐었다.

싯팔, 얼굴 잘생기면 다야? 똑똑하면 다야? 하마터면 그 다정한 태도에 속아 깜빡 넘어갈 뻔했다.

감히, 나를 등쳐먹으려고 했어? 속이려고 했어? 사람들 앞에서 바보, 망충이, 반편이를 만들어서?

약손은 외상값 안 갚고 튀어 버린 손님을 상대했을 때만큼이나 깊은 울화가 치미는 것을 느꼈다. 아니, 외상값은 양반이었다. 이건 그냥 모른 척 넘어갈 수도 없는 일이었다. 어지간해야 참고 넘어가지? 그래, 큰 피해 막겠다는 건 좋다 이거야. 의원님들이야 한낱 무지렁이, 약방 생도에 불과한 저보다 훨씬 많이 배우고 훨씬 똑똑하신 분들이니까 어련히 좋은 방법 생각해 내셨겠지.

하지만 그래서 나온 결론이 결국, 더 큰 피해 막자고 어린애들을 한곳에 몰아넣고 불사르는 것인가? 암만 가래로 막기 전에 호미로 막는 것이 슬기로운 행동이라지만, 어디 사람 목숨을 호미처럼 여기는 게 정녕 옳단 말이야?

약손은 도무지 이해할 수가 없었다.

"약손아!"

복금이 약손을 제 쪽으로 끌어당겼다. 하지만 약손은 이미 울화통이 터져 분기가 탱천했다.

"이거 놔!"

약손이 휙 복금의 손을 뿌리쳤다. 그 손 날램이 어찌나 매섭고 거칠던지 복금조차 깜짝 놀랄 정도였다.

"사람 목숨은 호미가 아니라고!"

"으응?"

약손은 복금은 이해도 못 할 뜻 모를 얘기만 했다. 약손이 성큼성큼 걸었다. 그러고는 저만치 돌아서 가는 민경예의 팔을 휙 잡아 돌렸다.

"세상에!"

"쟤, 미친 거 아니야?"

그 어마어마한 하극상에 복금이와 수남이, 생도들은 물론이고 의원들마저 기겁하며 놀랐다. 저, 저, 저, 저 방자한 놈! 누군가 게거품을 물고 소리쳤다. 그러든가 말든가. 이제 약손은 보이는 게 하나도 없었다. 회까닥 눈이 뒤집혔다고 표현하면 딱 맞았다.

어차피 저는 궁궐에서 천년만년 살 것도 아니었고, 마음만 먹으면 지금 당장이라도 빠져나갈 방도가 있었다. 웃전에게 잘 보여서 출세하는 일? 그따위는 저랑 상관도 없는 시시한 얘기였다.

나는 언제고 장터로 자유롭게 떠날 사람이라고!

가만 보자보자 하니까, 나를 보자기 취급했어? 망할 인간!

"이야기는 마저 들으셔야죠!"

"너! 이게 무슨 짓이야?"

민경예는 설마 약손이 이렇게까지 나올 줄은 몰랐나 보다. 민경예 또한 적잖게 놀란 얼굴이 됐다. 약손은 전혀 아랑곳하지 않았다. 그러고는 왈패들과 대거리하던 버릇 그대로 나와 턱, 제 허리에 손부터 짚었다.

"비록 제가 생도이나, 입궐하기 전에는 조선 팔도 떠돌아다니며 살았습니다. 암만 심부름이래도 약방에서 일도 했었고, 역병 창궐하는 마을 지나친 적이 한두 번이 아닙니다."

"그래서?"

"그래서는 뭐가 그래섭니까. 저는 이제껏, 역병 돈 마을에서 어린애들만 싹 죽었다는 얘기는 한 번도 못 들어 봤는데요?"

"뭐라고?"

"의원님은 역병이라 하셨지요? 아니요. 저는 이 병이 절대, 절대, 절대 역병이 아니라고 생각합니다."

"그건 내가 아까 누누이 설명을 한……."

"그러니까! 저는 그 설명에 동의하지 않는다구요!"

요 근래에 인생이란 게 이판, 사판, 술판이라는 것을 몇 번이나 깨달은 약손이었지만 그래도 이렇게까지 막판이 될 줄은 몰랐는데……. 약손은 새삼, 제 인생이 점점 막장으로 치닫는 것 같다고 생각했다.

민경예를 막아선 약손의 등 뒤로는 아이들이 갇힌 사당이 있었다. 그 반대편에는 군관에게 맞아 피떡이 된 나무꾼, 그 못지않게 엉망이 된 마을 사람들이 있었다.

그 사이에 서 있는 약손은, 정말이지 한 걸음도, 단 한 걸음도 뒤로 물러설 데가 없었다.

"……"

"……"

이렇게 된 이상 어쩔 수 없지. 저가 무식해서, 뭘 몰라서 저지르는 실수라고 해도 할 수 없었다. 대체 의원님이 얼마나 총명하고 대단하신지는 모르겠지만…….

적어도 약손은 이렇게 맥없이 무고한 아이들 죽이는 일은 막아야 한다고 생각했다.

민경예는 역병이 아니라고 생각하는 더 많은 이유를 대라고 했지만, 대체 사람 목숨 지키는 것보다 더 중요한 이유가 어디에 있단 말인가?

그리고 아이들의 목숨 줄 쥐고 있는 제 앞의 사내를 막기 위해서는 단 한 가지 방법밖에 없었다.

"만약에…… 만약에 말입니다……."

약손의 목소리가 파르르 떨렸다. 민경예는 어디 할 말이 있으면 계속해 보라는 듯, 매서운 눈길로 약손을 쏘아봤다. 정말이지 민경예는 약손이 입궐한 뒤에 그토록 부러워하고 따라 하고 싶었던 지방우의 권세 따위와는 비교도 안 되는, 진정한 웃전의 위엄을 여실히 뿜어내고 있었다.

웃전이란 이런 것인가……?

약손은 그만 다리에 힘이 풀려 휘청, 주저앉을 뻔한 것을 간신히 버텼다. 기죽지 말자, 기죽지 말자! 약손이 속으로 되뇌었다. 쳇, 궁인이 별거야? 웃전이 뭔데? 그리고 따지고 보면 이젠 나도 어엿한 궁인이야! 이거 왜 이러서?

약손이 꿀걱 침을 삼켰다. 민경예 만큼이나 약손의 얼굴에도 제 나름의 단호함이 서렸다.

"의원님께서 이리 끔찍한 짓 저지르셨다가……."

"……."

"제 말대로 역병이 아니라면…… 사실은 쉬이 고칠 수 있는 병이라면 그땐, 그땐 어쩌실 겁니까?"

"뭐라?"

"사당 안에서 무고하게 불타 죽은 어린애들의 목숨은 어떻게

합니까?"

"허?"

"다른 누구도 아닌 의원님이, 제 앞에 서 계신 의원님이 책임 지시는 겁니까?"

"……."

"의원님께서 잘못된 처방과 오진을 내리셨으니까?"

"!"

약손은 부러 오진, 이라는 마지막 말에 힘을 실었다. 너, 아까 일부러 나 위하는 척하면서 망신 줬지? 팔푼이 만들었지? 내가 신세지고는 절대 못 산다. 너도 당해 봐라!

약손은 민경예에게 그대로 되갚아 줬다.

"……."

"……."

약손과 민경예, 민경예와 약손.

둘 사이에 보이지 않는 팽팽한 기운이 맴돌았다. 그저 약손을 아무것도 모르고 철없이 나대는 생도로만 생각하고 가볍게 무시하려고 했건만. 감히, 네가! 감히, 너 따위가…… 내가 누군 줄 알고 이래?

와드득 민경예가 보이지 않게 주먹을 말아 쥐었다. 하지만 민경예는 곧 제 얼굴에 사납게 떠오른 표정을 재빨리 갈무리했다. 어린 생도 하는 짓거리가 화가 나고 기가 막히지만, 그대로 분통 터뜨리기에는 아무래도 지켜보는 눈이 많았다.

잠시 생각에 잠겼던 민경예가 픽 헛웃음을 터뜨렸다. 하지만 애써 짓는 미소가 분명했다. 민경예의 입가 또한 파르르 떨렸다.

"용기만 가상한 줄 알았더니 배짱 또한 두둑한 생도였구나?"

"딴말 마시고요. 의원님께서 책임지십니까? 죄 없는 아이들을 죽여 놓고?"

"그래! 내가 책임진다면?"

"……!"

민경예 또한 만만치 않은 상대였다. 민경예가 한 발자국, 약손의 앞으로 다가섰다.

"만약 네 말이 틀리고 내가 맞다면 너 또한 그 책임을 지겠느냐?"

"그, 그건……."

한순간 약손의 말문이 막혔다. 역시, 웃전들은 만만치 않아……. 그녀들이 괜히 피바람 부는 궐 한복판에서 살아남은 것이 아니었다. 내공이 백단이었다. 하마터면 약손은 저도 모르게 '채, 책임까지는 아니고…….' 말할 뻔했다. 하지만 이제 와서 내빼 버리기에는 되돌릴 수 없었다. 너무 멀리 왔다.

그리고 다른 것은 다 제쳐 두더라도, 명색이 의원이라는 작자 하는 짓거리가 너무 괘씸해서! 사람 목숨을 티끌만큼도 귀하게 생각지 않는 게 너무나도 화가 나서!

"좋습니다. 제가 책임지겠습니다."

의술이라고는 쥐뿔도 모르는 주제에, 그만 약손은 저가 책임을 지겠다는 무시무시한 약속을 해버리고 말았다.

세상에 맙소사! 이제 난 망했구나, 죽었구나, 아부지 얼굴 보기는 글렀구나……. 말을 내뱉은 동시에 후회했던 것은 약손 혼자만의 비밀이었다.

[3]

그 후에, 민경예는 어찌나 일사천리로 착착 일을 진행하던지.

"궁궐 내약방에서 중발대가 도착하기까지 앞으로 닷새. 너에게도 닷새의 말미를 주겠다. 너는 역병이 아니라고 하였으니, 그동안 병의 원인을 찾아내라."

"……."

"단, 나는 역병임을 확신한다. 사당 안에 있는 환자들을 제외하고, 그 나머지 사람들은 모두 마을 밖에서 머물 것이다. 너는 닷새 안에 내가 내린 처방이 오진이 아니라는 것을 반드시 증명해야 할 것이야!"

민경예가 이를 갈 듯 말했다. 아무래도 잠자는 호랑이의 코털을 건드린 것이 분명했다. 민경예는 유난히 '오진'이라는 말에 집착하며 뒤끝을 과시했다. 약손은 당장이라도 오진이네, 뭐네 입방정을 떨며 민경예의 자존심을 뭉개 버린 제 입을 마구 때리고 싶을 정도였다.

그리고 민경예는 참말로 약손 혼자만 쏙 빼놓고는 관군과 의원들, 생도들을 데리고 마을을 벗어났다.

물론 단 한 사람 복금만이 '약손이와 함께 남겠습니다. 허락해 주세요.' 자진해서 약손을 돕기를 청했다.

민경예는 그 우정 또한 같잖다는 듯 픽 비웃으며 허락했다. 얄팍한 우정에 목숨 귀한 줄 모르지.

"또 남을 사람이 있거든 말해라. 저 생도 돕는 것을 말리지 않을 테니."

민경예가 대단한 은혜 베푼다는 듯 너그럽게 말했다. 하지만 대체 어떤 미친놈이 민경예와 등 돌리고, 생도 나부랭이인 약손의 말을 따른단 말인가. 머리가 어떻게 회까닥 돌아 버리거나 정신이 나간 자가 아닌 이상…….

"으아아악!"

그저 제 한 목숨 무사히 연명해서 저승의 명부에 적힌 수명대로만 오래오래 사는 것이 소원이던 수남도 미련 없이 민경예를 따르려고 했다. 약손이고 나발이고, 수남은 역병 도는 이 마을만 떠나면 원이 없었다. 수남은 약손을 모른 척하며 팽 등을 돌렸다. 하지만 이게 웬 신령님의 얄궂은 장난인지…….

하필이면 민경예가 약손과 남고 싶은 자는 당장 말하라고 할 때, 수남의 볼때기에 벌레 한 마리가 앉았다. 벌레가 수남의 볼을 깨물었는지 따끔, 아팠고 징그러운 발 달린 벌레에 놀란 수남은 저도 모르게 '으아아악!' 큰 비명을 지르며 두 팔을 높이 들고 말았다.

물론 그 모습은 민경예가 보기에 약손과 남겠다, 라는 뜻으로 비춰졌다.

"좋아. 너희 둘은 이곳에 남아도 좋다."

"예."

"예? 예? 아니, 저는 아닌데? 저는 벌레 때문에…… 아닌데? 아닌데? 저는 진짜 아닌데?"

복금이 조용히 약손의 뒤에 섰다. 수남은 아니라고, 제 뜻은 그게 아니라고, 저는 오로지 민 의원님의 뜻만 따를 것이고, 민 의원님만 의지하며 살아갈 것이라고, 필사적으로 설명했다. 하지만 결정을 되돌릴 수는 없었다.

이 싯팔 벌레…….

수남은 그때부터 꺼이꺼이 눈물을 흘렸다.

"이제 가면, 언제 오나…… 오실 날이나 일러 주오……."

수남은 울다 울다 이젠 아예 본격적인 상여곡을 부르기 시작했다. 비록 복금도 자청하여 남긴 했지만 마음이 착잡하기는 마찬가지였다.

"휴……."

"하……."

"아이고, 내 팔자야……."

그렇게 모두가 떠난 사당 안에는 한동안 세 사람의 한숨 소리, 상여 가락만 떠돌았다. 초상집이 따로 없을 정도로…… 아니, 어쩌면 곧 진짜 초상집이 될지도 모르겠다는 불길한 생각이 밀려왔다.

그래도 그 셋 중에서 복금이가 가장 먼저 정신을 차리고 일어났다. 어차피 이렇게 한숨만 내쉬고 있어 봤자, 해결되는 것은 아무것도 없었다. 또한 민경예가 말미로 준 시간도 오직 닷새뿐이었다. 게다가 마냥 이렇게 손 놓고 있을 수만은 없는 이유…….

문 잠긴 사당 안에는 아직도 환자들이, 그러니까 어린아이들이 갇혀 있었다.

"일단, 애들부터 옮기자. 쟤네는 환자잖아."

복금이가 약손이를 달랬지만 약손은 정말 아무것도 하고 싶지 않았다. 몸에 힘이 쭉쭉 빠지는 것 같았다.

"닷새, 닷새, 닷새……."

이 무서운 병의 원인을 밝혀내기에는 아무리 생각해도 너무나 짧은, 너무나 야속한 시간이었다.

아…… 내가 정말 미쳤나 보다. 돌았나 보다! 어쩌자고 그런 말을 해서! 책임을 지긴 무슨! 내 인생도 막장인데! 내가 뭘!

약손이가 머리를 쥐어뜯었다.

남은 시일은 앞으로 닷새. 고작 닷새……. 하지만 약손은 아무런 방책도 강구하지 못한 채 첫날을 그렇게 하염없이 흘려보내야만 했다.

*

—와장창

해가 막 넘어갈 무렵이었다. 주상 전하께서 오후 업무 모두 마치시고 느지막하게 석수라 들기 위해 들른 침전에서 한바탕 난리가 벌어졌다.

무언가 와장창우장창 끝없이 깨지고 부서졌다. 강녕전의 마루와 월대, 앞뜰까지 길게 늘어서 있던 궁녀와 내관들이 아무런 까닭도 알지 못한 채 이마를 바닥에 대고 엎드리기 바빴다. 주상 전하만큼이나 눈코 뜰 새 없이 처리할 일이 많아 이제 막 복도를 걸어오던 동재가 그 엄청난 소란에 놀랐다.

"무슨 일이냐? 이게 대체 무슨 소리야?"

동재가 달렸다. 그 뒤를 따르던 작은 내관 또한 자연스럽게 걸음이 빨라졌다. 주상 전하 들어 계신 침전 밖, 복도에서는 이미 궁녀들이 모두가 부복하여 '전하! 통촉하여 주시옵소서! 고정하시옵소서!' 스스로의 죄를 빌며 울고 있었다.

"대체 이게 무슨 일이냐?"

동재가 황급히 침전 안에 들어섰지만 몇 걸음 딛기도 전이었다. 동재의 발치에서 툭, 산산 조각난 백자 사발이 걸렸다. 본래는 주상 전하 드실 새하얀 쌀밥이 가득 쌓여 있어야 마땅했다.

대체 무슨 변고인지? 엉망이 된 것은 비단 사발뿐만이 아니었다. 매운 고춧가루 넣지 않고 버무린 몇 가지의 초록 나물 또한 방바닥 곳곳에 널브러져 있었다.

"전하, 무슨 일이시옵니까?"

주상 전하께 가장 먼저 하문하되 눈은 주위를 살피기 바빴다. 바닥에 깨진 날카로운 사기 조각에 혹여나 전하께서 다치실까,

용 상궁이 어쩔 줄 모르며 맨손으로 그릇을 쓸어 담는 것이 보였다.

한쪽에는 기미 담당하는 윤 상궁이 질끈 눈을 감은 채 엎드려 있었다. 윤 상궁의 어깻죽지가 파들파들 떨렸다.

"누구냐? 어떤 간악한 것이 내 앞에서 이런 짓거리를 벌였어?"

침전의 가장 안쪽에서 이유의 추상같은 호령이 떨어졌다. 네 다리가 박살이 난 수라상 위에는 이유가 사용한 것이 분명한 은수저가 본래의 빛을 잃고 새카맣게 변해 있었다.

"이, 이런!"

그 광경을 확인한 동재의 낯빛 역시 파랗게 질려 갔다. 침전의 사방을 호위하던 내금위는 궁인들의 목 아래에 날 선 검을 겨누었다. 이유의 명 한마디만 떨어지면 언제든 그 목숨 쉬이 거둬 갈 태세였다.

"상궁마마! 용 상궁마마!"

그때, 석수라상이 뒤집어졌다는 소식을 듣고 수라간 최고 상궁이 황급히 달려왔다. 그녀가 어쩔 줄 모르는 표정으로 용 상궁에게 무언가를 다급하게 설명했다. 가만히 고개 끄덕이며 자초지종 듣던 용 상궁이 그 자리에 무릎을 꿇고 이유의 앞에 머리를 조아렸다.

"전하! 용 상궁이 아뢰옵니다. 요 며칠 전하께서 육고기 드시지 않고 감선減膳하시어, 수라간에서 옥체 상하실까 염려하여 만둣국에 꿩고기를 다져 넣었다고 합니다. 한데 그 꿩이 유황을 먹여 키웠다는 것을 깜빡 잊어……."

평소에 눈치가 조금 없는 것을 빼면, 제 할 일 빠릿빠릿하게 잘 처리하던 용 상궁이 어찌하여 이리도 큰 실수를 저질렀는지 모를 일이었다. 목숨을 거둬 마땅했다. 주상 전하께서는 그 누구보다 독살에 예민하게 반응하신다는 것을 잊었단 말인가?

동재는 당장이라도 용 상궁에게 쓴소리를 날리고 싶었다. 하지만 문책하고 벌을 내리는 것은 둘째 문제였다.

주상 전하께서는 안 그래도 요 며칠 내내 피곤하고 지쳐하셨다. 궁궐의 업무 힘든 것이야 하루 이틀 일이 아니었지만 얼마 전, 칠촌에서 발병한 역병 때문에 온 신경이 곤두서 있는 상태였다.

왕위에 오르신 지 이제 고작 삼 년째. 말이 삼 년이지 횟수가 아닌, 월수로 계산하면 서른 달을 겨우 넘겼을 뿐이었다. 한데 어찌 된 일인지 이유는 재위한 그 짧은 시기 동안에 벌써 역병만 두 번째를 맞고 있었다. 작년에 돌았던 역질 때문에 하남 인구의 반 이상이 죽어 나갔다. 겨우겨우 병의 불씨를 잡아 다스렸나 싶었는데 이제는 칠촌, 심지어 그곳은 도성과 채 하루도 떨어지지 않은 곳이었다.

안 그래도 어린 왕 내치고, 친형님 배신하고, 동생 죽여 피를 마셔 태어난 폭군이라는 소문이 도는 마당에 역병까지 일어났다. 민심이 들끓었다. 반역하여 어거지로 자리 차지했으니 분명 하늘이 노해 벌을 받는 것이리라, 새 임금은 온전한 군주의 재목은 못 되더라…… 온갖 비방이 퍼져 나갔다.

민심民心은 곧 천심天心이었다.

왕 없이 백성은 존재할 수 있어도 백성이 없으면 왕은 존재할 수 없었다. 이유 또한 그 사실을 누구보다 잘 알고 있었다. 하여 이유는 칠촌에 급히 내약방 의원을 파견하고 왕실 차원에서 역병에 대한 만반의 대비를 했다. 뿐만 아니라 손수 수라의 반찬 가짓수까지 줄여 가며 자신의 부덕함을 스스로 꾸짖었다. 초조 반이나 참도 빼 버리고 하루에 세 끼 이상은 절대 먹지 않았다.

어떻게든 이 나라 지존께서 그 누구보다 백성들의 형편을 걱정하고 있다는 뜻을 보여야만 했다.

하지만 그런 방법으로 신료들에게 몸소 모범 보이는 것과는 별개로 수라간 상궁들은 그저 애가 타고 걱정될 뿐이었다. 전하께서 하루 드시는 식사는 하루에 고작 세 번뿐이었고, 상차림에 육고기는 물론이고 물고기도 금지됐다. 올릴 것이라고는 나물뿐이었다. 한데 그마저도 다섯 가지를 넘길 수 없었다.

과연 저런 것들만 자시다가 전하의 옥체가 상하면 그때는 어떡한담? 수라간 책임지는 최고 상궁은 밤잠도 못 자고 고민하고 또 고민했다. 그러다가 찾아낸 방도가 만두피를 빚어 그 안에 몸에 좋은 것을 전부 담기로 했다. 전하께서 명하신 대로 돼지나 소, 닭 같은 육고기는 뺐지만 대신에 몸보신에 좋은 꿩고기를 넣었다. 누가 봐도 기가 막힌 방책이었다.

한데 웬걸. 최고 상궁은 오로지 주상 전하를 걱정하는 마음에 꿩고기를 섞었는데, 하필이면 그 꿩은 유황을 먹여 키운 것이었다.

본래 유황은 은과 반응했다. 혹여 수라상에 유황이 섞인 반찬이 오르면 그때는 미리미리 기미 보는 상궁에게 언질을 해주는 것이 원칙이었다. 한데 그만, 그 지침을 깜빡했다.

"됐다. 다 필요 없다. 꼴도 보기 싫으니 전부 치워라!"

용 상궁과 최고 상궁이 음식에 독이 섞인 것이 아니라고, 그저 황 성분 때문에 그런 것이라고 사정을 하여도 이미 머리끝까지 화가 치솟은 이유를 달랠 수는 없었다.

언제나 그렇듯 노기가 번지니 이유는 귀와 얼굴부터 시작해서 이내 목까지 시뻘겋게 피부환증이 도지기 시작했다.

"전하, 전하! 아이고 전하……"

동재는 어떻게든 이유를 진정시키려 했다. 상궁들이 뾰족한 사기그릇에 손 베어 가는 것도 아랑곳하지 않으며 엉망이 된 침전을 치웠다. 하지만 이유는 그마저도 지켜보기 싫다는 듯 팩, 고개를 돌리다가 이내 벌떡 자리에서 일어섰다.

"고약한 것들!"

"전하……!"

동재가 이유의 뒤를 황급히 따라나섰다. 주상 전하의 노기가 하늘까지 뻗쳤으니 걸음 하시는 모든 곳에 자리한 아랫것들은 감히 바닥에 처박은 고개를 들지도 못했더랬다.

"괘씸한 것들, 무엄한 것들, 천벌을 받을 것들……."

이유가 끊임없이 욕을 내뱉었다. 비록 용 상궁이 유황 먹인 꿩고기 때문에 은수저의 색이 변했다고 설명했다 한들, 제가 국을 한입 떠먹은 후에 시커멓게 색이 변하는 수저의 모습을 지켜보던 순간에 치솟은 감정만큼은 아직도 다스려지지가 않았다.

"감히…… 감히…… 주상인 내게 네까짓 것들이……."

이유의 손 아래에서 붉은 곤룡포가 사정없이 구겨졌다. 대체 누구를 향해 내뱉는 욕설인지도 몰랐다. 애초에 수라간에서부터 실수를 범한 최고 상궁? 영문도 모른 채 용서 빌기 바쁘던 기미 상궁? 대전 살림 책임지는 용 상궁? 물론 아니었다.

최고 상궁이라고 해서 만두에 소량 다져 넣은 고기에 유황이 섞여 있을 줄 누가 알았겠는가? 또한 애초부터 그녀가 이유를 해하려던 것이 아니라, 어떻게든 보신시키기 위해 나름대로 노력하다가 저지른 실수라는 것도 알았다. 하지만…….

하지만! 머리로는 이해하면서도 마음으로는 받아들여지지 않았다.

이유는 아까 은수저의 색이 변하던 순간, 아주 오래전에 제가 겪었던 일. 그러니까 제가 한 계절을 모조리 자리보전하며 누워 있어야 했던 모종의 사건을 떠올렸는지도 몰랐다.

하루에 열두 번은 더 피를 토하던 제 자신, 오장 육부가 천 갈래 만 갈래 찢어지는 것만 같았던 끔찍한 고통, 온몸의 구멍이란 구멍에서 붉은 피를 죽죽 쏟아 내며 죽어 가던 삼돌이.

그리고 제가 먹던 탕약에 몰래 독을 섞었을 한 남자까지……

물론 이유는 그 남자가 자신이 태어난 순간부터 물심양면 제 곁을 돌봐 주었고, 아버지처럼 걱정하며 위해 주던 일은 모두 잊은 지 오래였다. 이유가 기억하는 남자의 얼굴은 대나무처럼 꼿꼿하고 깊은 산의 물처럼 맑았던 것이 아니라, 약방 한구석에서 아주 음흉하고 사악한 표정으로 독약을 섞는 흉측한 얼굴로 변해 있었다.

'감히 간언 드리옵건대, 소신 윤서학이 있는 한 결단코 마마께 불미스러운 일은 일어나지 않을 것이옵니다.'

'마마를 무탈하게 지켜드리는 것이야말로 소신에게 가장 중요한 일이 아니겠사옵니까?'

세상 물정 몰라 어린 저를 까맣게 속여 가며 약조하던 위선적인 맹세가 떠올랐다.

그래 윤서학. 나를 잘도 속였더랬지. 나를 잘도 배신했더랬지. 그대는 나를 기만했다. 나를 죽여 부귀공명을 얻으려 했다.

붉은 용포 속에 감춰진 이유의 손이 파르르 떨렸다.

"전하, 고정하시옵소서. 부디 고정하시옵소서. 모두 동재의 탓입니다. 소인이 전하의 곁을 비우는 바람에 벌어진 일입니다."

동재는 녹두 물 적신 무명천을 차마 건네지는 못하고 제 손위에 얌전히 올린 채 이유의 뒤만 졸졸졸 따랐다.

"전하의 용안이 붉습니다. 환증이 도지셨습니다. 전하, 제발……."

동재는 혹여나 제 주인께 큰일이 일어날까 봐 발만 동동 굴렀다. 당장이라도 울음을 터뜨릴 기세였다. 평소의 이유였더라면 이만했으면 모른 척하고 동재의 말을 따랐겠지만 오늘 만큼은 달랐다. 비록 오해이기는 했지만 다른 일도 아니고 독살, 저가 가장 치를 떠는 짓거리였다. 당연히 이유의 화가 쉬이 누그러들 리 없었다.

이유는 강녕전을 벗어나 하염없이 걸었다. 정전에를 갔다가, 편전에 갔다가, 괜스레 궁성을 따라 걷기도 했다가…….

어느 순간에는 금천교 위에 올라서서 얌전히 흘러가는 내천을 바라보기도 했다.

어둑했던 해는 점점 지고, 노을도 물러가고, 하나둘씩 별이 떠올랐다. 다만 구름이 잔뜩 낀 탓에 달은 보이지 않았다. 궁궐에 어둠이 내린 지는 한참이었다. 하지만 이유는 그 어느 한군데 쉬이 마음을 정하지 못하고 자꾸만 바깥을 떠돌았다.

"전하, 밤공기가 쌀쌀하옵니다. 부디 장의라도 걸치시옵소서."

"……."

동재가 사정했지만 이유는 이번에도 동재의 말을 듣지 않았다. 결국 동재의 입가가 씰룩씰룩, 눈썹이 삐죽삐죽, 눈가에 눈물이 고이기 시작했다.

"전하…… 정말 너무하십니다."

하지만 다행히도 동재가 눈물을 터뜨리기 전, 동재는 마침내 이유의 발길이 닿은 최종 목적지를 확인하고는 울려던 것도 싹 잊었다.

순식간에 얼굴에 웃음꽃이 폈다.

"전하, 온천 하시려고요?"

피부에 환증이 도졌는데 녹두 물로 닦아드리지도 못하고, 화기 다스리는 탕약도 못 올려서 걱정이 이만저만 아니었다. 아무래도 뜨거운 온탕에 몸 담그면 요 며칠 시달린 피로도 풀리고 환증도 억누르고, 여러 가지로 이익 될 것이 분명했다.

"전하, 잠시만 기다리시옵소서. 동재가 당장 온욕 준비를 하겠나이다."

잔뜩 신이 난 동재가 말했다. 하지만 정작 이유는 동재의 목소리를 들은 후에야 저가 월당에 왔다는 사실을 깨달았다. 그저 이곳저곳 어디 편히 머물 수가 없고, 다 귀찮고 신경질이 나서 떠돌았을 뿐인데.

결국 걸음 한 장소가 월당이라니. 고작, 월당이라니…….

내가 이곳에는 왜 왔지?

이유가 휘이 월당 주변을 둘러보았다. 뜨거운 물 퐁퐁 솟아나는 주위로 수증기가 뽀얗게 일어났다.

"……."

월당月塘.

편액 걸린 누각과 그 밑에 우거진 수풀, 참방참방 건너다니던 물가. 이유의 시선이 월당 구석구석을 훑었다. 마치 뭔가를 찾는 듯한 모습이었다. 하지만 어찌 된 일인지 그 어디를 살펴봐도 이유가 쫓던 광경은 없었다.

그러니까…… 겉으로 내색하지는 않았지만 이유는 지금 스스럼없이 유황을 도적질하던 생도를 찾고 있었다.

바로 약손 말이다.

왜 없지? 내가 너무 빨리 온 것인가? 아니면 늦게 온 것인가? 유황 팔아서 저는 여덟을 갖는다나 뭐라나. 아무튼 떼돈 벌 작정인 것 같더니, 그새 싫증이 나서 그만두었나?

"전하께서 온욕을 하실 테니까 너희는 새 장의 가져오고, 내금위에게 전해 주변의 순찰을 게을리하지 말라 전해라. 또한 용상 궁한테는……."

동재가 빠릿빠릿하게 제 주인의 평안을 위해 만반의 준비를 하는데, 이유가 그런 동재에게 까딱까딱 손을 구부렸다.

"너, 이리 오너라."

"예, 전하! 하문하십시오!"

동재는 이제 주상 전하의 노기가 어느 정도는 누그러졌다고 여겼다. 어떤 일을 시키시든 제 한 목숨 걸어 따르겠다는 결연한 표정이었다. 그런 동재의 마음을 아는지 모르는지 이유는 여전히 아무도 없는 월당에서 이마에 푸른 띠 두른 인기척 찾기에 바빴다.

"동재야."

"예, 전하!"

"왜 월당에 아무도 없느냐?"

"예…… 예?"

그게 무슨 말씀이십니까? 동재의 눈이 커졌다. 본래 월당에는 금족령이 내려져서 주상 전하 말고는 아무도 다녀갈 수 없는 곳인데…….

대답하려는 순간 동재의 머릿속에 웬 생도의 얼굴 하나가 스쳐 지나갔다. 설마 전하께서 지금 그 생도를 찾으시는 건가? 이유가 고개를 끄덕였다.

"그래. 감히 궁궐의 유황 훔쳐가는 그 버릇없고 방자한 도적놈 말이다. 왜 보이지를 않아?"

*

'그이는 얼마 전부터 월당에 들르지 않는답니다. 마지막으로 들른 게 지난 그믐날이라던가? 아마 혼자서 도적질을 하려니 저도 겁이 나고 두려워, 도망을 간 모양입니다.'

조곤조곤 제게 생도의 근황을 설명하는 동재의 말을 듣는데, 왜 마음 한구석이 서운해졌는지 모를 일이었다. 어린 생도가 하는 짓거리 장단 맞춰 주기도 피곤하고, 무엄하고, 버릇없고…… 제가 돌봐야 할 나랏일이 한두 가지가 아닌데 매일 월당 들르는 것은 말이 안 됐다. 여러 가지 연유로 월당에 가는 걸음을 스스로 막았던 것은 저였으면서 생도 역시 걸음을 끊었다니까 이유는 괜히 속이 꼬였다.

참내, 무슨 사내 녀석이 한 입으로 두말을 해? 저가 여덟 챙겼으면, 둘은 나를 준다면서? 왜 내 둘은 안 주는데? 설마 이대로 떼먹을 작정은 아니겠지? 힘들게 유황 건져 올린 게 누구 덕분인 줄도 모르고!

그렇게 생각하니까 아주 괘씸하기 짝이 없었다. 감히 이 나라 지존의 등을 치려 들어? 안 되겠다. 내가 아주 버릇을 단단히 고쳐 줘야겠어.

'내 이름, 약손.'

'……'

'여가, 약손이라 해. 내약방에서 일하고 있지.'

이 방자한 생도를 어떻게 혼을 내줄까 곰곰 고민을 하는데, 불현듯 처음 만났을 때 통성명하던 것이 생각났다.

그래. 내약방에서 일하는 생도라고 했었지? 제 피부 병증이 걱정된다면서 다른 환자의 약재까지 슬쩍 훔쳐 갖다 주기도 했었고? 이제 보니까 아주 손버릇까지 못됐어.

생각이 거기까지 다다르자 이유는 온욕이고 뭐고 휙 그대로 등을 돌려 월당을 빠져나왔다. 월당과 내약방 사이의 거리가 만만치가 않았는데도 이유는 개의치 않고 직접 걸음을 옮겼다.

어찌나 빠르게 걸었는지 어느새 저만치에 내약방의 각사가 보였다.

해가 넘어간 지는 오래였지만 역병의 여파 때문인가. 내약방 곳곳에서는 환한 등불이 새어 나오고 있었다. 감히 지존께서 직접 행차하신 줄은 까맣게 모르고, 의원들은 종종걸음으로 내약방 마당을 뛰어다니기 바빴다.

"흠⋯⋯."

한데, 그 방자한 생도를 만나려면 어디로 가야 하는 것일까? 그이는 의원도 아니라던데.

일단 오기는 왔지만 너무나도 무모했다. 이유가 잠깐 자리에 멈춰서 고민을 했다. 그 뒤를 따르던 동재가 척하면 척, 그 생각 짐작하고는 '생도들이 머무는 숙사가 따로 있사옵니다. 들러 볼까요?' 고했다.

"앞장서라."

이유가 허락하자 동재가 초롱불을 들고 길을 안내했다.

내약방 각사의 둘레 담을 돌아 외진 곳에 위치한 숙사를 향해 걸음을 옮기려는데, 그 순간 담 너머에서 한 남자의 다급한 목소리가 들렸다.

"큰일이네! 큰일이야! 우리 수남이가 그 역병 도는 마을에 홀로 남았단 말이야?"

"혼자는 아니고 다른 생도랑 함께 남았다네."

"그게 그거지! 우리 누이 알면 까무러치겠네. 암만 내 조카라지만 그 애는 아직 철이 없어서 나잇값을 못 한다고! 지가 무슨 의원이야? 어느 안전이라고 나대기를 나대?"

"경예도 마찬가질세. 어찌 생도 나부랭이 말 한마디만 믿고 덥석 병증의 원인을 구하라고 맡기난 말이야? 세상에, 이런 답답할 데가!"

"대체 역병이 아니라고 큰소리친 그 건방진 놈이 누구라던가?"

"글쎄, 이름이 뭐라더라……?"

남자는 생각이 잘 안 나는 듯 말끝을 흐렸다. 그러다가 이내 짝 손뼉을 쳤다.

"아, 맞아! 약손이!"

"!"

그와 동시에 걸음 멈추고 대화를 듣던 이유의 눈썹이 움찔, 하늘 쪽으로 치솟아 올랐다. 담 너머의 사내는 감히 주상 전하께서 저희들의 대화 엿듣는 줄은 꿈에도 모르고 마음껏 목청을 키웠다.

"이번에 새로 들어온 생도랬어. 여가 약손, 여약손이랬지. 감히 방자하게…… 제까짓 게 무슨 의원이라고 감히 오진이네 뭐네 판단을…… 큽!"

하던 순간이었다.

한순간 사내들의 뒤로 횃불이 높이 들리면서 환한 빛이 쏟아졌다. 저만치에서 칼 찬 내금위들이 서늘한 얼굴로 저희들을 바라보고 있는 것이 보였다. 주상 전하 호위하는 내금위가 내약방에는 무슨 일로……?

물론 보이는 것은 내금위뿐만이 아니었다. 상선의 신분을 나타내는 복식을 한 동재가 보였고, 당연히 그 곁에는…….

오조룡이 분명히 새겨진 붉은 용포 걸친 주상 전하께서 서 계셨다. 이것이 꿈인가, 생시인가? 남자가 제 눈을 마구 비볐다. 내 금위 사이로 성큼 이유가 걸어 나왔다.

세상에! 꿈이 아니었다.

"주, 주, 주, 주상 전하!"

"전하!"

"저은하아아!"

칠촌에서 전해 온 수다를 떨던 의원들이 영문도 모르고 그 자리에 모두 엎드려 이마를 박았다. 비록 웃전들 욕하거나 방자한 짓거리를 한 것은 아니었지만 괜히 심장이 팔딱팔딱 떨리고 맥없이 죽을죄를 지은 것만 같은 기분이 들었다. 참말, 잘못한 일은 하나도 없는데.

연유는 모르겠지만 손이 발이 되도록 용서를 빌어야 할 것만 같았다.

"주, 주, 주, 주, 주상 전하……."

남자의 목소리가 한없이 떨렸다. 이유가 방금 전까지 목소리 높여 수다 떨던 남자의 앞으로 다가섰다. 남자는 쿵 심장이 내려앉는 것만 같았다.

그럴 만도 했다. 제 앞에 계시는 분이 과연 누구신가. 제 형님을 배신하고, 어린 조카를 쫓아내 스스로 왕위에 오르신 분. 친동생을 죽인 것도 모자라 그 식솔과 무리들까지 노비로 팔아 버리신 분. 고명대신 김종서의 목숨을 철퇴로 단칼에 끊어 내신 분…….

온갖 흉흉하고 무서운 얘기가 다 생각이 났다.

"저, 저, 저, 전하…… 어, 어, 어, 억울하옵니다……."

남자는 영문을 모른 채 잘못부터 빌었다. 제가 밤늦게 내약방에 머문 것이 잘못입니다. 방자하게 숨을 내쉰 것이 잘못입니다.

그냥 제 존재가 잘못입니다……. 하지만 이유는 그런 것 따위는 하나도 관심 없다는 듯 무심하게 내뱉었다.

"계속해 보아라."

"예, 예, 예……. 예?"

무엇을……? 무엇을 계속하라는 말씀이신지요?

흙바닥에 얹어 놓은 남자의 손이 어쩔 줄 모르고 파들파들 떨렸다. 이유가 살짝 짜증이 난 듯 목소리를 높였다.

"방금 전에 했던 이야기, 계속해 보라고."

"예, 예, 예……. 예?"

"그 생도 말이다."

"예에?"

"여약손이…… 뭐라고?"

*

동재는 간만에 편히 잤다. 비록 지난밤에 수라상 뒤집어지는 난리가 벌어지기는 했지만 전하께서는 내약방에 들렀다가 도로 환궁하시고 얌전히 침수에 드셨다. 심지어 동재가 석수라 거르신 것을 못내 걱정하니까 타락죽 한 그릇도 별말 없이 해치우셨다.

"오늘은 심히 피곤한 날이었으니, 동재 너도 한숨 푹 자고 오렴."

제 안부까지 걱정해 주셨다. 아무리 측근이라도 이런 은혜는 쉬이 베풀지 않는 분인데.

동재는 고만 눈물이 앞을 가려 감격의 바다에서 참방참방 헤엄을 쳤더랬다. 아닙니다. 저는 오늘 밤, 주상 전하의 곁을 지킬 것이옵니다. 전하께서 찾으시거든 언제든 지체 없이 달려올 것입니다. 끓어오르는 충성심을 가감 없이 내보였다. 하지만 이유는 '아니! 어서 가서 쉬고 오라니까?' 엄하게 명령하셨다.

역시 이 세상에서 나 위해 주는 분은 우리 전하밖에 없다. 우리 전하가 최고야. 그렇게 동재는 전하의 어명을 받들어 제 처소에 가서 개운하게 한숨 자고 돌아왔다.

한데, 이게 웬걸?

"전하, 기침하셨나이까? 동재이옵니다."

묘초시 무렵, 동재가 이유를 깨웠다.

"전하!"

"……."

"소인 동재, 들어가겠나이다."

"……."

평소에는 누구보다 잠귀 밝은 것은 물론이요, 암만 피곤한 날에도 절대 깊이 잠드는 법 없으신 분이 오늘따라 늦장을 부리셨다. 동재는 침전 밖에서 세 번, 네 번, 목소리를 낸 이후에야 살그머니 침전 안으로 들어섰다. 주상 전하 덮으시는 이불이 동그랗게 부풀어 올라 있는 것이 보였다.

"전하, 혹여 어디가 불편하신지요?"

제 물음에 대답하지 않으시는 것도 한두 번이지. 이런 적이 결단코 없으신 분이기에 동재는 슬슬 걱정이 됐다.

"소세 물을 들이라 하겠나이다. 혹여 그 전에 목이 마르시거든……."

줄줄 제 할 말을 나열하는데 문득 이불 안에서 '끼잉' 작게 앓는 소리가 들려왔다.

"전하……?"

"끄으응……."

어린 짐승이 우는 듯 몹시 안쓰러운 목소리였다. 대체, 이게 무슨 소리지? 주상 전하 이불 속에서 웬 짐승이 울어……?

뭔가 이상했다. 동재는 감히 무엄하다는 것도 잊고 주상 전하의 금침 옆에까지 바짝 다가섰다. 동재가 다가가면 다가갈수록 금침이 달달달 사시나무 떨리듯 떨렸다.

"전하, 잠시 이불을 거두겠나이다."

이상하고 괴이했다. 동재가 휙 이불을 걷었다. 그러자 그 안에서 보이는 것은…….

"너! 너! 너!"

"흐읍……."

동재의 눈이 커졌다. 이불 속에는 지난밤, 동재 대신에 침전을 지켰던 작은 내관이 밧줄에 온몸이 꽁꽁 묶인 채로 누워 있었다. 작은 내관은 이제 고만 딱 죽었다는 생각이 들었는지 잔뜩 겁먹은 얼굴이었다. 어쩐지 '끄응', '끼잉' 주상 전하께 나올 수 없는 여린 목소리가 들리더라니! 심지어 작은 내관은 비단 천에 입이 둘둘 막혀 비명도 지르지 못했다. 동재가 황급히 입안에서 천부터 끄집어냈다.

"이게 대체 무슨 일이야? 전하께서는 어디에 계시고, 네가 침전을 차지하고 있어?"

동재가 추상같이 호통쳤다. 작은 내관이 철퍼덕 바닥에 이마부터 박았다.

"주상 전하께옵서, 전하께옵서……."

대체 언제부터, 얼마나 오랫동안 묶여 있었던 건지. 작은 내관의 얼굴은 눈물과 침으로 뒤범벅이었다. 전하는 어디에 계시냐니까? 동재가 다시 한번 엄하게 물었다. 작은 내관이 벌벌 떨면서 겨우겨우 말을 이었다.

"그, 그것이…… 그것이, 상선 영감……."

"그것이 뭐?"

어서 말하지 못하겠니? 동재가 닦달했다. 작은 내관은 지난밤 지존께서 저를 멍석말이하듯 둘둘 묶어 놓고 떠날 때 남긴 전언을 회상했다.

"저, 저, 전하께서는…… 운수를 시험하신다고……."

"……뭐라?"

"아, 아, 앞날을 점치신다고……."

"그게 무슨 뚱딴지같은 소리야?"

작은 내관이 질끈 두 눈을 감았다.

'동재에게 전하렴. 내가 만일 주검으로 돌아오거든 그동안 살아오면서 지은 죄가 하도 많아, 언젠가는 응당 받아야 할 급살을 미리 거두어 맞은 것이라고. 그러니 슬퍼하지 말라고.'

'……예?'

'세간에서 떠드는 것처럼, 내가 천지신명의 뜻 거르고 날뛰는 살인귀라면 역병에 걸려 단명할 것이나, 그렇지 않다면 사지 육신 멀쩡히 살아서 다시 돌아올 것이다.'

'……예?'

'과연 내 운수가 어떻게 될지 나 또한 몹시 궁금하니…….'

"……전하!"

'너는 그저, 이곳에서 나 대신 자리 지키면서 내기를 걸어 보련?'

그렇게 이윤은 작은 내관에게 뜻도 모를 말만 남기고 침전을 나섰다. 그 이야기를 모두 전해 들은 동재의 얼굴이 처참하게 일그러졌다.

어쩐지 지난밤에 저를 굳이 굳이 침전 밖으로 내보내시더니. 저는 괜찮다고 괜찮다고, 몇 번이나 마다하였는데도 부득불 우기시더니. 이제 보니 그건 동재를 걱정한 것이 아니라, 동재 몰래 궁궐을 빠져나가기 위한 얕은 속임수였다.

이런 식의 꾐은 성년 되고 다 그만두신 줄 알았는데! 어리고 철없던 대군마마도 아니고! 어찌 지존 되신 귀한 몸으로 이런 해괴망측한 일을 벌이시는가! 대체 이 일을 어찌할꼬? 주상께서 아무도 모르게 잠행 나가셨다는 사실을, 신료들에게는 뭐라고 설명하면 좋을꼬?

"제 탓이옵니다……."

작은 내관이 서럽게 울었다. 왜 우냐? 왜 울어? 네가 뭘 잘했다고 울어? 정말 울고 싶은 사람은 동재 본인이었다. 어쩌냐! 대체 이 일을 어쩌면 좋으냐! 궁궐에서 벌어질 뒷감당은 모두 동재의 몫이라. 동재가 퍽퍽퍽 제 가슴을 후려쳤다.

흑마 네 필이 고요한 새벽을 갈랐다.

과연, 초광超光이라. 달리는 말 한 마리에 그림자가 열로 나뉘어 보일 정도로 속도가 빨랐다. 짙은 암흑 속을 달려왔기에 망정이지, 누군가 봤다면 한 무리의 군대가 다녀갔다고 오해했을지도 몰랐다.

저 멀리, 칠촌의 입구임을 알리는 솟대가 보였다. 제일 앞에서 달리던 풍風휘가 손짓했다. 그 뒤를 따르던 운雲휘와 우雨휘가 차례로 속도를 줄였다. 그 셋의 사이에 둘러싸여 달리던 흑마가 멈춰 섰다. 동시에 훌쩍 말 위에서 한 남자가 가볍게 몸을 날려 지상에 착지했다.

"워—"

길 떠나오기 전에 귀리와 물을 충분히 먹여 주었기에, 지난밤 흑마는 단 한 번도 쉬지 않고 달려왔다. 흑마가 콧구멍으로 색색 흰 김을 뿜어냈다. 달려온 시각은 겨우 두 시진이 조금 넘었지만 본래 궁궐과 칠촌까지의 거리는 하루가 넘었다.

하루 꼬박 걸리는 거리를 고작 두 시진으로 단축하여 당도했으니 흑마를 얼마나 재촉했는지는 말할 필요도 없는 일이었다. 말에서 뛰어내린 사내가 흑마의 콧등을 쓸어 주었다.

그래, 네가 수고했다. 수고했지. 한낱 짐승이지만 그 공로 치하해 주는 것을 잊지 않았다.

이내 사내가 말고삐를 풍휘에게 넘겼다. 칠촌의 솟대 위에는 붉은색 천이 걸려 바람에 나부꼈다. 역병이 도는 마을 입구마다 붙어 있는 표식이었다. 솟대를 경계로 하여 나라님의 윤허 없이는 그 누구도 마을 안에 들어갈 수도, 나올 수도 없었다.

물론 그것은 제아무리 주상 전하 곁을 그림자처럼 보필하는 풍운우라 해도 거스를 수가 없는 일이었다.

"너희들은 예서 기다려라."

"하오나, 전하!"

삼 형제 중에서 둘째인 운이 참지 못하고 나섰다.

이런 방자한 놈······! 그 앞을 풍휘가 막아섰다.

지존의 말씀을 따르는 것이 너와 나, 그리고 우의 몫이다. 그 어떤 명을 내리신다 한들 거스를 수는 없다.

비록 흑건에 얼굴이 가려졌으나 맏이인 풍휘의 뜻이 눈빛으로 분명하게 전해졌다. 아무리 버릇없는 운휘라도 첫째 형님의 말을 어길 수는 없었다. 운휘는 더 이상 대거리하지도 못하고 얌전히 말을 뒤로 물렸다.

"하나 보이지 않는 곳에서 머물 것이옵니다. 부디 옥체 보존하시옵소서."

사내는 말 안 해도 안다는 듯 휘이 손사래를 쳤다. 미련 없이 등을 돌려 걸음을 옮겼다. 사내는 지난밤 내약방에서 만난 의원이 고한 이야기를 떠올렸다.

'칠촌에서 파발이 왔사온데…… 분명 내약방에선 지난해, 하남에서 돌았던 역질과 같은 병이 분명하다는 진단을 내렸나이다.'

'그런데?'

'그런데…… 웬 생도 하나가 역병이 아니라고, 고칠 수 있는 병이라고 호언장담을 했다 합니다.'

'여약손, 그 아이가 말이냐?'

'예.'

의원은 더듬더듬 이유에게 저가 알고 있는 모든 사실을 말했다. 똑똑하고 총명한 이들만 모였다는 내약방의 의원이 역질이라 확진했는데 고작 생도 따위가 아니라고, 그 처방이 틀렸다고 부정하다니. 발칙한 건지, 건방진 건지. 아니면 그저 정신이 나가 미친 건지.

어쩌면 세 가지 모두에 해당되는지도 몰랐다. 아무튼 미쳤든, 객기든 의원들과 맞선 생도의 이야기가 흥미롭기는 했다.

'그래서?'

'……예?'

'누구 말이 진짜였더냐? 누구의 판단이 옳았어?'

이유는 조바심이 났다. 체통도 잊고 대뜸 결과부터 물었다. 과연 어찌 판결이 났는지, 결말이 너무나 궁금했다. 하지만 사내는 그것만큼은 아직 못 알아냈는지 고개를 저었다.

'그 생도에게 병의 원인을 찾아내는 기한을 닷새를 줬다 합니다.'

'……닷새?'

'예, 아마도 옳고 그름의 판단은 닷새 후에나 내려지지 않을는지요.'

거기까지 듣고 보니 뒷얘기가 궁금해서 좀이 쑤셨다. 이대로 궁궐 깊은 자리에 들어앉아서 가만히 기다릴 수는 없었다.

게다가 이유는 몇 시진 전에 일어났던 석수라 사건 때문에 빈정이 상할 대로 상한 상태였다. 비록 오해이긴 했지만 어찌 이번 일을 그저 상궁들의 실수라고만 여길 수 있을까?

지존의 자리는 그 누구도 범접할 수 없을 만큼 높고 고결해 보였지만 이상과 현실은 너무나 달랐다. 피를 딛고 선 자리를 공고하게 다지는 일이 결코 쉬울 리 없었다. 사방이 적이고 천지가 위험이었다. 비록 어린 조카는 먼 곳으로 물러갔지만, 그 목숨이 붙어 있는 것만으로도 이유의 신경은 예민해졌다.

그의 복위를 지지하는 무리가 이 조정 어디에서 속내를 감추고 사는 것만 떠올리면 속에서 천불이 끓었다. 하지만 그들을 걸러 내는 일은 결코 만만치가 않았다.

이런 상황에서 방금 전의 석수라 같은 일이 벌어지면 그것이 아무리 실수라 해도 이유의 마음은 한도 끝도 없이 어려워졌다.

저는 정말 세상의 모든 악심惡心을 모아 놓은 살인귀란 말인가? 제가 식솔을 죽이고 충신을 내쫓았기 때문에 하늘이 노하여서 자꾸만 끔찍한 역병이 번지는 것인가? 제가 감히, 깜냥도 안되는 주제에 지존의 자리를 차지하였기 때문에?

단 한 번도 입 밖으로 내뱉은 적 없는, 마음속 깊은 곳에서만 꼭꼭 눌러 감춰 두었던 울적한 생각이 꼬리에 꼬리를 물고 이어졌다.

"……."

얼마나 걸어왔을까. 저 멀리 마을 풍경이 드러나기 시작했다. 깊은 사념의 늪에 빠져 있던 이유가 간신히 정신을 되돌렸다. 푸르스름하게 떠오른 빛에 이유의 얼굴이 말갛게 빛났다. 아무리 곤복을 벗었다 한들, 날 때부터 타고난 고결함은 가려지지가 않았다. 그저 평복한 의대 때문에 어느 아무개 댁의 준수한 청년쯤으로만 보이는 것이 다행이라면 다행이었다.

이유가 다시 한번 깊게 숨을 들이마셨다. 궁궐과는 다른 쾌청한 새벽 공기가 폐부 가득 들어찼다.

역병이 도는 이 마을에서는 무명천으로 눈과 코, 입, 신체의 모든 구멍이란 구멍은 전부 가려야 마땅했지만 이유는 얼굴을 덮었던 답답한 흑건마저 망설임 없이 풀어 버렸다. 만약 동재가 곁에 있었다면 어찌 이리 위험한 짓을 하시냐고 잔소리를 퍼부었을 것이 분명했다.

하나 이미 붉은 천 걸려 있는 솟대 밑을 지나올 때부터, 풍운우 셋과 초광을 재촉해 어둠을 가르고 달려왔을 때부터, 아니 내 약방 의원에게 말도 안 될 만큼 허무맹랑한 주장을 펼치는 건방진 생도의 이야기를 들었을 때부터, 이유는 마음을 정한 지 오래였다.

지존의 자리라는 것은 본래 저가 하고 싶다 마음먹어서 이뤄지는 쉬운 바람이 아니라는데. 하늘님이 뜻하시고 보우하셔서 직접 손으로 점지해 주시는 거라는데.

하면 하늘님은 왜 저에게 왕위 덥석 주셔 놓고 역병이니, 암살이니, 얄궂은 운명에 시달리게 하는지 모를 일이었다.

세간에서 떠드는 말처럼 저가 정말 못돼 처먹었고, 훗날 지옥불에 떨어질 살인귀라면 지금이라도 당장에 이 숨 거두어 가시길. 결코 뒤돌아 도망가지 않을 터이니, 진즉에 끝장 보시길.

이유는 참말 저가 이 작은 마을에서 끔찍한 최후를 맞는다 해도 상관없을 것 같았다.

과연 하늘님은 누구의 편을 들어주실 텐가?

이유가 마을 안으로 완전히 들어섰다. 강가에서 피어오른 물안개가 그 뒷모습을 순식간에 감춰 버렸다.

[4]

방 안의 공기가 팽팽했다.

약손과 복금, 수남의 앞에 놓여 있는 물그릇은 총 네 개. 칠촌에 있는 동, 서, 남, 북 네 개의 우물을 각각 담아 온 것이었다. 그 중에 동서남의 물은 모두 마셔 봤다. 이제 남은 것은 오직 북우물 하나뿐이었다.

"어서 마시세요."

"아저씨 차례입니다."

약손이 단호하게 권했다. 동서남의 우물은 약손과 복금, 수남이가 사이좋게 나눠 마셨다. 물론 아무 이상도 없었다. 원래 전염병이라는 게 마을 공동 우물에서부터 퍼지는 경우가 가장 많다고 해서 비책을 낸 것인데, 동서남 우물이 모두 멀쩡한 것을 보면 필히 북 우물이 문제일 것이다. 북 우물 마시는 것은 뽑기에서 혼자만 긴 작대기를 선택한 수남의 몫이었다.

"얘들아…… 너희들 대체 왜 이러니……."

하필이면 저가 병의 원인일지도 모르는 북 우물을 마시게 되다니.

이놈의 손! 이놈의 뽑기! 왜 긴 작대기를 뽑아 가지고! 찰랑거리는 물그릇은 부자 달여 넣은 사약처럼 끔찍하게 보였다.

하지만 어쩔 방도가 없었다. 복금이가 수남의 앞에 단호하게 그릇을 밀어 주었다. 세상에, 약손은 그렇다 쳐도 늘 설거지 대신해 주고 순하던 복금이마저 이렇게 나올 줄이야. 역시, 죽음 앞에서는 성인군자도 어쩔 수 없는 것인가······?

수남이 눈가에 물기를 그렁그렁 매단 채로 사발을 집어 들었다. 물그릇이 입가에 닿기까지, 수남의 두 손은 수전증 앓는 노인네처럼 부들부들 떨렸다. 그럼에도 약손과 복금의 철통같은 감시를 벗어날 수는 없었다. 결국 수남은 북 우물을 모두 마셨다.

"어떻습니까?"

"어디가 아픈 것 같아요?"

수남이 꼴깍꼴깍 물을 삼키기도 전이었다. 약손과 복금이 득달같이 질문을 퍼부었다. 하지만 수남은 미처 대답하지 못했다. 콰당! 수남의 손에서 떨어진 이 빠진 물 사발이 방바닥을 굴렀다.

수남이 그대로 바닥에 머리를 처박고 쓰러졌다. 그러고는 꿱 소리를 내며 제 목을 붙잡았다.

"꾸우에엑! 크억! 크아아아악!"

곧바로 수남의 얼굴이 하얗게 질려 갔다. 아무래도 숨이 가빠 오는 듯했다. 몸 어딘가가 고장 난 것이 틀림없었다. 하면, 마을에 돈 병의 원인은 바로 북 우물이럿다!

"아저씨, 괜찮으세요? 저 보이세요? 정신 좀 차려 보세요!"

"제가 얼른 가서 의원님들 모셔 오겠습니다!"

드디어 병환의 원인을 찾아냈구나! 약손이 발딱 일어났다. 복금은 까무룩 정신을 잃기 직전인 수남의 뺨을 찰싹찰싹, 마구 내려쳤다. 수남 아저씨, 이 공로는 잊지 않을게요. 다 아저씨 덕분이에요······.

하지만 어느 순간 이름 모를 고통에 신음하며 방바닥을 데굴 데굴 굴러다니기 바쁘던 수남이 휙 몸을 일으켰다.

"……아저씨?

"……괜찮으세요?"

수남이 쩝쩝 입에 남은 물기를 갈무리했다. 이내 수남은 으쓱 어깨를 들었다 내렸다.

"아무렇지 않다."

"예?"

"고만 딱 죽는 줄 알았는데…… 하나도 안 아픈 걸? 멀쩡해."

수남은 저가 오염된 우물을 먹은 줄 알고 지레 겁을 먹었던 것이다. 꾀병을 부린 것이었다. 이대로 사자死者의 세계로 끌려 가는 줄 알고 미리 고통에 몸부림쳤건만, 이제 보니 북 우물은 아무 문제가 없고나?

수남 본인에게는 천만다행이었으나 약손과 복금에게는 내심 아쉬운 일이었다. 아니, 뭐 그렇다고 수남이가 죽든 말든 상관없 다는 것은 아니고…….

아무튼 수남 덕분에 이대로 병의 원인을 알아내는 줄만 알았 는데. 아쉽기는 했다.

"아니, 난 정말 아플 줄 알았지…… 죽는 줄 알았지……."

수남도 요란하게 아픈 척한 일이 머쓱한 듯 뒷머리를 긁적였 다. 그 때 건넛방에서 아이들 우는 소리가 들렸다.

"난 애들한테 죽이라도 좀 먹일게."

복금이가 방을 나섰다. 수남은 괜스레 약손의 눈치만 맴맴 보 다가 '아차차, 탕약 끓여 놓은 걸 깜빡 잊었네?' 핑계를 대며 복 금의 뒤를 따라나섰다.

"어휴……."

약손이 답답한 마음에 길게 한숨을 내쉬었다. 오늘로서 둘째 날이 밝았지만 여전히 병의 원인에 대해서는 알아낸 것이 아무 것도 없었다. 조바심 내봤자 하등 소용없다는 것을 잘 알았지만 어디 그게 마음먹은 대로 되는 일이던가? 자꾸만 마음이 바빠졌다. 대체 우물도 아니고, 냇물도 아니고. 이 까닭 모를 전염병의 정체는 무엇이란 말인가? 왜 아이들만 앓는단 말인가?

한숨만 폭폭 늘어 갔다.

"동네 한 바퀴 돌아보고 올게요."

어차피 방구석에 처박혀 있어 봤자 달라지는 것은 하나도 없었다. 약손이 마루에 쪼그려 앉아 주섬주섬 짚신을 챙겨 신었다. 어느 순간 삐끗, 무릎이 쑤셨다.

"어이쿠……."

소싯적 애 열둘은 낳은 것 같은 할망구 신음 소리가 절로 터졌다. 예전에 칠봉의 투전 빚 때문에 야반도주하다가 부러진 자리가 아파 오는 것이었다. 이렇게 무릎이 쑤시면 꼭 비가 오는데. 단 한 번도 틀린 적이 없는 백발백중인데.

약손이 하늘을 올려다봤다. 차라리 햇빛 쨍쨍했으면 제 마음도 이렇게 울적하지는 않았을 것 같다. 하늘에는 꾸물꾸물 시커먼 구름이 잔뜩 껴 있었다. 언제든 비를 뿌릴 태세였다.

"하……."

내 마음도 어둡고, 하늘도 어둡고…….

설마 제 앞날 또한 이렇게 어두운 것은 아니겠지?

아주 작은 것이라도 상관없었다. 부디 오늘은 병환에 관련된 단서를 하나라도 찾아낼 수 있기를. 약손이 애써 불안한 마음을 떨치며 약방을 나섰다.

약손은 마을 곳곳을 돌아다녔다.

서당 개 삼 년이면 풍월을 읊는다고, 여기저기 떠돌며 사는 동안 들었던 잡지식을 총동원했다. 원래 전염병은 물이나 음식을 통해서 번진다지? 사람들이 털다가 밭에 내팽겨 쳐놓은 깨를 뒤져 보고, 처마 밑에 말리는 무청을 지근지근 씹어 보기도 했다. 혹시 뭔가 찾아낼까 싶어서 집 하나하나 전부 돌며 뒤뜰의 장독대 뚜껑까지 훑었다.

하지만 전부 허탕이었다. 칠촌에는 이상한 점이, 이상할 정도로 없었다. 그냥 평범한 마을에 불과했다.

아니, 어쩌면 약손이가 의술은 쥐뿔도 모르는 까막눈이기 때문에 이상한 점을 보고도 모른 채 지나쳤는지도 몰랐다. 하긴 별다른 이상한 점을 찾아내지 못했으니까 의원님들도 역병이라고 진단하셨겠지.

애들 모아 놓고 불태운다는 사실이 너무나도 끔찍하고 무서워서 일단 말리려고 나서기는 나섰는데…… 괜한 짓을 했나 싶었다. 어째 약손은 점점 더 자신이 없어졌다.

"그러나저러나 이 동네는 뭐가 이래? 무슨 집안 살림이 다들 지지리 궁상이야?"

혹시나 싶어서 각 가정의 부엌도 빠짐없이 살폈다. 비록 병증과는 상관이 없겠지만, 칠촌 마을에서 찾아낸 딱 한 가지 공통점. 그것은 집안 사정이 엄청나게 궁핍하다는 점이었다. 저마다 약속이라도 한 듯이 쌀독은 텅텅 빈 채였다. 바닥을 드러내고 있었다. 마을 사람들이 유독 지치고 고단해 보인 까닭이 바로 이거였나 보다.

원래 호환마마보다 더 무섭고 두려운 것이 가난이라던데. 겨울 지나고 봄 되기 전의 보릿고개 지내는 추운 계절도 아니고,

어째서 추수 다 끝내고 먹을거리 가장 풍족해야 할 가정들이 이렇게까지 쪼들린담? 그야말로 피죽도 못 쑤어 먹을 궁색함이었다.

약손은 설레설레 고개를 저으며 둘러보던 집을 나왔다. 동시에 하늘에서 콰르릉, 천둥이 쳤다. 아침부터 날씨가 꾸물꾸물 심상치 않고 쿡쿡쿡 무릎이 쑤시더니만.

아주 귀신같은 무릎이야. 천하제일 족집게야.

약손은 비가 내리면 언제든 뒤집어쓰려고 가져온 도롱이 갓을 챙겼다. 채 몇 발자국 딛기도 전에 톡톡 하늘에서 빗방울이 떨어졌다. 약손이 도롱이 끈을 풀어 얼른 목에 걸었다. 아무래도 오늘은 이쯤 하고 돌아가야 할 것 같았다. 불어오는 바람의 찬기 또한 심상치 않은 것이 쉬이 그칠 비는 아니었다.

약손이 약방 쪽으로 발길을 되돌렸다. 하늘은 순식간에 까만 잿빛으로 변했다. 으슬으슬 추위가 몰려왔다. 방금 전까지는 병의 원인이 대체 무엇일까 걱정하느라 몰랐는데, 사실 칠촌 마을에는 아이들을 데려다 놓은 약방을 빼고는 텅텅 비어 있는 상태였다. 사람의 인기척은 물론이고 개미새끼 한 마리도 찾아볼 수가 없었다.

약손은 그제야 제가 아무도 없는 마을 한가운데 홀로 덩그러니 서 있다는 것을 깨달았다. 그렇게 생각하니까 갑자기 오싹 소름이 끼쳤다.

괜히 비가 와 가지고, 어두워져 가지고 사람 찜찜하게 하네. 약손이 흠흠 애써 아무렇지 않은 척 헛기침을 했다. 비록 저가 귀신 따위에 겁먹을 나이는 아니었지만, 무서워할 때는 이미 지났지만……

문득 어릴 때 들었던 온갖 섬뜩하고 흉흉한 얘기가 떠올랐다.

뒷간 변소에서 머리 풀어 헤치고 기다리는 처녀 귀신, 아궁이에서 불쑥 손 뻗어서 사람 잡아간다는 행랑어멈 귀신, 아주 맛좋기로 소문난 주막의 설렁탕 고기가 사실은 사람 고기였다는 소문까지……. 별별 괴담이 다 생각났다. 평소에는 부러 생각하려 해도 안 되더니, 아주 이럴 때만 발군의 실력을 발하는 몹쓸 기억력이었다.

"나무아미타불, 나무아미타불, 나무아미타불 관세음보살……."

저는 지금 겁을 먹어서 보살님을 찾는 것이 아니다. 원래 염불하는 것이 몸에 밴 습관일 뿐이다. 귀신 따위, 하나도 무섭지 않다……. 누가 보는 것도 아닌데 약손이 한껏 큰 척을 했다. 하지만 그와는 정반대로 약손의 걸음은 그 어느 때보다 빨라지고 있었다. 아니, 약방은 왜 이렇게 멀리에 있는 거야? 나 왜 이렇게 외딴곳까지 와버린 거야?

괜히 뒷골이 당겼다. 당장이라도 머리 풀어 헤친 처녀 귀신이 나타나서 휙 약손의 머리채를 잡아챌 것만 같았다.

"원홍이가 황제님과 혼인할 적에, 아비 찾는 잔치를 벌였는데……. 어, 어, 얼쑤……."

염불 외우는 것도 모자라서 약손은 노래까지 흥얼거렸다. 다행히 발걸음 재촉한 탓에 저 멀리 약방이 보였다. 저도 모르게 안도의 한숨이 터졌다.

하지만 그 순간, 탁탁탁! 약손의 뒤에서 웬 발걸음 소리가 들려왔다.

"……뭐지?"

순간 정수리 꼭대기에서부터 발끝까지 찌리릿 소름이이 돋았다. 심장이 쿵쾅쿵쾅 미친년 널뛰듯이 나대기 시작했다. 지금 내 뒤에서 들리는 소리가 무슨 소리야? 분명 발자국 소리인 것 같았는데? 누군가 뒤쫓아 오는 것 같았는데?

하지만 어불성설 말도 안 되는 얘기였다. 분명 민경예가 마을 사람들을 한 명도 빠짐없이 밖으로 데려갔다. 나라님 말씀 따라 소개령이 내려졌으니 칠촌에는 그 누구도 마음대로 들어올 수도, 나갈 수도 없었다. 칠촌에는 약손과 복금, 수남, 병 걸린 아이들 말고는 그 누구도 있을 일이 없었다.

그렇다면 대체 내 뒤를 쫓아오는 발걸음의 정체는 무엇이란 말인가? 궁금증이 일었다. 하지만 약손은 감히 뒤돌아볼 생각도 못 했다. 만약에라도 귀신이 쫓아오는 것이라면 절대로 아는 척을 해서는 안 됐다. 서로 눈이 마주친 것을 알아채기라도 하면 그대로 제 심장을 파먹을 터였다.

"아, 안 돼! 내 심장은 안 돼!"

약손이 저도 모르게 제 옷깃부터 단단히 여몄다. 빨리 약방으로 돌아가야 해! 사람이 있는 곳으로 도망쳐야 해!

귀신 무서워할 나이 지났다고 큰소리치던 게 무색했다. 약손은 어느새 전력 질주를 하고 있었다. 덩달아 뒤에서 따라오는 발걸음 또한 빨라졌다. 그 소리가 명부 들고 이승 세계 순찰 다닌다는 저승사자보다 더 무섭고 섬뜩했다.

"아이고, 복금아! 수남 아저씨! 사람 살려! 약손이 살려!"

약손은 저만치 보이는 약방 쪽을 향해 마구마구 소리를 지르기 시작했다. 체통 따위 차릴 겨를이 없었다.

약방이 코앞인데, 이렇게 허무하게 심장을 파 먹힐 수는 없어! 약손은 젖 먹던 힘까지 모두 짜내 달렸다. 하지만 뒤따르는 소리가 더 빨랐다. 약손이 미처 약방 안으로 들어서기도 전이었다.

—휘익!

약손의 짐작이 맞았다. 여우가 심장을 파먹거나, 억울하게 죽은 귀신이 홀로 남은 약손을 용케 찾아서 한풀이하러 온 것이 분명했다.

내 다리 내놓아라, 내 다리 내놓아라……

처녀 귀신이 약손의 머리채를 그대로…… 아니 목덜미를 잡아당겼다.

"으아아악! 살려 주세요! 귀신님! 살려 주세요!"

이놈의 귀신! 대체 힘이 어찌나 세던지. 약손은 그만 제 목덜미 쭈욱 잡아당기는 엄청난 악력에 끌려 뒤로 발라당 넘어지고 말았다.

휘청거린 몸이 순식간에 중심을 잃었다. 뒤통수가 깨지는 절체절명의 위기였지만 약손은 그 와중에도 귀신이랑 눈이 마주치면 돌이 되어 굳어 버릴까 봐 두 눈을 꼭 감는 기지를 발휘했다.

"제 심장은 맛이 없어요! 망부석이 되기는 싫어요! 설렁탕을 끓여도 누린내만 날 걸요? 부디 저를 보내 주십시오!"

하여간 여약손이 이리 겁 많고 속생각이 풍부한 것은 모다 칠봉의 탓이 분명했다. 어릴 때부터 애를 끌고 다니며 온갖 설화군은 다 만나게 하더니만…… 약손이 싹싹 두 손을 모아 빌었다.

쿵! 뒤통수가 깨지겠구나, 거북이처럼 목을 잔뜩 집어넣고 움츠렸다. 하지만 의외로 뒤통수가 깨져서 피가 철철 흐르는 일, 내 다리 내놓으라며 귀신이 곡하는 일, 너를 설렁탕 고기로 쓰겠다며 챙캉챙캉 식칼 휘두르는 식인 주모의 모습은 전혀 보이지 않았다.

"……응?"

하늘을 보고 대자로 누워 버린 탓에 꼭꼭 눌러쓴 도롱이가 벌러덩 거꾸로 뒤집혔다. 드러난 약손의 이마 위로 톡톡 빗방울이 떨어졌다.

뭐야? 무슨 상황이야? 왜 이렇게 조용해? 눈 떠도 되나? 왜 나한테 해코지를 하지 않지?

잠깐 사이에 수만 가지 고민이 들었다. 하지만 암만해도 사위가 조용해서, 수상해서 어찌 된 일인지 퍽 궁금하기도 해서…….

약손이 슬쩍 실눈을 떴다. 몰래 살짝만 쳐다보면 무턱대고 돌멩이로 변하지는 않을 거야. 나름대로 꼼수도 부렸다.

그리고 약손이 살짝 눈을 뜬 순간,

"어…… 어? 너는……? 너는……? 너는!"

초승달만치 게슴츠레했던 약손의 눈이 어느 순간 반짝 보름달만큼 동그랗게 떠졌다.

"너! 너! 너!"

너무 놀라고 당황스러워 말도 제대로 나오지 않았다.

약손은 맹꽁이처럼 '너, 너, 너…….'만 반복했다.

대체 네가 왜 여기에 있어? 어찌 된 일이야?

약손의 머리채, 아니 목덜미를 잡아챈 장본인.

그는 귀신도 아니요, 저승사자도 아니요, 한 맺힌 혼백도 아니더라. 심지어 그는 하마터면 뒤통수가 깨져서 큰일이 날 뻔한 약손의 등허리를 단단히 받치며 큰 도움까지 주고 있었다.

"너……!"

"형님! 여긴 어쩐 일이십니까? 우리가 이런 곳에서 다 만나네요."

제 품에 거의 반쯤 드러누운 약손을 내려다보며 환하게 웃는 미남자. 그는 바로 이유였다.

第七章. 해결

[1]

"며칠 전에 돌아가신 당숙 어른 상갓집에 다녀오던 길이었습니다. 한데 이 몸, 길눈이 깜깜하여 걷고 또 걷다 보니 칠촌이지 않겠습니까? 도성으로는 어떻게 가야 하나, 곰곰 생각하던 중이었는데 마침 제 눈앞에 형님이 계시더라고요!"

"하필이면 나를 딱 마주쳤단 말이야? 길을 잃은 와중에?"

"……예."

"대체 조선 팔도가 언제부터 이렇게 손바닥만 해졌으려나?"

"그건……."

약손의 눈빛이 매서웠다. 암만 봐도 수상하다는 듯, 암만 봐도 말이 안 된다는 듯. 제 딴에는 아주 자연스럽고 더할 나위 없이 완벽한 거짓말이라고 생각했는데, 아무래도 약손은 이유가 예상했던 것보다 훨씬 더 의심이 많은 사람이었나 보다. 총명했나 보다. 너, 지금 나보고 그 말을 믿으란 말이야? 내가 바보로 보여? 약손이 한 발 한 발 이유의 앞으로 다가왔다. 이유는 괜히 주눅

이 들어서 약손이 제게 온 만큼 뒤로 물러나야만 했다.

"……"

"……"

하긴 약손의 말마따나 이 드넓은 조선 땅에서 궐에서 알고 지내던 사람과 우연히 마주칠 경우는 얼마나 될까? 당숙 상갓집 따위보다 더 세밀한 거짓말을 만들어 내야 했는지 몰랐다. 허술해도 너무 허술했다.

"그게 말입니다, 형님……."

쿵! 이유의 등이 벽에 부딪혔다. 마땅히 눈 둘 곳이 없어서 눈동자가 동서남북 사방으로 굴렀다. 약손의 동글동글한 정수리가 이유의 턱 바로 밑에서 보였다. 저를 올려다보는 흑 돌멩이 같은 까만 눈동자…….

다 들통이 난 건가? 알아챈 건가? 이유는 이제 고만 저의 신분을 밝혀야 하는지도 몰라 꼴깍 저도 모르게 침이 넘어갔다.

"사, 사실은……."

이유가 체념했다. 더는 거짓말하지 않고 이실직고하려 했다. 하지만 이유가 말을 잇기도 전, 갑자기 약손이 이유의 두 볼을 덥석 손으로 감쌌다.

그러고는 '어떻게? 얘 어떻게 해? 어떡하면 좋아?' 눈썹을 팔자로 뉘이며 도무지 영문 모를 말들을 쏟아 내기 시작했다.

"난 여태 세상 살아오면서 아우 같은 망충이는 처음 봤어. 대체 사람이 어떻게 하면 길을 잃은 것도 모자라서 하필이면 역병 도는 마을까지 올 수가 있어?"

"그건……."

"정말 박복해. 너무 불쌍해. 천지신명도 버리신 운세 같아……."

심지어 약손은 이유의 손바닥을 활짝 펴서 손금을 읽었다.

"이것 봐, 이것 봐! 생명선이 다른 사람에 비해 훨씬 더 짧……지는 않구나? 어라? 이 정도면 장수할 팔자인데? 아니, 아니야. 중간에 살짝 끊어진 걸 보니까 험난해. 가시덤불길이야."

약손은 흑흑 우는 시늉을 하며 눈물을 닦기까지 했다. 이상하게 약손에게 잡아 채인 손바닥이 뜨거웠다. 마침 밥상 들고 오던 복금이가 '밥 먹자, 약손아.' 말 걸어 준 것이 다행이었다. 복금이 약손을 달랬다.

"그래도 널 만난 게 다행이지. 낯선 동네에서 홀로 헤매셨으면 어쩔 뻔했어."

"그럼그럼, 다행이고말고. 혼자 개죽음당하는 것보다야 저승 가는 마지막 길에 누구라도 곁에 있어 주는 게 그나마 낫다고."

수남이 밥상 위의 젓가락을 찰칵 소리 나게 챙겨 들었다. 역병이고 뭐고 암만 죽을 날을 받아 놓았어도 배고픈 건 배고픈 거였다. 눅진한 밥 냄새가 코끝에 풍겼다.

"시장하실 텐데 서생님도 저희랑 함께 식사하세요."

복금이가 예의 바르게 권했다.

"음……."

그 말을 듣고 보니까 시장기가 몰려왔다. 밤새 먼 길을 달려왔고 전날에는 수라상 뒤엎은 후에 먹은 것도 달랑 타락죽 한 그릇이 전부였다. 죽 따위가 밥만큼 든든하게 배를 채워 줄 리는 없고…… 역시 시장이 반찬이었다. 허기가 졌다. 약손이가 빨리 와 여기 앉으라고 툭툭 제 옆자리를 쳤다.

"하면…… 염치 불고하고, 감사히 먹겠습니다."

이유가 거절하지 않고 상 앞에 앉았다.

"많이 드시게나."

수남이가 건네준 숟가락, 젓가락 한 벌도 받아 들었다. 하지만 밥상 위의 반찬을 본 순간 이유는 멈칫 그대로 굳었다.

"……"

잠시 저가 있는 곳이 역병 도는 마을이라는 것을 깜빡 잊었다. 여기는 수라간 나인이 최고의 솜씨 부려서 밥상 차려 올리는 곳이 아니었는데. 무엇이든 싱싱하고 질 좋은 식재료만 사용하는 궁궐이 아니었는데. 한숨이 절로 나왔다.

백보 천보 물러나 하얀 쌀보다 훨씬 더 많이 섞인 싯누런 보리는 그렇다 치자. 민가의 백성들이 보릿고개나 형편이 어려울 때 보리쌀이나 끓인 죽으로 끼니를 넘긴다는 이야기 정도는 이유 또한 익히 들어 알고 있었다. 아주 어릴 때는 아버님을 따라서 왕가의 모든 식구들이 백성들의 고충을 헤아린다며 국과 찌개, 나물 한두 개만 오른 소박한 상차림으로 식사를 한 적도 있었다. 하지만 이제 보니 그때 받은 상차림은 진수성찬이었다.

복금이가 가져온 개다리소반에는 보리밥 섞인 밥 그릇, 까맣게 삭아 버린 고추장, 착착 신묵은지 몇 점만이 놓여 있을 뿐이었다. 대체 고추장을 얼마나 오래 묵혀야 저런 빛깔이 될 수 있으려나? 얼핏 보면 까맣게 탄 숯 재처럼 보이기도 했다.

심지어 저는 요 며칠 전까지 반찬 가짓수 줄여 가며 감선減膳을 한 몸이건만……. 상궁들이 옥체 해한다며 걱정한 것이 무색했다. 진짜 옥체가 상하려면 지금 제 앞에 놓인 반찬 정도는 주야장천 먹어야 했다. 이유는 단출해도 너무나도 단출한 상차림에 단단히 충격을 받았다. 감히 수저를 뜰 생각도 하지 못했다.

"뭐야? 왜 안 먹어?"

이유가 잿밥 놓고 염불 드리는 사이, 이미 약손은 제 밥공기의 반을 해치웠다. 누가 뺏어 먹기라도 할까 그러는가? 양 볼이 볼록하게 솟아올랐다. 물론 약손뿐만이 아니었다. 복금과 수남 역시 반찬에 대해서는 한마디 불평도 하지 않았다. 할 말 잃고 굳어진 것은 오로지 이유뿐인 것 같았다.

약손은 아무렇지도 않게 시커먼 고추장을 보리밥 위에 슥슥 비볐다. 그러고는 이유가 차마 먹지 못하는 속마음을 알겠다는 듯 쯧쯧 혀를 찼다.

이놈의 서생. 아부지 그늘 밑에서 귀하게만 자라서 이런 밥은 먹어 본 적이 없겠지…… 하여튼 갖은 양반 짓은 혼자 다 해?

"저, 저는 속이 좋지 않아서 이만……."

맹세컨대 이유는 절대로 까다로운 식성을 가진 자가 아니었다. 어떤 특별한 종류의 음식을 먹었을 때 두드러기가 난다거나 열이 나는 경우도 없었다. 딱히 비위가 상해서 못 먹거나 가리는 음식도 없었다. 수라간 상궁이 만들어 주는 반찬은 트집 한번 잡지 않고 잘 먹었다. 하지만 이런 수준의 밥, 반찬은 결단코 입에 대 본 적이 없었다. 속에서부터 울컥울컥 헛구역질이 나왔다. 다만 밥상 앞에서 진상 떠는 것은 예의가 아닌 것 같아 겨우 참았다.

"안 먹어? 정말 안 먹지?"

이유가 수저를 내려놓기가 무서웠다. 약손이 기다렸다는 듯 날름 이유 몫의 밥을 가져가 제 입안에 쑤셔 넣었다. 한발 늦은 수남이가 '나도 한 숟갈 줘라. 나도 줘라!' 참견을 하니까 인심 좋게 나눠 주기도 했다.

비록 소반 위에 올라온 반찬이 겉보기에는 볼품이 없어도 고추장과 묵은지, 보리쌀은 동네 부엌 돌아다니며 겨우겨우 찾아 낸 것이었다. 여기는 마땅한 주전부리도 없어서 안 먹으면 스스로만 손해라고!

이유가 물러난 후에도 세 사람은 게 눈 감추듯 밥상 위의 음식을 모두 먹어 치웠다. 심지어 약손은 아직도 배가 고프고, 성에 안 찬 듯 종지에 담겨 있던 남은 고추장을 싹싹 훑어 먹기까지 했다. 아마 사찰에서 참선하시는 스님들조차 이리 완벽한 발우 공양을 올리지는 못하시리라, 이유는 속으로만 생각했다.

약손은 어느 정도 배를 채우고 나서야 수저를 놓았다. 그러고는 그제야 좀 한결 여유가 생겨서 이유를 걱정했다.

"한데 아우가 아무것도 안 먹어서 어떻게 해?"

"저는 걱정 마세요."

"아니야. 그래도 사람이 경우가 있는데……."

"괜찮습니다."

"자고로 사람은 밥을 먹어야 힘을 쓸 수 있거든. 그래야 밥값을 하고 말이지?"

"……예?"

밥값이라니, 그게 무슨……?

이유는 그때까지만 해도 약손의 말에 숨어 있는 속뜻을 전혀 헤아리지 못했다.

약손과 복금, 수남, 세 사람이 약속이라도 한 듯 자리에서 일어났다. 상 치우는 것은 복금의 몫이었고, 아이들 먹일 탕약 끓이는 것은 수남의 몫이었다. 약손은 무어라도 좋으니까 병의 단서가 될 만한 것을 찾아야 했다. 이래봬도 세 사람은 척척, 제 할 일을 나누어 행하고 있는 중이었다.

그러다 보니 이제 방에 남은 사람은 오직 하나, 이유뿐이라.

이유는 밤새 먼 길 달려온 것이 내심 피곤했다. 손 하나 까딱하는 것도 귀찮았다. 그래, 이왕 이렇게 된 거 잠이라도 한숨 푹 자야겠어……. 이유가 아랫목에 대고 머리를 눕혔다. 하지만 그를 가만히 보고 있을 약손이 아니었다. 다른 사람들 모두가 일하는데 어디 저 혼자만 탱자탱자 놀려고 들어? 바깥에 나갔던 약손이 쏙 머리만 다시 들이밀었다.

"뭐해?"

"······예?"

"안 따라 나오고 뭐하냐고?"

"······예?"

반쯤 누운 자세의 이유가 예? 예? 덜떨어진 것처럼 같은 소리만 반복했다. 약손은 답답하다는 듯 절레절레 고개를 저었다. 그러고는 척척척 도로 방으로 걸어 들어왔다.

"왜 그러십니까?"

이유의 물음에 대답도 하지 않았다. 약손이 반쯤 누워 있던 이유의 목덜미를 획 후려잡으며 발딱 일으켰다.

"켁!"

너무나도 갑작스럽게 일어난 일이라 이유가 콜록콜록 기침을 내뱉었지만 약손은 가차 없었다.

"밥 먹으면 밥값 하는 건 당연하고, 안 먹어도 해야 돼."

"왜 이러십니까? 이거, 이것 좀 놓고······. 큽!"

"빨리 나와서 힘을 쓰라구!"

이유는 그대로 약손에게 끌려 약방의 뒤뜰로 끌려갔다. 목이 졸려 켁켁, 밭은기침을 내뱉던 이유가 겨우겨우 정신을 차려 무릎에 손을 짚고 황급히 숨을 몰아쉬었다. 그러거나 말거나 곧 이유의 앞에 툭 날 선 도끼 하나가 떨어져 내렸다.

"······?"

이게 뭡니까? 이유가 쳐다봤다. 약손은 콕콕 검지로 이유의 등 뒤를 가리켰다. 영문을 모르겠다는 듯 이유가 천천히 고개를 돌렸다.

그리고 그곳에는…… 그곳에는…….

"밤 되면 추운데 땔나무가 없어. 애들 자는 방바닥이 냉골이야. 아우가 장작 좀 패."

"제가요?"

약손이 손가락으로 가리킨 곳, 등 뒤에는 굵은 통나무가 산더미처럼 한가득 쌓여 있었다. 대체 무슨 나무가 이렇게 많아? 입이 절로 딱 벌어졌다. 약손이 툭툭 이유의 어깨를 두드렸다.

"그럼, 아우가 해야지 누가 이런 일을 할 수 있겠어?"

약손이 딱 벌어진 이유의 어깨며 탄탄히 근육 잡힌 팔뚝, 가슴께를 구석구석 만졌다.

"어, 어딜 만지십니까?"

당황한 이유가 답지 않게 몸을 움츠렸지만 그런 약한 모습은 짓궂은 약손의 성질을 더 자극할 뿐이었다. 약손은 기생 치마폭에 난 치는 호색한이라도 된 듯 더욱더 호탕한 웃음을 터뜨렸다.

"계집도 아닌데 부끄럼 타기는……. 맹충한 서생인 줄만 알았더니 보기보다 실한데? 자고로 이런 팔뚝으로 장작을 패 줘야 되거든. 어차피 죽으면 다 썩어 없어질 것, 놀리면 못 써."

"허……."

"그러니까 여기에 있는 거 다 쪼개 놔. 알았지?"

말을 마친 약손은 콧노래를 흥얼거리며 뒤돌아섰다. 세상에, 아까 밥값 하라는 말이 이런 뜻이었단 말이야?

역병이든 뭐든 상관없다며 감히 하늘님과 운수를 내기하여 벌을 받았나 보다. 이유는 갑자기 궁궐로 돌아가고 싶었다. 마을 어딘가에 풍운우가 있을 텐데…… 하지만 소용없었다. 멋지게 마을 안에 들어 올 때는 자유였지만 그 후는 아니었다. 이유는 망연자실한 얼굴로 제 몫으로 남겨진 어마어마한 양의 나뭇더미를 바라볼 뿐이었다.

그렇게 이유는 하루 종일 참나무를 때렸다. 제가 아무리 활쏘기와 말, 검무로 단련된 체력을 가졌다 한들 전부 부질없었다. 장작 패기와는 하등 관련이 없었다.

약손이 실한 팔뚝이라며 칭찬한 일이 무색했다. 본래 장작 패는 일이란 것이 힘만 써서 될 게 아니었다. 나름대로의 숙련이 필요했다. 이유가 도끼를 열 번 내려치면 그 중에 아홉이 빗나갔다.

"하이고야…… 영 부실하구만, 영 부실해. 허우대는 멀쩡해서 어찌 그런대? 그래 갖고 계집 치마폭 간수는 제대로 하겠어?"

과연 수남이 부채질하는 것은 제 앞에 놓인 약탕기의 불길인가, 이유의 마음인가.

장작 패는 거랑 계집 치마폭 간수하는 거랑 대체 무슨 상관이 있습니까? 이래봬도 제 눈빛, 손짓 한번 차지하고 싶어서 안달이 난 여인네들이 도성 바깥에까지 줄을 섰는데!

"에에잇!"

이유의 이마에 불끈 시퍼런 핏줄이 섰다. 내려치는 손에도 힘이 실렸다. 그 기세가 어마어마하기에 이번엔 혹시나 싶었지만 역시나였다. 나무가 쪼개지기는커녕 콱! 도끼날만 찍혀 걸려 버렸다. 그 모습 지켜보며 수남은 픽 웃음을 터뜨렸다.

"중요한 건 힘이 아니라 기술! 노련함이란 말씀이야. 에헴, 에헴."

그러면서 수남은 은근히 제 앞섶을 뽐냈다. 세상에 그렇게 기술적이고 노련하신 분이 왜 아직도 미혼이신가 몰라……. 이유가 수남의 상황을 조금만 더 잘 알았더라면 지지 않고 대거리했을 텐데. 할 말을 못 찾은 이유는 푹푹 한숨만 몰아쉬었다.

이놈의 참나무, 너 죽고 나 죽자. 내 오늘 끝장을 보리라…….

괜한 승부욕이 솟아올랐다. 이유가 퉤퉤 손바닥에 침을 뱉고 다시 도끼를 들어 올리려 할 때,

"식사하세요."

어느새 밥 때가 돌아왔나 보다. 복금이 밥상을 차려왔다. 비록 이 참나무덩이가 눈엣가시고 얼른 쪼개 버리고 싶은 마음 한가 득했지만 밥이라면 달랐다. 처음 이곳에 온 날 고추장과 묵은지 반찬에 충격 받고 속이 메스꺼웠던 것은 기억도 나지 않았다. 하루 종일 마당에 끌려 나와서 장작 패보라지? 고봉밥을 두 그릇, 세 그릇씩 먹어도 모자랐다.

이유가 체면도 잊고 냉큼 마루 쪽으로 걸어갔다. 그런데 이미 이유보다 한발은 먼저 자리 잡은 수남이 '엥? 이게 다 뭐냐? 밥이 왜 이래?' 쨍하게 소리쳤다.

군내 나는 묵은 보리밥이라도, 신 냄새 팍팍 풍기는 묵은지라도 일단 뭐라도 먹기만 하면 감지덕지일 것 같았는데, 소반 위에는 밥 대신 퉁퉁 불리고 불려서 양만 많게 끓인 죽 한 그릇이 전부였다.

세상에……. 떨어 댈 궁상이 아직도 남아 있었단 말이야? 잠시나마 밥 먹을 생각에 기뻤던 이유는 고만 맥이 쭉 빠지는 것 같았다.

"죄송해요. 남은 쌀이 없어 가지고……."

쌀이 없는 것이 저의 잘못도 아닌데 복금은 영 면목 없는 표정이었다.

때마침 마을에 나갔던 약손도 돌아왔다. 아침부터 먹을 것 찾아온다고 큰소리치며 나갔는데 들고 나간 꾸러미가 반도 안 찼

다. 병의 원인이고 나발이고 오늘 닥친 한 끼 채우기가 급급했다. 약손은 두 손 두 발 다 들었다는 듯 설레설레 고개를 저었다.

"내가 진짜 살다 살다 이런 적은 첨이다. 가가호호 부엌이란 부엌은 다 들렀는데 쌀은 개뿔! 먹고 죽을 것도 없어."

장돌뱅이로 살아온 약손이 이렇게까지 말할 정도면 그 수준은 심각했다. 떠돌이 인생이 풍족하면 얼마나 풍족했으려고. 더군다나 툭하면 칠봉이 투전 빚으로 재산을 날려 버리니 배부른 적보다 쪼들려 산 날이 더 많았다. 다들 어렵다는 보릿고개 날 때는 하루에 한 끼, 혹은 두 끼만 겨우 먹고산 적도 있었다. 하지만 약손이 아무리 가난했어도 이 정도로 못 먹고산 적은 없었다.

"대체 어떻게 이래? 어쩌면 이럴 수 있어? 이러고 사람이 살수 있는 거야?"

마을 살림을 토끼 몰이하듯 샅샅이 뒤졌는데 어떻게 성인 넷, 아픈 아이들 먹일 식량이 없느냔 말이었다. 수남이 후루룩 제 앞에 놓인 죽을 물마시듯 들이켰다.

"내가 이런 말까지는 차마 안 하려고 했는데, 군수 놈 내뺀다고 했을 때부터 알아봤다. 마을 살림 풍비박산 난 건, 필시 다 그놈의 군수 때문일걸? 아주 악덕인 작자야."

역시 수남이었다. 척하면 척 궐 안에서고, 밖에서고 모르는 것이 없었다. 식량 얘기 하다가 느닷없이 나온 '군수'라는 말에 약손과 복금의 눈이 휘둥그레졌다.

"왜요? 군수가 왜요?"

군수라면 또 약손과 복금에게도 할 말은 아주 많은데.

'지금 저깟 생도 놈 혼내 주는 게 중하냐, 목숨 챙겨서 마을부터 빠져나가는 것이 중하냐?'

'대거리하다 역병 옮으면 네놈이 책임질래? 어서 길이나 터!'

환자 업고 뛰어가는 저희를 버리지 보듯 경멸하던 것을 똑똑히 기억했다. 그래 놓고 이방이란 작자는 복금이를 발로 차서 미나리 밭으로 떨어뜨렸더랬지? 그때 복금이 구하려고 뛰어들다가 거머리한테 피 빨린 것만 생각하면 아직도 속에서 천불이 솟았다.

"왜요? 군수님이 왜요?"

복금이 수남을 재촉했다. 수남은 에헴에헴, 목을 가다듬었다. 그러고는 저가 알아낸 사연을 전했다.

그리고 이유는, 대체 군수란 작자가 뭘 어쨌기에 다들 이리 표정이 좋지 않은가? 호기심이 일었다. 괜히 관심 없는 척, 죽만 휘휘 젓는 척을 하며 가만히 귀를 기울였다.

"우리가 여기 첫날 도착했을 때 말이야. 다들 환자 업으러 돌아다녔잖아."

"예, 그랬죠."

"어휴, 말도 마라……."

수남이 손사래를 쳤다.

*

수남은 지방우와 짝이 되어서 환자를 업으러 가야만 했다. 하고 많은 사람 중에서 왜 하필 지방우야…… 내심 싫었지만 차마 겉으로 내색은 못 하고 지방우의 곁만 졸졸 따랐다. 한데 불행인지 다행인지 지방우는 의원님들과 안면이 있는 탓에 약방에 남아 자질구레한 심부름을 도맡아 했다. 다른 생도들이 마을로 향할 때, 지방우와 수남은 다른 의원님들과 함께 약방에 남을 수있었다. 때문에 수남은 내약방과 활인서 의원들이 꼬박 밤을 새워 가며 역병에 대한 대책을 마련하는 모습을 본의 아니게 바로 옆에서 지켜볼 수 있었다.

"우물부터 막는 것이 옳습니다."

"마을 사람들에게 마실 물은 반드시 끓이게 하고, 혹시 모르니 날 음식은 먹지 말라는 방침도 알려야 합니다."

"식재료를 타고 번질 수도 있습니다. 역병이 지나는 모든 길목의 작물을 불태워서 먹는 일이 없도록 해야겠지요."

의원들 대부분이 작년 하남에서 일어난 역병을 겪은 자들이었다. 당시 삼남의 피해는 이루 말할 수가 없었다. 각 가정에 죽지 않은 사람이 없었고, 최악의 경우 집안 전체가 몰살당한 경우도 비일비재했다. 시신을 미처 태우지 못해서 피부가 시커멓게 썩어 들어간 역병 걸린 시체가 사방에 나뒹굴었다. 지옥도가 따로 없었다. 그런 끔찍한 일을 다시 되풀이할 수는 없었다.

고열과 발진, 종기, 고름은 물론이고 토하는 칠촌 환자들의 증상이 작년에 치렀던 역병과 쌍둥이처럼 똑같았다. 더 긴말할 필요도 없었다. 역병이 확실하니, 그 병이 더 퍼지지 못하도록 막는 것이 제일 중요했다.

"이미 역병이 발병한 마을의 경우, 환자를 한곳에 모아 격리시키는 것도 중요합니다."

누군가 의견을 냈다. 다른 의원들 또한 동의했다. 해서 제일 먼저 칠촌에 소개령이 내려졌다. 나라님의 명령 없이는 그 누구도 칠촌 안에 들어올 수도, 나갈 수도 없었다. 의원들은 역병이 도성까지 번지는 것을 막기 위한 만반의 준비를 했다.

"하지만 환자들을 수용할 약방은 더 이상 공간이 없습니다. 일단 사당에 모아 놓는 것이 좋겠습니다……"

활인서 소속의 허 참봉이 말하던 순간이었다. 불현듯 조경창이 좋은 수라도 떠오른 듯 짝 박수를 치며 나섰다. 여태까지 군수 체면 구기는 줄 모르고 오들오들 떨고 있기만 하더니. 저가 죽으면 어쩌나, 우리 마누라랑 아들놈한테 역병 옮기면 어떡하나. 걔는 우리 집 종손이고 귀한 독자인데. 역병 안 걸리는 약부터 좀 지어 봐라, 바쁘고 정신없는 의원들 붙잡고 온갖 진상을 다 떨었다.

한데 그런 분이 웬일로 나서? 수남은 지방우의 곁에서 힐끗 군수의 얼굴을 훔쳐봤다.

"나한테 좋은 수가 있소! 좋은 수가 딱 있어!"

좋은 수가 있다고 떠드는 조경창의 두툼한 볼 살이 부르르 떨렸다.

"약방 뒤뜰에 가면 이거랑 똑같이 생긴 주발이 있다. 환자들이 쓰던 것인데 다른 것과 헷갈리지 않게 구분해 놓고, 뜨거운 물에 헹궈 놓아야 해······."

때마침 지방우는 수남에게 심부름을 시키던 참이었다. 수남이 지방우가 건네는 약사발을 받아 들었다. 하지만 과연, 군수가 내려는 묘수는 무엇이려나? 궁금하기도 했다. 수남은 일부러 늦장을 부리며 미적거렸다. 조경창이 다시 말을 이었다.

"그렇다면 병 걸린 환자들 모아 놓고, 다 죽이면 되겠네! 감쪽같이 불태우면 되겠어!"

"······뭐요?"

그게 웬 미친 소리야? 무슨 말도 안 되는······. 허 참봉이 눈살을 찌푸렸다. 이 인간이 정신이 나갔는가 싶었는데, 조경창은 한없이 진지했다.

"왜? 역병 앓은 시신 태우는 이유가 뭔데? 전염 막으려고 그러는 거잖아!"

"글쎄, 죽은 시체 태우는 거랑 산 사람 태우는 거랑 상황이 같습니까?"

"산 사람이 아니네. 어차피 죽을 사람이지."

"허……."

"어차피 무지렁이들밖에 안 되는 사람들이야. 역병으로 죽으나, 불태워 죽으나 마찬가지라고. 어차피 죽을 날, 며칠 당겨 죽는 건데 그게 억울해?"

조경창은 눈 하나 깜짝하지 않고 그런 미친 말을 해댔다. 하지만 어찌 된 일인지 의원들은 미쳤다, 미쳤다 혀를 내두르면서도 정작 단호하게 반박하지는 못했다.

사실이 그랬다. 냉정하게 따지면 역병을 잠재우는데 그것보다 확실하고 좋은 방법은 없기도 했다. 어영부영하다가는 작년 삼남과 같은 상황이 도성에서도 벌어질 것이 분명했다.

"막말로, 도성이 바로 코앞인데 염병이 주상 전하 계신 궁궐까지 번진다면 어쩔 거요? 의원님들이 책임질 거요?"

"……."

그 말 한마디가 결정타였다. 조경창은 제가 낸 묘수보다 더 좋은 방도는 없다는 듯 일사천리로 일을 진행시켰다. 어차피 칠촌의 모든 권한은 군수인 제게 일등으로 있었으니까 조금도 거리낄 것이 없었다.

수남은 설마 그러한 짓을 실제로 할까 싶었다. 뜨악한 표정을 애써 감추며 방을 나섰다. 미친 자, 돌아 버린 자, 정신 나간 자……. 네가 아무리 씨불여 봤자 의원님들이 동의할 것 같으냐? 수남이 맴맴 고개를 저었다.

하지만 곧이어 방 안에서 앳된 목소리 하나가 들렸다.

"좋습니다. 군수님의 말씀을 따르지요."

"헙!"

동시에 와장창! 수남은 너무도 놀라서 제 손에 들고 있던 약사발을 떨어뜨리고 말았다.

"어째 이래? 왜 이런 실수를 해?"

지방우가 수남을 타박했지만 미처 신경 쓸 여력도 없었다.

"어떻게…… 어떻게……."

감히 웃전들 하시는 말씀에 저가 토 달 깜냥은 안 되고, 대거리하는 것도 말이 안 되고. 저야 그저 귀 막고, 입 닫고 심부름만 하면 고만인 생도 나부랭이였지만…….

설마, 설마, 설마…… 죽은 사람도 아니고 산 사람을 불태우기야 하겠어?

수남은 뒷얘기를 더는 듣지 못하고 지방우에게 이끌려 약방을 나서야만 했다. 그 후로 환자들을 사당으로 업어 나르는 내내 마음이 무거웠다. 죄를 짓는 것 같았다. 닭이나 물고기 따위를 불에 익혀 먹는 것은 예사라지만 어떻게 산 사람을 불태울까?

"아주 몹쓸 인간이더라고. 언뜻 들어 보니까 관청에서도 하라는 일은 안 하고 허구한 날 기생 불러다가 잔치를 벌인대. 그뿐만이게? 보릿고개 때 고리대를 어찌나 세게 잡았는지, 올해 마을 사람들이 추수하자마자 곡식을 그대로 싹 다 걷어 갔대. 아주 기름 짜듯이 쥐어짠 거겠지. 갈퀴질하듯 재물을 긁어모은 거지. 그러니까 집집마다 먹을 곡식이 없는 거구……. 빤하다, 빤해."

"세상에, 그런……."

복금도 차마 말을 잇지 못했다. 조경창이 저와 약손에게 부린 패악은 예삿일로만 느껴질 정도였다. 그럼 이 몹쓸 일을 맨 처음에 제안한 사람이 바로 군수란 말이지? 조경창? 아니, 사람이 되어서 어떻게 그럴 수가 있어?

복금은 한숨만 내쉬었지만 약손은 화가 치밀어서 어쩔 줄을 몰랐다. 제 왼쪽 손바닥에 오른손 주먹을 퍽퍽 내려치는 시늉을 하기도 했다. 아우, 한주먹감도 안 되는 양반이 진짜!

"어째서 그런 사람이 군수가 되어서 나랏일을 하는 건데?"

말짱한 사람들을 죽이려 하지를 않나, 역병 도니까 저만 밤중에 몰래 도망가지를 않나…… 투전 빚에 시달리는 것도 아니면서 군수님 체면에 야반도주가 웬일이래? 약손이 쿵쿵 바닥에 발을 굴렀다. 하지만 수남은 대수롭지 않은 듯, 산전수전 다 겪은 중년 사내 특유의 의연한 표정으로 고개를 저었다.

"어쩔 수 없지. 그게 다 세상 사는 순리인 것을……"

"순리는 개뿔! 하면, 주상 전하도 이 사실을 알고 계실까요?"

약손이 쾅! 주먹으로 마루를 때렸다. 비록 뭔가 부서지고 깨지는 돌주먹은 아니었지만 이유가 화들짝 놀라며 저도 모르게 벌떡 일어났다. 뭐야? 갑자기 왜 그래? 똥 마려워? 수남이가 이유를 타박했다.

"아, 아니…… 그게 아니라……."

갑자기 제 이야기를 해서 당황해서 그렇습니다…… 차마 말은 못 하고 이유가 다시 제자리에 조용히 앉았다.

약손은 여전히 주상 전하 욕을 해대기 바빴다.

"세상에 이렇게 나쁘고 악질인 군수가 있는데, 주상 전하는 참말 아무것도 모른단 말이야? 천치야? 바보야? 망충이야? 왜 주상 전하는 조경창을 혼내 주지 않아?"

약손은 말 한마디, 한마디 맺을 때마다 복금이를 봤다가, 수남이를 봤다가, 연신 제 의견에 동조해 달라며 눈을 마주쳤다. 한테 우연인지 필연인지 하필이면 '왜 주상 전하는 조경창을 혼내주지 않아?'라고 말할 때는 이유를 똑바로 바라보았다.

말해 봐, 주상. 왜 조경창한테 벌을 주지 않는 거냐고? 약손이 그렇게 묻는 것만 같았다.

이유는 뜨끔 제 발이 저렸다.

"모, 모, 모, 몰랐던 것은 아니고……."

그 총명하기로 유명하다는 한명회와 밤새 토론을 했으며, 똑똑하기로는 조선 제일이라는 매죽헌과의 경연에서 단 한마디도 지지 않았다는 이유의 모습은 어디로 간 것인가? 이유는 너무나 놀랍고 황망하여 말까지 더듬었다.

하지만 애초에 이유에게 답변 들을 생각이 아니었던 약손은 이내 획, 고개를 돌렸다. 이유의 등에서 식은땀이 흘렀다.

"죽 식는다. 어서 먹어, 약손아. 이거 먹고 애들한테 줄 것도 더 끓여야 해."

"그래. 내가 일단, 먹기는 먹는데!"

약손이 속이 상하고 분해 죽겠다는 듯 퍽퍽 죽 그릇을 때렸다.

망할 조경창! 망할 놈의 군수! 다 그 인간 때문에 일이 이렇게 된 거야! 애초에 애들만 불태운다고 하지 않았어도 내가 이렇게까지 의원님들과 맞서는 일은 없었잖아!

"이런 개차반, 돌차반한테 벼슬이나 내리고! 나라 꼴 참 잘 돌아간다. 이게 다 주상 전하 때문이지? 전하는 눈도 없고, 귀도 없으실 거야! 저잣거리 거지한테 왕을 시켜도 이보다는 잘하겠네."

한번 화가 치솟으니까 터져 나오는 욕을 막을 길이 없었다. 게다가 약손이 있는 곳은 벽에도 귀가 있고 땅에도 눈이 있다는 궁궐도 아니었으니까 더욱 마음이 자유로웠다.

"내가 복금이 너 발에 채인 것만 생각하면! 논에 굴러떨어져 거머리한테 피 빨린 것만 생각하면!"

"이젠 괜찮아졌잖아."

"난 안 괜찮아! 조경창도 나쁘고, 이방도 나쁘고, 그런 묘책에 동의한 의원님들도 나빠. 아니, 애초부터 그런 못된 사람한테 권세 준 주상 전하가 제일 나빠!"

"약손아……."

비록 궁궐은 아니지만, 복금이가 걱정스러운 표정으로 약손을 막았다. 하지만 어디 말린다고 말려질 약손이던가? 내가 지금 누구 때문에 죽게 생겼는데? 약손이 흥! 콧방귀를 꾸었다.

"나라님 없는 자리에서 역모가 백 번 일어난들 어쨌겠으며, 무슨 말 지껄이든 어쨌겠어? 쳇!"

그 나라님이 바로 여기에, 옆자리에 계신답니다……

이유는 고만 허기도 잊었다. 천하제일 나쁜 상놈이 된 것만 같았다. 저는 저잣거리 거지 놈만도 못 한 신세였다.

나는 죽 먹을 자격도 없도다…… 이유는 울적한 얼굴로 도끼를 집어 들었다.

—퍽!

그렇게 쳐도 꿈쩍 않던 참나무가 정확히 반쪽으로 갈라졌다.

"자네, 이젠 꽤 하는구먼?"

그래, 계집 마음 사로잡는 건 힘이 아니라 기술, 그리고 노련함이라고! 이유의 속은 하나도 모르고 수남이 엄지를 치켜들며 칭찬을 했다.

"근데 장작 잘 쳐놓고 표정이 왜 그래? 암만 봐도 똥이 마려운 것 같은데? 아까부터 이상해?"

아주 귀신이 따로 없었다. 수남이 수상한 표정으로 물었다.

"아닙니다…… 아무것도 아니에요."

하하하…… 허허허…… 이유가 애써 웃음 지었다.

[2]

시간은 쏘아 놓은 활처럼 흘러갔다. 오늘로서 약손이 마을에 남은 지 나흘째. 민경예가 말미로 주고 간 날은 고작 하루가 남았다. 해가 뜨는 것이 이토록 절망적이었던 순간이 있었을까?

병의 원인을 찾아내기는커녕 방에 눕혀 놓은 아이들에게는 별로 해준 것도 없었다. 설상가상 아침 댓바람부터 면경에 얼굴 비춰 보던 수남이가 '으아아악!' 비명을 질러 댔다.

"왜 그러세요? 무슨 일이에요?"

잠 한숨 제대로 못 잔 얼굴의 복금이가 제일 먼저 달려 나왔다. 수남은 당장이라도 숨이 넘어갈 듯, 제 이마 한가운데를 가리켰다.

"왜요? 왜 그러세요?"

놀라기는 약손 또한 마찬가지였다. 마루에서 꾸벅꾸벅 졸다가 벌떡 일어났다.

"내 얼굴에, 얼굴에……."

수남은 말도 잇지 못했다. 무슨 큰일이라도 났나 싶어서 약손과 복금이 얼른 수남의 얼굴을 살폈다.

"내 얼굴에 종기가…… 고름이……."

"!"

설마설마했는데 역병이 수남에게까지 옮은 것인가? 순간 눈앞이 깜깜해졌다.

'아무런 조치도 취하지 않고 이렇게 자꾸 허송세월 보내면 이 마을의 어른들 또한 병에 전염되는 것은 시간문제겠지?'

민경예의 말이 떠올랐다. 약손이가 역병이 아닐지도 모른다고 강력하게 주장한 것 중 하나가, 왜 환자 중에 어른은 없냐는 것이었다. 하지만 참말 약손이 틀리고 민경예의 말이 맞았던 걸까? 약손이 괜한 고집 부리고 시간을 끌어서 결국엔 어른 수남마저 병에 걸린 것일까?

"어디 좀 봐요, 아저씨. 제가 자세히 살펴볼게요."

복금이가 수남의 이마에 둘러진 푸른 띠를 풀어냈다.

"아이고, 나 죽는구나…… 나는 이제 정말 죽는구나……."

수남은 갑자기 머리가 아프다고, 배가 아프다고, 심지어 속이 메스껍다며 웩웩 헛구역질까지 해댔다. 모두 다 역병 걸린 아이들의 증상과 똑같았다.

약손도 걱정스러운 얼굴로 수남을 살폈다. 처음엔 아닐 거라고, 수남이 잘못 본 거라고 생각했지만 웬걸. 수남의 이마에는 정말로 붉은 종기 하나가 불뚝 솟아나 있었다.

"세상에 이런……."

모두 다 제 탓이었다. 감히 제까짓 게 의원님들의 처방을 부정하고 까불다가 이 모양 이 꼴이 난 것이 분명했다. 그냥 의원님들 말씀 따를걸. 아이들을 불태워 죽이든, 삶아 죽이든 모른 척하고 시키는 대로 할걸. 이제 역병이 도성까지 퍼지고 조선 땅의 수많은 사람이 죽게 된다면 그건 필경 약손의 탓이었다. 온갖 후회가 다 밀려왔다.

약손은 넋이 빠진 듯 자리에 그대로 멈춰 섰다.

복금이 요리조리 수남의 이마를 살폈다. 다행히 아직 심해진 것은 아닌지 팔뚝이나 다리, 목까지 번지지는 않았고 돋아난 종기는 이마 딱 한 군데뿐이었다.

"아이고 머리야…… 배야…… 팔다리야…… 삭신이야!"

수남이 데굴데굴 바닥을 구를 준비를 했다. 하지만 그보다 먼저 복금이가 쭈욱 엄지손가락을 마주 잡아서 수남의 종기를 냅다 눌러 버렸다. 동시에 톡! 종기 안에서 싯누런 고름이 튀어나왔다.

"아악! 이게 무슨 짓이야?"

수남이 기겁을 하며 뒤로 물러섰지만 복금이는 제 손에 묻은 고름을 아무렇지 않게 수건에 닦을 뿐이었다.

"이건 그냥…… 면포面疱인 여드름인데요?"

"응?"

그 말 한마디에 저는 곧 죽을 것이라며 울먹이던 수남도, 조선 사람들이 역병으로 죽으면 그건 다 내 탓이라며 신음하던 약손도 모두 다 얼음처럼 굳었다.

"……."

"……."

세 사람 사이에 어색한 침묵이 흘렀다. 어디선가 깍깍 이름 모를 새가 울었다.

"며, 며, 면포라고?"

젊은 남녀 청춘들 얼굴에나 돋아난다는 그거? 손톱으로 잘못 짜면 어쩔 때는 곰보처럼 흉한 자국이 남는다는 그거?

수남이 믿기지가 않는다는 듯 재차 물었다. 복금은 틀림없다는 듯 고개를 끄덕였다.

"제가 짜내는 것 보셨잖아요. 아이들의 종기랑은 아예 다릅니다. 애들한테서 돋아난 종기는 더 크고, 찐득거리고, 심지어 진물까지 났는걸요."

"……."

복금이 확신했다.

"그, 그, 그런 거였어?"

자라 보고 놀란 가슴 솥뚜껑 보고 놀란다고. 이제 보니 수남은 제 이마에 돋아난 면포가 역병 종기인 줄 착각하고 온갖 난리를 다 친 것이었다. 복금의 얘기를 듣고 보니까 방금 전까지 머리 아프고, 배 아프고, 삭신이 쑤신 것도 싹 낫는지 아무렇지가 않았다.

"면포였구나……."

수남이가 머쓱한 얼굴로 돌아섰다. 설마 저 때문에 수남마저 병에 걸렸나 싶었던 약손은 그만 허탈한 마음 가눌 길이 없어 털썩 그대로 마루에 주저앉고 말았다.

"하……."

약손이 허공을 보며 한숨을 내쉬었다.

"너무 걱정하지 마, 약손아. 난 네 얘기 믿어."

"왜 나를 믿어……."

약손은 방금 전의 일 때문에 열 살은 더 늙은 얼굴이 됐다. 제 어깨에 짊어진 책임이 막중했다. 내일까지 병의 원인을 구하지 못하면 저를 따라 남은 복금과 수남의 낯은 어찌 볼 것이며, 방치되듯 버려진 아이들은 어쩔 것인가? 그들의 부모는 또 어떻게 되는 것인가?

분명 민경예는 약손의 목숨을 담보로 하여 책임을 지라고 단언을 했다. 역병 걸린 사람들과 함께 살 부대끼고 살았으니 불지르는 사당 안에 함께 밀어 넣을 것이 분명했다.

"……."

그렇게 생각하면 마음은 한없이 무거워졌다. 약손이 무릎 사이로 얼굴을 묻었다. 복금이가 그런 약손의 등을 두드리며 위로했다.

"나는 네 말이 맞는다고 생각해. 의원님들 말처럼 역병이라면 너무 이상하잖아. 우리가 이 마을에 머문 지 나흘이나 됐어. 근데 난 아직도 이렇게 멀쩡한 걸? 애들한테 약 먹이고, 죽 먹이고, 물도 한 그릇을 똑같이 마셨어. 병이 옮았으면 진즉에 옮았겠지."

나름 일리가 있는 말이었지만 약손에게는 별 도움이 되지 않았다.

"어떻게 해…… 우리 진짜 어떻게 해……. 괜히 나 때문에 너랑 수남 아저씨가……."

의학에 대해선 쥐뿔도 모르는 것들이 방도를 찾으면 얼마나 훌륭한 방도를 찾아낼까? 고만고만한 수준의 머리로 방책을 찾아내려니 장님이 흙 속에서 진주 찾는 것보다 더 어렵고 막막했다. 정말 이대로 다 죽는구나, 죽겠구나…….

쨍쨍하게 솟아나는 햇빛을 보는 것도 짜증이 났다.

약손은 눈을 감아 버렸다.

*

마침내 쌀이 뚝 떨어졌다. 아이들한테 끓여 먹일 죽도 점심나절 즈음에 바닥이 났다. 미음이라도 먹여야 기운이 날 텐데. 주야장천 열 내리는 탕약만 끓여 대니까 아이들도 칭얼거리며 싫은 소리를 했다.

"탕약 싫어. 먹기 싫어. 쓰고 맛없단 말이야……."

"하이고, 먹고 싶다 해도 더는 줄 것도 없거든?"

마지막 한 방울의 탕약까지 쥐어짜 내던 수남이가 아이들한테 툭 말을 던졌다.

"그게 무슨 말이에요?"

송이한테 탕약을 떠먹이던 복금이가 깜짝 놀라 고개를 쳐들었다. 수남이가 대답 대신 설레설레 고개만 저었다. 이게 마지막 약재였다고 눈빛으로 말을 전했다.

"그럼 어떡하지……."

이젠 쌀도 없고, 약도 없고. 오늘 밤이 지나면 정말 끝이구나. 우리는 모두 꼼짝없이 사당에 갇혀 죽임을 당하겠구나…….

저희들이야 감히 의원님께 대든 책임을 묻는다 쳐도 아무것도 모르는 아이들은 대체 무슨 죄인지. 이 아이들이 과연 민가의 평범한 자손이 아니라 어디 정승 댁, 대감님 댁 자제들이었어도 이렇게 쉽게 소각하라는 명령이 떨어졌을는지……. 여러 가지 생각이 뒤섞여 마음이 시끄러웠다.

"배고파. 배고파서 더 아픈 것 같아. 안 토할 테니까 밥 줘. 죽이라도 줘……."

자꾸 토하는 바람에 어제저녁부터 쫄쫄 굶었던 두놈이가 특히 칭얼거렸다. 하지만 주고 싶어도 더는 줄게 없는 걸? 한없이 미안해진 복금이가 토닥토닥 두놈이의 배를 문질러 줬다.

그때였다.

끼익, 약방 문 열리는 소리가 났다. 아까 낮에 터덜터덜 힘없이 외출했던 약손이가 돌아오는가? 복금이가 밖을 내다봤다. 하지만 밖에는 약손이 대신 한놈이가 걸어 들어오고 있었다.

아니, 쟤가 말도 없이 어딜 갔다 오는 거야?

아이들이 하도 많으니 복금이도, 수남이도 한놈이가 없는 줄 까맣게 모르고 있었다.

"어딜 다녀오니?"

복금이가 걱정스러운 얼굴로 물었다. 한놈이는 얼굴에 알록달록 종기를 가득 단 주제에도 입안에서는 뭔가를 질겅질겅 씹어 대기 바빴다.

"그건 뭐야?"

복금이가 물었다. 한놈이가 마루 한쪽에 한 움큼 뜯어 온 풀을 내려놓았다. 그게 뭔가 싶어서 봤더니 푸른 미나리였다.

"뭐야? 미나리 죽 끓이라고 뜯어 온 거야? 근데 죽 끓일 쌀도 없는데?"

복금이가 안타까운 얼굴로 손을 내저었다. 한데 한놈이는 아주 당연하게도 익히지도 않고, 삶지도 않은 생미나리를 입안에 넣고 씹어 대기만 했다. 미나리를 저렇게 생으로 먹어도 되는 건가? 복금이는 의아했다.

"왜 미나리를 생으로 먹니?"

"배고파서요."

"안 비려?"

"원래 배고프면 어른들 몰래 논에 가서 꺾어 먹고 그랬는데."

한놈이는 아무렇지 않게 대답하고는 대뜸 제 동생인 두놈이에게도 미나리를 나눠 줬다. 두놈이 역시 이런 적이 처음은 아닌 듯, 당연하게 제 형이 준 것을 받아먹었다.

한놈이와 두놈이뿐만이 아니었다. 배고프다고 울던 아이들이 너도나도 미나리 풀을 입에 넣고 씹었다. 칠촌의 아이들은 생풀 먹는 게 하나도 이상하지 않아 보였다. 아주 익숙해 보였다.

"비릴 텐데……."

수남도 참 별일이라는 듯 고개를 저을 뿐 딱히 말리지는 않았다. 그저 뭐라도 먹어서 배 채우면 다행이라고 생각했다.

그때, 약손이가 약방 안으로 들어왔다. 역시나 아무 단서도 찾지 못했는지 한껏 풀죽은 모습이었다. 복금도 아이들에게는 더 이상 신경 쓰지 않고 시선을 돌렸다.

"약손아, 왔어?"

"……응."

약손은 마루에 앉았다가 그대로 등을 대고 누워 버렸다. 만사가 다 귀찮고 모든 것을 포기한 표정이었다.

"아무래도 방도가 없어. 원인은커녕, 오늘 먹을 쌀 한 줌도 못 찾았고……."

약손이 끄응 신음을 하며 돌아누웠다. 그 바람에 멀뚱멀뚱 한 쪽에서 미나리를 씹는 아이들과 눈이 마주쳤다.

"근데 쟤네 뭐 먹어?"

심드렁하게 묻자 복금이가 얼른 '응, 미나리 먹는대.' 대답을 해줬다.

"왜 생미나리를 먹어. 배 아프게……."

약손의 말투에 힘이 하나도 없었다. 두놈이가 그런 약손의 옆에 철퍼덕 엉덩이를 붙이고 앉았다.

"형아!"

"왜에……."

약손이는 두놈이랑 얘기하는 것마저 귀찮은 듯 휘휘 손을 내저었다. 형 혼자 있고 싶으니까 절루 가 있어……. 하지만 그 말을 들을 두놈이가 아니었다.

"형아 배고프지? 형아도 먹어."

그러고는 약손이의 입안에 저가 먹던 미나리 한 줌을 대뜸 넣어 주었다. 설마 먹고 죽지는 않겠지, 별생각이 없던 약손이는 저도 모르게 아— 입을 벌렸다. 이내 약손이 미나리를 몇 번 씹어 대는데 문득 약손의 표정이 심상치가 않았다.

"으아아악! 이게 뭐야? 뭐야?"

퉤퉤퉤! 입안에 들어갔던 미나리를 모두 뱉었다. 득달같이 달려들어서 두놈이의 입가도 똑같이 털어 줬다.

"약손아, 왜 그래?"

복금이가 물었지만 대답할 겨를도 없었다.

"빨리 뱉어! 뱉어! 에라이, 거머리! 거머리!"

"왜 그래, 형아?"

약손이는 당장 뱉으라 다그치고, 배고픈 두놈이는 싫다고 도리질 치고. 약손이는 아무래도 안 되겠는지 두놈이의 입안에 손가락을 집어넣어 풀을 긁어내기까지 했다.

"왜 그래? 대체 왜 그러는 건데?"

생미나리 먹는 게 뭐가 어떻다고 저렇게까지 하는 건지. 복금은 잘 이해가 되지 않았다. 무심코 한놈이가 뜯어 온 미나리 줄기를 살펴보는데 '으아악!' 복금도 몸서리를 쳤다.

"대체 이게 다 뭐야?"

"뭔데 이리 소란이냐?"

수남은 복금이가 마당으로 멀리 던져 버린 미나리 줄기를 살폈다. 처음엔 그냥 풀인 줄만 알았다. 별다를 것 없는 평범한 미나리인 줄만 알았다. 하지만 자세히 보니 뭔가 달랐다.

미나리 줄기마다 거머리랑 발 수십 개 달린 지네, 두꺼비 알이 줄줄이 붙어 있는 것이 보였다. 몹시 징그럽고 괴이한 모습이었다. 등줄기를 따라서 오스스 소름이 돋았다. 하지만 어린애들은 이미 그마저도 익숙하다는 듯 아무렇지 않게 미나리를 씹어 먹었다.

"왜 그러세요? 되게 맛있는데."

한놈이가 이해가 되지 않는 듯 갸웃 고개를 저었지만 약손은 칠색 팔색을 하며 펄펄 뛰었다.

"너희가 짐승이야? 왜 거머리를 먹어? 여기, 여기에 두꺼비 알 안 보여? 지네도 있는데? 이런 건 뜨거운 물에 삶았다가 깨끗이 씻어서 먹어야 되는 건데……."

문득 약손의 말끝이 흐려졌다.

'혼내지 않을 테니 걱정 말고 말해 봐라. 왜 역병이 아니라고 생각했지?'

'우선은, 역병이 도는 마을에 환자가 모두 어린아이들이라는 것이 이상합니다.'

'그게 뭐가 이상할까? 원래, 어린아이들이 어른보다 병약하여 서 무슨 병이든 제일 먼저 걸리는 법이다.'

'하지만……'

'하면 오진이라고 생각한 연유는 그것뿐이더냐? 다른 근거는 없어?'

'……'

민경예가 다른 이유를 말해 보라고 했을 때, 약손은 더 이상의 근거는 없다며 고개를 저었다. 물론 내색하지는 않았지만 마음에 걸리는 것 한 가지가 더 있기는 했다.

하지만 그건 제가 생각해도 입 밖으로 내뱉기에는 너무나도 민망하고 말이 안 되어서……. 저만 실없는 놈 취급받을 것이 분명해서 그냥 입 다물고 버티는 것이 나을 것이라고 판단했다.

'한 가지 더 마음에 걸리는 것이 있는데…… 그게 사실은……'

제가 예전에 어디서 어린아이들만 족족 죽어 나간다는 괴담을 들은 적이 있거든요. 근데 알고 보니까 그게 사실은 역병이 아니라…… 그게 뭐라더라? 하여튼 뭐라고 하던데…… 잘 기억이 안 나서…….

역병이 아닐 것 같은 근거가 고작 제가 어릴 때 들었던 '괴담'

때문 이라고 말했다면 어땠을까? 민경예는 그나마 닷새의 말미도 주지 않고 당장 곤장 쳐서 내쫓았을 것이 분명했다. 웬 실없는 생도 놈이 실제도 아닌 설화에 미쳐 갖고 허튼소리 한다고 무시했을 것이 당연했다. 더군다나 이놈의 기억력은 어찌나 하찮고 형편없던지.

옛날 옛날에 어떤 마을에서 어린아이들이 몰살당해 죽은 적이 있는데, 애들이 토하고, 누런 고름 줄줄 흘리다가 약 한 첩 못 쓰고 까무룩 까무룩 죽어 갔대. 다들 역병인 줄 알고 잔뜩 겁을 먹었는데……. 사실은 너무나도 해괴하고 이상한 병이었다네? 그게 무슨 병이냐 하면…….

암만 기억을 더듬어 봐도 뒷얘기가 도통 떠오르지 않았다.

하긴 약손이 이날 이때껏 듣고 만났던 설화꾼이 어디 한두 명이던가? 무당만 해도 열 손가락으로 세어 봐도 부족할 정도였다. 그네들이 사람들 꾀어내려고 대충 지어 낸 이야기를 약손이 귀기울여 들었을 리 만무했다.

하지만 두놈이가 온갖 벌레 잔뜩 붙은 미나리 먹는 모습을 본 순간 거짓말처럼 뒷이야기가 막힌 샘물 터지듯 줄줄 떠오르기 시작했다. 그 괴담 이야기를 해줬던 어떤 노인의 얼굴도 떠올랐다.

아마도 약손이랑 칠봉이가 어느 고을의 장터에서 장사 끝내고 떡을 먹고 있었을 땐가? 아니, 간만에 고기를 뜯고 있었을 땐가? 아무튼 그때 먹었던 음식이 뭔지는 상관없었다. 거지꼴을 한 노인네가 떡 한 점만 달라고 하도 간청하기에 약손은 흔쾌히 콩가루 묻힌 떡을 나눠 주었다.

덜렁 떡 한 점만 드리기에는 정도 없고 인심도 야박해서 약손은 아예 멍석을 펴서 함께 음식을 먹었다. 심지어 칠봉은 노인과

술도 마셨다.

술이 잔뜩 오른 노인은 흔히 '내가 젊었을 때는 말일세…….' 하는 식의 소싯적 이야기를 풀어 놨다. 약손은 꾸벅꾸벅 졸면서 그 이야기를 들었다.

"마을 아이들이 반도 넘게 죽었어. 부모들이 용하다는 의원은 다 부르고, 점쟁이, 무녀를 데려와 굿을 했는데도 소용이 없었지."

"저런…… 역병 아닙니까? 아니면 지랄병?"

칠봉이 물었지만 노인네는 그게 아니었다며 손사래를 쳤다.

"근데 어느 날, 웬 스님 하나가 그 마을을 지나갔지. 근데 마을 풍경 한번을 휘이 둘러보더니 대뜸 애들이 이상한 병에 걸리지 않았냐고 묻는 거야. 만약 그렇다면 당신이 아이들 살릴 방책을 말해 주겠다고."

"거참 신기하네요. 그래, 그 방책이 무엇이었답니까?"

"그게 뭐냐 하면 말이야……."

노인네의 말을 듣고 난 후에 칠봉은 뭐라고 대답했던가? 칠봉은 말도 안 된다며, 세상에 그런 경우가 어디 있냐며 낄낄낄 웃음을 터뜨렸던 것 같았다. 하지만 노인의 얼굴은 단호했다.

"아니야. 내가 바로 그 스님 처방받고 살아난 아이 중 한 명인 걸?"

"예예, 그러시겠죠. 아무튼 이야기 재미나게 잘 들었습니다. 저희는 이제 고만 돌아가 봐야 해서요."

"거참, 진짜라니까……."

그렇게 약손과 칠봉은 물건 정리해서 다시 길을 떠났고, 노인과도 그 장터에서 헤어졌다. 물론 떠돌이 장돌뱅이 인생이었으니 그 노인을 다시 만났을 리는 만무했다. 이가 잔뜩 빠져서, 물

컹한 떡도 한참을 씹어야 했던 꼬부랑 등을 가진 노인. 아마 이
제 와서 그 노인을 찾는다 해도 그는 벌써 세상을 하직했을지도
몰랐다.

아무튼 그 당시 노인이 말해 주었던 병의 이름이 정확히 무엇
인지는 생각나지 않았다. 그래도 떠오르는 것 한 가지는 있었다.
노인과 헤어진 뒤 잔뜩 취기 오른 칠봉이가 연신 말이 안 된다
며, 참 요상한 노인네를 다 보겠다고 낄낄낄 한참을 웃어 댔기
때문이었다.

"그 노인네 말만 따르면 보리로 이당 만들어서 만병통치약이
라고 팔아도 무방하지 말이야?"

"좋은 생각인데?"

역시 그 아비의 그 아들, 아니 그 딸이라. 칠봉이 농담으로 던
진 말을 약손은 한없이 진지하게 받아들였다. 물론 원홍이 신약
이 워낙 잘 팔린 탓에 실제로 보리 이당을 판 적은 없었지만……

"찾았다! 방법을 찾았어!"

약손이 짝 박수를 치며 벌떡 일어났다.

"뭘? 뭘 찾았다는 겁니까?"

약방 뒤뜰에서 하루 종일 장작 패던 이유가 그제야 마당으로
나오며 물었다. 뭔가를 하나 시작하면 끝장을 보는 성격이 칠촌
에서도 빛을 발했다. 이유는 그 많던 참나무를 전부 아작 냈다.
아침나절만 해도 다 죽어 가는가 싶더니 어째서 얼굴에 화색이
도는가?

이유는 영문을 모르겠다는 얼굴로 약손을 바라봤다. 약손은
이유의 어깨를 짤짤짤 흔들며 기쁘게 외쳤다.

"병을 고칠 방법! 내가 찾았어! 기억났어!"

"그게 정말이에요?"

"응! 이건 역병이 아니야! 확실해! 고칠 방법이, 분명히 있다고!"

역병이 아니라고, 드디어 고칠 방법을 찾았다고 외친 약손은 그대로 약방을 뛰쳐나갔다. 그 후로 한참 동안 소식이 없더니 해가 질 무렵이 되어서야 돌아왔다. 한데 혼자 몸이 아니었다. 힘도 천하장사지. 약손은 제 몸뚱이만 한 항아리를 품에 안고 뒤뚱거리며 걸어 들어왔다.

"세상에, 그게 뭐야?"

"너 그 무거운 걸 어떻게 들고 온 거냐?"

복금과 수남의 눈이 휘둥그레졌다. 이유는 마루에 앉아서 '와, 조선 제일가는 천하장사일세, 힘이 세구만.' 멀뚱히 구경만 하다가 수남에게 옆구리를 꼬집혔다.

"뭐 그렇게 넋을 놓고 있어? 얼른 받아 줘!"

"제가요?"

평생을 귀하게만 자라오신 상감마마께서는 저가 손수 나서서 궂은일 하는 것이 아직 익숙지 않았다. 이유가 가당치도 않다는 얼굴로 '제가 왜……' 대거리를 하다가 이번엔 귀를 뜯겼다.

"그럼, 이 나이에 내가 힘쓸까? 남자의 생명은 허리인 거 몰라?"

제 허리도 중요합니다만…… 그 말은 꾹 삼켰다. 얼른 약손이 가져온 항아리부터 받아 들었다. 안에 뭐가 들어 있는지는 몰라도 보기보다 꽤나 묵직했다. 약손은 땀을 뻘뻘 흘리면서도 이유와 합심해 항아리를 열심히 굴려서 부엌까지 가져갔다. 항아리가 부엌 문턱에 걸리고 나서야 그제야 철퍼덕 바닥에 주저앉아 가쁜 숨을 몰아쉬었다.

"대체 이게 뭔데?"

복금이가 항아리의 뚜껑을 열었다. 항아리 깊은 곳에서부터 고소한 곡식 냄새가 훅 밀려왔다.

"이건……?"

"사연은 나중에 듣고 우선 이것부터 볶아서 끓이자. 아마 오늘 밤을 꼬박 새워도 부족할 거야."

동시에 '으아앙!' 방 안에서 아이들의 울음소리가 들렸다. '이크, 또 울음보가 터졌나 보네.' 수남이가 후다닥 방 안으로 들어갔다. 약손이 '잠깐만요!' 수남을 붙잡았다. 약손은 수남에게 몇 가지 당부를 했다.

"지금 이 순간부터 아이들에게 아무것도 먹이지 마세요. 죽도 안 되고, 미음도 안 됩니다. 탕약도 금지예요."

"어차피 더는 내줄 것도 없었어."

수남이 입을 삐죽거렸다.

"물 한 모금도 마시게 해서는 안 됩니다. 아셨죠?"

"알았다. 입안에 들어가는 건 무엇이든 토하게 할게. 그럼 됐지?"

수남이 뽀르르 방 안으로 사라졌다. 이제 부엌에 남은 사람은 약손과 복금, 그리고 이유 세 사람뿐이었다.

약손은 팔부터 걷어붙였다. 우선은 항아리 안에 들어 있는 것을 불순물이 없도록 깨끗이 씻어야만 했다. 복금이가 서둘러 약손의 곁에서 일손을 도왔다. 이유는 또 그냥 멀뚱멀뚱 서서 그 꼴을 가만히 지켜보기만 했다.

나는 뭘 하지? 뭘 해야 하나? 하긴 뭘 해? 그냥 가서 잠이나 한숨 자야지……. 하나 약손이 그 꼴을 가만두고 볼 리가 없었다.

"아우는 거기서 뭐해? 왜 장승처럼 서 있기만 하는 거야?"

약손이 참으로 답답하고 망충스럽다는 듯 이유를 바라봤다. 약손이 턱 끝으로 마당 뒤의 뜰을 가리켰다.

"……예?"

뭘 어쩌라는 말이신지? 뒤뜰의 장작은 초저녁에 다 패 놨는데요? 이유가 조금은 자랑하는 듯한 얼굴로 대답했다. 약간 칭찬을 바라는 표정이기도 했다. 하지만 약손에게 장작 패는 일은 별로 대수로운 것도 아니었다. 뭐 특별하고 대단한 일을 해야 잘했다, 칭찬을 하는 거지. 턱도 없었다. 약손이 한 번 더 마당 뒤를 가리켰다.

이유가 여전히 영문을 몰라 하자 빽 소리를 질렀다.

"아궁이에 불 안 때고 뭐해? 기껏 패놓은 장작을 놀릴래?"

"예예…… 알겠습니다."

이유가 그제야 말귀 알아듣고 냉큼 뒤뜰로 사라졌다. 아니, 장작이 필요하면 가져오라 말을 하면 될 것이지 왜 눈짓을 해……? 이유가 체면도 잊고 구시렁거렸다. 과연 호칭이란 것이 사람과의 관계에서 큰 비중을 차지하는가? 왜 저 어린 생도 앞에만 서면 이유는 이렇게 한없이 작아지는지 모를 일이었다.

"하여튼 성격 하고는……."

이유는 가져온 장작을 부엌 앞에 가져다 놓았다. 차마 사내 된 몸으로 계집들 드나드는 부엌에는 걸음 할 수가 없어…… 따위의 말을 하려다가 약손이에게 눈으로 온갖 쌍욕을 다 들었다.

"아닙니다. 걸음 하겠습니다."

결국 이유는 약손과 복금이 항아리 안의 것을 박박 씻는 동안 홀로 아궁이에 불을 때야만 했다. 이유가 매운 연기 때문에 줄줄 눈물을 흘린 후에야 아궁이는 팔팔 끓기 시작했다.

*

칠촌 마을 밖, 소개령이 내려진 경계를 기점으로 민경예는 임시 숙소를 정해 머물렀다. 의원들은 물론이고 안에 자식을 두고 온 마을 사람들조차 마음대로 칠촌을 드나들 수 없었다. 마을과 이어지는 길목에는 무시무시한 칼을 찬 관졸들이 지키고 있었다. 부모들은 그 길목 근처에서 마음 졸이며 나흘 밤을 꼬박 지새웠다.

물론 의원들은 혹시라도 그들 중에 역병에 감염된 자가 있을까 봐 매일매일 진맥을 하고 상태를 살피는 것을 잊지 않았다.

오늘의 업무 당번은 한길동 영감이었다. 한길동 영감이 살펴본 마을 사람들 중에 특별히 역병 증세를 보이는 사람은 한 명도 없었다. 그 흔한 감기, 몸살 환자도 없었다. 그저 마을에 두고 온 아이들 때문에 근심만 가득할 뿐이었다. 과연 이걸 다행이라고 해야 하는지, 불행이라고 해야 하는지…….

한길동 영감은 애써 찜찜한 마음을 감추며 침구를 정리해서 숙소로 돌아왔다. 식욕도 돌지가 않아서 저녁도 거른 채 숙소 주위를 돌며 산책을 했다. 어느덧 한길동 영감의 머리 위로 붉은 해가 지고, 어둠이 내려앉아 총총 별이 떴다. 피부에 와 닿는 날씨가 충분히 쌀쌀한데도 한길동 영감은 숙소 안으로 들어가지 않았다.

얼핏 보기에는 그저 산책을 하는 것처럼 보였지만 사실 한길동 영감은 뭔가를 깊이 생각하고 있는 중이었다.

"이보게, 이보게 길동이!"

해서 한길동 영감은 등 뒤에서 누군가 제 이름을 여러 번 불러 대는 것조차 듣지 못했다.

"이보게 길동이, 대체 무슨 생각을 그리하는가? 내가 몇 번을 불렀는데 몰라?"

"응? 으응……."

뒤에 서 있는 사람은 활인서의 참봉, 허인찬이었다. 지금은 각자 내약방과 활인서, 다른 부서에 배치 받아 얼굴 볼 날이 손에 꼽을 정도였지만 사실 둘은 의약원 동기였다.

"무슨 생각을 그리했는데?"

"아니, 생각은 무슨……."

한길동 영감이 손사래를 쳤지만 척하면 척, 제 속내 빤히 꿰뚫는 허인찬을 속일 수는 없었다.

"신경 쓰지 마. 별로 대단치는 않은 생각이야……."

혹여 누가 듣기라도 할까 봐 걱정되는지 한길동 영감이 휘휘 주위를 둘러보았다.

"여긴 아무도 없어. 내가 오기 전에 다 살펴봤다고."

"……."

허인찬이 찡긋 눈을 깜박였다.

"일단 좀 같이 걷지."

"그러지."

한길동 영감과 허인찬은 아주 자연스럽게 숙소와는 멀리 떨어진 곳으로 걸어가기 시작했다. 둘은 괜스레 주변의 풍경을 관찰하는 척, 별을 따라가는 척하며 시답잖은 얘기를 나눴다. 그리고 어느 정도 사위가 으슥해지고 아무도 뒤따르는 사람이 없다는 생각이 들었을 때서야 한길동 영감이 조심스럽게 말을 이었다.

"그…… 그게 말일세."

"응. 뭔데?"

"그게…… 말이야."

"응."

"내가 오늘 칠촌 사람들 진맥을 짚어 봤는데 다들 무탈하고 건강하더란 말이지?"

"그건 나도 알아. 어제는 내가 진맥했는걸."

"그런데……."

대체 어떤 식으로 말을 꺼내야 할는지 몰랐다. 그래서 한길동 영감은 마을 사람들이 참으로 건강했다는 둥, 무탈했다는 둥, 그 흔한 감기 않는 사람도 없었다는 둥, 말을 뱅뱅 돌리기만 했다.

한길동 영감은 몇 번을 망설이고 또 망설인 끝에야 에라 모르 겠다, 겨우 입을 열었다.

"그 생도가 했던 이야기 말이야……."

"무슨……?"

허인찬은 웬 뚱딴지같은 말을 하느냐고 되물으려다가 이내 한 길동 영감이 뜻하는 '그 생도'를 떠올렸다.

"그 버르장머리 없던?"

"그래, 그 생도 말일세. 자네가 싹수 노랗다고 그날 내내 욕을 해댔잖아."

"걔가 왜?"

허인찬은 아직도 의원들의 판단을 오진이라고 단언한 그 생도 를 탐탁지 않게 여기는 듯했다. 한길동 영감이 목소리를 죽이고 속삭였다.

"그 생도가 그랬지. 어찌 역병이 어른만 쏙쏙 피해 어린애들만 골라서 아프게 하냐고."

"……그랬지."

"나도 그게 좀 이상하다고 생각했단 말이야."

"하면 자넨 그 어린애 말을 믿는단 말인가? 생도의 말을?"

"그 어린애 말이 아니라! 이건 내 생각이라고!"

허인찬이 말도 안 된다는 비웃으려는 것을 한길동 영감이 재빨리 막았다. 목소리는 조금 전보다 더욱 작아졌다.

"아주 예전에…… 잡병서에서 이런 비슷한 병증을 본 적이 있네."

"그 잡병서는 누가 쓴 건데? 무당이 주던가? 무녀? 박수?"

"아잇! 이 사람, 좀!"

허인찬은 안 봐도 알 만하다는 표정이었다. 한길동은 희한하게 정식 의학서보다 어디 이름 없는 아무개가 대충 휘갈겨 놓은 잡서 읽기를 유독 좋아했다. 그게 그의 별난 취향이었기에 그러려니 넘기곤 했지만, 언젠가 학과 시절에 우연히 그 잡서 펴봤을 때는 기가 막혀 말도 제대로 하지 못했다.

한길동이 읽던 잡병서에는 남정네의 연심戀心을 사로잡는 연모의 묘약 만드는 방법이라든가, 여자가 남자가 되거나 그 반대로 몸을 바꾸는 방법, 심지어는 사람의 피와 뼈, 힘줄을 녹여서 눈에 보이지 않게 만드는 방법 등 얼토당토않은 병증이 잔뜩 적혀 있었기 때문이었다. 왜? 아예 사람의 배를 갈라 그 안의 장기도 바꿔 놓을 수 있다고 하지?

허인찬은 잠시나마 한길동이 뭔가 특별한 얘기를 하는 줄 알고 기대를 걸었던 제 자신을 탓했다. 한길동이 얼마나 엉뚱하고 생뚱맞은 인간인지는 어릴 때부터 함께 지내 온 저가 가장 잘 아는데…….

허인찬은 대충 대거리하며 돌아섰다. 하지만 한길동 영감은 그 어느 때보다 진지했다.

"내가 그 병증을 읽은 적이 있고, 책에서는 실제로 그 병 고치는 방법도 쓰여 있었다고! 근데 곰곰 떠올려 보니까, 그때 책에서 읽은 증상이 지금 칠촌에서 벌어진 상황과 똑같아!"

"아, 그랬나?"

"내 집에 가면 그 책이 있어. 자네만 원한다면 내가 얼마든지 빌려 줌세."

"알겠네. 나중에 돌아가면 꼭 보여 주게나. 꼭!"

허인찬 영감이 휘휘 돌아온 길을 되돌아가기 시작했다.

"아니, 왜 사람 말을 안 믿어? 진짜라니까?"

한길동 영감은 답답하고 억울한 마음에 그 뒤를 쫓으며 크게 소리쳤다.

"어쩌면 그 생도 말이 맞을 수도 있단 말이야! 어른들은 걸리지 않고, 아이들만 앓는 병! 근데 그 증세가 역병과 쌍둥이처럼 똑같은 병! 왜 내 말을 믿지 않는 건데? 그 병은 실제로 존재한다고! 어쩌면 우리가 참말, 오진을 했을 수도 있다는……."

하는 순간 앞서 나가던 허인찬이 갑자기 우뚝 멈춰 섰다. 그 바람에 한길동이 허인찬의 등에 쿵! 머리를 부딪쳤다.

"아잇, 자네! 갑자기 이렇게 멈추면 어떻게 해?"

투덜거리던 한길동 영감도 이내 합 입을 다물었다.

"……."

"……."

허인찬도, 한길동도 선뜻 말을 꺼내지 못했다. 두 사람의 주위로 서늘한 바람이 불었다. 그리고 허인찬과 마주 보고 서 있던 남자가 터벅터벅 한길동의 앞까지 다가와 섰다.

감히, 새파랗게 어린놈이…….

허인찬은 욱하는 표정이었고, 한길동은 저도 모르게 어른의 체면 잊고 뒤로 한 발 물러서고 말았다.

하지만 남자, 그러니까 민경예는 대수롭지 않다는 듯 허인찬을 무시하고 한길동의 얼굴만 똑바로 쳐다봤다.

민경예가 물었다.

"그래서 영감…… 그 실제로 존재한다는 병명이 무엇입니까?"

"……."

"어른들은 아프지 않고 아이들만 앓는 병. 한데 그 병증이 역병과 쌍둥이처럼 똑같은 병……."

"그, 그게 말이다. 경예야……."

"대체 그게 무엇이냐고요! 말씀을 해보세요!"

민경예가 소리쳤다.

푸드덕 한 떼의 새가 산 위로 퍼져 나갔다.

뭔가에 놀라기라도 했는가? 참나무 장작을 한가득 품에 안아 든 이유는 온몸이 땀범벅이었다.

약손은 아궁이 한 개로는 부족하다고 했다. 결국 약방 옆집의 아궁이와 그 옆옆집의 아궁이를 모두 복금과 수남이 각각 차지했다. 물론 각자의 아궁이마다 땔감을 날라 주는 것은 이유의 몫이었다. 그나마 오늘 아침까지 그 많던 참나무를 다 패놨기에 망정이지 밤새 세 아궁이의 불을 지피려면 어지간한 양으로는 부족할지도 몰랐다.

지금이라도 산에 가서 통나무를 더 찍어 와야 하나? 이유는 칠촌에 온 지 나흘 만에 조선 최고의 나무꾼으로 거듭나고 있었다. 아까 감히 사내 된 몸으로 어찌 부엌을 드나들겠냐 말 꺼낸 것이 무색했다.

이유는 세 집 안의 부엌을 줄기차게 돌아다녔다. 방금 전에는 수남의 군불을 살펴보고 오던 길이었다. 힘은 힘대로 쓰는데 마땅히 먹은 것이 없어 허기가 졌다. 이유는 더위도 식히고, 땀도 닦을 겸, 마당에 받아 놓은 물을 꿀꺽꿀꺽 쉬지 않고 들이켰다.

세상에, 귀하고 귀하신 주상 전하께서 배가 고파 냉수 드시고 계신 다는 걸 안다면 과연 동재는 뭐라 했을까? 동재가 곁에 있었다면 아마 제 허벅지 살이라도 구워드리겠다고 난리를 쳤을지도 몰랐다.

동재, 저 없는 궁궐을 잘 지키고 있을는지.

잠시 궁궐을 걱정하던 이유가 픽 웃으며 바가지를 내려놓았다.

은수저가 새카맣게 변하는 광경을 본 후 못내 분이 안 풀려 제가 죽든 말든 천지신명께서 알아서 하시라며 냅다 칠촌까지 오긴 왔는데 아무래도 저는 죽을 팔자는 아닌 것 같았다.

역병에 옮아 피고름 줄줄 흘리고 살이 시커멓게 썩어 가기는커녕 꾸준히 힘쓰고 장작 패며 맑은 공기 마셨더니 몸이 점점 가뿐해지는 것만 같았다. 배가 좀 고프다는 것만 빼면 썩 나쁘지 않은 생활이었다.

물가에서 잠시 숨을 돌린 이유가 다시 끙차 품에 장작을 끌어안았다. 방금 전에 복금과 수남에게 다녀왔으니까 이번에는 약손에게 들를 차례였다. 이유가 차곡차곡 품에 정리한 땔감 나무를 갈무리해서 부엌 안으로 들어갔다.

뜨듯한 열기가 가득한 부엌 안은 아궁이 밑에서 타고 있는 참나무 숯 때문에 설명할 수 없는 포근한 향기로 가득했다.

"형님, 땔나무를 가져왔습니다. 불길이 부족하지는 않으신지……."

부엌 안에 들어서던 이유가 약손을 찾았다. 뭐가 더 필요하지는 않냐, 불길이 약하지는 않냐, 질문을 하다가 이내 합, 저도 모르게 입을 다물었다.

"……."

약손이 아궁이 옆에 등을 대고 앉아 졸고 있었다. 한 손에는 불길을 헤치는 부지깽이를 세상 으뜸가는 보물이라도 되는 듯 꼭 붙잡은 채였다.

"허……."

불길이 너무 세도 안 되고, 약해도 안 된다. 특히 가마솥 안의 끓는 물을 태워서는 더더욱 안 된다. 정신 똑바로 차리고 곁에서 지켜보며 수시로 저어 주고, 불 조절을 해줘야 한다……

복금과 수남이에게는 귀에 딱지가 앉도록 잔소리해 대는 것을 봤는데 어찌 본인은 저런 꼴로 자고 있는 것인지? 하여간 청산유수 입만 살아 나불대는 작자였다.

힐끗 이유가 약손을 대신해서 아궁이를 살폈다. 저가 잘은 몰라도 확실히 방금 전 수남의 아궁이보다 땔감이 턱없이 부족한 것은 충분히 알 수 있었다.

"……."

저는 그저 세 집의 부엌 돌아다니며 땔감만 분주히 전해 주면 맡은 일이 딱 끝이련만.

"이보시오. 이보시오, 형님!"

이유가 두 번, 세 번, 약손을 불러 깨웠다. 하지만 세상모르고 잠이 든 약손은 도통 일어날 줄을 몰랐다. 이거야 원, 누가 업어 가도 모르겠네. 이유가 못내 한심해 죽겠다는 듯 쯧 혀를 찼다. 사실 속마음으로는 죽자 살자 놋그릇 두드리며 깨우고 싶었지만, 그래 요 며칠 병의 원인을 찾네 마네, 죽네 사네, 마음 졸인 게 불쌍해서 한번 봐준다.

이유가 약손을 대신해서 아궁이에 장작을 집어넣기 시작했다. 하지만 약손이 너무 가까이 붙어 앉아 있는 탓에 움직이는 동선이 퍽 불편했다.

"아니, 일 안 하려거든 방해나 되지 말라고!"

이유가 발로 툭 약손을 한쪽으로 밀어젖혔다. 여태껏 저를 무시하고 막 대한 감정이 남모르게 쌓여 있었나? 저도 모르게 발에 힘이 실렸다. 생각보다 훨씬 더 세게 채인 발길질에 약손이 퍽 힘없이 쓰러졌다. 혹여나 약손의 잠이 깼을까 이유가 고만 저 혼자 '흡!' 기절을 하고 놀랐다. 하지만 다행히도 약손은 이유가 저를 발로 걷어찬 줄은 꿈에도 모른 채 꾸벅꾸벅 졸기 바빴다.

"……뭐야? 무슨 사람이 이래? 기절한 거 아니야?"

이유가 퍽 신기하다는 듯 약손을 바라봤다.

세상에, 뭐 이렇게 자는 사람이 다 있대? 도무지 믿기지가 않는 숙면이었다. 사실 이유로 말할 것 같으면 원체 잠이 깊이 들지 않는 사람이었다. 편안하고 개운한 숙면? 그게 무엇인가? 어린 시절부터 성정이 예민한 것도 한몫했고, 대군 시절에는 제 목숨 노리던 불미스러운 일을 겪고 난 후 언제나 경계를 늦추지 않아 선잠 자는 것이 습관처럼 몸에 뱄다.

물론 그것은 왕위에 오른 후에도 마찬가지였다. 단 하루도 전날 머물렀던 침전에 다시 머문 적이 없을 정도였다. 동재와 풍운우를 제외하면 밤에 이유가 어디에서 침수 드는지는 그 누구도 정확히 알지 못했다.

발밑에 칼을 꽂아 놓고 사는 삶이였다. 그런 이유였으니 이렇게 무방비하고 천하태평하게 잠이 든 약손의 모습은 몹시 신기할 수밖에 없었다. 기이하고 신묘한 재주를 줄줄 부리는 부랑 단원의 공연보다 더 재미가 졌다.

"이보시오…… 형님……."

이유는 아궁이 안을 살펴보는 척, 장작을 더 넣는 척, 은근슬쩍 약손의 곁에 눌러앉았다. 약손은 이유가 아무리 '형님, 자오? 주무시오? 참말로?' 말을 걸어도 전혀 듣지 못했다.

잠든 약손의 모습은 깨어 있을 때와는 사뭇 달라 보였다. 늘 센 척, 큰 척하는 낮과는 다르게 한없이 우습고 하찮아 보이기도 했다. 너, 사내구실은 하냐? 열여덟 살이랬던가? 밝힌 나이보다 훨씬 더 앳되어 보였다. 저도 모르게 큭큭큭 웃음이 터져 나왔다.

"이런 고약한……."

"……."

"유황 도둑놈!"

"……."

"사기꾼! 천하의 무뢰배!"

"……."

"네 열 손가락을 몽땅 잘라 버리겠다!"

그런 말을 하는데도 약손은 여전히 드르렁드르렁 코 골기 바빴다. 잠꼬대 한번 고약하도다!

한번 불쑥 치솟은 장난기는 영 거두기가 어려웠다. 약방 부엌에서는 마땅히 장난칠 것이 없었고, 눈에 보이는 것은 그저 바닥에 떨어진 새카만 숯가루뿐이었다. 하지만 그것만으로도 충분했다. 이유가 손끝을 까만 재에 푹 담갔다 꺼냈다.

이제 내 손가락은 붓이고, 네 얼굴은 화선지다.

이유는 망설임 없이 약손의 이마부터 죽죽 검은 칠을 하기 시작했다. 반듯한 이마에는 나이 팔순 넘은 노인네처럼 구불구불하게 주름을 그려 넣었다. 동그란 조롱박 뒤집어 놓은 듯 봉긋 솟아 있던 약손의 이마에 금세 쭈글쭈글 시커먼 주름이 새겨졌다.

"픕!"

이미 그것만으로도 우습고 기뻤지만 예서 끝낼 수는 없었다.

너, 감히 금족령 내려진 월당을 제집 드나들듯 마음대로 들렀지? 값비싼 유황을 빼돌려 단단히 한몫 챙기려 했지? 감히, 지존의 몸에 윤허 없이 손을 대었고……

불현듯 제 이마에서 짜악! 갈라지던 계란이 떠올랐다. 그 일만 생각하면 아직도 이마가 아팠다. 오죽했으면 이유는 수라간에 일러 계란은 상 위에 올리지도 말라 명령을 내렸을 정도였다.

이건, 그때 일의 복수다!

사실 생각해 보면 하나도 분하지 않고 화나지도 않았는데 이유는 하나하나 미운 짓이라 칭하며 앙갚음을 했다.

나한테 밥값을 하라고, 장작을 패라고, 고된 노동을 시켰어!

편히 잠 한숨을 못 이루게 했어, 눈칫밥을 먹게 했어!

감히 어느 안전이라고!

내가 누구인 줄 알고!

너 같은 녀석은 아주 혼쭐이 나봐야 한다!

이제 약손의 양쪽 볼에는 강아지처럼 죽죽 가닥가닥의 수염이 그려지고 있었다. 얼굴 닿는 손길이 간지러운지 약손이 '끄응……' 작은 짐승처럼 신음했다. 사정없이 일그러지는 미간에 순간 잠이 깼나 싶었다. 이유가 깜짝 놀라 숨을 멈췄다.

참으로 못났다, 못났어……

어찌 한 나라 지존되시는 분께서 일개 어린 생도 앞에서 대놓고 큰소리는 못 치고 잠자는 틈을 타서 궂은일을 하는지, 원. 약손의 얼굴이 점점 숯검정이 되어 갔다. 이대로 계속 장난치다가는 아무리 약손이라도 잠에서 깨어날 것만 같았다.

숯 칠도 마음껏 했겠다, 우스운 꼴도 잔뜩 봤겠다. 어느 정도 마음이 풀리는 기분이었다. 또한 사람이라면 응당 나서야 할 때와 물러설 때를 알아야만 했다. 지금이 바로 물러설 때였다. 이유는 뒤도 돌아보지 않고 이제 고만 쏜살같이 사라지려고 했다.

하지만 이대로 가기엔 아쉬운 듯 이유는 마지막으로 엉망이 된 약손의 얼굴을 한 번 더 바라봤다. 그러고는 키득키득 어깨까지 들썩이며 홀로 웃어 댔다. 마침내 이유가 자리에서 일어났다. 아니, 일어서려고 했다.

하지만 그보다 먼저 제 꼬라지 엉망이 되는 줄도 모르고 동서남북으로 목을 젖혀 가며 졸던 약손의 고개가 툭 이유의 어깨 위로 떨어져 내렸다.

"!"

동시에 이유의 눈이 커졌다. 하마터면 흐어엇! 비명을 지를 뻔했다. 다행히 이유가 재빨리 손바닥으로 제 입을 막았다. 그 바람에 약손의 얼굴에 장난치던 숯이 제 얼굴에도 잔뜩 묻었다. 그런데도 이유는 그마저도 전혀 눈치채지 못했다.

"나 사기꾼 아닌데⋯⋯."

심지어 약손은 중얼중얼 저가 사기꾼이 아니라며 말을 하기도 했다.

"흐으읍!"

이유의 눈이 한 번 더, 더는 커질 수도 없는데 또다시 커졌다. 뭐야? 아까 저가 하는 말을 들었나? 사기꾼이라고, 무뢰배라고 욕한 것을 전부 들은 거야? 주르륵 등 뒤에서 식은땀이 흘렀다.

"혀, 형님⋯⋯. 그, 그게⋯⋯."

"⋯⋯."

사내대장부 체면에 당당히 행동하지 못하고 뒷말이나 해댔으니 참으로 면구했다. 이유가 몇 번이나 '그게⋯⋯ 사실은⋯⋯ 진심이 아니라……' 변명을 해댔다. 하지만 아무리 궁상스러운 말을 줄줄 늘어놓아도 약손은 여전히 아무 대답도 하지 않았다. 그저 좀 전과 마찬가지로 드르렁드르렁 코만 골아 댈 뿐이었다.

뭐야? 설마, 잠꼬대를 한 거야?

약손이 푸푸 숨을 내뿜을 때마다 그 숨결이 목에 닿아 몹시 간지러웠다. 이유가 저도 모르게 고개를 거북이처럼 잔뜩 움츠렸다.

"……"

"……"

하지만 아무런 소용이 없었다. 무턱대고 뿜어 대는 숨결의 간지럼을 피할 길이 없었다. 이유가 슬쩍 약손의 고개를 옆으로 밀쳤다. 동시에 쿵 약손의 고개가 그대로 뒤로 넘어갔다. 이크! 이게 아닌데! 괜히 자다가 벼락 맞게 둘 수는 없어 저도 모르게 휙 그 뒤통수를 잡아챘다.

"으음……"

"……"

이유가 제 고개를 이리 밀었다가 저리 밀었다가, 이내 꽝 사달 낼 뻔한 것을 아는지. 혹 이 야밤에 경을 칠까 잽싸게 두 손으로 받쳐 든 상황 또한 약손은 알고 있을는지.

아니, 심지어는 저가 부리는 한낱 잠투정 따위를 받아 주는 이가 이 나라 가장 높고 존귀한 자리를 지키고 계시는 주상 전하라는 것을 짐작이나 할는지.

"네까짓 게, 알 턱이 있겠느냐?"

이유가 쯧 혀를 차며 고개를 저었다. 계속 뒤척이게 두는 것이 마음 쓰였다. 이유가 약손 곁에 자리를 잡고 앉았다. 도롱도롱, 규칙적으로 울리는 숨소리가 괜히 마음을 평온하게 만들었다.

역병이 창궐한 칠촌은 조선 팔도에서 가장 위험하고 흉한 마을임이 분명했다. 하지만 어떻게 된 일인지 이유에게는 그 흔한 암살자 하나 따라붙지 않은 가장 안전한 장소가 되어 버렸다.

이래서 세상일이 재밌다고 하는 건가 봐?

픽 웃음이 났다.

그래서였을까? 타닥타닥 아궁이에서는 향 좋은 참나무가 타들어 갔다. 무쇠 솥단지 안에서는 부글부글 이름 모를 물질이 굵직한 기포를 터뜨리며 절절 끓어 댔다.

부엌 바깥으로 한 발만 내밀어도 쌀쌀한 기운을 피하지 못하는데, 작고 소담한 부엌은 훈기 때문에 이루 말할 수 없이 따뜻했다.

세상에서 가장 안전한 요새에 숨어든 기분이었다.

"……."

"……."

어느새 이유 또한 슬슬 눈이 감기고 있었다. 어쩌면 약손에게 잠이 전염됐는지도 몰랐다. 이유는 고만 주위 경계하는 것도 깜빡 잊고 에라 모르겠다, 약손의 곁에서 함께 잠을 청했다. 천근만근보다 무거운 눈꺼풀이 감기기 전에 이유의 눈에 주홍색 불길 받아 환하게 붉어진 약손의 얼굴이 보였다.

참, 사내치고는 퍽 고운 얼굴이다. 저 수틀리면 온갖 괴상하고 흉악한 욕은 다 내뱉는 걸걸한 입 가진 자라고는 믿을 수 없을 만큼 준수한 얼굴이로다.

참으로 사내의 얼굴이라 쳐주기에는…… 그렇다 하기에는…… 너무나도 그 애의 얼굴을 닮지 않았는가?

잠결임에도 불구하고 아주 잠깐 그런 생각이 나기도 했었지만 곧 이유는 깊은 잠에 빠져들었다. 도롱도롱 곁에서는 약손의 숨소리가 자장가처럼 퍼졌다.

[3]

단 냄새가 진동을 했다.

부엌의 흙벽에 기대어 잠을 자던 이유가 번쩍 눈을 떴다. 방금 전까지 곁에서 함께 잠들었던 약손은 온데간데없었다.

"어딜 갔지⋯⋯?"

본래의 저의 침전이 아닌 새 자리에서 잠을 이뤘으니 온몸이 피곤하고 찌뿌드드하련만, 이상하게 가뿐하고 상쾌했다. 이유가 끄응 긴 팔을 뻗어 기지개를 폈다.

목이며 어깨의 관절을 툭툭 풀어 가며 이쪽저쪽 고개를 돌리는데, 그 순간 아궁이에서 새어 나오는 뿌연 수증기 사이로 나무 주걱으로 열심히 가마솥 안을 휘젓는 약손의 얼굴이 보였다.

"형님⋯⋯?"

약손의 이마에는 송골송골 땀방울이 맺혀 있었다. 지난밤 이유가 저질러 놓은 장난 때문에 얼굴에 온통 숯 검댕이 범벅이 된 줄은 까맣게 모른 채, 약손은 열심이었다. 약손이 손등으로 이마를 훔치니까 숯 검댕이 스윽 진하게 번졌다.

분명 간밤의 짓궂은 마음대로라면 '형님, 얼굴 꼴 좀 보십시오! 까마귀가 보면 동생인 줄 알고 인사를 하겠습니다.' 박장대소를 하며 놀렸어야 마땅하건만. 피곤에 지친 약손은 저도 모르게 감기는 눈을 비벼 대며 쏟아지는 잠을 쫓기 위해 안간힘을 쓰고 있었다. 얼핏 바깥을 보니 하늘 위로 새파랗게 동이 터오고 있었다.

설마 저가 잠든 후에도 내내 솥단지 앞을 지킨 것인가? 밤새 힘들게 주걱질을 한 것인가?

약손은 혼자서 꼬박 밤을 지새웠는데 저만 단잠 잔 것 같아 조금 머쓱해졌다. 이유가 계면쩍은 얼굴로 몸을 일으켰다.

"깼어?"

"……예."

"더 자지 않구. 아직 새벽이야."

말을 건네는 약손의 목소리가 착 가라앉아 있었다. 세상 만물이 잠든 시각에 홀로 깨어 있어서 그러한가. 평소보다 더 작게 내는 말소리임에도 불구하고 이유의 귓전에는 훨씬 더 또렷하고 크게 들렸다. 아궁이 안에서는 타닥타닥 참나무가 탔다.

"홀로 일하지 말고 깨우지 그러셨습니까. 반드시 일어났을 텐데요……."

"안 그래도 부려먹을까 했어. 한데 그러기엔 아우가 너무 곤히 자더라고."

약손이 픗 웃으며 고개를 저었다. 이제 보니 약손의 입가가 픗기 하나 없이 까슬까슬 말라 있었다. 지난 닷새 동안 마음 졸인 것을 방증이라도 하는 듯 눈가가 떼꾼했다. 그 모습을 보니 혼자서만 편안하게 숙면한 이유는 더욱 미안해지는 기분이었다. 괜히 말을 돌렸다.

"한데, 대체 이건 무엇입니까? 무엇이기에 밤새 불 앞을 지켜요?"

"이거?"

이유가 솥단지 안에서 팔팔 끓고 있는 것을 바라봤다. 지난밤만 해도 그저 묽은 물 같더니만 이제는 갈 빛의 죽으로 변해 있었다. 농도 또한 훨씬 더 진해져서 얼핏 보면 굳히기 전의 조청이나 엿물 같아 보이기도 했다. 비록 생김새는 진흙 섞어 놓은 것처럼 아주 맛없어 보이긴 했지만 냄새만큼은 어쩌나 고소하든지. 이유가 저도 모르게 꿀꺽 침을 삼켰다.

그 모습을 본 약손이 푸스스 웃음을 터뜨렸다. 약손이 조그만 종지에 정체 모를 죽을 퍼서 이유에게 내밀었다.

"먹어 봐."

"먹어도 됩니까?"

"그럼, 되고말고. 먹으라고 만든 것인데……."

이유가 영 미심쩍은 얼굴로 한 숟갈 죽을 떴다. 되직하게 만들어진 죽은 새 모이만큼 떴는데도 숟가락이 묵직해질 정도였다. 대체 이런 음식은 도통 본 적도, 먹어 본 적이 없는 이유는 반신반의하다가 이내 두 눈 딱 감고 수저를 입안에 밀어 넣었다. 뭐, 잘못되어 봐야 죽기밖에 더 하겠어? 그런 심정이었다.

"!"

한데 지레 질색하며 질끈 눈을 감았는데 웬걸? 이유의 눈이 번쩍 떠졌다.

"어라?"

저도 모르게 감탄이 나왔다. 약손은 그럴 줄 알았다는 듯 빙그레 웃어 보였다.

"어때? 보기엔 멋없어도 입에 들어가니까 맛있지?"

"……예."

이유가 고개를 끄덕였다. 그냥 하는 말이 아니라 정말로 나쁘지 않은 맛이었다. 입안 가득 저도 모르게 침이 고였다. 이유가 쩝 입맛을 다셨다. 그저 한 입만 먹고 말기에는 아쉬운 마음이 들어서 체면도 잊고 종지에 남은 죽을 박박 긁어 먹었다.

"한데, 이걸 먹으면 참말 병이 나을까요?"

이유가 숟가락을 물고 질문했다. 솔직히 그랬다. 처음에는 그저 옳다구나, 약손이 드디어 병을 고칠 방법을 찾았구나, 방도를 내서 다행이구나, 그냥저냥 별일 없이 생각했었는데 이제 보니 약손이 밤새워 만든 것은 탕약도 아니요, 환약도 아니요, 의서에 써져 있는 그 어떤 비방도 아니었다.

과연 이까짓 죽만으로도 쉽게 병을 고칠 수 있다고?

영 믿음이 가지 않았다. 그래서 이유는 참말 궁금했다. 게다가 약손은 오늘까지 병환을 고치겠다며 제 목숨까지 걸지 않았는 가. 만약 병을 고치지 못하면 어쩌려고 그러는지? 이유는 약손 이 왜 이렇게까지 무모한 짓을 하는지, 왜 저와는 하등 상관도 남 일에 발 벗고 나서는지, 사실은 내내 그것이 궁금했다.

약손이 주걱으로 천천히 솥 안을 휘저었다.

"내게 비방을 말해 주었던 노인의 말이 사실이라면 아이들의 병이 낫겠지. 하지만 그저 사람 속이기 위해 지어 낸 허언이었다 면 효과가 없을 것이고……."

"허……."

그걸 지금 말이라고 하십니까? 약손은 마치 남 얘기 하는 듯, 강 건너 불구경하는 듯 시큰둥한 태도였다. 제가 죽거나 살거나, 아무 걱정도 되지 않는 듯했다.

그런 모습에 오히려 이유가 더 답답해졌다.

"무섭지 않습니까? 두렵지 않으세요? 오늘이 딱 닷새째입니 다."

"알아."

"날이 저물면 관군들이 올 겁니다. 만약 그때까지 아이들 병을 고치지 못한다면 형님은…… 형님은……."

입 밖으로 내뱉기에는 너무나도 흉한 이야기였다. 이유는 차 마 소리 내어 말하지도 못했다.

"무어 죽기밖에 더 하겠어?"

"!"

대신 약손이 뒷말을 맺었다. 부처도 아니고, 신내림 받은 무녀도 아닌 주제에 죽음에 대하여서는 한없이 초연한 모습 보이는 생도라니. 이유는 고만 콱 말문이 막혔다.

"……."

"……."

멀리에서부터 닭 우는 소리가 메아리처럼 들렸다. 마치 그것이 신호라도 되는 듯 약손이 주걱을 솥뚜껑 위에 올려놓았다. 이제 저 할 일은 얼추 다 했다는 듯 약손이 이유를 똑바로 마주 보았다.

"평생을 곱게만 자란 아우는 잘 모르겠지만……."

"……."

"내가 거의 십 년을 조선 천지 떠돌며 살다 보니까 깨달은 게 하나 있어."

"……무엇을요."

"세상에는 신분이 귀한 사람, 낮은 사람, 비천한 사람……. 참 가지각색, 수많은 종류가 살지만 그래도 그들 중에 허투루 대하여야 할 사람은 한 명도 없더라고."

"그 무슨……."

"하다못해 발밑에 이리저리 차이는 돌멩이 하나에도 수천 가지 이야기가 담겨져 있는데, 하물며 사람의 목숨은 말할 것도 없지."

"!"

"앞으로 벌어질 더 큰 피해를 막아야 하니까, 어린애들 몇 명 죽이는 게 뭐 대수냐고? 어차피 죽을 목숨 미리 거두는 게 무어 죄가 되냐고?"

"……."

"지랄, 엿이나 먹으라고 해. 그럴 거면 어차피 똥으로 쌀 거 먹지도 말라지."

"……."

"세상사 진인사대천명盡人事待天命이라잖아. 운명을 결판내기 전에, 사람이 할 수 있는 모든 도리는 행하고 보는 것이 마땅한 법이야."

암, 그렇고말고. 약손은 저 혼자 줄줄 옳은 얘기를 늘어놓더니 이제는 또 저 혼자 맞장구치며 고개를 끄덕였다. 약손이 툭 이유의 어깨를 쳤다.

"이제 나는 복금이한테 다녀올게. 잘 만들어졌는지 확인해 봐야지."

"……."

"불길 더 세지지 않게 눈 똑바로 뜨고 지켜보고 있어. 알았지?"

"……."

약손이 부엌을 나섰다. 이제 훈기 가득한 부엌에 홀로 남아 군불을 지키는 것은 이유, 주상 전하 한 분뿐이었다.

"……."

이유는 저도 모르게 한숨을 내쉬었다. 근본 없는 도적, 웃전 무서운 줄 모르는 발칙한 핏덩이라고만 생각했었는데, 웬걸? 약손은 이유가 생각했던 것보다 훨씬 더, 아주 방자하기가 이루 말할 수 없는 인물이었다. 고작 생도 주제에 인생의 진리를 설파하지를 않나, 학자도 아닌 주제에 세설신어世說新語 따위의 철학을 논하지 않나. 뭐? 세상사가 진인사대천명이니까 사람이 행할 도리는 먼저 실천하고 봐야 한다고? 제 목에 칼이 들어와도? 나 정말, 기가 막히고 코가 막혀서.

이유는 정말이지 추위 타는 소라도 된 듯이 콧김을 픽픽 쉼 없이 뿜어 댔다.

아주 방자하기 짝이 없고만. 건방져. 주제를 알고 나대야 지……. 비난하는 말은 자꾸만 나왔다. 한데 거친 말투와는 정반 대로 속마음은 자꾸만 뿌듯해져 오는 것은 왜인지.

처음에는 생도라고 얕보고, 유황 도적질을 한다고 밉상이라고 만 생각했는데, 가만 보니 애가 진국인 것 같기도 하고, 아닌 것 같기도 하고…….

아주 알쏭달쏭 헷갈리기가 그지없었다.

해가 뜨는 것이 시작이었다.

'아이 한 명당 세 그릇씩, 아니 최소 다섯 그릇씩은 먹여야 합 니다. 죽이 식으면 효과가 떨어질 수 있으니까 반드시 뜨거운 김 이 나가기 전에 모두 먹이세요.'

이것이 약손이 일러 준 당부였다. 복금과 수남은 물론이고 이 유에게도 다섯 살짜리 남자애 한 명과 갈 빛 죽 한 그릇이 각각 안겨졌다. 이유는 무슨 일이 있어도 아이에게 죽을 세 그릇, 아 니 다섯 그릇 이상은 꼭 먹여야만 했다. 물론 어린애 수발은 한 번도 들어 본 적이 없는 이유였으니 나름 걱정이 이만저만 아니 었지만 그래도 죽이 달고 맛있어 아이들이 꿀꺽꿀꺽 잘 넘기는 것이 다행이라면 다행인 일이었다.

이유는 그저 아이 곁에서 죽이 흐르지 않도록, 너무 뜨겁지도, 차갑지도 않도록 온도만 잘 살펴주면 그만이었다.

"너무 뜨거워……."

"맛이 없어……."

"물 마시면 안 돼요?"

역시 세상에서 가장 힘든 일이 가정일이다. 이유는 징징대는 아이들 달래랴, 부엌의 군불 살피랴 정신이 없었다. 방금 전까지만 해도 분명히 새벽이었던 같은데, 어느새 오시가 훌쩍 넘어가고 있었다. 머리 위로 뜬 햇빛이 쨍쨍했다.

"이보게, 부엌에 가서 죽 한 그릇만 더 떠다 주게나."

아이 여섯 명을 한 번에 돌보고 있던 수남이 이유에게 황급히 부탁했다. 손가락에 수저 여섯 개를 꽂은 수남은 하나, 둘, 셋, 넷, 다섯, 여섯. 나름의 번호를 매겨 놓은 아이들의 순서대로 죽을 쏙쏙 잘도 떠먹였다. 육아에는 영 젬병인 이유와는 차원이 달랐다. 애초에 아이 보는 일에 소질이 없던 이유는 군말 없이 수남이 시키는 일을 했다. 아이들에게 시달리느니 차라리 잔심부름이라도 하는 것이 훨씬 더 속 편했다.

"예, 얼른 가져오겠습니다."

이유가 잽싸게 사발을 받아 들고 방을 나섰다. 솥뚜껑을 밀어 젖히고 뜨거운 김이 나가지 않도록 조심조심 죽을 푸는데, 문득 밖에서 '아무도 없느냐?' 쨍쨍한 목소리가 들렸다.

누가 왔나 싶어 나가 보니 닷새 전 마을을 떠난 이방이 의기양양한 모습으로 약방 마당에 서 있는 것이 보였다.

"누구냐……? 아니, 뉘십니까?"

하마터면 원래 하던 버릇대로 하대할 뻔했다. 이방을 처음 본 이유가 경계하며 물었다. 이방은 긴 수염을 연신 손등으로 쓰다듬으며 '에헴, 에헴.' 헛기침을 해댔다.

"누구냐고 묻지를 않습니까?"

이유가 재차 묻는데도 답이 없었다. 다만 이방의 뒤로 보이는 관군들은 저마다 등에 짚으며 마른풀, 낙엽, 장작 따위를 한가득

짊어지고 있었다. 저게 다 뭐래? 이유가 대거리하려는데 그보다 먼저 방에서 뛰쳐나온 약손이 빨랐다.

"이게 무슨 일입니까? 아직 닷새가 지나지 않았잖아요!"

저리 말하는 걸 보니 아는 사람인가 싶기도 하고. 이방이 긴 눈을 삐죽 찢으며 대답했다.

"안다. 하지만 해는 곧 지지 않겠느냐?"

"아직 안 졌습니다. 약속을 지키세요."

"누가 뭐래냐? 지킬 것이다! 이 방자한 놈, 감히 웃전 말에 토를 달고 능멸하다니. 군수님께서 네놈 때문에 얼마나 걱정이 많으신 줄 알아?"

군수라면 역병 돈다니까 제 목숨 구명하기 바빠 뒤꽁무니가 빠지도록 내뺀 자를 말하는 것인가?

"나는 네 사정 봐주던 의원과는 다르다, 요놈아! 만약 역병이 퍼져서 도성에까지 피해가 간다면 그 책임은 사전에 병을 진압하지 못한 군수님의 탓으로 돌아가는 것이 분명할 터. 그렇게 되면 군수님께서 너를 가만둘 성싶어?"

"역병 아니라니까요!"

"이거이거 아직도 정신을 못 차렸고만. 너, 혹여나 도망치거나 내뺄 생각은 하지도 마라? 관졸들이 예서 두 눈 시퍼렇게 뜨고 지키고 있을 것이다. 아주 해만 져봐라……."

이방은 약손을 향해 뿌득뿌득 이를 갈았다. 병 걸린 아이들이야 진즉에 불살라 버렸으면 벌써 병을 진압하고, 어쩌면 주상 전하께 일을 훌륭히 잘 처리했다고 큰 상을 받았을지도 모르는 일인데.

이방은 닷새 동안 어찌 같잖은 생도 하나 다스리지 못했느냐고 마을 밖에 계신 군수님에게 들들 깨 볶이듯이 볶였다. 그것만 생각하면 아주 치가 떨렸다. 반드시 저 버릇없는 생도에게 제가 당한 만큼의 앙갚음을 해줘야 속이 풀릴 것만 같았다.

하지만 약손은 그러거나 말거나. 가뜩이나 시간도 없어 죽겠는데 초를 쳐대는 이방에게 신경질이 날 뿐이었다. 아무래도 이방은 약방을 떠날 생각이 없는 듯하니, 그렇다면 할 수 없지.

"하면 예서 나를 감시하겠다는 말이지요?"

"그래, 요놈아! 너, 해 지면 당장 붙들어다가 주리를 틀 것이다!"

"⋯⋯."

약손은 아무 말도 하지 않고 방 안으로 다시 들어갔다. 이방은 약손이 저에게 겁을 먹었는지 알았나 보다. 아예 약방 마당에 자리를 펴고 누우려 했다. 하지만 그 순간, 약손이 다시 밖으로 나왔다. 약손은 아이들의 몸을 씻겨 주거나, 먹다 흘린 죽을 닦아 주던 수건과 걸레, 옷가지를 한 아름 챙겨 와 이방의 앞에 그대로 내팽개쳤다.

"악! 이게 무엇이야?"

이방이 화들짝 놀라며 뒤로 물러섰다. 약손은 천연덕스러운 얼굴로 대답했다.

"뭐긴 뭡니까? 역병 걸린 환자들 고름 닦아 낸 수건이지요."

"뭐야?"

"아마 병마가 득실득실할 겁니다. 혹시 몸에 닿으셨습니까? 저런⋯⋯ 어떡합니까? 역병 옮으셨을 텐데."

"너, 너, 너!"

분명 역병이 아니라고 말했으나 이방은 믿지 않으니 어쩔 수가 없었다. 그래, 그렇게 역병이길 원하신다면 까짓것 역병이라고 해주지.

이방과 관군들이 기겁을 하며 물러섰다. 약손이 던진 환자들의 빨래터미가 약방을 지키는 경계선이 되었다. 차마 몹쓸 병이 옮을까 봐 이방도, 관졸들도 함부로 약방 안으로 들어서지 못했다.

"하여간 등신들……."

쯧쯧 혀를 찬 약손이 다시 방 안으로 들어섰다.

갈 길이 구만 리였다. 아기들은 어른처럼 급하게 죽을 들이켜지 못하니까 다섯 그릇을 모두 먹이려면 아마 오늘 하루를 다 써도 부족할지 몰랐다.

"너! 너! 해 지면 보자! 지금 내게 한 일, 반드시 되갚아 주겠어! 후회하게 만들겠어! 몽땅 불태울 테다!"

밖에서 이방이 악악 소리치는 것이 들렸지만 그마저도 무시했다. 어차피 죽기로 결심한 거, 그딴 협박이 통할 것 같아? 약손은 코웃음을 쳤다.

해는 빠르게 졌다. 그 누가 시간 가는 것을 막을 수 있을까?

아직 해가 완전히 떨어지지 않았으니 꽉 찬 닷새는 아니라고, 이방에게 재촉하지 말라 큰소리치는 것도 약발이 떨어졌다. 해 뜨고 지는 것은 자연의 섭리이고 법칙이니 원망할 수도 없건만 오늘따라 야속하기만 했다.

"약손아, 죽 더 먹여야 해? 다섯 그릇 훨씬 넘게 먹였는데. 벌써 일곱 그릇째인데……."

약손의 비방을 군말 없이 따르던 복금도 걱정이 되기는 마찬가지였나 보다. 탕약도 아니고, 환약도 아닌, 고작해야 죽을 먹여 병환을 고친다니. 더군다나 약손은 애초에 다섯 그릇만 먹여도 충분히 효험을 볼 것이라 호언장담했었다. 그런데 웬걸? 한놈이만 해도 벌써 여덟 그릇째를 먹는 중이었다.

암만 죽이 달달하고 고소하다 한들, 물 한 모금 먹지 못하게 하고 같은 짓을 반복하니까 아이들도 물리고 질려서 더는 먹지 않으려 했다. 그나마 제일 나이 많은 한놈이 만큼은 '이걸 먹어야 병이 나아. 그래야 네가 살 수 있어.' 말귀라도 통하니까 다행이었다. 더 어린 아기들은 이제 더는 못 먹겠다, 갈증 나서 죽겠으니 물을 달라, 울며불며 떼를 쓰는 지경에 이르렀다.

"어쩌면 좋냐? 애들이 더는 안 먹겠다 딱 잡아떼니…… 물이라도 마시게 한 다음에 다시 먹이면 안 될까?"

수남이 제안했지만 약손은 단호하게 고개를 저었다.

"안 돼요. 단죽을 많이 마셨으니 물이 먹히는 것은 당연합니다. 하지만 절대, 절대로 물을 주면 안 돼요."

"허, 이것 참……."

죽 다섯 그릇만 먹으면 병이 씻은 듯이 나을 거라는 희망은 이미 사라진 지 오래였다.

아이들 병환은 하나도 고치지 못하고, 그냥 허송세월만 보내고……. 우리는 이제 고만 딱 죽겠구나, 이런 염병할……. 누구를 원망할 기력도 없는 수남이 힘없이 돌아섰다.

"……."

그런 수남을 지켜보는 약손의 표정 또한 착잡해졌다. 기억 속 노인이 일러 준 말에 따르면 그는 단죽 딱 다섯 그릇을 먹은 뒤에 병이 씻은 듯이 나았다고 했었는데. 하지만 아직도 효험이 없는 것을 보면 노인은 없는 말을 괜히 지어 낸 것인지도 몰랐다. 그저 소싯적의 영웅담을 터무니없이 부풀려 전한 것인지도 몰랐다.

하긴 지금 아이들이 앓는 병증은 그 어떤 의서에도 쓰여 있지가 않은데. 궁궐에서 난다 긴다, 온갖 총명하고 명망 높은 의원님들도 역병이라 확진을 한 것인데. 그런 병증을 의원도 아닌 저따위가 치료할 수 있다고, 원인을 밝히겠다고 큰소리를 땅땅 쳐 놓다니. 참으로 답답하고 무모하기 짝이 없었다.

"두놈아, 이리 와 봐. 한 숟갈만, 딱 한 숟갈만 더 먹어 보자······."

약손이가 두놈이를 제 앞에 끌어 앉혔다. 약손에게 붙잡혀 하루 종일 죽을 들이켠 두놈이는 얼굴만큼은 피죽도 못 먹은 것처럼 해쓱해도, 배만 기형적으로 빵빵하게 부풀어 올라 있었다.

"배 아픈데. 먹기 싫어."

이제는 목구멍으로 음식 넘기는 것 자체가 고역이었다. 두놈이가 눈물을 줄줄 흘리며 고개를 저었지만 약손 또한 이대로 포기할 수는 없었다.

"얼른 먹어! 이거 먹어야 낫는다고, 그래야 아프지 않는다고 형아가 말했어, 안 했어?"

"으어어엉······."

약손이가 엄한 표정을 지으니 두놈이는 이러지도 못하고 저러지도 못했다. 더는 죽을 먹기는 싫은데 계속 거부하기에는 약손이가 야속했다. 한참 징징대던 두놈이가 하는 수 없다는 듯 억지로, 억지로 입을 조그맣게 벌렸다. 하지만 하기 싫은 일 억지로 하는 어린아이들이 모두 그렇듯, 두놈이는 더는 못 참고 '웩! 웩!' 헛구역질을 하며 죽을 뱉어 냈다.

"너, 정말!"

약손이 질끈 입술을 깨물었다.

"약손아, 그만해! 내가 먹여 볼게. 너는 좀 쉬어. 응?"

결국 보다 못한 복금이가 약손과 두놈이를 멀찍이 떨어뜨려

놓았다. 더욱 서러워진 두놈이는 복금의 품에 안겨서 엉엉 울음을 터뜨렸다. 두놈이가 울기 시작하니까 아기들 사이에 울음이 전염병처럼 번졌다.

어무니 보고 싶다, 죽 먹기 싫다, 물마시고 싶다…….

엉엉엉, 앙앙앙, 흐어엉…….

가뜩이나 해가 떨어져 어쩔 줄 몰라 하던 약손은 그만 맥이 탁 풀리는 기분이었다. 아이들은 울고, 병의 차도는 없고, 해는 떨어지고……. 산 너머에 아슬아슬하게 걸려 있던 조그만 빛이 기어코 사라지고 말았다. 동시에 툭 약손의 손에 들려 있던 죽그릇 또한 바닥으로 떨어져 내렸다. 무정하신 햇님마저 사라졌으니 이제 꽉 찬 닷새렷다. 반드시 병환을 고쳐 보리라 약속했던 시간이 코앞으로 다가왔다.

"……."

"……."

약방은 순식간에 어둠 속에 휩싸였다. 훌쩍훌쩍 아이들이 코 먹고 눈물 흘리는 소리만 들렸다. 하지만 약손도, 복금도, 수남도 그 누구도 선뜻 말문을 열지 못했다.

그야말로 풍전등화, 바람 앞의 촛불 신세라. 빼도 박도 못하고 죽은 목숨이 되어 버린 셋이었다.

저만치 약방이 보였다. 마을이 비워진 기간은 고작 닷새였으나 유독 스산스럽게 느껴졌다.

한길동 영감은 오싹 돋아나는 소름에 저도 모르게 부르르 몸을 떨었다. 괜히 경관을 둘러보는 척 주변을 살펴보았다. 아무것도 모르는 다른 의원들은 담담한 표정이었다. 그저 한시라도 빨리 역병을 진압해 더 큰 피해를 막자는 생각만 하는 듯했다.

한길동 영감의 바로 곁에서 걷는 허인찬은 입술을 한일자로 꾹 다문 채 묵묵히 걸음만 옮겼다.

둘은 오늘 하루 종일 한마디도 나누지 않았다. 한길동 영감은 도통 제 말을 믿어 주지 않는 동무에게 조금 서운했다. 비록 의원으로서는 당연한 반응이라 해도 그렇게 내가 못 미더운가? 실망이 컸다. 물론 괘씸한 것은 민경예 또한 마찬가지였다.

"……."

한길동 영감이 힐끗 민경예를 바라보았다. 가장 선두에서 걸어가는 민경예는 예의 평소와 다름없는 모습이었다.

요 전날, 그래서 그 병명이 무엇이냐고, 어른들은 아프지 않는데 아이들만 앓는 병, 역병과 증상이 쌍둥이처럼 닮은 그 병이 무엇이냐고 쩌렁쩌렁 소리치던 모습은 전혀 찾아볼 수 없었다.

"하여간, 성질머리하고는……."

내색하지는 않았지만 네 아비랑 어찌 그리 똑같으냐고, 마치 네 아비 젊은 날 보는 줄 알았다고 대거리할 뻔했다. 그래, 그 씨가 어디 가겠누? 암만 저가 실력이 출중하고 총명하며, 앞길 거칠 것 없는 인재라지만 이래봬도 저 또한 내약방의 서리이거늘.

엄연히 따지고 보면 네 아비와 동문 되는 까마득한 스승인데 어찌 그리 버릇이 없는지, 원.

에잇, 하여간 요즘 애들은 위아래를 몰라. 한길동 영감은 여러 모로 빈정이 상했다.

전날의 일은 더는 생각하기도 싫어 휙 고개를 돌렸다.

그저 불쌍한 것은 병에 걸린 아이들, 아무도 믿어 주는 이 없이 역병이 아니라고 큰소리 땅땅 치던 생도뿐인 것 같았다. 마음 같아서는 저라도 나서서 생도의 말에 동의하며 힘을 실어 주고 싶었지만 어쩔까?

한길동 영감은 힘없는 뒷방 늙은이일 뿐이었다.

마당에서 횃불이 번쩍였다.

해가 지고 깊은 밤이 되었는데도 아무 소식이 없어 깜빡 졸았던 약손이 푸드덕, 몸을 일으켰다.

"……뭐야?"

"관군이 왔나 봐. 의원님들이 오신 것 같아."

"버, 버, 벌써?"

수남의 얼굴은 사색이 됐다. 약손이 밀어젖히듯 약방 문을 열고 나섰다. 과연, 시뻘건 홰를 든 관군들이 약방을 둘레둘레 에워싸고 있는 것이 보였다. 아까 낮의 일 때문에 어디론가 멀찍이 도망쳤던 이방은 어느새 돌아온 건지 싸리문 너머에 서서 히죽대며 웃고 있었다.

"너, 요놈아! 아까 나를 내쫓았지? 문전박대했지? 그 빚, 아주 톡톡히 갚아 주마!"

약이 잔뜩 오른 이방은 대체 어디에서 구해 왔는지, 심지어 그 귀하다는 송진가루를 약방 곳곳에 뿌려 대고 있었다.

"훨훨 타오를 것이다. 흔적도 없이 타 버릴 것이다! 순식간에 잿더미가 되겠지. 그때는 아무리 살려 달라 빌어도 소용이 없을 걸?"

대체 사람이 어쩜 저렇게 얄미울 수 있는지 몰랐다.

"지금 뭐하시는 거예요? 하지 마세요! 당장 그만두세요!"

약손이 소리쳤지만 소용없었다. 이미 작정하고 쳐들어온 이방을 어찌 이길 수 있을까. 약방은 어느새 관군들이 처마 높이까지 쌓아 놓은 짚더미에 거의 파묻히듯 잠겨 버렸다. 그 꼴 보던 약손, 분기탱천 치솟는 화딱지를 가늠할 길이 없었다.

"그만하지 못해?"

말로 해서는 턱도 없는 일이었다. 약손은 그만 쇠뿔 단단히 돋은 황소처럼 이방을 향해 불쑥 돌진하고 말았다.

"세상에, 약손아!"

"아이고야!"

복금과 수남이 말릴 새도 없었다. 퍼억! 약손에게 배를 들이받힌 이방이 그대로 홀러덩 뒤로 넘어갔다.

"아이고, 배야! 아이고, 뒤통수야! 나 죽는다! 나 죽겠어!"

"하지 말라고 했잖아!"

약손이 식식 콧김을 뿜어냈다. 웃전 체면도 잊고 바닥에 대자로 엎어진 이방은 제 몸이 아작 났다며 어디가 부러졌으니 틀림없이 반병신이 됐을 거라며 게거품을 물었다. 너, 웃전을 욕보였으니 하극상으로 엄벌해 마땅하다!

"너희들은 뭐하고 있느냐? 어서 저놈 잡지 못해?"

이방이 앙칼지게 소리치자 명령받은 나졸 두 명이 양쪽에서 약손을 결박했다.

"아주 몹쓸 녀석이다. 이참에 버릇을 단단히 고쳐 주겠어!"

"이거 놔! 놔! 놓으라고!"

그야말로 때리는 시어머니보다 말리는 시누이가 더 미운 격이었다. 이방은 저가 궁궐에서 주상 전하 명받고 내려온 의원님들도 아니면서 훨씬 더 악독하게 굴었다.

그래, 이렇게 된 거 될 대로 되라지! 사람 목숨 한번 죽지, 두번 죽냐?

약손은 이방을 향해 너 이렇게 살다가는 천벌을 받을 거라는 둥, 재 넘어 사는 딸깍발이보다 속이 좁다는 둥, 얼마나 잘 사는지 두고 보자는 둥, 온갖 욕을 다 퍼부었다.

"이, 이, 이런! 고얀 놈 같으니!"

이방이 펄쩍 뛰었다. 그동안 군수님 그늘 아래에서 천하의 지존이라도 된 듯 훌륭한 대우받고 살았으니 약손의 별거 아닌 욕설에도 쉽게 흥분을 했다. 이방은 나졸이 들고 있던 방망이를 빼앗아 제 손에 쥐었다.

"너, 혼쭐을 내줄 테다. 오늘 밤 내가 죽든지, 네가 죽든지, 누가 이기나 한번 대결을 해보자."

"그래! 한번 해보자! 나도 무서운 거 없어!"

하지만 암만 큰소리 떵떵 친다 한들 약손은 이미 관졸에게 몸이 묶인 처지였다. 이방은 대결하자는 말이 무색하도록 약손을 옴짝달싹하지 못하게 꼭 붙들어 맸다.

"요놈의 자식!"

퉤! 퉤! 손바닥에 침을 뱉은 이방이 몽둥이를 머리 위로 힘껏 들어올렸다. 그때였다.

"약손아, 안 돼!"

이방이 약손을 향해 그대로 몽둥이를 내려치려는 때, 복금은 차마 그 모습을 지켜볼 수가 없어 질끈 눈을 감았다. 본래 관졸들이 들고 다니는 곤봉이라는 것은 죄인들을 다스리기 위해 특별히 깎아 만든 것이었다. 각 면에는 뾰족뾰족하게 각이 져 있어 뼈 하나 아작 나는 것은 일도 아니었다. 이대로 약손은 복날의 개만도 못 한 신세가 되려나 싶었는데, 다행인가 불행인가. 이방의 몽둥이찜질이 쏟아지기 직전, '멈추어라!' 들리는 목소리가 있었다.

혹시 천지신명께서 약손의 처지를 불쌍히 여기고 도움을 주시려는 것인가? 복금이 소리가 난 쪽을 바라봤다.

"……"

하지만 약방 담 너머에 서 있는 한 무리의 사람을 본 순간 복금은 그만 온몸에 힘이 쭉 빠지는 기분이었다. 혹여나 약손을 도와줄 이가 나타났나 생각했더니 웬걸? 이리를 피했더니 이번엔 굶주린 호랑이가 입을 떡하니 벌리고 앉아 있는 격이었다.

복금이 바라본 그곳에는, 다름 아닌 민경예. 그것도 험악한 관군들을 잔뜩 대동한 내약방 의원들이 함께 서 있었다.

"누구야? 누가 감히 나를 막아서……? 아이고! 아이고, 나리!"

이방이 제 뜻을 거스른 자를 향해 팩 신경질을 내려다가 이내 그것이 민경예임을 확인했다. 이방은 얼굴 가득히 화색을 띠었다.

"나리! 안 그래도 왜 오지를 않으시나 목이 빠지도록 기다리고 있었습니다. 어서 오세요, 어서요!"

이방이 굽실굽실 몸을 굽히며 비위를 맞췄다. 그러거나 말거나 민경예는 이방 쪽으로는 시선도 주지 않았다. 민경예의 신경은 온통 약손에게만 쏠려 있었다.

"저 생도와 볼일이 있는 것은 나인데, 어찌 그대가 먼저 끼어드는 것인지?"

"아이고! 끼어들다니요! 그럴 리가 있겠습니까? 그저 나리 오시기전에 삿돼 먹은 버르장머리를 고쳐 줄까 하였지요."

이방이 절대 다른 뜻은 없다며 손사래를 쳤다. 민경예가 제 앞을 막아선 이방을 툭 밀치며 거리낌 없이 약손 앞으로 다가섰다.

"……"

"……"

민경예의 말대로 진짜 중요한 볼일 있는 것은 바로 약손과 민경예였다. 한 명은 역병이 맞다 하였고, 한 명은 절대로 역병이 아니라 하였는데, 과연 누구의 말이 옳은 것인지. 민경예가 약손을 똑바로 쳐다보았다.

"그래, 오늘이 꼭 닷새째 되는 날이군?"

"……"

"병의 원인은 찾아냈느냐? 병증을 고칠 방도는 알아냈어?"

"……"

"나 역시 지난 닷새간, 마을의 일이 퍽 궁금하고 걱정되어서 잠 한숨을 제대로 이루지 못했어."

"……"

"혹여나 네 말대로 내가 오진을 한 것은 아닌가, 괜한 무고한 아이들 죽이는 것은 아닌가……."

"……"

"하지만 그대는 내게 약조를 했지. 닷새만 주면 해답을 주겠다고."

"……"

"그러니 이제 그만 속 시원히 말을 좀 해 줘."

"……"

"글쎄, 대체 무슨 병이던가? 참말, 내가 오진한 것이야?"

"……"

민경예가 차분한 목소리로 물었다. 처음 만났을 때부터 생각했었지만, 참말이지 민경예는 큰소리 한번 내지 않고 사람 질리게 하는데 일가견이 있는 자였다. 조곤조곤 말하는 투가 어찌나 사람 마음을 옭죄어 오는 것인지. 참말 그러면 안 되는데, 그래서는 안 되는데……. 그 기에 눌려 버린 약손은 저도 모르게 툭 바닥으로 고개를 떨어뜨리고 말았다.

아이고, 병을 고칠 방도 따위, 결국 찾지 못했구나……. 혹시나 약손이 비방 찾아냈을까 은근히 기대했던 한길동 영감이 속으로 탄식했다.

"조금만…… 조금만 더 기다려 주시면 안 됩니까? 예?"

기다려 달라. 그 한마디가 약손이 할 수 있는 말의 전부였다.

"……."

"……."

그럼, 그렇지. 감히 너 따위가! 의원님들도 두 손 두 발 다 든 병환에 딴죽을 걸고넘어지며 까불더니만! 아주 건방지기 짝이 없어! 빈 수레가 요란하다니까? 의원들이 수군거렸다.

"그래도 제가 내뱉은 말은 지키겠습니다."

"무슨 말?"

"병환을 고치지 못하면 목숨으로 책임지겠다는 말…… 제 목숨 은 의원님이 거두셔도 원망치 않겠습니다."

고개를 푹 숙인 약손이 침울하게 말했지만 민경예는 오히려 기가 막힌다는 듯 픽 헛웃음만 터뜨렸다. 어느 순간 민경예의 눈 동자에 서늘한 빛이 서렸다.

"고작, 천한 목숨 따위 하나와 네가 저지른 짓이 감당될 것 같 으냐?"

"……."

"너는 네가 저지른 짓의 무게가 얼마나 무거운 줄 아직도 몰 라. 그렇지?"

"……."

"병 걸린 아이들 목숨 먼저 끊어 내는 것이 그렇게 부당한 것 같아? 하면, 너 하나로 인해 지체되어 손해 본 시간은 어떻게 책 임질 것이냐?"

"……."

"네가 고집 부리던 사이에 널리널리 퍼져 나간 병, 그 몹쓸 병에 감염된 또 다른 죄 없는 사람들은 어떻게 할래? 무엇으로 사죄할 수 있어?"

"……."

입이 열 개라도 할 말이 없었다. 제 생각이 짧았습니다. 의원님의 말이 옳았습니다…… . 내뱉지도 못한 말이 약손의 입안에서 맴돌았다.

학문이라고는 쥐뿔도 알지 못하는 무식자가 괜히 나대어 일을 망친 것이 분명했다. 약손은 이제 저에게 어떤 처분이 내려진다 한들 군말 없이 따르리라 생각했다.

"……."

"……."

민경예가 이방을 향해 눈짓했다. 약손과 복금, 수남이 관졸들에 의해 그대로 포박되었다. 나 정말 죽는구나. 약손이 질끈 눈을 감았다.

관군들이 일사불란하게 움직였다.

혹여나 약방 생도가 병을 고쳤을까. 그리하여 제 자식 살려 주지는 않을까 마을 어귀에서 마음 졸이며 지켜보던 부모들은 저마다 '어이구, 어이구…… .', '틀렸고만…… 다 틀려 버렸어…… .' 다리에 맥이 풀린 채로 픽픽 주저앉았다.

땅땅땅! 아이들이 갇혀 있는 방문마다 못질하는 소리가 칠촌 구석구석 끔찍하게 퍼져 나가기 시작했다.

"어무니! 아부지!"

"나 살려 줘…… ."

관군들의 살기에 아이들이 겁을 먹고 울었지만 이제는 약손도 더는 손쓸 방법이 없었다.

"형아아! 약손이 형아! 죽 먹을게. 먹을 테니까…… 내보내

줘……. 갈래…….”

두놈이는 이 죽을 먹어야 살 수 있다고, 먹지 않으면 네가 죽는다고, 약손이 내내 으름장을 놓았던 것을 용케 기억하는 모양이었다. 칼 찬 관군이 무서워 마루 밑에 숨어 있던 두놈이가 질질 끌려 나오며 울음을 터뜨렸다.

그 광경 차마 지켜볼 수가 없어 약손이 고개를 돌렸다.

“지체 없이 시작하여라!”

이방이 명령했다. 의원 일행들이 모두들 약방과 멀찍이 떨어졌다. 이제 정말 본격적인 소개령의 시작이었다.

“으어어엉! 어무니이! 아부지이!”

방 안에는 다시 들어가기 싫다며 떼쓰던 두놈이가 꺼이꺼이 울었다. 물론 그런다고 해서 체격 좋은 관군의 힘을 이길 수는 없었다. 나졸은 두놈이를 번쩍 들어다가 방에 앉혀 놓았다.

“가만히 있지 못해? 혼나고 싶어?”

“싫어! 나갈 거야! 나갈래요!”

하지만 본능적으로 생명의 위협을 느낀 두놈이 또한 고집이 만만치가 않았다. 엉엉 울던 두놈이가 기어코 화딱지가 났는지 어느 순간 나졸의 팔뚝을 콱! 깨물어 버렸다.

“이놈의 자식이!”

혹여나 아이에게서 역병이 묻혀 나올까 봐 나졸이 두놈이를 야멸치게 밀쳐 버렸다. 두놈이가 어찌나 세게 깨물었는지 나졸의 팔뚝에서 뚝뚝 시뻘건 피가 떨어졌다.

“너! 이놈의 새끼!”

나졸의 얼굴이 일그러졌다. 혹여나 내가 역병 걸려 개죽음 당하면 네놈 탓이렷다! 화가 잔뜩 난 나졸이 그만 저도 모르게 퍼억! 마루 위를 엉금엉금 기어 나오려던 두놈이를 향해 발길질을 날렸다.

"너, 병 옮으면 가만 안 둬! 상놈의 새끼! 상놈의 새끼!"

인정사정없는 발길질이 이어졌다. 장정의 발길에 나가떨어진 두놈이가 데구루루 뒤로 나자빠졌다.

"두놈아!"

놀란 약손이 소리쳤지만 저도 포박당한 몸이니 도울 길이 없었다. 두놈이에게 손등을 깨물린 나졸은 화가 있는 대로 뻗쳐서는 '더 이상 못질할 필요조차 없다!' 소리치며 저가 손에 들고 있던 시뻘건 횃불을 그대로 방 안에 던지려 했다.

하지만 그때였다.

"웨엑…… 웨엑!"

나졸에게 어디를 잘못 맞았는지 마루 위에서 몸이 반쯤 뒤집혀져 있던 두놈이가 갑자기 웩웩 헛구역질을 하기 시작했다.

"뭐야? 왜 이래? 웬 허튼수작이야?"

나졸이 윽박질렀지만 두놈이는 속 안에서 무언가 역한 게 잔뜩 몰려오는 듯, 얼굴까지 시뻘겋게 달아올랐다.

"어……? 어……? 애가 왜 이래?"

아무래도 두놈이가 심상치 않았다. 두놈이는 몇 번이나 계속해서 구역질을 했다. 그러다가는 마침내 오랫동안 참고 또 참았던 것이 빵 봇물 터지듯 폭발하고 말았다. 마침내 두놈이가 '우웨에에엑!' 큰 구역질을 했다.

그와 함께 두놈이의 입안에서 우우욱 갈 빛의 토사물이 쉼 없이 쏟아져 나왔다.

"뭐야? 뭐야? 대체 이게 뭐야?"

곁에 있던 나졸은 미처 피할 새도 없이 두놈이의 토사물을 흥건하게 뒤집어썼다.

"어라? 저건……?"

그 순간, 한없이 침울하기만 했던 약손의 두 눈이 반짝 빛을 냈다. 그것은 다른 한쪽에서 상황을 지켜보던 한길동 영감 또한 마찬가지였다.

다른 의원들은 두놈이가 토하고 발광하는 것이 역병기가 심해져 그런 것이라 생각했지만 적어도 약손은, 한길동 영감은 그렇게 생각하지 않았다.

나졸은 두놈이가 토해 낸 토사물이 더럽다고, 역하다며 질색을 하며 피했지만 어쩐 일인지 두놈이가 게워 낸 토사물의 모양이 평범치 않았다. 더럽고 비위 상하는 와중이었지만 나졸은 저도 모르게 두놈이가 토해 낸 흙바닥 위로 횃불을 비췄다.

쟤 지금 뭘 토한 거야? 내가 지금 헛것을 본 건 아니지?

"세, 세, 세, 세상에…… 이런 일이……."

문득 나졸이 뭔가 못 볼꼴이라도 본 양 온몸을 사시나무 떨듯 벌벌 떨어 대기 시작했다.

"저, 저것 보십시오. 저, 저, 저것 좀……."

나졸은 차마 말도 잇지 못한 채 그대로 쿵 바닥에 주저앉고 말았다.

"이거 놔요! 이것 좀 풀어 주세요!"

이쯤 되면 약손도 짚이는 것이 있었다. 괜히 조금만 더 기다려 달라 부탁한 것이 아니었다. 약손이 저를 포박한 관군들을 향해 소리쳤다. 약손의 목소리가 어찌나 다급하던지 관군은 저도 모르게 오랏줄을 풀어 주었다. 약손이 냅다 두놈이에게로 뛰어갔다. 그와 동시에 '대체 뭔데 저래? 무엇을 봤기에 저리 호들갑이야?' 의원들 또한 신기하여 우르르 두놈이에게로 몰렸다.

그리고 두놈이가 토한 것을 살펴본 의원들은 '어이구야……',

'세상에 이런······.', '끔찍스럽고만······.' 나졸과 마찬가지로 반쯤 넋이 나갔다.

"거 봐요! 제가 말했죠? 역병이 아니라고 했잖아요!"

상황은 순식간에 손바닥 뒤집히듯 바뀌었다. 이제 의기양양한 것은 제 말이 맞다는 것을 증명한 약손, 그리고 제가 읽었던 잡서가 옳았다는 것을 깨달은 한길동 영감뿐이었다.

"세상에, 이런 경우가······."

"혹시 내가 귀신에 썐 것은 아니겠지? 허깨비에 홀린 것은 아니겠지?"

심지어 허인찬조차 제가 목격한 광경이 도통 믿기지 않는 듯 찰싹찰싹 제 뺨을 내려치기까지 했다.

한길동 영감이 껄껄 웃음을 터뜨렸다.

"이런 일이······ 이럴 수가······."

모두가 두 눈으로 똑똑히 확인하고도 쉬이 믿지 못하는 일.

두놈이가 흙바닥에 게워 낸 토사물.

약손이가 솥단지에 넣고 밤새 끓이고 또 끓여, 하루 종일 먹였던 끈끈한 갈 빛 죽에 엉겨 붙어 나온 징그러운 그것!

그것은 바로 길이 반자는 족히 넘는 듯한 시커먼 뱀 한 마리였다.

[4]

'그래서 영감······ 그 실제로 존재한다는 병명이 무엇입니까?'

'······.'

'어른들은 아프지 않고 아이들만 앓는 병. 한데, 그 병증이 역병과 쌍둥이처럼 똑같은 병······.'

'그, 그게 말이다. 경예야······.'

천둥벌거숭이 같은 생도의 말이야 그러려니 넘길 수 있었다. 하지만 내약방의 서리씩이나 되는 한길동 영감마저 어쩌면 저희들이 오진을 내렸을지도 모른다는 얘기를 하는 순간, 민경예는 그만 욱하는 마음을 참지 못했다.

오진을 내려? 누가? 내가? 천하의 민경예가?

말도 안 되는 일이었다. 비록 지금 민경예의 나이가 어리다 한들 앞으로 내약방을 책임질 주역이 경예라는 것은 누구나 다 인정하는 사실이었다. 남들이 겨우 천자문 떼고 언문 몇 자 끼적일 때, 경예는 정식 의원들도 어렵다 혀를 내두르는 태평혜민방太平惠民方이나 본초도경本草圖經, 십이경十二經 같은 의서를 줄줄 외웠다.

학식이면 학식, 조예면 조예, 심지어 조부 시절부터 대대로 내림받아 온 제조의 집안에서 태어난 인재인 저의 처방을 의심해? 민경예로선 결코 용납할 수가 없는 일이었다.

'대체 그게 무엇이냐고요! 말씀을 해보세요!'

고요한 산마루에 경예의 목소리가 쩌렁쩌렁 울렸다. 한길동 영감이 우물쭈물 민경예의 눈치를 살피며 답했다.

'눈을 까뒤집고 발광하고, 고름 줄줄 흘리고, 고통 때문에 혼절해 죽고……. 증상이 그러하니 모두들 역병인 줄 알았던 거지. 한데 사실은 역병이 아니라…….'

'하면, 참말 뱀의 독 때문이었다고 생각하시는 거예요?'

'그, 그렇지.'

한길동 영감의 말에 픽 민경예가 웃음을 터뜨렸다. 이쯤 되면 피가 거꾸로 솟도록 화를 낸 것이 민망할 정도였다. 더는 들어 볼 것도 없었다. 고작해야 무당이나 근본 없는 이야기꾼들이 지어 낸 잡서에 근거하여 처방을 내리는 의원이라니.

과연 한길동이 내약방에서 허드렛일만 도맡아 하는 이유가 있었다. 한길동 영감의 동기들은 다들 번듯한 자리 하나씩은 꿰차고 있는데, 지금처럼 잡서 따위를 맹신하는 의원을 누가 믿고 써줄까.

처음부터 한길동 영감 따위의 의견에 귀 기울이는 것이 아니었다. 얼굴 맞대고 이야기 나눈 시간이 아까울 지경이었다. 이런 순간에 차라리 의서 한 줄을 읽는 것이 더 나았다. 민경예가 설레설레 고개를 저으며 한길동 영감을 지나쳤다.

아무래도 저 영감, 어쩌면 정신 줄이 나간 건지도 모르겠어. 사람의 배 속에 뱀이 산다고? 완전히 미친 자가 아니야? 그게 말이나 돼?

말도 안 되는 이야기라며 무시하며 돌아섰던 게 어제인데, 웬걸.

"세상에 이런 경우가⋯⋯."

"혹시 내가 귀신에 씐 것은 아니지? 허깨비에 홀린 것은 아니지?"

나졸에게 배를 맞고 쓰러진 어린아이가 토해 낸 것은 뱀이더라. 갈 빛 토사물에 범벅이 되어 있을지언정, 길고 가는 뱀 한 마리가 분명했다.

게다가 그 아이뿐만이 아니었다. 약손이가 하루 종일 물 한 모금 허락하지 않고 아이들에게 끓여 먹은 단죽이 그제야 효과를 발휘하기 시작했다. 아이들은 약속이라도 한 듯 거북스러운 구역질을 시작했다. 아이들이 배 속에서 토해 낸 것은 비단 뱀뿐만이 아니었다. 머리와 꼬리가 분명히 달린 도마뱀과 두꺼비 알, 다리 여럿 달린 지네, 거머리 등 하여간 사람의 배 속에 있어서는 안 될 온갖 징그러운 것들이 죽죽 쏟아졌다. 다른 의원들처럼 민경예 또한 제 눈으로 보는 광경을 차마 믿지 못했다.

"세상에, 이건…… 이건 말도 안 돼. 이런 건 그 어떤 의서에서도 읽어 본 적이 없어! 대체 어떻게…… 어떻게 이런 일이……?"

민경예가 저도 모르게 뒷걸음질을 치며 물러났다.

"그러게 말이야. 어떻게 이런 일이 가능한지, 나 또한 심히 궁금한데? 참 해괴하기 그지없는 광경일세."

칠흑 같은 어둠 속에서 웬 남자가 경예의 말을 이어받았다. 불현듯 등장한 남자 역시 통 믿을 수가 없다는 듯 연신 제 턱을 쓰다듬었다.

"댁은 뉘십니까……?"

의원들 중 한 명이 의아한 얼굴로 물었다. 그 순간 어둠 속에서 남자의 삼백안 눈동자가 번뜩였다. 저이가 누구지……? 어디서 많이 봤는데? 익숙한데? 한참을 생각하던 의원 중 한 명이 용케 남자를 알아봤다.

"아이고! 이거 한명회 영감 아니십니까?"

의원들이 황급히 인사를 올렸다. 명회는 아이들이 쏟아 낸 토사물의 역한 냄새에 코를 틀어막으면서도 이런 해괴한 구경은 절대 놓칠 수가 없다는 듯 유심히 환자들을 살피기 바빴다.

"영감, 기별도 없이 어찌 이런 흉한 곳까지 걸음 하셨나이까?"

참봉이 황급히 다가와 아는 체를 했다. 명회는 이런 순간에까지 예를 취할 필요는 없다며 손사래를 쳤다.

"당장 칠촌으로 달려오지 않으면 누가 내 목을 친다 겁박을 하여서……. 아무튼 그건 그렇고, 내 살다 살다 이런 괴이한 병은 듣도 보도 못 했네. 이런 일이 참말 가능한가? 내가 꿈을 꾸는 것은 아니지?"

명회의 질문에 곧 등 뒤에서 중년 남성 한 명이 공손히 걸어와 고개를 숙였다. 그는 석 달 전, 고향에 계신 노모의 병환을 살피러 고향에 내려갔다가 이제야 칠촌에 도착한 내약방의 수장 제조 민희교였다.

"예, 영감. 결코 흔하지는 않은 병증이나 아예 없는 병도 아니옵니다."

"참으로 요상하구만."

"흔히 교룡蛟龍이라고도 하는데, 물에 뿌리를 두고 사는 수근(水芹: 미나리)을 날것으로 먹었을 때 생긴다고 알려져 있습니다."

"미나리?"

"예. 미나리 줄기에는 도마뱀이나 지네, 두꺼비 알이 붙어 있는 경우가 많은데, 그것들을 미나리와 함께 다량으로 섭취하여 탈이 나는 것이지요. 아마 어린아이들이 배가 고파 미나리 줄기를 꺾어 먹다 보니 이런 희귀한 병에 걸린 듯합니다."

"저런!"

"그래도 용케 엿기름을 끓여 죽을 만들어 먹여 큰 화는 면하였사옵니다."

"제조, 역시 그대는 내약방의 화타일세. 이 세상에 그대가 알지 못하는 병이 있기는 한가?"

"소인, 미천한 재주를 가진 의원에 불과하옵니다. 오다가다 귀동냥으로 전해 들은 병증이옵니다."

"겸손 떨기는. 그대의 의술 실력은 내가 더 잘 아는데. 아무튼, 역병 창궐한 줄 알고 주상 전하께서도 걱정이 이만저만 아니셨는데 이 소동이 모두 배 속의 뱀 때문에 벌어진 일이었다니. 천만다행이로군."

"주상 전하의 은덕이시옵니다."

"어쨌거나 이런 해괴한 병증에도 당황하지 않고 아이들의 병을 고쳐준 내약방 의원들의 공로는 이루 말할 수가 없네."

"해야 할 일을 했을 뿐이지요."

"아니야. 그렇지가 않아. 제조가 자리를 비운 동안, 그대의 장남이 앞장서서 병환을 치료했다지?"

"……그런 줄 아옵니다."

"이렇게 아이들을 잘 치료하였으니 그냥 넘어갈 수는 없지. 내전하께, 자네 아들의 공로를 낱낱이, 하나도 빠짐없이 전하겠네. 자네 아들 이름이 무엇이라 했더라?"

"……"

명회의 물음에 고개 숙여 공손하게 대답하던 민희교가 제 뒤에 서 있는 경예에게 눈짓했다. 하지만 제가 오진했다는 사실에 크나큰 충격을 받은 민경예는 넋이 반쯤 나가 있는 상태였기에 제 아버지가 저를 부르는 것도 눈치채지 못했다.

보다 못해 곁에 있던 의원 중 하나가 '이보게, 경예. 무엇 하는가? 제조 영감께서 자네를 부르시지 않는가?' 어깨를 툭 치고 나서야 퍼뜩 정신을 차렸다.

민경예가 퍼뜩 놀라며 민희교의 곁에 나란히 섰다. 명회가 그런 민 부자를 흐뭇한 얼굴로 바라보았다.

"그래, 약관의 나이로 내약방에 입성했다는 말은 익히 들었는데 자네가 큰 수고를 하였어."

"……과찬이시옵니다."

"비록 지금에서야 뱀 병이었다는 것이 밝혀졌으나 처음엔 모두들 역병인 줄 알지 않았는가? 이제라도 정확한 진단을 내려서 참 다행이야. 자네를 보니 앞으로 내약방의 일은 전혀 걱정하지 않아도 될 것 같아 마음이 푹 놓여."

명회가 툭툭 경예의 어깨를 두드려 주었다. 사실 속사정은 그런 것이 아닌데, 공을 세운 것은 민경예가 아니라 이름 석 자도 낯선 미천한 생도 여약손인데.

민경예는 얼굴이 화끈해졌다. 차마 얼굴을 들어 명회와 눈도 마주치지 못했다. 민경예는 더욱 깊숙하게 고개를 숙일 뿐이었다. 명회가 의원들을 향해 큰 목소리로 말했다.

"칠촌의 병마가 역병이 아닌 것으로 밝혀졌으니 주상 전하의 근심 또한 심히 덜어졌소. 이는 모두들 그대의 공이오. 이번 칠촌의 책임자였던 민경예에게는 비단 스무 필과 은 이십 냥을 내릴 것이며, 그를 보좌한 의원들 역시 쌀 다섯 섬을 각각 내리겠소. 이는 주상 전하께서 내게 구문으로 내려 주신 어명이오."

"성은이 망극하옵니다."

내약방의 의원들이 일제히 임금님 계신 궁궐을 향해 절을 올렸다. 다들 흙바닥에 이마 닿는 것도 아랑곳 않고 무릎을 굽히니 명회의 발아래 보이는 것은 사내들의 맨들맨들한 뒤통수라.

명회는 깊이깊이 고개를 숙인 민경예의 정수리를 물끄러미 바라보다가 이내 맨 뒷줄에 납작하게 엎드려 있는 푸른 생도복을 입은 약손을 잠시 쳐다보았다. 물론 명회의 시선이 머문 시간은 워낙 찰나였고, 아주 잠깐이라 아무도 그 눈빛을 눈치채지는 못했다.

"하면 그대들은 남은 환자들을 잘 돌봐주시오. 나는 도성에서부터 예까지 쉼 없이 말을 타고 달려와 그런지 심히 피곤하여서……."

명회가 길게 하품을 하며 물러났다.

웃전이 자리를 파했다. 그제야 한시름 놓은 생도들이 눈치를 보며 와자지껄 떠들기 시작했다. 생도들뿐만이 아니었다. 의원들 몇몇은 호기심 가득한 얼굴로 약손의 주위로 삼삼오오 모여들었다.

"참으로 신통방통하다. 뱀을 토하는 병이라니, 난 정말 듣도 보도 못 했다. 애, 넌 대체 그런 병이 있는 줄 어찌 안 것이냐?"

분명 닷새 전까지만 해도 미친놈이라고, 방자하다고 욕하던 이들이었다. 하지만 그 말도 안 되는 일이 실제로 벌어졌으니, 심지어 제 눈앞에서 목격하기까지 했으니 못내 궁금한 것이었다. 사실 따지고 보면 그네들도 다 의원이라. 어려운 병증에 궁금증 갖는 것은 당연한 일이었다. 방금 전까지만 해도 죽네 사네 삶의 한 고비를 넘긴 약손은 저가 생각해도 믿기지가 않는 듯 아직도 얼떨떨한 얼굴이었다.

"제가 입궐하기 전에 장돌뱅이로 살아 가지고……. 이때까지 만났던 수많은 이야기꾼이 떠들어 대던 말 중에 하나를 떠올린 것입니다."

"이야기꾼? 그가 누군데? 혹시 의원이냐? 어디에 사는 의원이냐?"

"아니아니, 의원은 아닙니다! 오래전 장터에서 만난 노인이 해 준 이야기였습니다. 그 노인께서는 어렸을 때 역병과 똑같은 병 증을 앓다가 딱 죽는 줄만 알았는데, 참 신기하게도 목구멍에서 뱀 한 마리를 토한 뒤에 살아나셨다고……."

"그래? 하면 아이들한테는 대체 무엇을 먹였기에 뱀을 토해 낸 것이냐?"

"제가 먹인 건 별것 아닙니다. 하룻밤을 꼬박 끓인 엿기름입니다."

"우와우와! 고작 엿기름으로 뱀 병을 고쳤다는 말이지? 참 신기한 이야기다. 그러지 말고 너 일루와 봐라. 여기에 앉아서 자세한 이야기 좀 더 해봐. 응?"

그 콧대 높으신 의원님들이 너도나도 약손에게 호감을 표하며 달려들었다. 그동안 동고동락하며 함께 고생한 복금과 수남도 덩달아 기뻐했다. 수남이가 복금의 손을 꼭 붙잡았다.

"복금아, 이게 꿈이니 생시니? 우리 이제 살 수 있다. 우리 살았어…… 우리는 살아난 거야."

수남이가 눈물을 훔쳤다. 복금 또한 감격이 복받치는 듯 훌쩍훌쩍 콧물을 삼켰다. 그러다가 문득 복금이가 주위를 휘휘 둘러보았다.

"한데, 수남 아저씨. 그 선비님은 어디에 가셨습니까? 아까부터 보이지를 않던데……?"

"응? 누구?"

"왜, 약손이에게 형님이라고 부르던……."

"장작?"

워낙 경황이 없어 이유에게는 신경도 못 썼다. 복금과 수남은 그제야 이유가 보이지 않는다는 것을 깨달았다.

"그러게. 온다 간다 말도 없이 어딜 가버린 거야? 집에 급한 일이라도 생겼나?"

"혹시 또 길 잃으신 건 아닐까요?"

"에이, 설마. 그 정도로 망충해 보이지는 않던데?"

하지만 워낙 기쁜 순간이라 둘은 사라진 선비, 이유에 대해서는 별로 깊게 생각할 겨를이 없었다. 그저 칠촌에 퍼진 병이 역병이 아니라는 기쁨에 취해 흥겨워하기 바빴다. 당장 잔치가 열려도 하나도 이상하지 않을 밤이었다.

달빛도 쉬이 비추지 않는 칠촌의 사당 한편.

방금 전까지만 해도 피곤해 죽겠다며 하품을 쩍쩍하던 한명회가 보이지 않는 달 바라기라도 하는 듯 사당을 서성였다.

산사의 밤은 생각보다 훨씬 더 싸늘한지라 명회가 오스스 소름이 돋은 제 팔뚝을 슥슥 쓸었다.

왜 안 오시는가? 이쯤 되면 오실 때가 되었는데······.

덜덜덜 떨리는 잇새를 깨물며 오지 않는 누군가를 하염없이 기다리던 그때, 명회의 등 뒤로 스스슥 검은 그림자가 졌다.

"이크! 깜짝이야!"

인기척을 모두 지운 사내들의 등장이라. 한명회가 놀란 가슴을 쓸어내렸다. 어둠 속에서 하나, 둘, 셋, 그림자가 드러났다. 그들은 다름 아닌 주상 전하, 이유의 호위 무사인 풍운우였다.

"제발, 내 앞에 나타날 때는 기척 좀 해주게, 기척 좀! 애 떨어지면 책임질 텐가?"

한명회가 몸서리를 치며 타박했다. 그러거나 말거나, 지존에게 길을 틔운 풍운우는 아무 대답도 없이 다시금 어둠 속으로 사라졌다.

어휴, 저 지독한 인간들 같으니라고. 대체 사람이야, 귀신이야? 정체를 모르겠어!

명회가 저를 놀래 준 풍운우에게 갖은 욕을 퍼부었다.

곧 풍운우가 사라진 자리에서 또 다른 사람의 인영 하나가 나타났다.

이번에는 진짜렷다! 명회가 반색하며 몸을 일으켰다. 한명회가 밤이슬 모두 맞아 가며 하염없이 기다리던 사람. 그는 다름 아닌 수남이와 복금이가 어디를 갔냐고, 또 길 잃은 것 아니냐고 걱정을 하던 망충한 선비 이유였다.

"그래, 일은 잘 처리했는가?"

어둠 속에서 이유의 목소리가 나직하게 퍼졌다.

"여부가 있겠습니까. 누구의 명이신데 제가 감히 거역하겠나 이까?"

명회가 뚱한 목소리로 대답했다. 감히 주상 전하 앞에서 무엄 하도다! 다른 이였다면 극형에 처해 마땅했다. 하지만 명회가 이 렇게 퉁을 놓는 연유가 있었다.

명회가 이유에게 칠촌으로 당장 내려오라는 파발을 받은 것이 바로 어젯밤이었다. 신료 된 주제에 주상 전하께서 직접 내리신 명령을 거역할 수는 없는 일.

명회는 가마 열두 대를 첩첩이 꾸려 방한 옷이며 패물이며 서 적이며 바리바리 짐을 싸서 행차를 나섰다. 한데 성질 급한 이유 는 부산한 짓거리 싹 다 집어치우고 저가 보내 준 초광超光을 타 고 오라 일갈했다.

오늘 밤까지 명회 네놈이 칠촌에 도착하지 않는다면 네 목숨 친히 거두겠다는 무시무시한 내용의 서찰도 함께였다. 제 목숨 도륙한다는 어필을 읽는 순간, 명회는 그만 기가 막히고 코가 막 혀 말도 잇지 못했다.

주상 전하께서 지금 제정신이신가? 그냥 필마도 아니고 뭐? 그 빠르기로 소문난 초광을, 나보고 타고 오라는 말씀이야?

이제야 말하는 것이지만 명회는 말을 전혀 타지 못했다. 무예 에 소질이 없는 것은 둘째였고, 말 등에만 올라타면 속이 거북스 러워지며 세상이 핑핑 도는 아주 심각한 어지럼증을 앓았다. 그 런 저의 병증을 누구보다 잘 알고 계시는 주상 전하께서 뭐라? 다른 말도 아닌 초광을 타고 칠촌에 오라고?

명회는 차마 믿기지가 않는 듯, 파발꾼에게 몇 번이나 되물었다. 하지만 한번 보고, 두 번 보고, 수십 번을 봐도 주상 전하께서 제게 내리신 어필이 분명했다.

결국 명회는 두 눈 질끈 감고 초광을 타고 칠촌에 오는 수밖에 없었다. 오는 도중에 어지럼증을 참지 못해 몇 번이나 초광을 멈추고 헛구역질을 해댄 것은 두말할 것도 없는 일이었다.

이렇게 제 소중한 한 목숨 바쳐 가며 칠촌에 당도한 명회였다. 당연히 말이 곱게 나가지 않았다. 그런 속사정을 잘 아는 이유는 이제야 조금 미안한 태를 냈다. 이유가 달래는 듯 말을 이었다.

"자네가 수고가 많았어."

"아무렴요. 엄청 많았지요. 제가 무려, 말을, 그것도 빛보다 빠르다는 초광이를 타고 오지 않았습니까? 주상 전하께서는 제가 그렇게 하지 않으면 이 한 목숨 거두겠다는 어명을 내리셨고요."

"음……."

말이 그렇다는 거지 뜻이 그렇겠는가? 내가 어찌 그대의 숨을 거두겠어……. 이유가 허허 웃음으로 무마하려 했다. 하지만 통하지 않았다. 명회의 표정은 더할 나위 없이 싸늘했다.

예까지 오는 동안 수십 번 토악질한 것만 생각하면……. 명회가 질끈 잇새를 깨물었다.

"아무튼 저는 약조를 지켰으니 이제는 전하께서 지키실 차례입니다."

"……응?"

무슨 약조? 이유가 모르는 척 시치미를 뗐다. 내가 이럴 줄 알았어! 모르는 척하실 줄 알았어! 명회의 얼굴이 일그러졌다.

"당장 환궁하십시오. 대체 이게 웬 난리입니까? 아무리 신경증이 뻗치셔도 그렇지, 수라간 상궁이 일부러 독을 탔답니까? 저에게조차 말 한마디 없이 사라지시면 저는 어쩝니까? 저랑 동재가 뒷수습하느라 얼마나 힘들었는지 아십니까?"

명회의 잔소리가 쏟아졌다. 상감마마께서 일언반구 말도 없이 사라졌으니 그 뒷일 책임지는 것은 오롯이 동재와 한명회의 몫이었다.

신료들 눈치 보랴, 비위 맞추랴, 명회는 차라리 지옥 구경을 한번 갔다 오는 것이 훨씬 더 이로운 일이라고 생각할 정도였다. 쌓이고 쌓인 명회의 울화가 심상치 않았다.

과인은 이곳에서 며칠만 더 요양하다가 돌아갈게……

미리 준비해 왔던 말은 꺼내지도 못한 이유였다. 그런 말 했다가는 정말 돌이킬 수 없는 칼부림이 날지도 몰랐다.

"하면, 그 생도…… 약손에게 상은 넉넉히 내렸는지?"

명회가 혼자서도 어련히 알아서 잘 처리했겠거니 싶었지만 그래도 궁금하니 넌지시 물어는 봤다. 닷새 동안 혼자 고군분투하며 어린 환자들을 지켜 낸 생도는 다름 아닌 여약손이라. 그 공로를 따지면 황금 수십 근을 내려도 부족하지 않을 것 같았다. 하지만 그 무슨 말도 안 되는 일이냐는 듯 명회가 고개를 저었다.

"아니요. 그 생도에게는 칭찬 한마디 건네지 않았습니다만?"

"왜? 내가 그간의 일 다 설명했잖아! 여약손 혼자서 환자들을 구명했다니까? 내약방 고것들은 싹 다 모른 척하고, 여약손이가 병증 알아낸 거라고!"

너, 무슨 일을 그따위로 처리하는 거야? 정작 칭찬해야 할 사람은 건너뛰고! 애먼 사람에게 상을 내렸어? 이유가 펄쩍 뛰며 따졌다.

한명회는 그런 주상 전하를 지켜보며 가관도 아니라는 듯 쯧쯧쯧 혀를 찼다.

"전하, 하찮은 생도의 공까지 치하하기에는 내약방에 쟁쟁한 인재가 너무나도 많사옵니다. 정녕 모르시옵니까?"

"그래도 이건 경우가 아니지!"

너무나도 부당한 처사라는 듯 대거리하려던 이유가 어느 순간 합 입을 다물었다.

"……"

명회의 말을 들으면 자다가도 떡이 생기지. 그것은 불변의 법칙이었다. 명회의 말이 맞았다. 한명회가 여약손의 공을 칭찬하는 말을 입 밖으로 내면 어떻게 될 것인가?

오직 머리의 비상함 하나만을 앞세워 똘똘 무장한 자들이 바로 내약방의 의원들이었다. 그들을 제치고 천한 생도가 공 세웠다는 것이 공론화된다면? 그야말로 피바람 부는 것은 시간문제이리라. 여약손은 의원들의 등쌀에 휩쓸려 고달픈 나날을 보내게 될 것이 분명했다.

이런 상황에서 생도에게 황금 진상이 웬 말이야? 여약손의 일따위, 전혀 내색하지 않고 입 꾹 다물어 준 명회의 처사는 백 번, 천 번 옳은 것이 분명했다.

이것 참, 큰 실수 저지를 뻔했구만……

이유는 등 뒤로 식은땀이 흐르는 것을 느꼈다.

곧 풍휘가 초광을 데려왔다. 제 주인을 알아보는 듯 초광이 투레질을 했다. 하지만 이유는 암만해도 발길이 떨어지지 않는 듯 초광의 목덜미만 쓰다듬으며 자꾸만 미적거렸다.

"내, 이대로 환궁하긴 하네만…… 뒷일을 꼭 부탁하네?"

"염려 마십시오. 화근 없이 잘 처리할 테니 부디 주상 전하, 경거망동 삼가옵시고 옥체 강건히 여기소서!"

다시금 한명회의 잔소리가 시작됐다. 그건 또 듣기가 싫었다.

이유가 훌쩍 초광의 등 위에 올랐다.

"참말이야. 내가 당부한 일, 절대 잊으면 안 돼!"

"아니 가십니까? 그 이야기 한번만 더 하시면 백 번째가 됩니다! 백 번째요!"

보다 못한 명회가 꽥 소리를 질렀다.

이크! 드디어 터졌구만. 더 건드렸다가는 사달이 나겠어. 명회가 화났을 때는 삼십육계 줄행랑이 최고지! 정말 떨어지지 않는 발길 돌리며 이유가 초광의 고삐를 당겼다.

"하여간 주상 전하, 어쩌려고 이러시는가, 대체 어쩌려고!"

쯧쯧 혀를 찬 한명회가 겨우 돌아섰다. 하루 종일 초광에게 시달린 명회의 얼굴이 해쓱했다. 명회가 팽 신경질을 부렸다.

"그래서, 조경창의 집이 어디야? 듣기로는 한낱 군수의 사택이 궁궐보다도 더 으리으리하다던데. 그렇다면 응당 이 한명회가 구경을 가 줘야 마땅하지 않겠어?"

잔치가 벌어졌다. 흥을 돋우는데 빠지지 않는 광대는 물론이고, 악공 수십 명, 보기만 하여도 가슴 설레게 만드는 무희들이 저마다 수려한 춤사위를 뽐냈다.

명회가 칠촌에 도착한 지 오늘로서 꼭 열흘째. 내일이면 다시 도성으로 돌아가야 했으니 오늘의 잔치는 명회를 위한 송별회와 마찬가지였다.

줄줄이 붙여 놓은 교자상 위에 오이선과 문어숙회, 밀쌈, 갈비 따위의 음식들이 상다리 부러지도록 차려져 있었다. 바늘 가는 데 실이 빠질 수 있을까? 명회가 칠촌 갔다는 소식 듣자마자 부리나케 그 뒤를 따라온 권람은 제집에서도 쉬이 먹지 못하는 희귀한 음식에 꼴깍꼴깍 침을 삼켰다.

요 며칠 조경창의 사택에 머물며 얼마나 융숭한 대접을 받았는지 한명회도, 권람도 얼굴에 포동포동 살이 올랐다.

"명회, 이것 좀 먹어 보게나. 이건 전복초야! 해안가가 아니면 입에 대지도 못하는 것인데, 내가 칠촌에서 먹어 볼 줄은 꿈에도 몰랐구먼."

권람이 전복 껍데기에 박힌 속살을 숟가락으로 쏙 솜씨 좋게 발라냈다. 아이구, 살살 녹는구먼, 살살 녹아! 입안에서 뛰노는 전복살의 맛은 그야말로 황홀경이라. 권람이 부르르 몸을 떨었다.

"예, 예! 맞습니다, 맞아요! 귀한 음식입지요. 동해 절벽 가에서 따온 전복이 상할까 봐 가져오는 내내 얼음에 싸 왔습니다. 그래서 아주 맛이 일품이어요. 어서 드세요!"

한명회의 곁에 바짝 붙어 앉아 웃음 만개한 얼굴로 아첨하는 자는 혹여 저가 역병 걸려서 어떻게 될까 봐 지레 겁먹고 도망을 쳤던 조경창이라. 사실은 뱀 병이었다는 것이 밝혀지자마자 냉큼 귀환하여서는 마치 무슨 일이 있었냐는 듯 태연하게 한명회의 수발을 들었다.

과연 칠촌에는 아방궁 부럽지 않은 궁궐이 있다더니, 소문대로 조경창의 사택은 화려하기가 이루 말할 수 없었다. 입에 들어가는 햅쌀 한 톨에도 기름기가 좔좔 흘렀으며, 궁궐 침방에서도 함부로 사용하지 못하는 능綾으로 지은 의복이 장롱 안에 가득했다. 사택 곳곳에는 웬만해서는 구하기도 힘든 서장(西藏: 티베트)의 희귀한 탱화가 넘치다 못해 쌓여 있었다. 하다못해 귀지 파내는 귀이개조차 금붙이였으니 그만하면 말 다 했다.

현 주상 전하의 동생이자 전前 종친, 풍류가로 알려졌던 안평이 몰락한 이후에 그가 수집했던 기물을 몽땅 차지했던 명회. 저

가 먹고 입고 쓰는 모든 물품은 도성에서 거래되는 것들 중에서
도 가장 비싼 것만 골라잡았던 명회. 솜씨 좋은 장인에게는 수천
냥을 턱턱 지불하던 명실공히 도성의 큰손 명회……. 하여간 사
치와 향락이라면 그 누구에게도 뒤지지 않는다고 자부했던 한명
회는 새삼 자신의 검약함에 깊은 회의감을 느껴야만 했다.

"나는 그동안 헛살았구나. 검소하기 이루 말할 데가 없었구
나……."

명회가 제 앞에 비어 있는 술잔을 침울한 얼굴로 바라봤다. 조
경창은 명회가 술이 고파 그러는 줄 알았나 보다.

"영감, 제가 한 잔 올리겠나이다. 받으시옵소서!"

얼른 술 한 잔을 따랐다. 하지만 조경창이 건네는 술을 본 명
회의 낯빛은 더욱 어두워졌다. 조경창이 명회에게 따라 주려는
술은 과실주라. 물처럼 아낌없이 마시고 부어 대는 한 잔의 술조
차 이름 하여 천축주天竺酒였다. 본래 천축주는 땅의 기운이 따
뜻하기로 소문난 유구국(琉球國: 현재의 오키나와)에서만 만들어
지는 것인데. 과실주지만 맛이 쓰고 달고 매워서 희귀하기로
유명했다. 특히 애주가인 이유가 좋아했다. 하지만 유구국에서
조차 만들어지는 양이 워낙 적어서 천하의 지존인 이유도 쉬이
손에 넣지 못하는 술이기도 했다. 그나마 유구국 사신이 조공 바
치면 일 년에 한 번 맛볼 수 있을까 말까였는데…….

전하! 보이시는지요? 들리시는지요? 전하와 소신은 여태까지
모다 헛살았나 봅니다! 잘못 살았나 봅니다!

전하와 신만큼 검소한 부류는 이 세상에 또 없을 것이옵니
다……!

명회가 피를 토하는 심정으로 벌떡 자리에서 일어났다.

"영감, 왜 그러시옵니까?"

조경창이 의아한 얼굴로 물었다. 혼자 빈정 상하고 혼자 신경질이 난 명회는 가타부타 말도 없이 태사문太史紋 새겨진 제 신발을 챙겨 신었다.

"칠촌의 풍경이 이리 좋은데 그저 앉아만 있으려니 심히 심증이 답답하네."

"역시, 한명회 영감께서는 풍류를 아시옵니다! 맞습니다! 영감의 말씀이 옳아요. 사실 칠촌하면 또 경치가 일품 아니겠습니까?"

하하하, 호호호, 헤헤헤! 두 손 싹싹 비비며 웃는 조경창의 얼굴이 이방하고 아주 똑같았다. 조경창이 저가 길 안내를 해드리겠다며 명회의 뒤를 졸졸졸 개새끼처럼 쫓았다. 아마 명회가 '앉아!' 하면 앉고, '일어서!' 하면 일어서고, '굴러!' 하면 꼬리 쉼 없이 흔들며 흙바닥을 아낌없이 구를 자였다.

너도 참, 꽤나 어렵게 산다.

명회가 혼자 혀를 찼다.

높은 누각에서 내려다본 칠촌은 조경창의 말처럼 천하제일의 일품 경치를 가지고 있었다. 뒤로는 찬바람 막아 주는 서산의 능선이 있었고, 앞으로는 동해와 통하는 포구와 연결되어 있었다. 그뿐만이 아니었다. 좌로는 삼남三南 평야 부럽지 않은 비옥한 농지가, 우로는 그 어떤 구황 작물을 심어도 잘 자랄 기름진 밭도 있었다.

"절경이군."

"그렇지요?"

명회의 앞으로 미처 수확하지 않은 미나리 밭이 푸르른 바다처럼 넘실거렸다. 비록 명회가 칠촌에 머문 날은 짧았지만 칠촌은 참으로 복 받은 마을임이 분명하다는 생각이 들었다.

가뭄과 태풍, 홍수의 피해에 구애받지 않고 사시사철 매해 풍년을 이루는 마을. 마을 사람들이 배를 곯아서도 안 됐고, 그럴 이유조차 없는 마을. 먹을 것이 넘치고 넘쳐, 통통하게 살이 오른 젖빛 볼을 가진 아이들의 웃음소리가 끊이지 않았어야 할, 그런 평화로운 마을.

한데, 뭐라? 교룡 병? 뱀을 토하는 병? 대체 아이들이 얼마나 굶주리고 배를 주려야 벌레와 뱀이 득실득실한 생미나리를 꺾어 먹는 지경에 이를 수 있는지. 생각하면 생각할수록 기가 막혔다.

청대콩처럼 길디길게 자란 미나리 밭둑을 걸어가는 명회의 걸음이 저도 모르게 빨라졌다.

"아이고, 영감! 무슨 급한 일이라도 있으십니까? 같이 좀 갑시다. 왜 이리 빨리 걸으십니까? 혹여 불편한 데라도 있으세요?"

조경창이 헥헥 숨을 헐떡였다. 명회에게 뒤처지지 않기 위해 뒤뚱거리며 달려오는 모습이 참 용쓴다 싶었다. 한참 저 혼자서 부지런히 걸음을 옮기던 명회가 우뚝 논길 한가운데 멈춰 섰다. 그 바람에 뒤를 졸졸 따르던 조경창과 이방은 하마터면 명회의 등에 그대로 머리를 박고 부딪칠 뻔했다.

"여, 영감?"

"……."

명회의 시선이 푸른 미나리 밭에 멈췄다. 미나리 밭에 뭐가 있는가? 뭘 저리 뚫어지게 보는 거지? 조경창도 목을 쭉 빼고 한명회를 따라 미나리 밭을 바라보았다. 하지만 암만 보고 또 봐도 평소의 풍경과 별다를 것이 없었다.

혹, 한명회 영감께서 미나리 반찬을 좋아하시는가? 미나리 드시고 싶어서 그러는가?

조경창이 갸웃갸웃 이리저리 고개를 젓는데, 문득 한명회가 손가락을 뻗어 미나리 밭 한가운데를 가리켰다.

"이보게, 군수."

"예, 영감!"

저가 뭘 해도 흥, 이래도 흥. 내내 무심하기만 했던 한명회 때문에 똥줄 타던 조경창이었다. 웬일로 저를 다정하게 찾으시지? 조경창이 '옙!' 냉큼 다가왔다.

"저것 좀 보게나."

"무엇을요?"

"저거 말이야, 저거……."

"예?"

조경창이 깜빡깜빡 눈을 감았다 떴다. 하지만 한명회가 손끝으로 가리키는 곳에는 미나리 말고는 아무것도 없었다.

"아이참, 자네 눈에는 저게 안 보여? 저거 말이야……."

어느 순간 스윽 명회의 몸이 가까워졌다. 덩달아 조경창 또한 보이지 않는 무언가를 자세히 보기 위해 비스듬히 몸을 기울였다.

그때였다. 한명회가 기회를 놓치지 않고 슬쩍 미나리 밭쪽으로 쏠린 조경창의 오금을 있는 힘껏 걷어차 버렸다.

"어, 어, 어, 어……?"

누가 붙잡고, 말리고, 도울 새도 없었다. 어어어? 외마디 비명과 함께 오금이 걷어차인 조경창이 떼구루루 미나리 밭으로 굴러 떨어졌다.

"아이고! 아이고! 군수 살려! 조경창 살려!"

철퍼덕 중심을 잃고 쓰러진 조경창이 허우적거렸다.

"아이고, 나리!"

제 웃전이 흉한 꼴에 처했으니 이방의 얼굴 또한 사색이 됐다.

"너네는 당장 군수님 구해드리지 않고 무엇을 하니? 뭘 맹하니 보고만 있어?"

이방이 곁에 있던 나졸에게 큰소리를 쳤다.

하지만 어딜? 한명회가 끼어들지 말라는 듯 나졸을 향해 엄한 표정으로 고개를 저었다. 대신 이방에게 말했다.

"응당 모시는 주인이 위험해 처했으면 제 한 목숨 바쳐 구하는 것이 아랫사람의 도리이거늘."

"예?"

"너, 지금 군수를 모른 척하는 것이냐?"

"예? 제가요?"

저는 분명히 관졸한테 어서 군수님을 모시라고 했는데요? 군수님을 구해드리라고 했는데요?

"이제 보니 군수가 제 발등 찍을 금수를 품에 끼고 살았구만. 주인 무는 개새끼였어."

"예에에? 그게 무슨 말씀이십니까?"

제가 군수님 발등을 왜 찍어요? 왜 물어요? 저가 금수입니까? 이방의 눈이 휘둥그레졌다. 물론 그러는 사이에도 조경창은 어서 저를 구하지 않고 무엇을 하느냐며 깍깍 악을 썼다.

"하, 하, 한명회 영감…… 대체 왜 그런 무서운 말씀을 하시는 겁니까?"

이방이 어쩔 줄 모르며 발을 동동 굴렀지만 명회는 태평하기만 했다.

"내가 왜 이러는 것 같아? 응? 왜 이러는 것 같니?"

안 그래도 섬뜩한 명회의 눈동자가 더욱 서늘해졌다.

"나는 별 뜻이 없다."

"……"

"그저 네 주인은 네 손으로 직접 구명하라는, 그런 말이야."

"이, 이, 이런!"

이방의 얼굴이 사색이 됐다. 그 말인즉 저가 직접 미나리 밭으로 뛰어들라는 소리인데. 하지만 저는 벌레라면 질색인데. 온몸에 두드러기가 돋는데. 열꽃이 오르고 막 그러는데…….

실제로도 이방은 잠자리 날개도 잡지 못하는 맹추 같은 자였다. 하지만 그렇다고 이렇게 마냥 손 놓고 있을 수만은 없었다. 나중에 성질 더러운 조경창에게 온갖 박대 받을 것이 분명했다. 어쩔 수가 없었다.

이방이 질끈 눈을 감았다.

"구, 구, 군수님! 염려 마세요! 제가, 제가 구해드리겠습니다!"

이방이 '으아아얍!' 기합을 지르며 그대로 미나리 밭으로 뛰어들었다.

"너! 왜 이제 오냐? 나 좀 붙잡아라! 나 좀 일으켜!"

"예! 예! 염려 마십시오! 저가 여기 있습니다! 저가 도와드리겠습니다!"

얼른 내 몸을 일으켜라, 손을 잡아라, 나를 업어라, 주저앉지 마라……. 졸지에 미나리 밭 한복판에서 장정 둘이 엉켜 붙어 싸우는 촌극이 벌어졌다.

한명회는 그 모습을 한참 지켜보았다. 그러다가 참 안쓰럽기 그지없다는 듯 나졸이 들고 있던 긴 장대를 내밀어 주었다.

"이걸 잡고 올라와."

"예, 나리!"

물기 흥건한 미나리 밭에서는 두 발로 중심 잡고 서 있기가 무척 힘이 들었다.

조경창이 신었던 가죽 신발이 자꾸만 푹푹 빠졌다. 게다가 온몸에 미역처럼 엉겨 붙는 미나리 줄기 또한 한몫했다.

조경창은 저 혼자만 살겠다는 굳은 의지로 이방의 등 뒤에 고목나무 매미처럼 찰싹 달라붙었다.

이방이 헥헥 숨을 몰아쉬며 명회가 내밀어 준 장대를 꼭 붙잡았다.

"하나, 둘, 셋 하면 당길 테니까 올라와!"

"예! 예!"

이방이 여차저차 겨우 장대를 잡고 일어섰다. 한참을 끙끙거리다가 겨우겨우 논둑을 걸어 올라왔다.

"어서 가라! 어서! 똑바로 가라! 똑바로!"

잔뜩 성이 난 조경창이 이방을 재촉했다. 이방은 '예! 예! 걱정 마십시오, 나리! 저만 믿으십시오, 나리!' 대답을 했다. 그렇게 이방이 죽기 살기로 용쓰며 논둑을 거의 다 올라왔을 즈음,

"참, 꼴이 우습기 짝이 없구나."

히죽 저를 보며 웃고 있는 명회와 눈이 마주쳤다.

"영……감?"

갑자기 온몸에 싸악 소름이 돋았다. 흰자위로 삐죽 보이는 삼백안 눈동자가 섬뜩한데, 왜 입꼬리는 당겨 웃는 것인가? 불안감이 온몸을 엄습했다. 그리고 언제나 그렇듯 안 좋은 예감은 한 번도 틀리는 법이 없었다.

명회가 저를 보며 미소 짓는다고 생각한 바로 그 순간, 명회가 손에 쥐고 있던 장대를 그대로 놓아 버렸다.

"어어……?"

명회가 내밀었던 장대를 하늘님 동아줄이라도 되듯 필사적으로 잡고 있던 이방이었다. 그런 이방의 등에 찰떡처럼 업혀 있던 것은 조경창이었고.

한데 명회가 장대를 그대로 놓아 버릴 줄이야……

"어이구, 이런! 손에 기름을 발라 놓았나. 미끄러졌는걸?"

명회가 장대를 놓자마자 이방과 조경창이 그대로 데구루루, 다시 논으로 처박혔다.

"네 이놈! 날 죽일 셈이야?"

"아이고, 나리! 아닙니다! 그럴 리가요! 그럴 리가 있겠습니까?"

"너 이놈! 이놈! 이노오옴!"

철퍼덕, 미나리 밭에 거꾸로 처박힌 두 사람의 꼴이 말이 아니었다.

과연, 절경의 경치 가진 칠촌이라더니. 여태껏 명회가 본 풍경 중 단연 으뜸이었다.

이 정도면 됐을까?

명회가 갸웃 고개를 젖히며 어젯밤의 일을 떠올렸다.

'이게 무엇입니까?'

'뭐긴, 조경창이 칠촌 군수로 부임한 뒤에 부당하게 착취한 세전稅錢 장부이지.'

'……'

명회가 장부를 살폈다. 감탄이 절로 나왔다. 과연 칠촌 아방궁의 주인이로다. 조경창이 하늘 아래 아무것도 거리낄 것이 없는 듯 아예 마을 하나를 제 뜻대로 주무르며 파탄 낸 행적이 장부에 가득 적혀 있었다. 오늘 밤까지 칠촌에 도착하지 않으면 제 목을 치네, 마네, 난리를 친 연유가 바로 이것 때문이었나?

고작 풍운우 셋 대동하신 주상 전하께서는 이 장부를 대체 어디에서 구하셨는가? 아주 신통방통한 솜씨였다. 뭐, 지금은 그런 것 칭찬할 때는 아니고…….

짧으면 짧고 길다면 긴 인생사 살아오는 동안 수많은 곡절과 고비 넘기신 주상 전하다웠다. 조경창을 옭죌 빼도 박도 못할 증좌가 수두룩했다.

하지만…… 명회는 별 관심 없는 듯 무심한 표정이었다.

이 정도면 됐지? 충분하지? 내가 모르면 몰랐지, 조경창이 이런 짓거리 벌였다는 것을 안 이상 그냥은 못 넘어간다! 이유의 얼굴이 의기양양했다. 한명회는 그런 이유의 기대를 가차 없이 저버렸다.

'안 됩니다.'

'왜? 뭐가 부족해? 다른 걸 가져다주랴? 더 확실한 것이 필요해?'

'그럴 리가요. 증좌의 가치로만 따지자면 이 정도로도 충분합니다.'

'그럼 왜 안 된다는 거야?'

'조경창이 칠촌 아니라, 아니 조선 천지의 고을 모두를 파탄낸다 해도 저는 그에게 벌을 내리지 않을 것입니다.'

'그게 무슨 말이냐? 조경창은 엄연히 국법을 어긴 자다. 군수로서 소임을 다하지 못하였고, 저 혼자 살기 위해 제 고을 백성들 내팽개치고 도망간 자야. 뿐만이 아니다. 그는 조선 왕실의 기강을…….'

'바로잡았죠.'

'……뭐라?'

한명회가 무 자르듯 딱 잘라 결론 내어 버린, 전혀 예상치 못한 말.

'너…… 지금 뭐라 하였어? 그게 무슨 말이야? 왜 조경창을 벌

줄 수가 없는데? 그가 저지른 악행이 여기 수두룩하다! 왕실을 얕보고 과인을 능멸한 흔적이 가득하다고!'

화를 참지 못한 이윤이 마침내 큰 소리를 내고 말았지만 소용 없었다. 아무리 주상 전하의 분노가 분기탱천한다 한들, 노여워 하신다 한들……

한명회가 차분하게 말을 이었다.

'조경창의 조부가 다름 아닌, 우참찬右贊成 조진명이라는 것을 잊지는 않으셨겠지요?'

'!'

우참찬 조진명, 그가 누구인가? 지금은 구순을 앞둔 백발의 노인이었다. 나이가 많아 사직한 지는 오래였지만, 정세를 읽는 감각 하나만큼은 타고나서 천지가 뒤집히던 정난 시절, 다름 아 닌 이윤, 수양 대군의 편에 선 자이기도 했다.

그가 비록 삼정승은 아니라 해도 원로대신의 힘은 막강한 법. 조진명 하나로 인해 수양과 뜻을 함께해 준 신료들이 한둘 아니 었다. 수양에게는 천군만마와 같은 존재라. 하여, 조진명은 의정 부에서 살아남은 몇 안 되는 정난공신靖難功臣 중 하나였다.

그리고 조경창은 조진명의 하나밖에 없는 손주였다. 지금과도 같은 시기에 정난공신을 핍박하는 것은 결코 좋지 않았다. 게다 가 얼마 전 성삼문이 사헌부에 공 없는 공신들에 대한 문제를 제기한 지금은 더욱 그랬다.

세상이 두 쪽으로 갈라진다 한들 명회는 성삼문에게 힘을 실 어 주는 일을 할 수는 없었다. 아니, 성삼문 그자라면 조경창 벌 준 일을 들먹이며 제2의, 제3의 조경창을, 공신들의 죄를 골백번 도 더 고변하고도 남을 자였다. 더 볼 것도 없었다.

명회가 장부를 덮었다.

'……'

구구절절 명회의 말은 언제나 옳았는데. 지금도 이치에 반하는 말은 한마디도 안 했는데. 따지고 보면 모두가 저를 위한, 이유를 위한, 뜻을 함께한 이들을 위한 정당한 행동인데.

'전하……'

'그대는 입을 다물어.'

짓이기는 듯 이유가 말했다.

가족과 연을 끊는 것, 제 뜻과 반하는 무리를 숙청하는 것, 그리하여 피도 눈물도 없는 냉혈한이 되는 것. 손에 묻히는 피야 열 번이고 백 번이고 닦아 내면 그만이었지만, 하지만 어찌, 어찌하여 천하 지존이라는 자리에 오르고도 가슴에 새겨야 할 부끄러운 일을 해야만 하는 것인가?

대체 나는…… 무엇을 할 수 있는 왕인가?

'……'

초광과 함께 칠촌을 떠나던 그 밤, 이유는 한동안 아무런 말도 하지 않았다.

그날의 일을 생각하니 명회의 표정 또한 절로 굳어졌다. 나를 업어라, 들어라, 우스운 광경을 목전에 두고도 웃음이 나지 않았다. 명회가 미나리 밭에 대자로 뻗어 구르는 조경창을 싸늘한 얼굴로 내려다보았다.

조경창은 밭 한가운데서 갈피를 못 잡고 허우적대다가 문득 제 얼굴과 목덜미에 끈끈하게 붙어 버린 거머리를 보고는 '으아악!' 기겁을 했다.

너, 겨우 그깟 게 징그러워서 질색을 해?

네가 마을 사람들 고혈 쥐어짜는 동안, 아이들은 배 속에서 뱀을 토했다. 주상 전하는 네놈 하나 때문에 가슴에 못질을 하고 떠나셨다. 그런데도 너는 고작, 거머리 하나를 견디지 못해? 이런, 천하의 모자란 놈 같으니.

"며칠 머물고 보니 칠촌이 심히 기운이 맑아 요양하기엔 적격이다. 하여 내 일 년에 한 번씩은 꼭 찾아와 쉬다 갈 것이야."

"영감⋯⋯."

"하나 풍족해야 할 고을에 뱀을 토하는 해괴한 병이 돌고, 백성들의 살림 궁핍한 것을 보니 내 마음이 심히 불편해."

"!"

"다시 들렀을 때, 내 신경증을 거스르는 일이 또 벌어진다면 그때는 조경창, 네놈의 죄를 내가 직접 다스려 태형에 처하고 말 것이다."

"예에?"

갑자기 그게 무슨 말씀이십니까? 웬 뚱딴지같은 소리를 하세요? 조경창은 영문을 몰라 눈을 깜빡였다. 그 순간, 조경창의 앞으로 툭 장부가 떨어졌다.

"네 눈으로 직접 보아라."

"⋯⋯무엇을요?"

조경창이 별생각 없이 명회가 던진 장부를 펼쳤다. 휘리릭 휘리릭 장부가 넘어갔다. 조경창은 이내 장부의 정체를 깨달았나 보다. 조경창의 입가가 파르르 떨리는가 싶더니 이내 그대로 쿵 뒤로 엉덩방아를 찧고 넘어졌다.

"이것은⋯⋯ 이것은⋯⋯!"

조경창의 얼굴에 핏기가 가셨다.

"대체 이, 이, 이걸 어떻게⋯⋯ 이걸 어떻게⋯⋯."

장부에는 저가 칠촌의 고혈 쪽쪽 빨아들인 날강도 뺨치는 짓거리가 하나도 빠짐없이 낱낱이 적혀 있었다. 몇 장 넘기지를 않았는데도 두 손이 벌벌 떨렸다. 한명회가 지금 당장 제 목을 쳐도 할 말이 없었다.

"아이고, 영감! 제가 죽을죄를 지었습니다! 죽을죄를 지었어요! 한번만 살려 주십시오! 잘하겠습니다! 다시는 안 그러겠나이다!"

방금 전까지 어떻게든 밭을 기어 나오려던 모습과는 정반대였다. 조경창은 털썩 무릎을 꿇고는 밭 위에 쾅쾅 이마를 짓찧었다.

"저가 몰랐습니다. 저가 모르고…… 잘 몰라서……."

혹여나 명회가 극형을 내릴까 봐 무서웠다. 끔찍했다. 한명회가 누구던가. 그는 다름 아닌 살생부殺生簿를 지음한 자가 아니던가. 그의 악행은 다른 누구도 아닌 제 조부에게 귀에 박히도록 들어왔다. 조경창은 그만 제 체면도 잊고 엉엉 울음을 터뜨렸다. 이방 역시 제 목숨 재촉할 큰일이 난 줄 딱 알고 제 주인을 따라 꺼이꺼이 울었다.

"잘못했습니다, 영감. 으어어엉!"

"죽을죄를 지었습니다. 으어어엉!"

그 주인의 그 이방이라. 윗물이 저리 못나니까 아랫물도 저렇게 못나지. 엉엉 울어 대는 조경창의 볼을 타고 주르륵, 거머리 한 마리가 흘러내렸다.

과연 거머리가 조경창이냐, 조경창이 거머리냐?

수수께끼를 낸다면 맞히기가 쉽지 않은 문제였다.

"내가 한 말 명심해. 조경창 너, 두고 볼 것이야!"

더는 거머리, 아니 조경창과는 상대하고 싶지도 않았다. 명회가 획 돌아섰다.

'하면, 내 부탁 하나만 할게.'

'하명하시옵소서.'

내색하지는 않았지만 조경창에게 직접 벌을 내릴 수 없는 것은 명회에게도 심히 유감이었다. 그런 명회에게 이유가 마지막까지 당부하고 또 당부를 한 일.

'참말이야. 내가 당부한 일, 절대 잊으면 안 돼!'

그것은 바로 조경창과 이방을 반드시 미나리 밭에 구르게 하라는, 참으로 애들 장난 같은, 해괴하기 짝이 없는 명이었다. 처음엔 그 말을 듣고도 대체 무슨 속셈인지 전혀 납득하지 못했다. 물론 지금도 이해하지 못하기는 마찬가지였다.

그저 명령하셨으니까 행하기는 하는데……

"이 정도면 됐습니까? 전하께서는 정녕, 이런 걸 원하신 게 맞습니까?"

명회는 아직도 확신이 서지 않는 듯 갸우뚱 고개를 저으며 자리를 떠났다.

*

"약손이 형아, 집에 가?"

"가."

"오늘 가?"

"지금 가."

"으응……"

두 놈이 제 손가락만 한 엿가락을 쪽쪽 빨면서 짐 싸느라 바쁜 약손의 주위를 맴맴 돌았다. 지금 가면 언제 다시 오냐고, 내일엔 오는 거냐고, 아니면 내일내일, 그도 아니면 내일내일내일……. 하루 종일 '내일, 내일' 반복을 하는 통에 귀에 딱지가 앉을 지경이었다. 약손이가 쿵 무거운 솥단지를 마당에 내려놓았다.

이미 도성으로 떠날 채비를 모두 마친 내약방 의원과 생도들은 이제 막 칠촌을 떠날 참이었다. 처음 이곳에 올 때만 해도 역병인 줄 알고 겁을 잔뜩 먹었으나 사실은 역병이 아니었지. 뱀 죽죽 토해 내는 희귀한 병이었지. 다들 시원섭섭하고 만감이 교차하는 표정이었다.

"너 얼른 집에 가! 찬바람 쐬지 말라고 했지?"

약손이가 휙 제 주변 서성이는 두놈이를 노려봤다. 두놈이가 히끔 겁먹은 얼굴로 싸리문 밖으로 달아났다. 엿물 억지로 먹여서 배 속에 들어앉은 삿된 것들 모두 토하게 하고, 열흘이 넘는 기간 동안 기력 다 떨어진 몸뚱이에 바리바리 약을 지어서 먹이고.

도성에서 내려온 한명회는 마을 아이들의 병이 나을 때까지는 절대 환궁을 하지 말라는 엄명을 내렸다랬다. 게다가 군수 조경창조차 무슨 바람이 불었는지 제 사택 곳간을 열어 마을 사람들에게 구휼미를 아낌없이 내려 주었다. 대체 이게 무슨 조화래? 미나리 밭 데구루루 구르더니 정신이 나가 버린 거야? 암만 봐도 모를 일이었다.

뭐, 덕분에 아이들은 내약방 최고 솜씨 가진 의원님들께 직접 치료를 받아 다행이긴 했지만…….

"짐 다 챙겼으면 이만 가자! 갈 길이 멀어. 서둘러야 해!"

올 때 그러했듯이 돌아갈 때도 지방우가 생도들을 진두지휘했다. 약손 역시 바리바리 챙긴 봇짐을 등에 꼭 당겨 맸다.

칠촌에 머문 기간은 얼마 되지 않았지만 떠난다고 생각하니까 괜히 마음이 짠했다. 게다가 약손은 이러니저러니 해도 병의 원인을 알아내는데 큰 공을 세우지 않았던가.

적어도 밥값은 한 것 같아 뿌듯한 약손이었다.

근데 두놈이 이놈의 자식은 집에 가랬다고 역정을 냈더니 고새 뽀르르 가버린 거야?

지금 헤어지면 언제 다시 볼지도 모르는데, 아주 매정하기 짝이 없어? 섭섭해진 약손이 투덜거렸다.

에이, 매정한 녀석……

약손이 생도들을 따라 마을을 거의 벗어날 무렵이었다. 마을 입구에 세워진 솟대를 막 지나가는 그때,

"약손이 형아! 잘 가!"

"약손이 형! 안녕!"

아이들 특유의 쨍쨍하고 맑은 목소리가 메아리처럼 울려 퍼졌다.

응? 이게 무슨 소리야? 약손은 물론이고, 복금과 수남, 앞서 걷던 의원들과 생도들이 일제히 소리 나는 쪽을 돌아봤다. 분명 주위에는 아무도 없어서 우왕좌왕 의아하게 생각했는데 때마침 누군가 '저기다! 저기야!' 소리쳤다.

반짝 고개를 들었다. 저 멀리 칠촌 뒷동산에 아이들이 조르르 모여 있는 것이 보였다. 한놈이랑 두놈이 형제, 복금이가 처음 마을에 왔을 때 등에 둘러업고 뛰었던 송이까지. 하여간 병 걸렸던 아이들은 모두 모여 있었다.

"의원님, 안녕히 가세요!"

"약손이 형아, 안녕!"

"복금이 형아! 수남 아저씨! 잘 가!"

아이들은 뭐가 그렇게 좋고 신이 나는지 연신 안녕, 안녕, 저

마다 인사를 하며 팔짝팔짝 뛰었다.

"야! 너네 얼른 들어가! 집에 가라고!"

아직은 병이 완전히 나은 게 아니라고 했지? 약손이 엄한 얼굴로 소리쳤지만 소용없었다. 아이들은 깔깔깔 웃음만 터뜨릴 뿐이었다.

"어휴, 저 철부지들이 진짜……."

겉으로는 한탄하지만 그래도 아이들이 마중을 해주니까 싫지는 않은 눈치였다. 심지어 의원들 중에서도 아이들을 향해 손을 흔들어 주거나 빙그레 웃는 사람도 있었다.

하마터면 저 철딱서니 없는 것들을 싹 다 죽일 뻔했네.

말은 하지 않아도 속으로는 같은 생각을 하는 것이 분명했다.

"어서 가자. 갈 길이 멀어."

한참을 걷고 또 걸었더니 이제 아이들은 보이지 않을 만큼 멀어졌다. 솟대 또한 보이지 않았다. 무거운 약단지를 머리에 짊어진 약손이 힘에 부쳐서 뻘뻘 땀을 흘려 댔다. 그나마 복금과 교대로 짊어지는 것이 다행이었다. 하지만 버겁기는 마찬가지였다. 그래도 이런 궂은일 하는 것이 생도 본연의 일이라 차마 좀만 쉬었다 가요, 말도 못 하는 둘이었다.

약손과 복금이가 자꾸만 뒤로뒤로 쳐졌다. 문득 맨 앞에서 길잡이를 하던 지방우가 다가왔다.

아이고, 우린 죽었다…….

약손과 복금이가 화들짝 놀라며 겁을 먹었다. 너네 왜 이렇게 느리니? 거북이야? 빨리 걷지 못해? 구박을 할 것만 같았다. 하지만 지방우는 비실거리는 약손과 복금이를 한심하다는 듯 바라보다가 이내 누군가를 손짓해 불렀다.

"야, 너!"

"······예?"

유독 기골이 장대해 보이는 생도였다.

"너, 여기 약단지 좀 들고 가."

"······예?"

"왜 한번 말하면 못 알아들어? 귓구멍이 쳐 막혔어?"

괜히 되물었다가 타박만 들은 사내다. 약손이가 그 사이를 얼른 끼어들었다.

"아닙니다, 방우 사형. 저희는 괜찮습니다. 제가 들고 갈 수 있습니다. 무슨 일이 있어도 반드시 도성까지 이 단지를 짊어지고 가겠습니다."

"객기 부리지 마."

"예."

약손은 한사코 이럴 필요 없다며 손을 휘졌다가 은근슬쩍 약단지를 넘겼다. 사형께서 명령하신 바라, 저도 어쩔 수가 없네요. 헤헷.

약손과 복금이 소리 없이 마주 보고 웃었다. 근데, 지방우가 웬일이래? 우리 편의를 봐주고? 둘은 영문을 모르겠다며 삐죽 고개를 저었다.

민희교는 마지막까지 남아 칠촌의 환자들을 돌보았다. 한명회가 내린 주상 전하의 교지가 아니더라도 민희교는 아파 누워 있는 환자들을 그냥 넘기는 법이 없었다. 칠촌에 머무는 동안 아이들의 교룡도 직접 나서서 치료했다. 뿐만 아니라 병에 걸려 치료가 필요한 마을 사람들 또한 모두 진료를 해줬더랬다.

참, 화타가 다시 살아와도 이렇게는 못 할 거야?

의원들은 오직 환자를 먼저 위하는 민희교 영감의 성인 같은 자세에 감탄을 쏟아 냈다. 과연 내약방의 수장으로서 손색이 없는 모습이었다.

"영감, 이제 가셔야 합니다. 더 이상 지체했다가는 날이 저물어 가는 길이 고단하실 것이옵니다."

이미 다른 의원들과 생도들은 마을을 한참 전에 떠난 후였다. 윤 서리가 재촉의 재촉을 거듭한 끝에서야 민희교 영감은 마지막 환자의 진맥을 끝냈다. 민희교는 환자에게 간편하게 달여 먹을 수 있는 약초나 민간요법 일러 주는 것을 잊지 않았다.

"미안하이. 언제 이렇게 시간이 흘렀는지, 원. 나 때문에 자네가 고생이구만."

"그런 말씀 마시옵소서."

윤 서리가 살뜰하게 뒷정리를 했다. 그러고는 잡다한 침구며, 약재 기구를 모두 챙겨 일어섰다.

"하면, 영감. 준비되는 대로 나오십시오. 밖에서 기다리겠나이다."

"그래. 나도 곧 따라가겠네."

민희교가 특유의 서글서글한, 사람 좋아 보이는 웃음을 지으며 대답했다.

윤 서리가 방을 나섰다. 이제 약방 안에는 민희교와 그의 수발들던 경예만이 남았다. 민경예는 묵묵히 약방문을 모아 정리했다.

방금 전 윤 서리가 있을 때만 해도 안 그랬는데 둘만 남아 있으니 방 안에 쌩쌩 찬바람이 불었다.

민희교는 칠촌에 온 이후 한명회와의 대화 때 말고는 경예와 한마디도 나누지 않았다. 민희교가 경예에게는 시선 한번 돌리지 않고, 방금 전 돌보았던 환자의 병증만을 꼼꼼히 기록하고 나서야 자리에서 일어났다.

"아버지……."

이렇게 둘만 있는 경우는 오랜만이었다. 이런 기회를 놓칠 수는 없었다. 한참 제 아버지의 눈치만 보던 민경예가 마침내 결심한 듯 말을 열었다.

"아버지, 제가 잘못……."

나름대로 저의 사정을 말씀드릴 참이었다. 뱀을 토하는 병, 그런 건 들어 본 적도, 읽어 본 적도 없어서 그랬다고. 한번이라도 그런 병증에 대해 공부한 적이 있다면 결단코 이런 실수는 안 했을 거라고…….

하지만 경예는 그 뒷말을 미처 끝맺지도 못했다. 말이 다 끝나기도 전에 철썩! 엄청난 소리와 함께 경예의 뺨에 따귀가 날아왔다.

"아버님……!"

과연 방금 전까지 환자를 돌보며 인자하게 웃던 그 사람이 맞는가? 민회교의 얼굴에는 표정 하나 찾아볼 수가 없었다. 어디를 잘못 맞았는지 경예의 입꼬리 한쪽에서 주르륵, 붉은 피가 흘렀다. 민경예는 얼얼한 뺨을 붙잡을 생각도 못 했다.

"못난 자식."

"……"

민회교가 일갈했다. 어찌어찌 한명회는 속였다 한들, 오진의 책임을 묻지 않고 넘어갔다 한들, 그렇다고 해서 천하의 민회교까지 속일 수 있을까? 민회교 영감은 이미 제 심복인 윤 서리에게 경예가 칠촌에서 저지른 일을 낱낱이 전해 받은 후였다.

역병이라고 오해를 한 일, 여약손과 대립을 한 일, 그에게 닷새의 시간을 주었으나 결국 자신의 오진을 인정해야만 했던 일······. 민희교는 이 모든 것을 알고 있었다.

"혜민원으로 발령을 낼 것이다. 한동안 자숙하여라."

"······예."

민희교는 딱 그 한마디만을 내뱉고 방을 나설 뿐이었다.

혜민원이라니. 경예로서는 가장 비참한 형벌이었다. 하지만 경예는 그 어떤 반론도 제기하지 못했다. 저가 저지른 잘못도 잘못이거니와 민희교, 제 아비가 어떤 사람인지는 저가 가장 잘 알았다. 한번 결정 내린 뜻을 결코 물릴 사람이 아니었다.

"······."

민희교가 떠나고 없는 방 안에 침묵이 맴돌았다. 입안에서 비릿한 피 맛이 돌았다. 하지만 아파도 아픈 줄 모르고, 쓰려도 쓰린 줄 몰랐다. 경예는 가슴에 뜨거운 불 하나가 붙은 기분이었다.

멀리서 까르르 웃는 소리가 들렸다. 그것은 본래 죽어야 마땅했던 마을 아이들의 웃음소리. 여약손, 그 비천한 생도가 살려 놓은 목숨이었다. 생각이 약손에게 미치자 경예는 온 신경이 곤두섰다.

그래, 내가 이렇게 된 건 모두 그 생도 때문이렷다. 두고 봐, 여약손. 이 수모는 반드시 되갚아 줄 테니.

민경예가 아득 입술을 깨물었다.

<2권에서 계속>